3. 5. 81

für unsere liebe Eva
zum Geburtstag
mit den besten Wünschen
Helmut und Michl

Matthias Mander   Der Kasuar

Matthias Mander

DER KASUAR

Roman

Verlag Styria

CIP-Kurztitelaufnahme der Deutschen Bibliothek

Mander, Matthias:
Der Kasuar : Roman / Matthias Mander.
2. Aufl. — Graz, Wien, Köln : Verlag Styria, 1980
ISBN 3 222 11213 4

2. Auflage, 1980

Printed in Austria
Gestaltung des Schutzumschlages:
Ark-Design Reisinger + Krüger, Graz
Satz und Druck: Druck- und Verlagshaus Styria, Graz
Bindearbeit: Wiener Verlag, Himberg bei Wien
ISBN 3 222 11213 4

Alle Personen, Handlungen und Ortsbeziehungen sind literarische Entwürfe; das umrissene Gebilde der »EBC« entspricht keinem real bestehenden Unternehmen. Keine einzige aller im Text enthaltenen »Unterredungen« wurde (leider) je wirklich geführt. Vorbehalte betreffen deviate Systeme, nicht die von ihnen bezwungenen Menschen. Die Schlußkapitel haben die kathartische Funktion einer abhaltenden Prophetie. Wertende Aussagen — bejahend oder verneinend — sind »meine schriftstellerische Gesinnung, aber nicht mein eigenes Gefühl widerspiegelnd« (Gottfried Benn am 21. 5. 1951 an seine Tochter Nele).

M. M.

Ein Dankeswort an Dr. Alfred Holzinger für jahrelange persönliche Anteilnahme und Radio-Ausstrahlung jeweils verfaßter Abschnitte.

Inhalt

Erstes Buch: Listen

Zweites Buch: Vorberichte

Drittes Buch: Berichte

Viertes Buch: Klagen

Fünftes Buch: Preisungen

Sechstes Buch: Briefe

Siebentes Buch: Stufen

Erstes Buch: Listen

Rausaks Listen

Ähnlichkeit der Listen mit dem Wachstum der Mineralien: Ausbreitung wie bei unheilbar fixierten Organismen, die einen Weg eingeschlagen haben, der sie in sich selbst einschließt. Sie gehen nur äußerliche Verbindungen ein, fügen Atom an Atom, ohne Mittelpunkt. Kristallstruktur, geometrisches Netz. Das Periphere in den Listen ist wichtig. Rausak kann sich überhaupt nur äußern, wenn er verläßlich im Vorläufigen bleibt.

Verstehen: das hieße: Zustöße einem zusammenhängenden System des Universums einverleiben. Aber ein solches anzuerkennen wäre mit Leid verbunden, Martyrium, zumindest potentiell, Halblügen, tragischem Heroismus. Hiefür reichen die Indizien nicht aus ... Keine Fabel, keine Fiktion, kein System, kein Schnelltrost. Das System entspräche nicht der Erfahrung, wirkte klebrig, als Fesselung. Alle Fabelansätze als Versuchungen entlarvt. Sie hindern die Beweglichkeit gegenüber den Zustößen, bewirken mit nichts als formalen Zwängen reale Umwege. Wie die falsche Umsatzsteuer die Wirklichkeit umdrehen kann: Leistungsfähige werden liquidiert. Wie falsche Einkommenssteuer das Recht umdrehen kann: sparsame Väter werden expropriiert. Fatales Vokabel.

Der furchtbare Gedanke, wie falsch alles ist, was wir denken. Fehlentwicklung, auch quantitativ gefährlich, global — nicht isoliert wie präkolumbianischer Irrsinn auf Yukatan. Kaum aufzuhalten. Es fehlen Kraft, Übersicht, Hingabe, Gnade, das heißt Lebensstil, der Gnade annimmt. Es ist nicht ausgemacht, daß wir diese Krise überstehen, wir können auch zugrunde gehen. Kataklysma. Dies entspräche durchaus der Gesetzeslage. Selbstregulierung bei dieser Abweichung zweifelhaft, Kybernetik überfordert. Erstens zu viele, zweitens falsche, drittens aggressive Modelle; statt behutsam zu sein, langmütig: punktuelle Wucherungen.

Die Listen Rausaks sind die an der Küste Kaliforniens versenkten Autowracks, mit Ketten aneinandergebunden, damit in ihnen fremde Fischarten laichen können, neues Leben entsteht, später einmal. Listen als Nachrichten an meine Kinder: unverstellte Direktheit, Offenheit, Genauigkeit. Was diese Listen alles rechtfertigten, bewerteten, wenn die Kinder in die Tradition dieser Beobachtungen und Denkketten einträten. Könnten sie einen Lebensführungsvorsprung zu eigenem und fremdem Nutzen erwerben? Rausak voll Erbitterung über die Steuerumstellung zuungunsten der Alleinverdiener.

Wenn bei Herzmansky zu Ostern junge Hasen in der Kinderabteilung gezeigt werden, machen sich böse alte Frauen vor den Käfigen breit und verdrängen die Kinder.

Nicht ohne Beifall im Unterton haben die Zeitungen das Wirksamwerden eines vor neun Monaten angekündigten Gesetzes in Hongkong gemeldet: ab dem dritten Kind werden nicht nur Erleichterungen eingestellt, sondern harte Verschärfungen über die Eltern verhängt: kein Wohnungsanspruch, keine Krankenkasse, zusätzliche Steuern. Lösung der Probleme durch Abschaffung der Menschen. Übrigens: sie denken über die Geborenen nicht anders als über die Ungeborenen, das verrät sich in Wort- und Augenwendungen.

Bei Beginn der Listen hatte Rausak die Absicht, seinen Kindern ein Erfolgsbuch zu hinterlassen, Ratschläge, wie man sich im Leben bewährt. Imaginäre Fortsetzung früher Gespräche mit Tante Hanni, Onkel Anton, seinem Vater. Kampf mit der Zeit, Betroffenheit über Verstorbene, Bestehen im Beruf als Symbol für humane Bewährung im Unwirtlichen. Noch vor der Abfassung die Wende: gescheitert, die sprichwörtliche leere steirische Mühle. Langfristigkeit der Wahrheitsbewährung hat mehrhundertjährigen Rhythmus angenommen, ist für das Individuum nicht mehr relevant. Überleben im Jammertal der Zwischeneiszeiten, als Cromagnon-Skelett, als Höhlenzeichnung, als von hinten ausgehöhlte gotische Holzfigur. Warnung vor dem traurigen Tagebuch eines orientierungslosen Angestellten. Warnung vor Exkulpierung. Österreich eine Dialekt-Abstrusität, ironisierend, Manierismen schräg verholzt, versteint.

Und dennoch: Rausak ist sozusagen voll natürlichen Harmonisierungstriebs, anima naturaliter christiana, homo religiosus, sodaß er die Grenzen der Systematik, ohne die er nicht auskommt, immer weiter hinausschiebt, sich aber nicht entschließt, damit aufzuräumen. Vielleicht überblicke ich nur ein für endgültige Schlußfolgerungen nicht ausreichendes Teilbild, eine nicht einzuordnende mikroskopische Gewebsprobe: kein Beweis für die Nichtexistenz eines dazupassenden Organismus. Verfängt sich an einem Begriff, einem Bild, beginnt zu kreisen, sich einzufräsen, schleudert Material heraus — aber türmt es nicht aufeinander; der babylonische Turm als Baustofflager: säuberlich zweidimensional in die Wüste gebreitet!

Den babylonischen Turm nicht zu bauen ist eine Frage der Ökonomie, das Babylonische daran ist das Vorschnelle. Andererseits der schmerzhafte Bedarf nach Architektur, Sinnfindung, Glaube an eine schließliche Krümmung, Auflappung, Einrundung, Einkreisung, Umkehr, Rückgabe, Entlohnung, Entlastung, Befreiung.

Paradoxon: während seine ganze Existenz auf vertikale Bezogenheit gespannt ist, keine Minute wach oder schlafend vergeht, ohne daß er Tiefbohrungen vorantriebe, bewegt er sich, handelt er nur horizontal, vertraut nur Plattem, Unmittelbarem. Erkennbar ist ihm nur die Ebene. Es müßte eine unvorstellbar große Systemkugel sein, in deren Basispunkt er lebt, der bis an den Horizont reicht und noch keine Krümmung erkennen läßt.

Dennoch nützliche Notizen für meine Kinder. Antizipierte Abwehrschlacht um ihre Seelen. Aufschreibungen in Einsamkeit über Österreich, den Industriedienst, das Kindergroßziehen, die Auflage, wie ein Christ zu sein. Es gibt keine zweiten vierundachtzigtausend Quadratkilometer — Ozean oder Sahara eingeschlossen —, die soviel über sie verhängte Einsamkeit umschließen wie dieses Staatsgebiet. Ein Text wie das Vorspiel zum dritten Akt Lohengrin: abstrakt, in letzte Höhen der Einfassung von Erfahrung vorangetrieben. Wie kann man konkrete Erfahrung kompakt, sinnlich, aber mit der legislativen Hebelwirkung von Formeln rasch weitergeben? Raffungen, Tabellen, Konstruktionen: ti voglio bene: Listen, Theoreme. Ende: liebe deinen Nächsten, sonst gar nichts, gar nichts. Rausak sitzt im Büro, denkt das, denkt an Gremialrat Singmann, den er nur einmal gesprochen hat vor dessen Tod: Klavierspieler, Schubertlieder, eines späten Abends niedergebrochen neben dem Schreibtisch von Pohoril aufgefunden.

Die Listen sind Rückgrat, Kalkagglomerationen, Chitin, anorganisch hart, Panzer ohne Einfleischung: Notizen über Fertigkeiten, Fähigkeiten, empfehlenswerte Verhaltensweisen, Rede- und Schweigetechniken, seelische Überlebenstricks, Gleichnisse. Hegemonika, die sonst ungenützt versänken. Bereitstellung meines Arsenals. Dämme aus Elternliebe, Sandsäcke der Fürsorge:

was heute mit Wörtern gelogen wird, ist morgen fleischliche Not.

Listen als Sonden, als in den Morast getriebene Betonsäulen: Venedig, Amsterdam: für Schlachtrösser zu tief, für Schlachtschiffe zu seicht: Lagunen isolierter Wahrheiten, langlebige Ornamente, unüberwindlich.

Listen mit Heilungsfunktion, Abwehrfunktion, prophylaktisch. Kompaktes löst sich in Strähnen, Fahnen, Auswurzelungen auf, Rudertierchen, Flimmertierchen, ohne Substanz bis auf bewegte Fäden. Nichts stößt euch zu, alles gerinnt zu Betrachtungsmaterial: Überschwemmungen frieren zu Eis, Schußbahnen krümmen sich vor der Brust seitwärts, Felsstürze zerstäuben im freien Fall, die Himmelsfunktion der Wörter: der Ostwind teilt den Flüchtenden das Rote Meer ...

Listen der Fertigkeiten: Linkshandbedienung elektrischer Rechenmaschinen, damit man gleichzeitig rechts notieren kann; gähnen, ohne den Mund zu öffnen; zielsichere Telefonate; Konservierungstechniken: für Schuhsohlen Firnis, für Möbel Silikon, für Gummidichtungen Glyzerin, für Fahrzeuggehäuse Dinitrol, für Holz Terpentin, für Faserplatten Nitrolack, für Leder Öle, für Saiten Kolophonium. Für den Körper: reichlich Schlaf, Fasten, Turnen. Für die Zeit: Passivität, Dokumentation, wenig Ortswechsel. Andere Fertigkeiten: Radfahren, Rudern, Autolenken, Klavierspielen, Mähen mit der Sense. Umgang mit Mechanikern, Tankwarten, Briefträgern, Telefonistinnen, Billeteuren, Garderobefrauen — den Garderobezettel nicht hinhalten, da ist er nur dreidimensional bestimmbar, sondern auf das Pult legen, da ist er zweidimensional bestimmt und verführt die Überlastete zur Erholung in vorgezogener Erledigung. Umgang mit Leuten vom Land, von der Fabrik, mit Männern verschiedenen Alters, Frauen verschiedenen

Alters, Liste ihrer Namen, ihrer Aussprüche, ihrer Gedanken, ihrer Todesarten. Besondere Erinnerungen.

Gedankenüberfälle, schmerzhafte Stilette in den Gedärmen, Analstiche, Fissur. Unkontrollierte, alles überbordende, nachher ängstlich überdachte Liebesanfälle. Die Kinder müssen durchkommen, das ist alles. Erfolg ist ein schlechter Witz. Ohne zu lügen, bis zuletzt.

Die ungeheuren Materialmengen, die die ständige Anschauung und umständliche Formulierung mit ineinandergeschachtelten Bildern heraufbefördern, bewirken einen Bauzwang, Belastungszwang. Halbzutreffende Vergleiche, sprachimmanente, unverbindliche Poesie, die zu Abwegen und Umwegen verlockt, Durchblicke von Schieferungen der Metaphern. Unwillentliche Architektur macht sich breit. Zufällige, geringe Stauungen an eingebildeten Hindernissen werden zu Gewölk, Windwirbeln, Sandsträhnen, Kräuselungen, Kuppen: gewaltige Sanddünen inmitten der widerstandslosen, konturlosen, frei wandernden Wüste. Ist die Düne etwas oder täuscht sie etwas vor?

Sekretär Niegl hat unlängst jemanden verteidigt, der — was man ihm vorwarf — nur gut reden könne: aber ja, letztlich bleibt sachlich entscheidend, was sich verbal durchsetzt.

Grundriß des babylonischen Turms: anspruchsvoll, verdächtig großes Fundament, immer breiter, weitläufig, aber keine Aufrichtungen, keine Aufbäumungen, keine stehende Mauer, keine Wohnung.

Analyse, ob das Motiv der Weitergabe an die Kinder ehrlich ist. Ergebnis: ja. Denn die einbekannte Nebenwirkung auf das eigene Gleichgewicht kommt auch ihnen zugute. Wenn es schon Egoismus wäre, sich, einem Werturteil befriedet gehorchend, still hinzuopfern, dann hörte sich alles auf! Wenn der gute Samariter aus

Bescheidenheit, damit er nicht ins Evangelium komme, an dem von Räubern Verwundeten vorüberginge, dann hätte er von zwei Tugenden die kleinere gewählt, das ist eine Verfehlung: wo ein Wert erkannt ist, muß er vertreten werden, auch um den Preis der Früchte der Bescheidenheit: Frieden. Tatsächlich interessiert mich nichts als gefundene Wahrheit zugunsten der Kinder; und insoweit diese Suche mein Weiterleben ermöglicht, Stärke bewirkt, zumindest stabile Ambivalenz, auch diese. Ganz unaffektiert muß ich gänzliches Desinteresse am eigenen Weiterleben reklamieren. Ich möchte ohne Augenzwinkern einige Meldungen, Mahnungen, Ermutigungen verfassen. Ich schaue täglich in ihre Augen.

Die Arbeiter an der Rechenreinigungsmaschine vor der Turbine in Gralla finden die winzigen Kinderleichen aufgespießt im Staugut. Um der Gendarmerie nutzlose Arbeit zu ersparen, erstatten sie keine Anzeigen, sondern verscharren die Embryos in den Auwäldern von Tillmitsch.

Nützliche Notizen: Uschebtitheorie, Gipsbüstentheorie, Gartenschlauchtheorie, Moatheorie, Möncheorie, Schollentheorie, Doppellebentheorie; Liste der Gleichnisse: Krangleichnis, Scheingrabgleichnis, Springbrunnengleichnis, Schiffsschraubengleichnis, Floßgleichnis, Fasangleichnis.

Gefunden muß werden: eine gutmütige Fremdheit sich selbst gegenüber: Resignation als Sedativum, aber durch Rationalität als Stimulans überdeckt, sodaß ein permanenter Schwebezustand zwischen Durchschlagskraft und Selbstschonung entsteht. Aktiv und fugitiv zugleich. Man wird durch nichts außer sich bestätigt. Die großen initialen Irrtümer werden zum asymmetrischen Schicksal, aus dem man, will man heil überleben, ein Ornament komponieren soll. Je größer die Deviation, desto kolossaler müßte die übergeworfene, einfangende Komposition sein.

Listen: trotziger Torso, nicht kühl genug. Agrammatisches Verständnis der Wirklichkeit, Gestalten ohne Übergänge, Bilderreihen, Gefühlskurven, wallende Stummheit.

Rausak beugt sich über seinen von den Besuchern eines hektischen Arbeitstags abgegriffenen und stumpfgetappten Schreibtisch, notiert auf der Rückseite eines Verwaltungsformulars die ersten Wörter: Listen als Linien, als Seile, als Netze über eine botanische Dichtheit gelegt, über wedelnde Fischleiber, flatternde Vogelschneisen. Liste der Menschen, für die ich etwas Bedeutendes tun konnte: komme über zwei nicht hinaus.

Liste der Fabeln: Zander, in der hohen Felsmulde über der Mur, die bei sinkendem Wasserstand den Fisch im Sonnenlicht verkochen läßt; Hirsch, der aus der Lobau über die Donau schwamm und am Handelskai von einem Rattler getötet wurde, der sich in seine Schlagader verbiß; Krokodil, das sich in der Wüste verirrte, das Trinken verlernte und neben der offenen Wasserrinne verdurstete; Libelle, die Wellen in den Teich schlägt, ohne ihn zu berühren; Fasan, uralter Scharrvogel, der seine Sicherheit nicht im Hochwald, sondern auf öligem Schwellenschotter zwischen Bahngleisen findet.

Listen sind Rausaks aufgenommener Kampf gegen die Wegelagerer an den Lebenswegen der Kinder. Theologie der Worte, der tangentialen Fabeln, der parallelen Systeme ist zu Ende. Es gilt nur noch Martyrium, das heißt Beispiel. Listen als Übergang von qualitativer zu quantitativer Weltbeschreibung.

Listen als wundersame Harpune, die anstürmende Haie erlegt, ohne sie zu verändern.

Liste eins: die Toten

Ihm plötzlich gegenwärtig: Halbporträts, Schattenrisse, Gesten, Sprechansätze; ihr Einatmen, stimmlose Wörter: oft in Aufzügen, vor Ampeln, nach Dienstschluß — im endlich leeren Büro, verbrauchte Luft, ein Fensterflügel schlägt im Wind, dort hinten ein verlorener Telefonanruf —, in Konzertpausen, in Kirchen, auf Gleis zwei des Brucker Hauptbahnhofs, beim Warten auf Kellner, beim ersten Löffel Suppe, wenn Aufrufe zu den Ausgängen in Schwechat erklingen — noch nicht mein Flugzeug —, in Orly, auf Kennedy: ob Vater froh ist, ob er uns, Francine, Max, Anna und mich sehend, glücklich ist? Sehend nicht wartet, warten gibt es nicht mehr, nur sehen. Wie Vater beim ersten Krems-Besuch nicht vom Fernsehapparat wegzubringen war. Sein Jugendtraum: Photographie; sein lebenslanges Abenteuer vor wippenden Entwicklerschalen, in nächtlich verhängter Küche: wie Linien, Konturen, Beleuchtungen sichtbar werden.

Die Jahre zerfallen in Rausak nicht zu Humus, sondern versteinern unverändert. Von Zeitlava luftdicht verschlossen, pompejische, lebensvoll erstarrte Szenen. Je schneller die Toten der Welt entsinken, je geringere Spuren ausnehmbar sind, desto heftiger ringt Rausak mit der Erinnerung. Erfolgreiche Konkurrenz den Lebenden: folgenloses Schicksal, verschüttete Höhlenzeichnung — plötzlich auf dem alten Kassabeleg die Unterschrift Opfolders, im Ordner der persönliche Brief Präsident Gstötterbauers an Rausak. Lebende verändern, verstellen sich ständig, Tote werden allnächtlich verläßlicher, ihre Namen vertraute Gehäuse.

Rausak empfindet sich nicht als verirrt oder abseitig; er bewundert Leute, die dieses Rätsel lösen, ohne zu arbeiten, zu leiden. Wie alles zurückweicht, flächig wird, allgegenwärtig, wie Grenzlinien ineinanderfallen zu einem durchziehenden Dauerton: vom vierdimensionalen Kontinuum bleibt nur die Zeit, Räumliches schrumpft zum Violinenstrich: nächtliche Fassade des Hauses über der Gasse, bizarr geformte, lackierte Bleche an elliptischen Rädern, schaurige Laternenpeitschen, fremdartige Plakatzeichen: Bruchzone, tief eingeschnittenes Tal, Bildwände springen hoch, unglaubliche Gegenwarten, Zeitgeysire.

Der erste war Kuhschweizer vom Schloß, Gebieter über Rinderherden in den Murauen, die morgens und abends am Haus vorbeizogen; er selbst, Frau und Töchter trieben die unruhigen Tiere im Morgengrauen zum Fluß, bis die Kuhglocken an den zur Tränke gesenkten Hälsen im Wasser verklangen. Während der Abfahrt vom Wildonerberg rutschte Schlachtfleisch vom Fahrrad — er verunglückte. Habe damals noch nicht gewußt, daß man Aufgebahrte einsegnet, der nasse Zweig wurde mir in die Hand gedrückt. Hinter dem Zimmer lautes Vieh.

Im Bad von Stangersdorf, der weiten Laßnitzschleife mit den Alminseln und der verlassenen Mühle, beim Tauchen einen ertrunkenen, ins Grundgeröll verklemmten Keuschlerbuben losgetreten: langsam drehend die helle Gestalt mit aufwärtsgewandtem, blindem Gesicht.

Blutjunger, blonder Soldat am Bahndamm vor Lebring nach den Tieffliegern — blieb im verschmierten Gras nach überstürzter Fluchtfahrt des Zugs zurück.

Mitschüler Koglmann imponierte der ganzen Schule mit Granaten, die er stets in der Hose trug. Ganze Klasse zum Begräbnis nach Puntigam.

Ein kleiner Bub flüchtete vor dem Nikolaus in den Wald, wurde am nächsten Morgen erfroren gefunden.

Der Spätling des Ehepaares Renz, ein kleiner Sohn, nebenan in der Idlhofgasse, ist fünfjährig gestorben: im Krankenbett das Papierschiff gebaut, verschenkt. Rausak weinte lange, als er, zu Besuch, dieses letzte Werk kleiner, inzwischen erstarrter Hände auf dem Kasten sah.

Blasser, junger Chemiker im Rhetorikkurs Elisabethinergasse mit dem viel zu teuren, schweren Ledermantel — Zeichen verletzlicher Seele; Vorzeichen baldigen Selbstmords.

Rausaks Gewohnheit, in fremden Kirchen für sie zu beten, obwohl sonst eher wortlos fromm: in Ratten beim Alpsteig um sechs Uhr früh vor dem Referat für die Außendienstversammlung; in Radegund während der Morgenlitanei vor dem Frühstück mit Lautner; in Washington, nachdem Sottolarz hinter den Negerministranten hinausgegangen war; in Berlin-Charlottenburg bei der Königin der Märtyrer nach dem Gastritis-Anfall; in Ravenna unter dem Christus-Mosaik; in Mariatrost nach dem Streit mit den irrenden Universitätsgutachtern: in der Fremde spürt er vor Kirchen den vertrauten Zugang zum immer gleich weit entfernten Erdmittelpunkt, an diesen Eingängen erwarten sie ihn in stillen Bankreihen, unter milden Lichtquellen.

Einteilung: aus Dexenberg, aus Graz, Krems, Linz, Hallein, Wien, aus der Firma, aus dem schmalen Privatleben. Rausak ist nicht frei von Liebe; Leute, die einander nie gekannt haben, verkehren jetzt in seinen Gedanken. Koglmann fehlt: wie an jenem fernen Schulmorgen — dann noch tausendmal, immer wäre für ihn noch Platz gewesen.

Nie heilende Wunde, folgenschwer: nicht Schärfung

des Blicks, sondern Vertiefung, Schieferung, ineinandergeschweißte Gitter. Zeichen des Authentischen: tief unlogisch. Leben gegen den Augenschein; was bewegt erscheint, sind eigene Gliedmaßen, Werkzeuge. Der Zugführer über den Semmering vergißt die Länge seines Fahrzeugs, schaltet Lichter aus, wenn sein Führerstand aus dem Tunnel in die Sonne fährt. Die Beine der Schifahrer auf dem Lift baumeln über dem Friedhof von Steinhaus. Neben den Bahngleisen von Mürzzuschlag Grabsteine für noch Lebende. Auf der Bauhütte der Streckenarbeiter steht geschrieben: »Hotel zur Schiene«.

Viele Bauern sterben bei Schlachtungen. Mein Großvater hat Gaumen- und Bauchstiche an Kühen ausgeführt, bis er selber hinsank.

Der Mesner klammerte sich ans Seil, als die Glocke im vollen Schwingen war: es riß ihn hoch, sein Kopf stieß gegen das Gewölbe, er fiel tot herunter. Das Läuten währte noch lange.

Die Stenographie-Lehrerin, zart, elfenhaft inmitten der Buben, sprang aus dem Pavillon auf den Asphalt.

Alte Photographien: längst zerstrahlte Sonnenmaterie, in Karton fixiert: uralte Fluchtlinien, Schattenspiele, Gesichtszüge; ihre Lippen, Mundstellungen, Augen; erloschenes Licht, gebrochene Spiegel, in Wachs gebannt, erwidern den Blick, leuchten weiter, mir entgegen, durch mich hindurch.

Die offene Liste: sie wächst, greift in deutlichen Linien aus abgekippten Wochen herüber, zieht breit nachschiebend — ein Delta — durch Rausaks Gegenwart, Gewebe aus Namen, ein Tasten über gefrorene Rufe, blind. Oft möchte Rausak sich dem Unmittelbaren ergeben, Erleichterung genießen, wäre nicht die Ahnung von der Spätfolge des Schwindels — angstloser Trotz gegenüber den Toten ist das Umschlagen der Rationalität, wenn sie aus nützlich geraffter Wirklichkeit zur irren Gegenwelt wird. Verdrängung der Toten kostet Leben.

Als Bub oft abends mit dem Fahrrad über Wundschuh zum Friedhof von Straßgang, schräg auf dem Berg, Blick über die Stadtmulde, Grazer Feld — die Rannach-Schöckel-Linie als Kristallschliff in Rausaks Blick.

Nachgeholte Liste seiner Toten, begonnen in frühen Arbeitsjahren, Zwang zum Halten, Retten, Aufstauen, erstes Entsetzen, im Fluß mitgerissen, halbhoch schwebend, immer versucht, sich an Grundfelsen zurückzustemmen, in Ufer zu verkrallen, Rudern im Haltlosen; zuletzt ruhiger, mitgetrieben, keine neuen Vergeudungen; Widerstände nur noch als innere Betrachtung, Auflistung: Betroffenheit in Zählung gelindert. Rausak bekämpft das Fließen mit Erkenntis. Wie viele waren es, ihre Gestalten, Gesichter. Die Namen aufgeschrieben. Neue erscheinen noch vom Anfang her.

Engramme, hochorganisierte Materie: verletzlich, vergänglich, Qualifikationsmerkmal überpersonalen Weiterlebens: kurzfristige Kulmination, überschlagende Konzentration, Dichtheit punktuellen, unwiederholbaren Erkennens. Gott als Jongleur, Ballkünstler, über dessen spielenden Händen die gleißende Korona seltsamer Wurfparabeln im Lichtspalt zwischen den Schwärzen steht — milliardenfache, nie wiederkehrende Schleuderungen.

In seinem vierundvierzigsten Jahr steht die Liste der Toten auf hundert. Alle, die er gut gekannt hatte, deren Sterben ihn betraf. Achtunddreißig aus der Arbeit; einundzwanzig aus der Kindheit in Dexenberg, Langerberg, Jöß; fünfundzwanzig aus Graz, zehn aus Wien, sechs von anderswo. Unter diesen Hundert sind seine beiden Eltern, sieben nahe Verwandte; unter diesen

Hundert sind dreiundzwanzig Nachbarn, siebenundzwanzig junge Menschen, vier Kinder; sind fünfzehn Unfälle, sieben Selbstmorde. Unrichtige, überschnittene Matrix.

Die Mutter ist an fehlenden Worten gestorben: mit zweiundzwanzig konnte sie ihre Trauer noch nicht bannen. Drei Jahre später wäre sie tiefer, reifer, spannkräftiger gewesen. Auf die Fragen des Fünfjährigen nach ihr erschienen Engel.

Wahr ist, daß von Rausaks Trennungsschmerz nichts gut geworden ist. Viele werden zu alt, ehe sie Einsamkeit erleben, schaukeln sich bis tief in ihre Vierzigerjahre im Schoß der Mütter. Aus deren Wärme wagen sie böse Angriffe, verwüsten die Welt. Zu spät zerbricht Eitelkeit.

Hauchdünner Sehschlitz, blitzende Zeitspalte, Feuerlanze rast durch Jahre wie der zischend hingleitende, alle Hindernisse überspringende Lichtstrahl des Waggonfensters auf dem Bahndamm: unhaltbare Gegenwart, nie aufzuarbeiten, Belichtung über Belichtung auf langsam einrollende Schichten. Pupillen flattern beim Versuch, vorbeigleitende Bahnschwellen ins Aug zu fassen.

Gremialrat Singmann, Freizeitpianist, lag abends neben seinem Schreibtisch. Bohringenieur Beilsteiner bat auf der Landschaer Allee den Fahrer um das Lenkrad. Anruf in der Verwaltung: einer lebt. Herr Landry fuhr sofort hinaus — es war der Fahrer. Präsident Gstötterbauers zarte Obsorge für seine Frau: hinterließ bei seinem Stellvertreter, Professor Snanz, die kurze Liste erwünschter Trauergäste: Ihr werdet euch an meine Witwe nicht anbiedern!

Rausak hatte mit Hauptingenieur Kessler einen Termin wegen der Schäden bei neuen Projekten. Kessler bekannte Rezepturfehler offen und friedfertig, begleitete ihn zum Aufzug, verabschiedete sich herzlich. Rausak erfuhr tags darauf, daß er darnach den Schreibtisch aufräumte, in die Klinik fuhr, operiert wurde und starb.

Ingenieur Kleinoschegg, ambitionierter Transformatorkonstrukteur, übernahm die undankbare Aufgabe der Porzellantests. Er trank Unmengen von Mokka während unserer letzten Besprechung, starb kurz darauf an Krebs.

Mehrere dicke, schwammige, menschlich gebrochene Praktiker: Demuth, Milnarik, Boros, Jammernegg, Schönberger, Baxa, Krell, Opfolder — gutmütig, nicht aggressiv, aber ausgelaugt, halbherzig angestrengt, auf ironische, bittere Art desintegriert, zurückgeworfen auf Primitivfunktionen des Überlebens: wessen Sinn hierauf verengt wurde, ist ein Ermordeter. Beispiele österreichischer Schicksale zwischen den dreißiger und fünfziger Jahren: begabte, fleißige, zuerst unkritische Fachleute, Arbeit über Arbeit, Irrtümer der Mehrheiten respektierend, Machtverhältnisse erleidend, Riesenvorräte an Loyalität, in drei Jahrzehnten verwüstet. Mit welcher Satanie man einfachen Lebenszielen ständig Heldentum abverlangt! Zuletzt im Alltäglichen verkrochen: Essen, Wohnen, Sparen, Mitzählen anrechenbarer Pensionsjahre, schrumpfende Ordnung, diskreter Tod.

Beim Rückweg vom frischen Grab des Hofmeisters Milnarik auf dem Müllhaufen des Simmeringer Zentralfriedhofs ein kleines blaues Kinderschiff aus Bakelit voll Erde und Wasser liegen gesehen. Unüberwindlich, daß wir gebrochen sind, weiterverwiesen: an Aufhorchungen, Vorbeugungen, Gesten. Die Mönche vom Berg Athos vermahlen Knochen verstorbener Mitbrüder zu Ikonenfarben.

Aus der verlorenen Wirklichkeit steigen ihre Gesichter auf, Bruchstücke, Umrisse ihres Lebens treten hervor, mischen sich in heutige Schritte. Rausak hat nicht bewußt entschieden, die Bilder gewähren zu lassen; ohne Entschluß hiezu lebt er mit ihnen — ihre Geschichte geht weiter, Verantwortung für ihre Taten, die durch meine eigenen jetzt noch verändert werden.

Posiles, früherer Vorsteiger, zum Computer versetzt, tüchtiger Programmierer, ist wegen eines Fasans mit seinem Fiat samt Stereoanlage in den Kremser Auen zerschellt.

Ingenieur Schaphietl, jahrzehntelang Betriebsfeuerwehrchef, Kommunist, intellektueller Typ, verbindlich, undurchsichtig inmitten kleinbürgerlicher Karrieristen — Rausak hat ihn bei einem Vortrag Ernst Fischers zuletzt in Floridsdorf getroffen — ist im letzten Monat vor der Pensionierung niedergebrochen.

In der Sterbenacht von Bundeskanzler Raab hielt der Wagen Figls neben Rausaks Auto auf dem Weg zum Spital vor der Reichsbrücke. Neunzehnhundertfünfundsechzig, zur Zehn-Jahres-Feier des Staatsvertrags, Altkanzler Figl, in Decken gehüllt vor dem bestrahlten Stephansdom.

Oberarzt Patsch ist drei Monate, nachdem er Rausaks Magenblutung behandelt hatte, an Krebs gestorben: Keine Sorge, Herr Prokurist, Sie sind jetzt in meiner Hand! Antwort: Ich will nur mit einfachen Mitteln am Leben bleiben.

Ein sterbendes Kind zeichnet nach Monaten der Bleistiftskizzen plötzlich einen ganz anderen Vogel: farbig leuchtend, oberer Flügel in strahlendem Gold: der Flügel, mit dem ich in die Sonne fliege.

Der Theologe Karl Barth möchte im Himmel mit Mozart sprechen.

Am fünften Dezember neunzehnhundertzweiundsiebzig bei den Minoriten das Requiem gehört —

gefühllos, voll innerer Kälte, keine Schauer durchliefen Rausak. Es gibt keine Musik, Rausaks Liste zu verklären, nicht einmal diese Musik: Maßstab unsäglicher Trauer.

Der Selbstmörder hat sein Auto noch vorschriftsmäßig vor der Europabrücke geparkt. In jedem Halbjahr erfolgt von dieser Talüberspannung ein Sprung. Siebenundzwanzig Opfer bis Dezember achtundsiebzig — dann fingen erstmals Fichtenäste eine unglückliche Frau auf...

In den schmalen Gassen und auf den einsamen, sonnenheißen Plätzen von Chioggia und Ravenna sind große Todesanzeigen affichiert. Das ewige Licht leuchte sie, betet Rosi beim Kommunionunterricht in Lang. Der Pfarrer klärt diesen häufigen steirischen Fallfehler auf; er ist ohne Einfluß auf die Erhörung.

Buch Li-Ki, zitiert von Canetti: Wenn er drei Tage gefastet und meditiert hatte, so erblickte er die, für die er fastete. Ewiges Licht leuchtet ihnen, insofern sich Rausak in den Einstrahlwinkel ihrer bereits gewonnenen Klarheit stellt, dort verharrt und sie trotz gefährlicher Erwärmung spiegelt: indem er Aufträge annimmt, die Zählung nicht abbricht, ihre Bilder hochhält, damit sie weit sehen.

Liste zwei: die Religiösen

Präsident Gstötterbauer führt nie Privatgespräche, Aura höchster Fachlichkeit, schneller Großentscheidungen. Nach zwölf Jahren schweigenden Dienstes für ihn ein plötzliches Vertrauen: Religion als Glasbau, kybernetischer Gewächsturm, der verhüllte Knospen stündlich der Sonne zudreht. Impfung des Todes, Vorahnung von Leid mit tiefer Einsicht, Trost belohnt; züchtet so die lernende, siegreiche Gattung. Ein göttlicher Entwurf: Sollbruchstellen und auf sie programmierte, lebensträchtige Sanierung, der Kunstgriff transzendentalen Ausmaßes: die Unverwundbarkeit auf dem Kreuz.

Rausak, überrascht, betroffen, gab recht. Dennoch, der monumentalen Objektivität des Industriechefs fehlt die bedrohende Tiefe, als wäre er selbst nicht persönlichen Messungen, mit Leben zu bezahlender Einsicht ausgesetzt. Wäre das schon Gnade oder noch Intelligenz?

Drei Turmdrehkrane über dem heillosen Verkehrsgewühl des Schwedenplatzes weisen als Riesenhände in regendurchflutete Weiten nördlicher Donauebenen hinaus — im Leeren rudernde Dreieinigkeit, so nahe den Prellungen, den Erstickungen.

Rausak rekapituliert, wer sich sonst noch religiös geäußert hat — in Jahrzehnten: Diplomkaufmann Baldauf, Vorsteiger Grödl, Herr Forgatsch, der Tiroler Elektrochef Hirt, Feuerwerker Schaphietl, besonders Ingenieur Hofer, Disponent Zwigott (bei einer Maiandacht in Favoriten hat er einmal den kleinen Mann vom Lohnbüro gesehen); dann die gutmütigen Kumpel,

Monteure, Fernlastfahrer, Vertrauensleute voll Hingabe, ungefaßt zwar, postkonfessionell, aber noch gültig; oft Dr. Leikermoser, auch dessen Frau; Frater Lipp, Buchhalter seines Ordens, der Innsbrucker Spiritual; sein Onkel Anton, Landpfarrer, von dem ihm nur vier beschriebene Seiten eines sonst leeren Tagebuchs und Erzählungen anderer über ihn zugekommen sind; und vor allem Tante Hanni, die Heilige seiner ersten Lebenshälfte.

Schwere in sonst schwerelosen Zeitschlieren. Diese Menschen füllen das Inhaltlose. Aber ihre eigentliche Kraft, der Strahlkern, ist nicht ortbar — wie eine Narbe auf der Hornhaut, die dem Blick vorauswandert, der suchenden Pupille entweicht. Denn Frömmigkeit ist schon Folge, nicht Ursache ihrer Festigkeit, Beständigkeit — zurechenbar, zurechnungsfähig.

Einschlägige Zitate aus der Fabrik: Vorsitzer Sottolarz fällt dem ins Wort, der sagt: Ich glaube. Das Wort »glauben« gibt es bei mir nicht, ich bin Ingenieur. Jahre später mit ihm über dem Atlantik: Das Leben ist nicht erträglich genug, um religio zu haben, Beziehung zu einem stets praktisch widerlegten Absoluten. Drei Stunden später, beim Warten auf die Koffer in New York, Rausaks Antwort: Wahrheit bleibt unsichtbar wie Luft auf dem Flugplatz, die dennoch das alles hier trägt.

Diplomkaufmann Baldauf erkundigt sich im Betriebsrestaurant beim Semmelschmarrn nach der Bedeutung des Karfreitags. Hilfsköchin Grillitsch segnet insgeheim alle fünfzig Brotlaibe vor dem Einlegen in die Schneidemaschine. Direktionssekretär Posnik hat seinem Sohn klargemacht, daß er auf seine Kosten keinesfalls Theologie studieren wird, aber er spricht immer wieder in Sitzungspausen, beim Essen, auf Fahrten im Dienstwagen davon. Hauptchemiker Hofer, Fachmann für Kunststoff-Verbindungen, verstörter Agnostiker, schießt aus jeder Lage ohne Anlaß auf Glaubenshaltungen, ist aber ein auffällig liebenswürdiger, hilfsbereiter Kollege. Herr Forgatsch singt im slawischen Kirchenchor. Der tüchtige Vorsteiger Grödl: Die Religion verfolgt das höchste Ziel mit zu allen Zeiten und für jeden gültigen Mitteln. Sozusagen Sauerstoffvorräte über Himalajagipfeln für Jahrhunderte, aber auch für die kleine Lebensnische um mich herum, denn die Politik vergißt immer Übergänge und Einzelne.

Gespräch Rausaks mit Disponent Zwigott, Verfasser des Verkaufskatalogs: Moralisch ernste Gebote sind langfristig die lebensträchtigen, die landläufig lebensfrohen Konzepte hingegen tödlich. Birgit, Stenotypistin und Mormonin, predigt in Mittagspausen zwischen Schrebergärten. Elektromann Hirt im Sitzungszimmer, als er vor zehn Jahren Rausak den Platz neben Snanz zuwies: Er sitze nun zur Rechten Gottes. Ironische Bibelfestigkeit.

Das Dunkle-Flaschen-Gleichnis: süße Milch wird in braunen Flaschen angeliefert, um sie vor Sonnenstrahlen zu schützen; ähnlich verbergen Menschen innige Ahnungen vor der grellen Welt. Wie die Scheingrabtheorie: in der Nähe persischer Königsgräber wurden Scheingräber errichtet, um Grabräuber von kostbaren Beigaben des Bestattungsortes abzulenken.

Rausaks Frage, ob dieser Fluchtstil nicht unberechtigt sei, wenn es doch nie zur Liebeshaltung käme? Darauf Hirt: Eine Gewißheit vortäuschen, wo es keine gibt, kann eine Liebestat sein, aber auch das Gegenteil. Und Rausak: Nicht vortäuschen, erschaffen! In imaginärer Architektur eine Heimat entwerfen, wo lebenswichtige Manöver auszuführen sind. Hirt: Glaube auch, daß manche Taten besser sind als andere. Rausak zitiert die wörtliche Bedeutung des Ausdrucks »Gott«: Das Gegebene, Vorgegebene, Vorgefundene, Aufgetragene, Verbindliche; unumgänglich, unübergehbar, weil Voraus-leistung selbst für Weg, Schritt und Fuß.

Rausaks früheste religiöse Erinnerung: Engel mit der Waage an der Kanzel der Andräkirche, der mahnende Finger abgebrochen. Dort auch geheimer Firmunterricht. Vater hat den Hajotführer hinausgeworfen: Melde Josef vom Appell ab! Höhepunkt späterer Kindheit: südliche Sommersonntage, von Glocken vibrierende Lichtkuppel über dem Leibnitzerfeld, Blick vom Wildonerberg über das Murtal, aus der Bergkirche Margarethen ans andere Talende, Sankt Georgen, hinunter bis Gabersdorf, hinauf nach Kitzeck, Landschaft, die die Welt ausmißt. In Hausdächern helle Ziegelkreuze. Apfelbäume und Weinstöcke ineinandergewachsen. Feldwege als Grundrisse ungebauter Städte, Akazien ungeflochtene Dornenkronen. Bei Rückkehr der Prozessionen mischt sich scharfe Blasmusik von außen mit den weichen Orgeltönen: Profanes, Sakrales, Schweiß, Weihrauch — unvergeßliche, lebentragende Dissonanz...

Schaphietl, kommunistischer Betriebsmann, weiß überraschend viel über Chardin. Sein Vorwurf: Die im flammenden Bergwerk des Kapitalismus eingeschlossenen Bergleute verbrennen zu lassen oder sie im Löschwasser der Religion zu ertränken. Sozialistischer Tagbau als Alternative. Darauf Zwigott: Auch im Tagbau wird Wasser gebraucht, spätestens in den Brausebädern und Heimgärten der Mineure. Dr. Kossatz, Jurist: Das Problem ist, unwahr zu werden, nachdem man zuerst wahr gewesen ist. Vor offener Ewigkeit wird eine Zwischendecke eingezogen, nichtswürdige Jahrmärkte vor schönsten Meeresstränden und hehren Berggipfeln.

Wem gilt eigentlich der Applaus, wenn das Pendel unter der Kuppel der Washingtoner Technik wieder einen der zum Riesenkreis im Foyer geordneten Kegel umwirft und damit die Erddrehung beweist ...?

Impression einer Dienstfahrt Anfang Dezember: Dampfsäulen über Kanälen der Asperner Straße steigen senkrecht ins Winterlicht — gefällige Opfer Abels. Beladene alte Frau am Siegesplatz während der Rotphase: wie Menschen überhaupt noch leben können, ins zerbrechende Jahrhundert geduckt, ahnungsvoll im Kataklysma, Panik im Hals, alles Heil aus dem Blick entwichen?

Mit den Alleen nach Orth ostwärts ausschweifen; Rausaks tausendfacher Fluchtgedanke: Berg Athos, über steile Felswände an Ketten emporklimmen, zweitausend Meter. Gipfel aus weißem Marmor, über dem Meer. Athener Diplomingenieur, seit Jahrzehnten in der Höhle, Bohnensuppe, Kartoffeln, gottselig.

Immanenzrisse, Durchblicke auf das Königskleid: Modellflugzeugbauer beim Arthurhaus am Hochkönig treiben ihre kleinen Maschinen über den unzugänglichen Gipfel ins Unsichtbare. Höhlenforscher schütten Leuchtfarbe ins Wasser, um Eingeschlossene mit Licht zu versorgen.

Der Lotkontrollor an der Edelschrotter Staumauer stellt zwar täglich prüfend jahrelang die unverändert senkrechte Stellung des Damms fest, dennoch verzehrt er sich. Im Schreibpapier, den Kontoblättern Frater Lipps, leuchten verwobene Fasern eines Sommerkleids. Der Stephansdom enthält neben dem schönsten Orgelfuß der Welt eine hölzerne Marmorattrappe. Walzerentrückte Zerrgesichter des Straußdenkmals erinnern an das Höllentor Rodins, an Dantes ewigen Sturmwind, der die Verdammten des sechsten Gebots peinigt.

Rausak, auf der Reise von Donawitz nach Sankt Pölten, biegt, überraschend vor die Entscheidung gestellt, links in die neue Umfahrung Mariazells. In einer Minute ist der Wallfahrtsort umrundet, die Basilika geistert über den Rückspiegel. Großvater, vor hundert Jahren, war hierher vier Tage zu Fuß unterwegs. Die böse Magd zu Hause gestand inzwischen seine Unschuld. Rausak, von seiner Mißachtung des Gnadenorts beunruhigt, sieht die Ahnen: Onkel Martin, der mit den Kindern bei der Vertreibung vom Heimathaus unter Maschinengewehren vor die Muttergottes hinkniet. Was ist daraus zu folgern, daß sich das Schicksal Onkel Antons wiederholt? Sein Einsatz als Priester unter blinder Hierarchie, das Scheitern seiner Liturgievorschläge, vierzig Jahre später verwirklicht; berühmt als heiligmäßiger Prediger; früher Herztod. Auch Rausak ist als gewissenhafter Kollege beliebt bei den Kumpeln, Mitarbeitern, Vertrauensleuten. Darf dennoch Kenntnisse nicht einsetzen, muß, wie damals Onkel Anton, Verluste, die er hätte verhindern können, ertragen. Modellschicksal Überqualifizierung: Freiheit, die aus unablässiger Arbeit und Selbstkritik eine Kompetenz anwachsen läßt, wie sie Mächtige nie verzeihen. Dr. Leikermoser im Zimmer des Kammeramtsdirektors: Die Diskretion des Guten läßt latent Böses Raum gewinnen. Unvermeidliche Entscheidung: langsam, tückisch verstößt dich die Welt, selbst wenn du zur Korruption bereit wärest.

Andererseits vielleicht wirklich unerlaubt provokante Vorwegnahme von Vollkommenheit, wie Freund Paul Hora, Lyriker asiatischer Weisheit, theologischer Dichtheit. Sein Gebet: »Du spielst in mir mit Dir« nimmt verfrüht Stille an. Paul bezeichnet sich selbst als gefährdet. Rausak verteidigt ihn: Privater Initialkredit — Büßer schaffen jenen Frieden, in dem Sünder überleben.

Am zweiten August, strahlender Morgen, waagrechte Sonne über dem Tullnerfeld, Lichtfülle in Rausaks Büro. Zwischengespräch mit Lautner und Jarni, wie man mit ausgewogenem, gerechtem Standpunkt kämpfen könne? Antwort: Der Versuchung widerstehen, gegen Frevel gewalttätig zu werden; die Flüche, nach denen bebend unser Mund verlangt, nicht zuzulassen. Lautner darauf: Dann opfert man sich selbst. Jarni: Darin genau besteht das Kreuz. Überleben in dieser Position ist Zufall. Blutiges Martyrium wird durch Gnade erlassen; unblutiges nie.

Unlängst hat Rausak den inzwischen pensionierten Büroboten in der Portierloge wiedergesehen: Asperges nennen sie ihn, er hatte den anderen Kanzleidienern im Aufzug lateinische Responsorien vorgesungen. Jetzt: bartloser, dümmlicher Greis, tragisches Babyface.

Erinnerung an den Innsbrucker Mönch: verlassene Goldgräberstadt; obwohl die Mutterader noch gar nicht gefunden wurde, brechen die erschöpften Bewohner auf, ziehen in Wildnisse, wechseln die Sprache, fliehen die lange Überforderung: nach einigen tausend Jahren Hochreligion ungewiß, ob noch weitere Offenbarungen freigelegt werden, Flöze, Metalladern senkrecht im Massiv, Meteoriten in Wüstenkratern. Wir leben immer noch am Ufer eines namenlosen Stroms, eines Grenzflusses, der ständig seinen Lauf ändert. Mit Domen, Moscheen, Pagoden kann dieses Kapitel nicht enden. Vielleicht keine Bauwerke mehr, aber unerwartete Formeln, Implikationsketten.

In den Admonter Schreibsälen wird seit Jahrhunderten geschwiegen — auch während des Brands achtzehnhundertfünfundsechzig. In der Gefahr nur Handzeichen! Eschata — äußerste Grenze, weit ferner, als die Jünger ahnten. Macht verhindert Erkenntnis, Wissen ist

Machtverzicht, Verzicht Liebe. Jugendliche Religiosität zu vielfältiger Verbindlichkeit aufgelöst, aber ungebrochene Kontinuität, Reife ohne resignierende agnostische Blendung.

Vater hätte im Bahnhof von Halle fast einen Feldwebel erschlagen, der ihm verbieten wollte, gefangenen, vor Durst schreienden Russen Wasser zu bringen. Großvater ging täglich im Morgengrauen betend um den Hof. Onkel Anton kam von Ordinariatsbesuchen aus Graz hemdsärmelig und barfuß zurück, er hatte unterwegs Rock und Schuhe verschenkt.

Das dienende Leben Tante Hannis, wörtlich geübte Nächstenliebe; bucklig, schwerhörig, Engelsgesicht — gebt mir Stricknadeln ins Grab mit. Kleider, Essen, Wohnen, Zuspruch, oft auch Geld, für jeden, der das Haus unterhalb der Straße betrat, zwei Weltkriege lang, und dazwischen und danach ...

Unbesiegte Festungen bleiben einsam stehen. Zugbrücken des nie eroberten Grazer Schloßbergs stehen im Museum. Kategorien werden gewechselt, aus Recht wird Unrecht. Die normative Kraft des Faktischen, die akquisative der Felonie. Tugend bleibt unwiderlegt, allerdings auch ungenannt: als Feindin verkleidet in neuen Parteien.

Im Vorzimmer Pohorils wartend, denkt Rausak, er schriebe, wäre er Schriftsteller, etwas über Religion, von Glücksgefühlen, die nicht als Illusion entlarvt werden. Ansatz: alle Fehler sind nur quantitativ. Strategie der Nachziehungen, Übergänge. Auf der Suche nach den wirklichen Interessen — Hindernisse, die mit Arbeit zu bewältigen wären, Verfahrensfehler, mangelnde Kenntnisse.

Dieser Tage mit Francine über Heiligkeit gesprochen: Zu allen diese bewirkenden Eigenschaften kommt die Bedingung liebender Zuwendung. Eine Resignationsform als Endstadium kann nicht Heiligkeit bewirken. Eine deutliche Liste Gerechter wächst in Rausak, Verzeichnis redlicher Handlungen, zu rechtfertigender Positionen: Menschen inmitten der zu Hochleistung und Introversion treibenden Industriestadt haben Religion in der Seele wie Fische Glyzerin im Blut — überlebend in der Eisdrift.

Rausak beobachtet auf dem Semmering Schneeflokken, die auf eine heiße Lokomotive zuschweben, noch in der Luft schmelzen, ehe sie sie erreichen. So wirkungslos erscheinen Gebete vor der Realität, jedoch von geschmolzenen Schneeflocken stammt das Wasser, das Lokomotiven treibt. Schade, daß Schaphietl inzwischen gestorben ist, dies wäre mein Argument.

Zum ersten Mal auf Seite zweihundertneunzig der Vormerkungen für seine Kinder wird die voraussichtliche Endposition Rausaks erkennbar: daß es tatsächlich möglich wäre, nach Verarbeitung aller Informationen Zustimmung zu erlangen. Frau Puschenjak schreibt auf meterhohe Stöße Computerausdrucke »mit Gott«. Sie sagt, die Erfahrung reiche nicht aus für Hoffnungslosigkeit. Wenn die Wildoner Organistin zur Kommunion ging, erreichte sie, vom Chor außen herum, das Hauptschiff: Minuten verwandelnder Stille. Die Entscheidung ist, wo er nicht Hand anlegt. Sich dem Nicht-Erkennbaren anpassen! Dem Unbewegten nachfolgen! Erreichte Ruhe geht verloren, Gefährdungen werden schärfer, Gewaltige, kaum widerstehbare Antisysteme füllen die neuen Schläuche. Aber die Entdeckung, daß Zeit nachfließt, Straße durch die Ewigkeit, wie Flüsse Straßen durch Dschungel sind. So einfach, daß man nicht darüber reden müßte, ist das nicht!

Es sind sechsunddreißig, davon fünf Verwandte,

neun Priester, vierzehn aus der Fabrik. Unmöglich, ihnen gerecht zu werden: Beständigkeit über Jahrzehnte! Sie halten der Erosion stand, die andere zu amorphen Klumpen werden läßt wie die ins Museum geborgenen Sandsteingestalten des Stephansturms: Gesichtszüge gänzlich abgescheuert, nur noch flache Kleiderfalten.

Ölbergstunden, meinte Diplomingenieur Forgatsch Ende Jänner in der Postgasse, darf ich wohl nicht sagen, aber zum Bestehen der Wirklichkeit, die, verdammt noch einmal, objektiv ist und nicht etwa eine Spiegelung meiner Vorstellungen!, haben sich ausschließlich christliche Bildsequenzen bewährt, sonst gar nichts!

Rausak überblickt die Liste: Mein Gott, kaum aussprechbar: etwas ändert sich! Die Unverwundbarkeit am Kreuz, aber einfacher, furchtbarer als Präsident Gstötterbauer es gesagt hat, jetzt mit vollem Gewicht, in vollem Licht, schicksalhaft im Sinn von wissentlich unwiderruflich, persönlich, körperlich, als nicht mehr mitteilbare, den freien Fall tragende, ernstgemeinte, einzige Wirklichkeit: eindeutig auf diese Unverwundbarkeit allein verwiesen, alle Ausflüchte verstellt: Mein Leben ist mein Leben geworden. Asperges hat es in den Aufzügen gesungen.

Liste drei: die Philosophen

Schweigsamer, heiligmäßiger Großvater, der jeden Morgen betend um den Hof ging; der die Geographiebücher seiner Söhne und von ihm unterstützter Studenten las — stundenlang vertieft in die Abbilder der Welt, immer sonntags nach der Messe in der kühlen, aufgeräumten Schmiede, die nach verbrannten Hufen und ausgeglühtem Eisen roch. Und der wohlgeordnet seinen Tod erwartete: Geht heute nicht zu weit vom Haus weg!

Das Weltbild im Fixierbad der Jahre: kaum merkliche Abdunklung, Schatten auf stets wieder belichteten Schichten, zögernde Ausformung von Kontinenten, tastende Vorgriffe, Efeugerank, Protuberanzen in Zeitlupe, wie das in der Person vor sich geht, ständig unterkommentiert, unterinformiert, knorpelige Hilfsorgane eingewachsen, verfestigte Zwischenbilanzen, Stacheln zum Skelett versteinert, Striemen als Ornamente. Widersprüchliche Meldungen strömen ein, Warteschlangen, Auswahlkriterien, Schicht über Schicht auf der Pupille. Verworrene Spinnennetze, Musterung in ersten Ansätzen, Verführung, Knäuel, an Rändern plötzliche Orchideen. Je nach Bedürftigkeit und Trennschärfe des Schauenden weniger oder mehr Unterschiede, Halbporträts, Widersprüche ausgeworfen.

Eine Kindheit: mutterloser Haushalt, diebische Nachbarn; Vaters Verfluchungen der Politik, im Zorn über wahnwitzige Weltzerstörer zerschlagene Möbel, seine Abreise in den Krieg; Orts- und Schulwechsel, schlechte Lehrer, gute Pfarrer, Dexenberg, Wildon, Leibnitz, Graz — Bahnhofsuntaten —, Lebring, Gralla,

St. Georgen, die Bergung durch Tante Hanni, St. Margarethen. Die Leute vom Langerberg, Weingärten, feucht-üppige südsteirische Sommertage, an der Laßnitzschleife großes Kruzifix auf der Holzbrücke, Mostkeller, Staubschwaden über Kürbisfeldern.

Landschaft aus Abklärbecken, etwa um das fünfzigste Jahr: Gitterstapel, Siebfolge mit versetzten Maschen, räumlich pulsierend, drehend, in ständig verändertem Abstand, wechselnde Korngröße der Böden, unter deren Sedimenten endlich jeweils letztgültige Bilder ruhen: Gestalten, Regeln, Ausnahmen, Zusammenhänge, Übergänge, Gleichnisse, gesicherte Abläufe, nicht mehr befragte Hinderungen. Auswechselbare Entlastungsangebote, Scheinübersichten, Zufriedenheitskonstruktionen.

Position Egmonts bei Goethe traurig nachlesen: von Alba getäuscht, gefangen, Urteil Köpfung; ist der idealistische Optimismus des Helden heute nachvollziehbar, oder wäre die Tragödie erst in Zurückweisung illusionärer Tröstung fruchtbar? Dr. Stiliga, Firmenpsychologe, weist zum Thema tödlicher Verschweigungen auf Sternenfreund Jarni, Lohnrechner, der die schwarzen Löcher im Himmel mit Materien erklärt, deren Anziehungskraft das eigene Licht zurückhält! Solche Verdichtung — ein Kubikmillimeter Milliarden Tonnen schwer — bereitet Schleuderungen neuer Galaxien vor: Hoffnung im lähmenden Verstummen unserer Zeit?

Abgrenzung der Philosophen zu Fachleuten: begnügen sich nicht mit Unmittelbarem, Evidentem, mit Okularkontrolle; zu Religiösen: sie transzendieren nicht, suchen immanente Regeln; zu Politikern: sie verwerfen Ideologien, die eine Überschaubarkeit der Welt nur vortäuschen.

Rausak sitzt mit Werbeleiter Tabornik (Gewinner

der goldenen Feder für Propagandisten) in der Halle des Schlosses Hernstein, Institut für Unternehmensführung. Krochows riesige Jagdszene an der Wand: Elchjagd mit Schlittschuhen auf gefrorenem See; so stellen wir der Wirklichkeit nach — eisiger Blick entzieht die dritte Dimension, wir gleiten auf Kristallflächen mit Schlittschuhwörtern hinter der flüchtigen Pracht her, erlegen sie zwar, doch immer steht der endliche Besitz unter Ausnahmsbedingungen: noch die Beute verstrahlt die Aura der Unzugänglichkeit... Von der Notwendigkeit, Jagd- und Besitztrieb zu überwinden. Tabornik erinnert, daß Sprache aus Zurufen der Jäger entstanden ist.

Die Felsen des Bergmassivs vor dem Zimmertrakt sind mit einem sichernden Stahlnetz überzogen. Rausak sieht die durch Maschen gezwängten, verkrüppelten Föhren sich über das Gitter recken. Tabornik an der Zimmertür: Solange wir die totale Sicht nicht besitzen (von einer komplizierten Schwebeposition wäre sie zu genießen), muß ein gerechtes Vollbild sequentiell, in stellvertretenden Teilschnitten, beschrieben werden. Vorläufiges Optimum: unzählige Anläufe, einige Symboldurchbrüche, in unablässig nachschiebenden Aufhäufungen das Ganze umzingeln, bis die Menge beigesteuerter Wahrheitsmoleküle in glückliche Anschauung umschlägt: die Elche nicht jagen, sondern an der Tränke still beobachten.

Dagegen die Theorie Gremialsekretär Niegls, der die Zwecklosigkeit eigener Perfektion vor imperfekter Umwelt unterstreicht. Arsenal evidenter Ausnahmen. Dominiert damit alle Sitzungen, stört jeden Denkansatz, triumphiert mit Absurdität über juristische und ökonomische Ansichten. Sein Idol: Professor Dror, der nachwies, daß die Qualität von Kabinettsbeschlüssen der Treffsicherheit des Würfelspiels entspricht; Dalai-Lama-Nachfolge als Inbegriff agnostischer Rationalität: der in der Todesstunde des Alten geborene Knabe ist der Neue; andere Auswahlkriterien ergäben auch nichts Besseres. Erklärt das stoische Verhalten Niegls während Ratzlugers unverständlicher Eingriffe in den Verband bei der Bestellung des unbekannten Rosner.

Ähnliche, wenngleich nie zu Polemik mißbrauchte Philosophie der Imperfektion vertritt Amerika-Repräsentant Simonides, härtester Arbeiter, die sengende Intelligenz im Gestrüpp niedergebrannt, fortkreisender Leistungszwang minimal besänftigt durch sichtbaren, metallischen Erfolg: Sind Sie erster Klasse geflogen, Herr Rausak, Schattenseite, über den Tragflächen? Wissen Sie, dieses Boeing-Modell mußte nach Indienststellung geändert werden, es war zu vollkommen. Den messerscharf geformten Flügeln wurden quer zur Luftströmung Widerstände aufgeschweißt, die künstliche Luftwirbel erzeugen. Stromlinie darf die Wirkung der Luft nicht aufheben, kein Vakuum erzeugen. Einsamkeit als Stromlinie des Geistes gegen den Widerstand der Welt, Heiligkeit Stromlinie der Seele auf dem Weg zu Gott, um sich zu nähern — nicht den Abstand aufzuheben, denn überlistete Luft zerteilt sich zum Nichts, trägt keine noch so rasenden Flächen.

Darum wird Vollkommenes gebrochen, darum singen die Mönche, trinken Kaffee, spielen mit Bällen zwischen Kastanienbäumen; der Delphin saugt mit der Haut die von ihm zerteilte Wasserströmung ab, ehe sie aufklafft und seinen Flossen keinen Halt mehr böte. Teppichknüpfer weben künstliche Fehler in ihr Werk, und in bodenlosen Sümpfen entstehen Traumstädte — Venedig, Amsterdam. Spanisches Frauenkloster lebt von Bikini-Näherei. Irritation, subtile Verzerrung, Gottes Schwanken in einer äußersten Achse, Turbulenz reiner

Kraft, Stachel im Ewigkeitsfleisch... Simonides tappt zum Kühlschrank, lehnt über der offenen, überfrorenen Tür. Die Innenbeleuchtung bestrahlt das Zimmer. Durch Luftschächte gefilterte Stimmen. Nie ein Gespräch; in New York komme ich aus diesem Raum nie heraus. Mathematische Sturzbäche, über die Turbine geleitet.

In der Morgensonne vor der Schmelzofenhalle Schleifmeister Pribor getroffen, Mappe für Abgüsse der letzten Nacht: über die Hälfte Ausschuß. Pribor hat nasse Augen: Herr Rausak, seit Jahren bitte ich die Former, vor der Zustellung der Modelle mit dem Schmelzmeister zu reden; und die Ofenmannschaft soll die Putzerei anhören. Tränen über den Wangen des alten Meisters (sie reden nie miteinander).

Chefrechner Dr. Tretter fand heraus, daß der Firmenerfolg aus innerer Kommunikationsdichte, Organisation, entstehe. Fünfzig Prozent aller Kosten sind Informationskosten. Gedanken, tausendfach wiederholt, Schlittenfahrten auf Bobbahnen oder Schifliegen über Springschanzen, oftmaliger Versuch, riskante Flüge unbeweisbarer Fast-Gewißheiten durch ständige Wiederholung zu sichern. Litaneien, Kataloge, Tabellen, Check-lists, Rechenschieber, immer schneller, öfter, schärfer; etwa: wie durch rasende Schwingung, Oszillation, kompakte Materie entsteht, zitternde Energie zu fester Schicht sich verdichtet.

Besitzer absoluter Wahrheiten können zugleich unter Mangel an instrumentaler Vernunft leiden: Festigkeit in der Bewältigung unmittelbarer Vorgänge oder gewissenhafte, langatmige Verwaltung letztgültiger Wahrheiten.

Aber, wirft Werksarzt Dr. Rassl ein, wir haben es mit Wirklichkeiten zu tun, für die wir kein Erkenntnisorgan haben. Unser Gehirn ist auf individuelle Optimierung gerichtet; war schon die altruistische Superstruktur als ein ungeheurer Aufschwung erst in der letzten Phase der Geschichte aktuell, so erscheinen weitere Übersteigungen weder dem Individuum noch einer arbeitsteiligen Organisation möglich. Auf dem Bisamberg wird vor Eisstücken gewarnt, die vom zweihundertfünfundsechzig Meter hohen Sendemast herunterstürzen können.

Tatsächlich, zwei gleichartige Selbstmorde, die Rausak auf Mangel an Erlösungswissen zurückführte: beides Männer in zweiter Lebenshälfte, Gemischtwarenhändler, jeder sein Haus am fließenden Wasser, der eine am Mühlgang der Grazer Karlauerstraße, der andere am Werkskanal in Lebring — jahrelange Herausforderung durch totales Symbol. Lange verdrängt durch berufliche Ablenkungen, Redensarten sind Todesarten; der Grazer Täubel hinterließ sogar einige Skizzenbücher, wollte figural bewältigen, wozu ihm verbal keine Chance blieb; der Untersteirer Langbauer trank Wein. Für beide kam ein Tag, an dem sie das Rätsel nicht mehr ertrugen, in ihm versanken.

Steuerfachmann Falschegger stimmt Rassl zu: Können aus unseren Bahnen nicht heraus. In Lepradörfern werden lepröse Kinder von leprösen Lehrern unterrichtet. Zeuge Dr. Stiliga warnt vor der Profilierung auf Kosten der Wahrheit, denn das bedeutet eine Verschlechterung der Lebensbedingung ehrlich Unprofilierter, liefe auf Menschenfresserei hinaus. Der Kommunist Schaphietl findet, daß Welterklärungs- und Lebensbewältigungsmuster wie Tannensamen über die Felswände der Realität fallen: Schauen Sie sich das in der Bärenschützklamm einmal an, sie klemmen sich an Spalten, fassen Wurzeln, zerspanen das Gestein, ein prangender Hochwald griffiger Erkenntnisse steht, allen sichtbar, über den Tagen. Parteiischer Optimismus: Wurzeln verwandeln tote Gebirge in Äcker.

Im letzten Jahr vor der Pensionierung des Vorsitzers Sottolarz seine furchtbare Erkenntnis: vor unseren Augen werde die Realität eine andere, was objektiv war, bleibt es nicht, während wir noch damit ringen, unsere Vorstellung anzupassen, wird aus wahr unwahr, aus richtig falsch, eine Gegenwelt setzt sich durch, die Erscheinungen bestätigen sie. Haupt verhüllen und auf den Tod hoffen. Auch Professor Snanz hat sich unter ähnlichem Eindruck ein Universum aus Nicht-Handeln erschwiegen!

Präsident Dr. Gstötterbauer, schärfer denkender Typ, registriert eine Mutation, die bisher maßgebende Konstituanten verdrängt: sie abtut, nicht etwa widerlegt, wie vieles in der Geschichte! Optimierung nach Leidvermeidung, ohne Anspruch auf Überbau. Innere Ökonomie statt mit anstrengenden, doch nie stringenten Religionen mit Narkotika aufrechterhalten.

Vielleicht kämpfen Theologen oder Lyriker nicht nur auf verlorenem Posten, sondern wirklich im falschen Krieg; sie hätten nicht mehr recht. Gstötterbauer schildert die Riesenkathedrale im Hochland Boliviens: Goldpracht zwischen Ruinen, San Antonio di Lipes, entvölkerte Stadt, eine Indianerfamilie hause in Löchern, betrete die Kirche nie. Das Gold und das Licht und der Glanz seien wieder mit sich allein.

Rausak denkt an den Innsbrucker Spiritual, der ihm schon vor zwölf Jahren versichert hatte, die Goldgräberstadt sei aus dummer Ungeduld vorzeitig verlassen, die Mutterader des Stollens noch gar nicht gefunden worden! Rausak erinnert Gstötterbauer an die Indianer der Anden, die Ornamente nur mit geraden Linien schnitzten, Bogen und Kreise nicht erfanden, das Rad nicht kannten; ähnlich unserer eigenen Blendung: die mehrdimensionale Matrix situations- und phasengerechter

Realitätsbestimmung auch hier mißlungen. Doderer: »Weil wir in den Metaphern zu schwach sind, bekommen wir die Schläge auf den Kopf.«

Nach Ansicht der Wiener ist ein Philosoph nicht, wer die Wahrheit liebt, sondern, wer sich um nichts kümmert. Der Tiroler Schlögl, der die Stempelkarten in Hall führt, studiert die Lehren des Tao: kein Werkzeug verwenden, keine Waffen, weites Wandern meiden, nicht handeln, Herz leeren, Bauch füllen. Weiß nicht, daß vor zweitausendzweihundert Jahren vierhundertsechzig solcher Philosophen lebend begraben wurden. Aber auch Dr. Tretter, eingezogene Existenz, Totaldefensive, ungreifbar, plakativ loyal, geborgen außerhalb der eigenen Identität, Kryptobiose. Ringstraße, prunkvolle Sackgasse, täuscht nicht vor, daß man irgendein Ziel erreiche, mündet immer in sich selbst.

Auch Elektromeister Haberls Höflichkeitsgestrüpp: eines Nachts, während der Jubiläumsfeier des Leitungsbauchefs Hirt, schlendert er mit mir über die Seegrube bei Innsbruck, Vollmond: Ich bin mit vielem nicht einverstanden. Aber niemand kann von mir verlangen, mich bei vorgegebenen falschen Spielregeln gegen mein Interesse zu entscheiden: man müsse angepaßt überleben und gleichzeitig auf zuständigen Ebenen Änderungen der Spielregeln erwirken.

Rausak zählt dreiunddreißig Philosophen. Davon achtzehn in der Fabrik, drei besonders negativ, fünf positiv, sieben tragisch. Die Mehrheit: agnostische Pragmatiker wie Dr. Niegl, heroische Nihilisten wie Rassl oder Falschegger, Stoiker wie Tabornik, Snanz, Haberl, Existentialisten wie Gstötterbauer, Simonides, Zwigott, Idealisten Leikermoser, Stiliga, Arlet. Aus der Literatur drei Eindrücke: Pascals Rat, nicht aus dem Zimmer zu gehen; Schopenhauers erfolgreicher Kampf um sein

Vermögen während der Krida des Bankhauses Muhl; Nietzsches rührend brave Knabentagebücher nach dem frühen Tod des Vaters.

Verkaufsmann Zwigott und Computerchef Arlet überwinden Dr. Rassls Pessimismus: Nutzung mehrerer Ordnungsstrukturen nebeneinander, wie man Lochkarten fremder Programme aufstapelt und durch überschnittene Stanzungen schauen kann. Wertsysteme, Denksequenzen, Verhaltensregeln gleichzeitig heranziehen, wissend, daß sie einander nicht decken; kein gemeinsamer Nenner, aber Teilzuständigkeit. Herausarbeiten, in welcher Problemkonstellation welche Reaktionspartitur anwendbar ist.

Arlet führt Gedankenschwäche auf Unmoral zurück, beschwört ungenutzte Freiheiten, unbegangene Gipfelpfade, freie, uns aus Bosheit verschlossene Prärien der Erkenntnis, während wir einander in überfüllten Wörterstädten auf die Füße steigen, die Gesichter zerschlagen.

Zwigott, auf langen Flugreisen mit Lektüre versorgt, glaubt an ein Wittgensteinsches Manifest existentiell evidenter Implikationsketten: wir sind da, wir tun etwas, wir sind nicht glücklich, wir sind sterblich, wir denken unvollkommen, wir stehen in Beziehung zu anderen Menschen, die Welt ist wirklich und objektiv, einzig gerechte Haltung: Langmut, Demut, Friedfertigkeit. Dazu Dr. Leikermoser: Systemtheoretisch ist für eine Sanierung der Welt der Input antizipierenden Wünschens und Träumens unerläßlich, bis hin zur idealen, universellen Sprechsituation.

Dreißig Kilometer vor Paris müssen Rausaks Kinder kurz aussteigen. Er selbst spaziert die Route nationale entlang, beobachtet einen Clochard, der in den endlosen Abfallhalden stochert. Ein im Sommerwind leicht bewegter Baum — Inbegriff der Existenz: groß, schön, wahr; vollkommenes mechanisches, chemisches, ästhetisches Wunder, Wärme, Kühlung, Ruhe, Bewegtheit, Kraft, Zartheit, Teilhabe an allen Elementen. Sartres berühmte Baumwurzel im Jardin de Luxembourg. Hier im Abfall: Plastikgehäuse alter Rechenmaschinen.

Rausak denkt an den schmächtigen, tiefäugigen Kontoführer Urleb. Gemeinsame Besprechung im Kremser Materialbüro mit dem Vertreter von Data International, Arbeitsplatzanalyse, Urleb soll eine automatische Buchungsmaschine bekommen. Im Weggehen erst beobachten wir auf seinem Schreibtisch Schnitzereien: Madonna, Engel, Kruzifix. Was haben Sie da, Herr Urleb? Ergebenheitsgesten, feiner Kopf, genaue Lippen, randlose Augengläser, dunkelgrauer Arbeitsmantel mit dem Firmenemblem an der Brusttasche, gespitzte Bleistifte: Ich mache das in meiner Freizeit. Betroffenheit, Gratulation. Urlebs Blick auf unsere Krawatten, lächelnd, fast flüsternd: Primum vivere, deinde philosophare. Das Denken des Menschen geht in einer Abgeschlossenheit vor sich, gegen die jede körperliche Verborgenheit öffentlich ist.

Liste vier: die Künstler

Der übernächtige Hagenhofer, sangesfreudiger, hierher versetzter Bleiburger, Spätschicht am Schmelzofen hinter sich, begleitet Pribor über den Gußhof — bizarrer Skulpturgarten aus Motorengehäusen, Waggonachsen, Schiffsschrauben: Begrüßung Rausaks: Hagenhofers Schubertkopf quillt aus dem Schutzhelm; alt gewordener Sängerknabe, ungreifbar, bubenhaft freundlich, in Glasur gegossen, argumentiert in der Terminsitzung so: Zwischen Modellzeichnen und Abgießen ist ein Unterschied wie zwischen Notenstechen und — Singen! Gebraucht für Künstler den Vergleich zum Seil am Beschickungskorb — es muß frei hängend über glühender Schmelze verbrennen, damit das Gefäß voll Edelmetall aufspringt...

Selbstverständlich, nickt er Pribor zu, künstlerisches Bemühen brauche ausdrückliche Rechtfertigung angesichts der vielen ungetanen Arbeit. Musik nicht als Ersatzwirklichkeit, um an ihr statt bei hellem Tag an seiner Pflicht den Bedarf nach genauer Unterscheidung zu decken.

Zwigott, privat vor der Angebotsitzung: Den ersten Satz der Mondscheinsonate beherrsche ich jetzt. Wer einmal Beethoven geübt hat, mag andere Klavierstücke nicht mehr. Er will demnächst Abendlektionen nehmen.

Rausak erinnert an Buchhalter Opfolders Klage über seinen jahrelang ausgebildeten Sohn, der jetzt nur auf Begräbnissen singt. Und Herr von Kronek schlich schluchzend durch die Stockwerke des Hauses Idlhofgasse, geigte verschlossene Wohnungstüren an. Als

Rausaks Vater starb, kondolierte er im Schlafrock und klagte über Motten, die den Blasbalg seines jahrelang unbenützten Harmoniums zerfressen hätten, weshalb er nun den Trauermarsch nicht spielen könne...

Werksarzt Dr. Rassl erweist sich im Rauchsalon der Volksoper als überraschend musikgebildet: Orpheus eigentlich eine Kastratenrolle; ausführliche Theorie über den Kontrabassisten und Doppelmörder Badstöber, der — zwischen der Tat und dem Ablegen der tückisch entkleideten Leiche in einer Ackerfurche — im Musikvereinssaal ungerührt seinen Part spielte. Rassl, verhinderter Bariton, betont bürgerlich, wuchernde Diesseitigkeit, zitiert den verstorbenen Gremialrat, Klaviervirtuosen Singmann: Musik als Gegenwelt des Ohres. Schuberts hymnischer Dank an die Kunst sei sublimierter Haß ihrer lebenslangen Heillosigkeit wegen und der Opfer, die sie verschlingt. Verstehen Sie, Herr Rausak, Insallah ist der heißeste bewohnte Ort der Erde, erhaltbar nur durch die von unzähligen Negersklaven gebauten unterirdischen Wasserkanäle. Ist die Schaffung einer Stadt mit den Opfern Zehntausender gerechtfertigt?

Identitätsdiffusion nennt es der Bleiburger Metallurg Scharneck, unerlöst, zornig, Freizeitmaler, dritter Preis der Kärntner Ausstellung, Deckblatt der Hüttenzeitschrift: vieräugiger Habichtkopf vor endloser Winterlandschaft, Breughel-Perspektive mit Fördertürmen. Scharneck hat seine unerfüllbaren Selbstansprüche auf die Umwelt übertragen: unmäßige Herausforderung seiner Mitarbeiter, unbarmherzig, lieblos und so scharf, wie er eigentlich nur seinen Stoff, die Motive beobachten dürfte — wofür ihm aber Kraft und Zeit fehlen... das anzügliche, überlebensgroße Ölgemälde einer Lemurenkonferenz an der Retortenwand. Sein Widerpart, der kleine Zeitschreiber und Aquarellist Kailan, malt nach

Ansichtskarten Landschaftsbilder in Serie und auf Bestellung: Narrenfreiheit abstrus verholzter Ironie, weltfremd, karikiert sich selbst mit jeder Geste, trägt eine entrindete Birke über der Schulter durch die Kupferhalle. Viel ruhiger, seriöser, der Holzschnitzer Urleb, dessen Madonnen das Kremser Schmierstoffbüro zieren. Primum vivere, flüstert er Rausak auf die Frage nach seinem Ergehen zu...

So dachten wohl auch die gefangenen Russen im strengsten Kriegswinter, die auf dampfenden Ochsenschlitten Holzblöcher aus den Auwäldern von St. Georgen an unserem Haus vorbei zum Schloß führten: sie schnitzten Brettchen mit nickenden, pickenden Hühnern darauf, Figuren von Schnüren bewegt, die einem unterhalb pendelnden Stein zuliefen. Vor dem Hügel war stets Rast für die Zugrinder; ich lief mit heißer Labung zu den Gefangenen hinaus, russische Puppen zum Lohn.

Maler und Schöngeist Dr. Gerstl, ein abstraktes Blatt hinter seinem Analysentisch, verrät Rausak geheime Illoyalität: Wissen Sie, was Richard Strauss im Mai neunzehnhundertsechs im Grazer Hotel Elephant Gustav Mahler zugerufen hat? Niemand gäbe ihm etwas dafür, daß er sich aufreibe für einen solchen Saustall! Es stünde nicht dafür. Das erklärt Gerstls eigene Berufsleistung wie ein Drehmomentschlüssel: über Minimalbelastungen dreht er leer durch.

Gespräch mit oberstem Fotokünstler Dr. Tretter: Meeresbrandung von Kreta dringt über den Fernsehschirm in meine Gehirnrinde, wie ist das möglich? Und meine Kinder bestaunen den Anblick der Milchstraße von oben. Auf endloses Zelluloid gebannte Visionen, Doppelwelten, Gegenwelten, wiederholbar, Vor- und Rücklauf, totaler Besitz bei Umgehung jedweden Wortes, fast göttlich.

Tretter: Ein Kunstwerk, das den Informationen dieser Epoche entspräche, ist mit dem Potential einer Person (und so beschränkter intersubjektiver Teilhabe) nicht zu schaffen, höchstens zu beschreiben; doch allein das Inhaltsverzeichnis wäre wie die Ausschreibung für eine Bitumenanlage in Marokko, die, zwar achthundert Seiten lang, eben doch nur Bedarfsmeldung, nicht Verwirklichung ist, ausgefeilte Imagination, nicht Schöpfung, vollkommene Ankündigung statt Erfüllung.

Andere Fotomeister, die Herren Hefes und Keller, oft international ausgestellt. In der Fabrik tragen sie sozusagen exterritoriales Gehabe zur Schau. Künstler im Betrieb: höflich, willfährig, unterwürfig, glatt, stumme Werbung ums Gewährenlassen, ums Unangefochtenbleiben, keine neuen unnötigen Belastungen, kein Ehrgeiz und fast ängstlich das geheime Gerüst vielseitigen Strebens bewachend. Daher manchmal betont robust, Entlastungsangriffe auf dienstliches Gebiet, oft halbherzig, oft überscharf. Unnatürliche Müdigkeit im Benehmen, viel Schweigen über sich selbst, doch die Augen, Stirn, manche Wortwendungen: überbestimmt, Doppelbewußtsein, in sichtlicher Spannung der Schläfen, Wangen und Handgriffe, vorschnelle Erledigungen, postwendende Blitzantworten. Sie haben etwas zu bergen, zu verbergen.

Selbstmörder Täubel hinterließ ein Skizzenbuch: mehrmals im Leben die Versuchung, abzulassen vom anstrengenden Zwang zur Übersicht, persönlichen Stellungnahme, Einordnung. Schmerzvolle Läuterung, Übersteigerung führt zu eigener Lebensunfähigkeit. Jeder Anstoß endet mit neuer Anforderung an sich selbst — bis zum Überkippen: van Gogh, Gauguin, Stefan Zweig, Egon Friedell.

Völlig integriert und scheinbar glücklich der Schauspieler, Zauberkünstler, Spaßmacher Grininger. Er arrangiert alle Führungen, Empfänge, Sommerfeste, genießt firmenweites Ansehen als Künstler mit dem besitzanzeigenden Fürwort »unser«, wodurch er aller Zwielichtigkeit, Bedrohlichkeit ledig ist.

Griningers Künstlertheorie, im Fasching auf dem Beleuchterbalkon des Theatersaals während der Polonaise unter Violettlicht entwickelt: Herr Rausak, es ist der Schmerz ungenützter Kapazität, Panik beim Überblicken leistungs- und ereignisloser Wochen, fröstelnd, windig, regnerisch, nichts als erschöpftes Arbeiten, inhaltslose Spaziergänge in ungemütlichen Straßen, die letzte Lebensphase kommt in Sicht, Einsamkeit, unterbrochen von Wutausbrüchen mit erstickender Stimme. Manche schaffen es, Einsichten, Ahnungen in Formen zu gießen, die ihnen Wirkung, quasi Sinn verschaffen — ich spiele Komödien, und eine Lachsalve aus dem Saal ist wie ein Schluck Lebenstrank. Und der Handke gießt seine Krankheit in Prosa, verteilt sie auf jene paar tausend Leute, denen ein bißchen Angst nicht schadet.

So ist das nicht, schreit Wuggenik auf, unglücklicher Literaturkenner, beklagt widerwärtig fortkrabbelnde amputierte Körperteile, die monströse Scheinwelten aufhäufen, Masken, Fratzen, aufsässig, wehleidig, ausschweifende Subjektivismen, Krebsgeschwulste, geile, miese, anmaßende Unterwelt! Sezierte Elternteile in tiefgekühlten Schaufenstern. Wuggeniks Berechtigung: zwei überstandene Aufenthalte in Nervenheilanstalten, bei rasendem Gedächtnis ausgeblutet zwischen Betrieb und Ehe, ehrgeizige Frau, kleine Wohnung im Personalhaus, hoffnungslos subaltern, aber mit krankhafter Klarsicht. Ich sollte einen Roman schreiben, ruft er ständig, will aber nicht mitschuldig werden. Eine verdammte Fopperei ist das immer im Palffy! Nach mehreren Versetzungen arbeitet Wuggenik jetzt in der Statistik; es ist dort stiller um ihn.

Frau Dr. Zeppik, Lyrikerin, mit der er im Einkauf beisammensaß, ist inzwischen Redaktrice eines Frauenblattes. So unrecht hat der Kollege nicht, meint sie: Inadäquanz der Dichtung vor der Existenztragödie! Der Literat als Kassier hantiert ohne Betroffenheit mit den größten Geldscheinen. Sie verweist auf den in der Werbung beschäftigten Texter Staudinger: für seine Eitelkeit fräße er lebende Mäuse, drückte sich Glasscherben in die Brust: zuerst Journalist mit Enthüllerambitionen, an Recherchenmangel gescheitert; dann Zerstörer sexueller Tabus, nicht originell genug; später linksextreme Aktivität, von Kumpanen als Abweichler durchschaut; schließlich Verwüstung seiner privaten Existenz, Opferung der Frau, und doch noch immer nicht die epochale Aussage; endlich Mundartgedichte — werden tatsächlich gedruckt, er kommt zwanzig Sekunden ins Fernsehen...

Wuggenik: Feig sind sie, stellen sich nie der stummen, quälenden, echten Wirklichkeit, klein-klein, schiefschief, bös-bös basteln sie ihre Werkchen. Hiezu Metallmann Dr. Scharneck: Die Unart der Dichter, unter Umgehung unserer alltäglichen Probleme direkt in Metaphysik vorzustoßen, dort eine private Sprache zu führen, in der sie immer recht haben, ist glatter Schwindel.

Günther Grass wird im Fernsehen ungeduldig: Herr Nenning, Sie sollten sich daran gewöhnen, daß ich eine gespaltene Person bin! Diese Antwort auf mehrfach genau vorgerechnete Widersprüchlichkeit soll sich einmal ein Straßenbahner erlauben, wenn vier Tote in der Billrothstraße auf dem Pflaster liegen.

Diplomingenieur Eggenburger, weltweiter Kerosinmanager: Die persönliche Präzision des Autorennfahrers, der mit seinem Leben für jede Entscheidung haftet, das ist für mich Poesie, imponiert mir mehr als manieriertes Schriftstellergefasel. Er zitiert zu Recht Niki Lauda: Ich habe leider keine Zeit für Dichtung und Musik, muß mich total einsetzen.

Stiliga vertritt Logotherapie: An äußerste Grenzen gehen und von dort zurückgekehrt beweisen, daß man zurechnungsfähig geblieben ist; Beispiele setzen, Seile anlegen, an denen sich andere vertrauensvoll entlangtasten, erfahrend — solche Tiefe ist unbeschädigt erreichbar: künstlerische Koketterie dagegen, Verzögerung durch Unwissenheit, Spielerei, Abwegigkeit vor offener Not sind Todesurteile, vergleichbar den Schreibtischmorden Himmlers. Stiliga verweist leise auf den Todessprung des vierundzwanzigjährigen Judenburgers Rabensteiner im Grazer Schauspielhaus am siebzehnten Oktober.

Programmierer und Lyriker Froling, erfolgreichster Künstler der Firma, stimmt Stiligas Ablehnung der Spaltung zu: Hier mühevolle, tausendfach zerlegte Arbeit, unvollkommene Bedingungen, unüberblickbare Sachzwänge, das breite, bittere Geschiebe des Lebens — dort Riesensonderangebote reizvoller Alphabete, die das Bittere blamieren, unbillige Abwege als Auswege anbieten. Froling antwortet — alte Lochkarten mit Notizen ragen aus seiner Brusttasche —: Ich halte es mit Solschenizyn: hauptberuflich Literatur machen kann man nur, wenn man lügt; man kann sie nur als Nebenberuf ehrlich betreiben. Ähnlich Diplomingenieur Forgatsch, Isolationsfachmann, Baß im Chor der ukrainischen Kirche: Mißtrauen vor der Eloquenz an den Rändern der Wahrheit. Sie wollen das Kreuz nicht tragen, haben keine Liebe, dafür den Zwang zu atemberaubender Akrobatik. Warnung vor den Redseligkeiten der Kunst.

Rausak schneidet für Dr. Tretter den Unglücksbericht aus der Presse, wonach ein Fallschirmspringer einen anderen in der Luft filmen wollte und dabei vergaß, seinen Schirm zu öffnen. Tretter dankt telefonisch: Wer seine Aufmerksamkeit mehr der richtigen Belichtung externer Bewußtseinskassetten zuwende als seinem körperlichen Überleben, sei der wahre Künstler.

Liste fünf: die Liebenden

An einem heißen Juliabend neunzehndreiundsiebzig in die Verkehrsstauung des Karlsplatzes verkeilt, Krawatte und Hemdkragen gelockert, aufklaffendes Entsetzen, unwiderlegbarer Verdacht — Gott sei meiner Seele gnädig! —: ob mir nicht die ganze Welt, Österreich, die Erz-Blech-Chemie, Kollege Lautner, Herr Jarni, Hirt, Pohoril, Frau Berger, ob mir nicht sogar die Allernächsten, Francine, Max, Anna, Klara, in Wahrheit gleichgültig sind... und ich nur so exakt diene in Berechnung besserer Aussichten auf eigenes Durchkommen? Ist Liebe zu Selbstlosigkeit verdunstet? Todeshauch kalter Pflichterfüllung? Alleiniges Ziel: eigene Sicherheit, ungestörter Selbstgenuß, Identität mit stolzem Selbstbild? Gedanklicher, nicht seelischer Trost an der Autobahnauffahrt Praterbrücke: deutliche Zusage, daß man genug liebt, käme unbilliger Heilsgewißheit gleich.

Francine tanzt mit mir auf dem Technikball, wird die ganze Nacht von denen, für die ich arbeite, nicht aufgefordert. Wir reden über unsere Kinder: Was Max wohl sagte, wenn er uns so sähe? Beim Gutenachtkuß erklärten wir ihm diesen Kindergarten für Große; wie Anna in fünfzehn Jahren tanzen wird; wem man einst Klara anvertrauen könnte. Wir bleiben einander einziger Gesprächsstoff.

Um drei Uhr früh über gefrorenen Morast zum Parkplatz. Rausak murmelt die Londoner Drohung Karl Marx' an das europäische Bürgertum: Ihr sollt noch an meine Furunkel denken! So lang laut rufend in der Eiswüste umhergeirrt, bis ich die Kälte nutzen lernte; aus gefrorenen Fischen Schlitten bauen.

Rausaks Unfähigkeit zur Unfairneß. Ihm ist, um voranzukommen, noch nie anderes eingefallen, als mehr und genauer zu arbeiten. Niemandes Arbeit stehlen, niemandem Information entziehen. Maximale Sanktion: tolerieren statt propagieren; und das sogar offen angekündigt in der Auseinandersetzung mit dem Chemiemann Kainz: Sie gehen unverdient mit meinen halbfertigen Projekten vorschnell zum Direktorium. Die Klosettfrau schläft im verfliesten Keller, während von oben der Tanzsaal dröhnt. Aus Eisschollen über malmenden Tiefen der Donau — achtzehnhundertdreißig — den Wiener Kristallpalast für Tanzfeste aufgeschichtet, pechfackelbeleuchtet . . . bis zum furchtbaren Hochwasserdurchbruch. Als ich für Francine das Wienerschnitzel durchs Gedränge rette, der Lichtblick: etwas in mir betet für dich, mehr kann mir niemand schenken.

Wie die Dünen von Zandvoort allen Unrat aufnehmen, wieder in Sand verwandeln, Zigarettenreste, Bananenschalen, Papiere, Obstkerne. Diese mineralische Reinheit Milliarden ungreifbarer Kristalle — jedes Glitzern Ewigkeit.

Plötzlich Respekt in der Fabrik, zotige Reden verstummen. Überschattungen, Ernst, Unwiderrufliches, Schicksalhaftes: neben Arbeit, Organisation, beengter Verantwortung, inmitten rationaler Abläufe — deren Preis Isolation ist —, zwischen Schreibpulten, Rechengeräten, Postschläuchen, Aufzügen, Mikrofilmen, Hubstaplern, Kabelrollen, Mobilkranen, Gleisanlagen, Magazinen, Hochöfen, Laufbändern, Glaskabinen . . . funkelt unversehens zwischen zwei bisher Fremden Erkennen auf! Jeder mit eigener, von hier gesehen exzentrischer, bizarrer, aus weiter Ferne hergeleiteter persönlicher Geschichte, oft von Enttäuschungen, Verirrungen gezeichnet, oft erstmalig aus dem Dunkel in den Strahl tretend, geliebt: jeder nahm, durch Pflicht geformt, neue Gestalt an, erschien in dieser meist unwillentlich, unvorbereitet, am Ort voller Belastung mit dem klar durchgezeichneten, unverstellten Bild einer fremden Seele. Nicht selten ein Doppelleben heilend, bergend; manchmal sich selbst und die neue Neigung, den heftigen Antrieb mißverstehend, neuerlich einen großen Umweg einschlagend. Dennoch ist es Liebe von wahrer Liebe, sogar in ängstlicher, vorschneller Wahl immer noch unaufgelöster, unübersetzter Handlungen, verstrickender, hilfloser, wortloser Hingaben, Ersatztaten, die nur Gleichnisse bleiben für sich selbst.

Nachdem Sottolarz im Flug von Chikago nach San Diego an Frau Paltram in großen Blockbuchstaben auf Seidenblättern geschrieben hatte, zog er Rausak nach dem Dinner ins Vertrauen: in vielen Jahren guter Zusammenarbeit, lang, ehe er Fabriksleiter wurde, hat sich zu Ully Paltram aufrichtige Zuneigung ergeben. Niemanden betrügen, nicht mehr nehmen als geben. Einander das schönste Selbstbildnis zeichnen, verwirklichen, durch Bewunderung veredeln, beruhigen. Zum fünfundzwanzigjährigen Dienstjubiläum fanden einander Herr Kainz und Frau Perlach, Reisebürochefin. Gremialrat Singmann, nebenberuflich Pianist, war bis zu seinem Schreibtischtod mit der Sopranistin Lammes — allgemein respektiert — verbunden. Frau Kriehuber, Dr. Tretters Sekretärin, erzählt nach zehn Jahren, daß Prokurist Ringel einmal mit einem Heiratsantrag, freilich vergeblich, zu ihr nach Hause kam.

Der Kranführer des Transformatorbaus fegt mit seiner Tragbrücke Neuschnee von der Bahn, fährt mit der Steuerkabine vor das Lohnbürofenster im ersten Stock, wo Fräulein Kirst ihm zulacht. Einkaufsreferent Mimlich trifft auf Fräulein Swonka, blutjung; sie gestehen treuherzig in der Fakturierung ihr Glück. Scherenschnitt dieses Liebespaares vor der von Schweißerblitzen innen beleuchteten Preßglaswand der Nordhalle im Dezember. Getriebezeichner Taler lernt Französischkorrespondentin Schewe beim Kanadaprojekt kennen.

Pumpenkontrollor Mörth liebt Frau Rahofer, die nach dem Autounfall von Posiles in achtundvierzig Nonstopstunden das Bohrprogramm rettete. Frau Ingenieur Korotin ist mit dem Gremialsekretär verbunden, zwei von agnostischer Selbstkritik verstümmelte Zyniker gewinnen voreinander neuen Mindestrespekt.

Der vor Einsamkeit halb wahnsinnige New Yorker Vertreter Simonides fand sich mit der Deutsch-Amerikanerin Curtis. Der Sechstonnenlenker aus Liezen hatte bei Unzmarkt einen Totalschaden, weil er am Abend mit Fräulein Dopsch von der Spedition verabredet war.

Kollegenpaare sind Lautner, Altenschiller, Spazierer, Vertrauensmann Pendl.

Zwigott führte die schwerkranke Mormonin Birgit über ihren telefonisch geäußerten Wunsch aus dem Krankenhaus mit dem Motorrad auf den Hengsberg und zum Plabutsch. Birgit konnte sich kaum auf dem Sozius halten, lehnte an seiner Schulter. Blick vom Fürstenstand über geliebte Berge. Die Bedienerin aus Sarajevo, schlank, adrett, Stummheit und Angst im schwarzen Blick, scheu zuckende Bewegungen: eines Tags offenkundig ihre Verbindung mit Analysenchef Dr. Gerstl, linkischer Schöngeist und Freizeitmaler.

Was bedeutet der Selbstmord Frau Schaphietls im nachhinein? Ihr Mann, Betriebsfeuerwehrchef, vor zwei Jahren gestorben, eigenwilliger Freigeist, hatte mit einem ihm unterstellten Feuerwerker die Frau getauscht. Firmenbekannte Tiefseeurlaube der beiden weiterhin bekannten Paare. Wird der Selbstmord der Witwe noch der Gatten Lebensbilanz zugerechnet? Hofarbeiter und Hubstaplerfahrer schreiben die Namen der Betriebsköchinnen auf den obersten Blechstapel.

Materialbucher und Holzschnitzer Urleb analysiert die von der NASA einem zwölfjährigen Knaben erwiesene Liebestat: Mit der Todeskrankheit im Leib durfte das Kind die Apollo-Landung auf dem Schiff miterleben: sein Vorsprung nur quantitativ; wir alle sind hilflos zum Leben erwacht und sterben ratlos...

Der von der Politik ausgespieene DDr. Kluger, gewissenhafter Betriebschef und Familienvater, unterscheidet zwischen bedingungslos Dienenden und großen Pflichterfüllern. Zu den ersten zählt Tante Hanni: siebzig Jahre vollkommenes Verströmen, ohne Fragen, Aufrechnungen: Liebeshaltung wird Gestalt; wie Weinranken, mit einem von freihängenden Felsbrocken hochgespannten Drahtgeflecht zur Sonne gehoben, Licht in Süßigkeit verwandeln... Überhaupt Verwandlung, Verbesserung, stete Neuschöpfung. Güte wird selbsttätig, ein weit vorgelagertes Außenwerk, ein weite Runden ziehender Vorposten mit höchsten Befugnissen, ein Außenorgan mit Eigenleben, die Pupille, die Haut, die Hände, ständig mit der Umwelt verbunden, in sie verflochten, verstrickt, zugreifend.

Und Pfarrer Onkel Anton, der alles verschenkte, sogar sein Ansehen im Ordinariat opferte, indem er politisch Verirrte betreute. Bedingungslos liebend auch Oberfürsorgerin Lippert, die ihr Aufsteigen in das Caritas-Direktorium als Opfer annahm. Trinkerfürsorgerin Hlatky. Firmenpsychologe Stiliga, der seine Freizeit Strafentlassenen widmet. Märtyrer Pater Kolbe nach der Beschreibung unter dem Chor der Grazer Minoritenkirche: der Familienvater, für den er sich im KZ hinrichten ließ, lebt noch...

Zur Frage Jesu mit Frau Puschenjak von der Anlagenbuchhaltung: Umschlagen urtümlicher, rabiater Selbsterhaltung in Partnerschaft, Brüderlichkeit, ja Nächstenliebe — neues, vielfältiges Leben entsteht, Wüste nach dem Regen, unfaßbare Befreiung, Erlösung, Seligkeit, eine neue Geschichte beginnt, der Genius aus Nazareth, der Menschensohn, Gottes eigene Liebe — warum nur ein Teilerfolg?

Rausak: Die Übersteigerung, Überforderung war zu vollkommen, der Überschlag total: wie im Sturm, der das Meer nicht nur zu Wogen peitscht, sondern es umarmt, in sich selbst verwandelt — immer höhere Wellen, Schaumkronen, die Kämme beginnen überzukippen, breite Strähnen lösen sich, steigen als Sprühschleier gegen den Wind hoch, verwandeln sich, werden zu Dunst, Dampf, Wolken, zu bewegtem Himmel... Aber nie wird das ganze Meer verwandelt, schwer wälzt es sich weiter im Trog.

Inbegriff der Pflichtbewußten: Industriechef Gstötterbauer, unablässig tätig, gewissenhaft geplante Aufgabenfülle, allen alles sein, jedes Sprache sprechen, jedem zuhören können. Jurist Dr. Kossatz berichtet von einer gemeinsamen Autofahrt zur Strompreistagung nach Innsbruck, Gstötterbauers Credo: ein tragfähiges, handlungsfähiges, praktikables Universum in sich zu erarbeiten und es den Nächsten anzubieten, sei höchster Liebesdienst; zugleich widersprüchlich wie irdisches Dasein und widerspruchsfrei wie Gottes Sicht, ein Geflecht aus Verengungen, Behältern, Verdampfern, Kühltürmen; Raffinerie, gewaltige Retorte provozierten, hochstilisierten Lebens, Industriewelt, gezeugt, nicht geschaffen, fruchtbarer Widerstand, an stählernen Spiralpanzern und in Aluminiumkochern Bewußtsein erschaffen, Lebensinhalte, Totalhingaben, Wirklichkeiten, Lohn, Sättigung: die Sicht strenger, konzeptiv Liebender; ähnlich Moses; und Metternich nach seinem Tagebuch.

Wie erklärt sich des Galiläers Desinteresse an Politik? Dr. Leikermoser: Existentielle Erlösung muß legislativer Arbeit vorausgehen. Aber geistige Kraft sei eng mit persönlicher Reinheit verbunden. DDr. Kluger: Dennoch glaube ich mit Weizsäcker, daß die Liebestat unserer Epoche eine intellektuelle Großleistung wäre. Stiliga: Albert Schweitzers Ehrfurcht vor dem Leben und Doderers Musik des Gehorsams sind Offenbarungen, mit Selbstopferung erkauft.

Stiliga nimmt im Mozartsaal auf der Orgelgalerie Platz, blickt auf entrückte Gesichter im Saal: Der irreversible Traum, am Allgemeinsten teilzuhaben, den nichts in der Welt bestätigt, aber für Liebende reißt er nie ab.

Tiroler Angestelltenobmann Rot: Eine komplizierte innere Ökonomie zeigt ihnen stets die mit ihrer Schuldigkeit endende Zwischenbilanz, einen offenen Saldo, den sie mit guten Werken abzutragen haben.

Unvergeßliches, glaubwürdiges Bekenntnis des Aufsichtsratspräsidenten zur Jubilarfeier nach peinlich plattem Politjargon der Ehrengäste: Mein Herz gehört der EBC! Seine notwendige Wortmeldung außer Programm war eine menschliche Großtat.

Hirt erinnert an den stillen Sprengmeister Schlichting, der in den sechziger Jahren eines Vorfrühlingstags im Schnee watend den Speik erstiegen hat, das letzte Ausflugsziel mit seiner inzwischen verstorbenen Frau. Dort fand er unter einer Lärche, ihrem Rastplatz, den verlorenen Rasierapparat, Ostergeschenk ihres letzten Lebensjahres. Ihn geöffnet in den Fingern, alte Bartstoppeln auf offener Hand, erfror Schlichting. Tief unten die Lichter von Übelbach.

Verstorbene Mutter: mein Selbst auf der Welt vergessend, Weserlied, ihr Abschied, g-Moll, Seite einunddreißig des alten grünen Notenbuchs, zerrissen, abgegriffen; im Wiederholteil linke Hand Tremolo, Botin des nahen Todes: Liebe macht uns neu und jung und bringt uns den Tod. Wie das Feuer verzehrt sie alles und verwandelt es in sich selbst. Ausfließen, überschwappen in tiefere, weitere Gefäße, im Sog lockenden, fremdartigen Wissens, Mann und Kind nicht vergessen, aber schon hineingezogen in ein langsames Ballett vorauskreisender, wortloser Engel, einstimmen, unterliegen; leb wohl, selige Zeit, unten das ferne Wehr, der Weser glitzernde Welle. Hier ruht Frau Mimi Rausak aus Dexenberg. Eine Phiole Erde seit fünfundzwanzig Jahren rechts im Schreibtisch.

Und jahrelang Rausaks Spaziergang vom Wildonerberg auf den Buchkogel: unten glitzert die ins Tiefland fließende Mur. Mischwald, steile Hohlwege, schlankes Gehölz, wiegend im Mittagswind, zittrige Sonnenflecken, hohe Kronen zueinandergeneigt; schmale, schwankende Stämme, überschnittene Winkel: Spitzbögen; hier habe ich Francine die Gotik erklärt, irisierender Waldraum, lebende Tiefe. Ich möchte immer bei dir bleiben. Rausaks Offenheiten: auf Bergen mit weiter Aussicht; bei Menschenansammlungen — Silvesterandacht im Stephansdom, Staatsbegräbnis in Notre Dame, Betriebsversammlung im Salzburger Zentrallager; Kinderscharen vor Schulgebäuden Anfang September.

Auf dem Montmartre im Sacré-Cœur einem alten, dekorierten Franzosen beim Hochamt die Hand gedrückt, zuerst zögernd, dann fest. Zuvor hatte sich ein Dunkelhäutiger mit Braut umgedreht und Francine die helle Hand geboten. Die weinenden gefangenen Russen kamen unter Lebensgefahr um Mitternacht an unser

Haus zu Dank und Abschied. Front rückt näher, jetzt werden wir erschossen. Schluck Unendlichkeit mit jeder selbstlosen Tat. Sehnsucht, etwas zu tun für nichts. Vater hat zwischen den Fronten noch einmal Nudeln gekocht, seine letzte Zigarette mit zwei Engländern geteilt.

Primarius Rubitz von der Grazer Chirurgischen saß jeden Abend nach Dienst bis Mitternacht: Abschiedsgespräch für jeden Operierten, Ratschläge zum Weiterleben. Dr. Leikermoser gesteht Rausak, wie er nach gehetztem Tag fast ohnmächtig noch einmal aufsteht, um sein weinendes Kind zu versorgen — Opferung auf den Lippen. Hat auch zwei bolivianische Waisen adoptiert — ein Farbiges allein wäre zu arm. Professor Pieper im Festsaal der Wiener Universität: Äußerste Form der Bejahung ist Erschaffung.

Stiliga nennt Camus: Der größte Ruhm der Erde ist das Recht zu unermeßlicher Liebe. Beim Anblick der Greisin auf dem Lendplatz, die in fahrbaren Abfalltonnen stochert: daß auch sie eben noch ein Kind war, umsorgt von Eltern, die nun längst zu Staub zerfallen sind; letzte Bitte ihrer Lippen: die Welt, in der sie ihr Kind zurücklassen, möge es lieben. Eigenartiges, überspringendes, unausweichliches Pflichtgefühl vor diesen Ahnen. Vaters letzter Blick in der Idlhofgasse, der Händedruck über das vom bereits laufenden Motor vibrierende Autofenster hinweg.

Das Köpfchen meiner Tochter Anna, vertrauensvoll in dieses unsichtbare Dickicht gewachsen: neuer, ganz eigener Raum aufgetan, Dornen gleiten ab von seidiger Haut, Zöpfchen tanzen lustig in unverschleierter Sonne, Lachen und Jubilieren aus weichem Mund, vertrauensvoll gekräuselt, gespitzt. Unschuld und Liebe in Augen ohne Argwohn, nie abwartend, nichts als helles Glück; Vorahnung des Himmels, erfüllte, zeitlose Gegenwart.

Liste sechs: die Fachleute

Den stereotypen Alibivermerk des sachunkundigen Sektionsvorsitzers — er überblicke die Risikolage nicht, unterzeichne daher Braunolds Italienvertrag nicht — langatmig beantworten. Im Hotelzimmer nochmals die Kalkulationen ausbreiten.

Später in Gösting den verzweifelten Ingenieur Braunold, langjährigen Kugellagerreferenten, getröstet: Mit Hingabe weiterarbeiten, nicht Opfer der Amtsmentalität, sondern ausdauernder Gegner sein. Uns zu vernichten, müßten sie eine Qualität entwickeln, die sie verändert, wodurch unser Einsatz Spätfolgen zeitigen würde. Oder sie erschöpfen sich, und ein neues Feld bleibt zurück. Braunold darauf: Fachleute sind wehrlos, haben nichts als das unverkäufliche innere Erlebnis der Kompetenz. Einzige Chance: so nichtssagend zu sein, daß sich niemand herausgefordert fühlt.

Rausak startet noch nachts allein nach Triest, Kofferraum voll von Prospekten. Bittere Wollust des Zweifels im Hals.

Immer deutlicher blättert eigenes Leben vom gesamten ab: abgehoben, isoliert, noch Amalgam zwar, dem Grundstoff ähnlich, aber unleugbare Schieferung. Noch punktuell aufliegend, spannungsloser Hohlraum, unterrostet, unbeständige Schicht, auflappend, dünne eigene Konsistenz, nicht tragfähig, an nichts gestützt: Walzhaut über riesigen Grobblechtafeln, unter dem Druck der Formstraße vom Grundmaterial abgelöst, locker auf den Stahlplatten: die äußersten Moleküle der Kokille werden zerquetscht.

Dr. Welder, zwei Jahre vor seinem Herztod, auf die Frage nach dem Ergehen, senkt die Unterschriftshand, blickt auf: Habe das Gefühl, daß ich nie schlafe, immer mit dem Leben im Rückstand, unaufholbarer Stau an Einsichten, fern wie Nordlicht, einer Lösung nahe, vorüberziehende Ahnungen.

Berufskrankheit aus Arbeitsteilung: zweidimensionale Schaltdruckplatten aufeinandergetürmt, ohne Kontakte, nur im gleichen Rahmen verschraubt, Verbundlitzen mit Sperrklinkeneffekt. Informationen laufen nur in eine Richtung: kompakt vernetzte, hartnäckige Einwärtswendung, überschreitet nie den Bereich des Kausalen. Aussichtslos, über Instrumentales hinauszukommen. Immer nur Produktionsmittel, nie Schöpfer, Sehender, Beruhigter.

Dr. Tretter, Typus des Fachmanns: in Jahrzehnten niemals auch nur mit einer Tonschwingung in Frage gestellte Loyalität, nur Schweigen, eisiger Pfahlbau über dem Morast einer Formalhierarchie, persönliches Ehrgefühl auf internationale Instanzen verspreizt. Unleidenschaftlich, verkrochen ins Universum der Mathematik, Kindergesicht. Erklärt Rausak im Städtetriebwagen nach Linz, wie man mit gleichem Ergebnis griechisch, römisch, chinesisch und arabisch multipliziert. Koryphäe für Fundstättensimulationen auf Großcomputer: Ausdrucke nur, wenn eine Aktion erforderlich ist, Deduktionen bleiben in den Speichern, nur: Du sollst! Siehe Moses.

Erstmaliger Reisegefährte Salzburger Amtsleiter Bruderer, Bergwerkskostensammler, wohlbeleibt, weitschweifige, scheingründliche, stark materialistische Weltsicht, hektischer Konsumzwang, keine Leere ohne Blendwerk der Fülle. Bruderer sagt, er hätte sich dabei ertappt, daß er vielen Leuten aus dem Weg gehe, nur noch die auf den Tisch kommende Arbeit erledige, hoffnungslos, jemals an sinnvollen Konzepten mitzuwirken, entwickelt auch selbst keine mehr, könne es mit ökonomischem Instinkt nicht vereinbaren. Immerhin: Wahl des defensiven Wegs in der Maske des offensiven. Arbeitet heraus, daß auch der Chemiebereich von Männern in zweiter und dritter Reihe lebt: er selbst, Ingenieur Stelzl, Eggenburger, Zwigott, Arlet, einige Meister und Vorarbeiter im Außenbau, Disponenten im Transportbereich und selbstverständlich Sie, Herr Rausak. Gigantische barocke Scheinarchitektur, verschleifend, wo tragende Säulen in gemaltes Blendwerk übergehen. Bilanzen, bekennt Bruderer, sind rationale Flöße auf dem irrationalen Meer der Kostenrechnung.

Glücklicher Fachmann: Transportbänderkonsulent Zager, Standard-Transportbänder, außengeleitet, keine Freizeit für introspektive Reflexion, gesund, genießt Autorität, alles bestätigt ihn stets neu, weil nichts Gegenteiliges das Sieb vernünftiger Eitelkeit durchstößt. Technik des Peripheren, des Nicht-in-die-Tiefe-Stoßens, der expeditiven Geste. Aber auch der Tarnung, undurchsichtig, Sandschleudern, siehe nubische Kampfsandalen, Nebelwerfen, Rauchwände, Sofortechos, ohne sich einzuschalten, Breitbandaktivität: das geschlossene System des Managers.

Auch Ingenieur Eggenburger, Kerosinverkäufer mit großen Opernsängergesten, Umsatzmillionär, ist kaum fünfmal jährlich im Inland anzutreffen. Gebürtiger Steirer, verbreitet lachend die Theorie, daß mehrdimensional strukturierte Welterfahrung der Bergbewohner — stundenlange steile Schul- und Kirchwege der Kinder über die Almdriften von Glashütten nach Trahütten — realitätsgerechtere Verhaltensweisen auslösen als das dürftige Erlebnis zweidimensionaler Rutschbahnen der

Stadtmenschen: daher ist ein überdurchschnittlicher Anteil der Steirer in aller Welt so erfolgreich. Omnes malus ex Stiria, ironisierte schon die Erste Republik. Eggenburger hat Rausak auf dem Industrieball beiseitegezogen, auf der Orgelbalustrade lehnend, nachdem sie einander drei Jahre nicht getroffen hatten: Sie sind auch so ein ausgeschundenes Arbeitstier! Ich lasse mich wissentlich ausbeuten, fühle mich allmählich wohl als abgeschobener, mit Feuerzangen auf Distanz geachteter Experte. Lasse immer eine Vergrößerung des letzten Paßfotos zu Haus. Habe meiner Frau einen Dackel gekauft.

Der Tiroler Ingenieur Hirt, seit Jahrzehnten Errichter der Elektrofreileitungen, Nekromant — er führt betroffen das Verzeichnis tödlicher Arbeitsunfälle —, unerlöster, nicht ortbarer Fachmann, Panik in den Mundwinkeln, körperlich ruiniert, kann Rausak gut leiden, weil er auch höflich bleibt, wenn sein Partner bar aller Gewalt ist, philosophiert: Im Berufsleben darf man sowenig in Galopp verfallen wie die Traber in der Wiener Krieau, man muß zwar verworrene Hindernisse bewältigen, Sieggeschwindigkeit entfalten — aber immer hübsch graziös im Trab, auch unter Peitschenhieben keine elementaren Muskelreflexe... Zumutung, daß man überhaupt mit Taktik arbeiten soll. Schauen Sie Bauern oder Maurer nach dreißig Dienstjahren an: gebückt, richten sich nicht mehr auf; dem Gelände anpassen — wie die Lok der Schneebergbahn, die unten im Bahnhof Puchberg kauert, wie ein Krüppel, vorn eingeknickt, schön nur im Steilhang.

Virulente Wunden, mit Fachwissen umwachsen: bei Tretter erstrebte Professur, bei Zwigott unerfüllte didaktische Begabung, bei Präsident Gstötterbauer verfehltes Ministeramt, bei Bruderer politische Karrieren, bei Falschegger die Zurücksetzung fünfundvierzig, kompensiert durch sich überschlagende Steuersparkonstruktionen, fast schon -hinterziehungen, bei Eggenburger die unglückliche Ehe — hier freilich ungeklärte Kausalität, bei Scharneck, daß er eigentlich Maler, bei Rassl, daß er Sänger werden wollte.

Fachwissen als Geländer vor dem Steinbruch, Blendschutz, Zeitfüllung, Lebensinhalt, stellvertretend für unerreichbare Großklärungen: metaphysische Brückenbauten, Dammbauten, Turmkonstruktionen, Seilbahnen: fast Lebensziele, in nicht nur lebensgroßen, sondern tatsächlich aus den Abgründen disziplinierter Verdrängungen hervorgestampften, dreidimensional bewegten Bildern: riesige mechanische Krippenlandschaften.

Betriebsarzt Dr. Rassl, jovial, fachlich neutral, meint, Superkönner entstehen, wenn dispositive Stellungen verwehrt sind: wie Bulldozer vor unüberwindlicher Betonwand: beginnen sich einzugraben, fräsen sich vertikal in tiefere Schichten, fördern neue Steine und Erden.

Hiezu der Kärntner Diplomingenieur Simonides, genialer Erfinder, vor der Landung im hellgrünen Hubschrauber auf dem PANAM-Dach: Ob nicht überhaupt die Installation Sachfremder als Geschäftsträger dazu dient, die mittlere Ebene zu irrationalen, sonst nicht erreichbaren Höchstleistungen zu zwingen? Sozusagen Banderillos für die Opferstiere? Oder: wie man auf griechische Olivenbäume Felsbrocken legt, damit sie verkrüppeln, klein bleiben und so, hinter Steinmauern vor Winden geschützt, reichere Frucht tragen?

Eine Nacht mit Arlet, EDV-Chef, und Froling, dem Operator, am Computer, um die Analysezahlen durchzubringen; stündliche Intervention je nach Zwischenergebnis. Säkularisierter Orden der Lochkartenspezialisten: ein hochaggregiertes, schmerzstillendes Totalgleichnis, reichlicher Wörterwind, Riesenbewegungen, und doch stößt man nie an Grenzen; trickreiche Gegenwelt geschlossener Analogien, irrational gesprenkelt: Computertechnik, Pferdezucht, dreidimensionales Schach — auch vierdimensional, falls jede Figur auch Positionszeit definiert, Bilanztheorien, Marxismus, Technik, vor allem Musik und Reisen.

Reisen: man verdeckt nämlich mit lustvoller, unverbindlicher Bewegung im Raum die irreversible, letale Bewegung in der Zeit, Endpunkte sind ident. Für Simonides war es ein Spital in Amsterdam nach einem Atlantikflug mit defekter Überdruckkabine, wodurch die Magenblutung losbrach.

Arlet gegen vier Uhr früh, als die letzten Fehlermetastasen lokalisiert waren: Nach einigen hundert Mannjahren Problemanalysen erfasse ich das menschliche Recht auf Dickicht, Verborgenheit außerhalb eigener Identität! Routiniertes Verwalten nützlicher Kulissen.

Zwigott, Amateurmoralist, deutet auf das unförmige Führerhaus des Schrottkrans: Hebemaschine am Babylonischen Turm nach Breughel: ein Zylinder, innen mit Leitern beschlagen, auf denen Männer mit ihrem Gewicht die Seilspindel drehen, Lasten heben — Position des Fachmanns, erblindet, allmähliches Versinken der Außenwelt, Überwinden der Arbeitsunlust, des Widerstands, des persönlichen Desinteresses, Selbstübergabe an das Mechanische, erleichternde Annahme der vereinfachten Ziele, zerstückelt, auf die Terminlinie gleichmäßig verteilt.

Erleuchtete Möbelpaläste bei Udine tauchen aus der Nacht, kippen an Rausaks Autofenster vorbei in die Schwärze zurück. Dr. Gstötterbauer hat bei der Vorstellung vor Jahren gesagt: Konkretes Fachwissen über ein

Gebiet ist in jedem Fall das Zeichen tieferen Wissensdrucks, der ein Ziel fand. Zwang zur Sichtung, der Gegenstand ist Zufall. Rausak hofft, daß Kollege Braunold jetzt ausruht, dort fern im gotischen Straßengel. Das Salz der Erde sind wir Fachleute gewiß nicht, aber eben doch Erde, immerhin Erde. In der aufgehenden Sonne vor Triest wählt Rausak, von der Autobahn abzweigend, die Costiera.

Routine der Resignation, fachkundiger Monologe, von denen nur einzelne Armaturen zum Fach des Partners passen. Netzplan, Matrix, schaurige Welt: zwischen unausgemessenen Einsamkeiten Vokabelmeteoriten, unbestimmte Reize für verschlüsselte Handlungen: der Konstrukteur kalkuliert, der Kostenrechner dokumentiert, der Verkäufer übt Vertragsrecht, der Betriebsleiter steuert Produktionsstunden, der Meister bewegt Tonnen, der Versandleiter disponiert Tageskilometer, der Einkäufer sammelt Rabatte, der Reisende erschließt Märkte und der Finanzmann quantifiziert Risken, der Jurist deponiert Bedenken in Protokollen... Handeln in agrammatischer Komplexität, aus der Steckdosen, nur flach ins Fachgebiet verklemmt, heraushängen. Keine Überzeugung von irgendeinem Sinn.

Wieder einmal das Meer, Ebbe, Weite, Landzungen. Malaiische Fische fallen ihm ein, die bei Ebbe im Schlamm zurückbleiben, sich an Bäumen hinaufschlängeln, um Insekten zu fangen. Riesiges Fachvokabular hämmert unerlöst gegen Netze.

Der Kompaß an der Saaldecke im Schloß Miramare ist über ein Gestänge mit der Windfahne auf dem Turm verbunden.

Besitznahme ist keine Frage der Wortfülle, sondern des Bedürfnisses.

Liste sieben: die Politiker

Der Innsbrucker Elektriker, Bibelleser, Nachlaßverwalter Hirt zitiert Kafkas Freund Franz Blei: Das Politische ist die letzte und böseste Verflachung des Menschen. In Alpbach dagegen wurde vom Vorsitzenden erklärt, ihn erfasse kalter Schauer angesichts der Versuche, Menschen zu apolitisieren, erinnert Personalrat Gemperle, der demnach wohl auch meint, die Atomkriegsgefahr sei durch Private heraufbeschworen und durch Politiker zu bannen... Seine Trabanten Stammel, Schuster, der durch Vertuschung gerettete Wohnungsprovisionsnehmer, und Svetlicka nicken bedeutend. Aber Rot schreit, plötzlich, erstmals seit Rausak ihn kennt: Die tödlichen Fronten zwischen den arglosen gutmütigen Bewohnern der meisten Länder sind doch nur durch euer verdammtes Politisieren entstanden!

Und einer sagt, was es wiegt, das hat es.

Und einer sagt, man soll ihm nicht erzählen, daß ein anderer etwas ehrlich meine.

Einer freut sich riesig.

Und wie sie im Villacher Fasching sitzen: haben tatsächlich ernstgemeinte Orden auf den Fräcken.

Kleinkalibersammlung exkulpierender Kurzformeln, umso erfolgreicher, mit je weniger Normen sie verbunden sind.

Verkaufsmann Zwigott: Obskurantismus sei heute nicht der Religion, sondern der Politik vorzuwerfen. Theologen hätten längst exaktes Bekenntnis zum Nicht-Wissen erarbeitet. Manche Leitartikel etwa unterböten Orwells Fälschungsamt-Vision zum Kanzlermord am

Ballhausplatz. Auch des nächsten Kanzlers berühmtes Drei-Worte-Gebet — »Gott schütze Österreich«, Rausaks Vater bekam nasse Augen — gilt späteren nur als Täuschungspathos. Perfekte Handhabung von Teilwahrheiten, deren Unvollkommenheit sie im Innersten genau kennen. Und die Lust des Alles-durcheinander-Werfens: ein bombastisches Arrangement quasirationaler Argumente, aus dem immer unversehens die blutige Lanze gefährdeten, maßlosen Stolzes hervorschießt: blanker Haß, aufgedeckter innerster Schwäche entspringend.

Ein Politstratege augenblinzelnd: Macht anwenden, Demokratie nützen, solang sie Vorteile bringt, wenn nicht, haben wir jede dialektische Legitimation, sie zu ignorieren. Auch Juso-Karrierist, eiskalter Festspielstadt-Großbürgersohn in Berlin: Selbstverständlich würden wir, erst einmal an der Macht, nie erfüllen, was wir jetzt fordern.

Hiezu Steuerexperte Falschegger: Unser Bundesobmann wählt am Spartag das Wort »eiskalt« zur Beschreibung der um Ersparnisse klagenden Inflationsopfer, obwohl er es besser auf jene bezöge, die aus mitverschuldeter, ausdrücklich bewußter Opferung Tausender Arbeitsjahre von gutgläubigen Sparern raschen Machtvorteil ziehen. Tagbaufunktionär Krispel frühstückt nach dem Verbandsball gegen Spesenbeleg mit lauter Runde hinter der Glaswand des Operncafés: Schinken, Eier, Juice, Bier, Zigaretten, Schnaps: am Garderobehaken hängen Sonntagsschlagzeilen über Entlassungen in Köflach, Gleisdorf, Thondorf, Wattens. Bei den ersten zehn Opfern aus unserem Betrieb rechne ich euch dieses Frühstück vor, denkt Rausak stadteinwärtsgehend.

Sonnige, hellgrüne Kalenderbilder Österreichs fallen ihm ein. Aber die heilige Luft über Felswänden ist giftig.

Lähmender Hauch über Bergen, Almen, Flußufern, zwischen Häusern, vertrauensseligen Plätzen: politischer Wörterdunst, achtungslos, entwertend, abschätzig: Gas der Lieblosigkeit.

Rausak sieht sie aus dem Stiegenhausfenster vor der Drahtziehereihalle beisammenstehen. Zuerst die Auffahrt dunkelblauer und weinroter Autos der Sonderklasse, Polaroidscheiben, dann im Verschwörerkreis auf dem Fabrikshof Köpfe zueinandergeduckt, von fern scheu beäugt, anstatt die Viertelstunde bis zum Beginn der Jubilarehrung für menschliche Begegnungen mit den Betroffenen nützend.

Die Unter-sich-Gebliebenen: Ämtervertreter, Angestelltenobleute, diverse Verbandsvorsteher, örtliche Obersteiger.

Seit Stunden warten im Kantinensaal versammelte Greise linkisch auf die Feier, hocken verlegen vor leeren Gedecken, drehen knöchrige, auch verstümmelte Finger, spähen über Mattglasscheiben auf die geschlossen gebliebene Prominenz.

In der Barriada von Lima werden Slums beflaggt, wenn Minister durchfahren.

Vernagelte Hinterhöfe politisierter Weltsicht. Gut sein zu den armen Opfern, Ekel vor Mafiosigesichtern. Verzweifelter Gedanke, wie Artikuliertes zum Bösen neigt, wie die Interessen der Mehrheit nicht formuliert, sondern durch Stellvertreter usurpiert sind. Gefälle zu immer falscheren Modellen.

Nochmals Hirt, letztes Halbjahr vor Pensionierung, zu Gemperle: Ideologien täuschen doch nur Autobahnen durch die Wirklichkeitslandschaft vor, beim Versuch, das Tempo proklamierten Trassen anzupassen, stürzt man in Abgründe. Und: an der Steilküste der Normandie brechen alte Bunker hinunter, wenn sich das

Meer tiefer in die Kreide gespült hat: martialische Scheinsysteme aus Stahlbeton im Bodenlosen.

Rausaks Erinnerung an das letzte Gespräch mit Gemperle, als er Sachferne andeutete: Gemperle war aufgesprungen, schaute Rausak nicht mehr an, wagte nicht direkt zu antworten, es kam vage: Man solle nicht über Politik klagen; Leute, die jahrelang den Weg zu den bestimmenden Instanzen der Gesellschaft nicht gefunden hätten, dürften sich nicht wundern, wenn Entscheidungen über sie hinweggingen.

Moral der Bankräuber: sie deponieren ihre Beute in einer Bank! Rechnen mit Regeln, die sie selbst nur als Tricks benützen.

Anlässe genug, Existenzleid in soziale Feindschaft umzufälschen: gigantischer Entlastungsschwindel, ungerechter als der religiöse Trostmarkt früherer Jahrhunderte. Kein Politiker sagt: Ich bin es nicht, wie Johannes der Täufer, als sie ihn für den Messias hielten; er läßt sich das Mißverständnis gefallen. Freilich, wenn Hunderte zu entlassen sind, stellt sich heraus, daß sie es weder waren, die allein die Arbeitsplätze geschaffen haben, noch jetzt diejenigen sind, die sie allein sichern könnten. Listig verschweigen sie den wirklich entscheidenden — nämlich den eigenen — Beitrag der Firmenlenker und -mitarbeiter zur Erneuerung.

Rausak hört Schumik an, Abgeordneter, freigestellter Rhetor: wartet lang zu, trägt nichts zum Tagesthema bei, greift endlich in die hilflose Versammlung ein, zerlegt mit schneidender Stimme den eben unübersichtlich gemachten Realitätsbrei in überdeutliche Klassenkampfstrukturen. Riesenspielzeug, das es erlaubt, mit wenig Einsatz das Lebenswichtigste zu betasten, eine Art Petting, unkeusches Schmusen mit dem zentralen Organ der Menschheit, eigensinniges Bohren an falschen Stellen, wie jener Irre, der seine Frau am Nabel befruchten wollte, wo sie schon ganz wund war.

Ungenauigkeit der Macht, Grobheit, die man sich leisten kann, wenn man Gewalt hat. Man hat mir das sehr übelgenommen, als ich, vor das Direktorium zitiert, gesagt habe: Sie glauben nur an Gewalt, formulieren nie eine Aufgabe, denken nur in Individuen, die Sie unter Druck setzen, ängstigen könnten. Es ist eben leichter, Menschen zu beherrschen als Probleme. Die Versuchung einer Position, in welcher man wählen kann, Ziele mit Arbeit oder mit Druck zu erreichen. Rippach hat Rausak nachher beiseitegenommen und ihm Existenzgefahr eröffnet: Hier ist man nicht so intelligent, daß man Sie symbolisch nähme!

Negativste Erscheinung, Ministerialsekretär Dr. Bergles, Luxusknäbchen, politisch aufgepäppelt. Frühe Deviationen führen die einen ohne Verdienst in Paläste, andere ohne Schuld in Hütten; er muß sich unablässig »akzentuieren«, schwimmt im Schaumbad subtiler Aggressionsformeln, affektierte Fingerspiele, ein Handballett über dem Sprechpult, Schmarotzer, als Windbeutel abzuqualifizieren von jedem Donawitzer Kranführer, jedem Marchfelder Bauern, jedem Vorarlberger Färber: Vortrag wie Engelszungen, schockierendes Gleißen, eloquente Kontinentaldrift, plakative Koloraturarien, Mündchen von Honig und Galle, weichlich, tatarenbartüberhangen, Wörterrauch, Soziologenopium. Besserwisser, erst mühsam und nicht ungefährlich in einen Wissenden zu verwandeln.

Zwei positive Erscheinungen: Herr Rot, langjähriger Angestelltenvertreter in Tirol; ruhig, kollegial, konkrete Anliegen nie überschreitend, beantwortet nie Sachungewißheit mit abseitigen Ausfällen. Und Freund Thomas, der unruhigen Gewissens nicht Parteimitglied ist, weil er deren Ziele teilt, sondern sie beeinflussen will. Überhaupt Zustimmung für alle Politiker, die auch andere Realitäten respektieren, sich Weltbilder vorstellen können, in denen Politik diskrete, instrumentale Dimension hat.

Dr. Leikermoser im Architektenverein: Umwandlung von Bestands- in Fließgrößen für kurzfristigen Gewinn, vorgenommen allein von Wahnsinnigen und Politikern. Beginnt wohl als Spiel, frühe Eitelkeit, Belastungszwang, Übermut, wird zum Berufstrick, verholzt schließlich, versteinert. Und die Gesunden, die ohne Popanze auskommen, stehen können, ohne den Rücken gegen eine polemisch aufgeführte Wand zu stützen, arbeitende, friedfertige Vollmenschen, sind gefangen in den programmatischen Kasematten solcher Neurotiker. An Machthebel gerät eine negative Auswahl.

Mathematiker Dr. Tretter meint daher, das Institut für Wirtschaftsforschung müsse durch eines für Wahrheitsforschung ergänzt werden: monatliche Kontrollmatrix über die Qualität der nationalen Diskussion. Strukturalistischer, stilkritischer, durchaus ableitbarer, überzeugender Katalog der Widersprüchlichkeiten, Index politischer Redlichkeit. Er glaubt nämlich auch, daß an ertrotzten Erfolgserlebnissen der Mächtigen andere durch Spätwirkung ums Leben kommen. Werke der Übergebühr ziehen Milliarden an, Werke der Gebühr sind nicht attraktiv. Notstromaggregate für Kinderspitäler.

Lohnrechner Jarni bekennt — nachdem er schon einmal im Leben verzweifelt hilflos vor unschuldigen Opfern gestanden war —, daß er am Sonntag, dem siebenten Oktober neunzehnhundertdreiundsiebzig, mit seiner Frau geweint habe: vor Scham und Verzweiflung über das Schicksal fliehender Rußlandjuden. Er könne den Selbstmörder Friedell verstehen: Ist die Erde bewohnbar? Ohne charismatische geistige, langfristig disponierende Führung, zynisch regiert von genüßlich-präpotenten, trickreichen tückischen Köpfen, die unsere allgemeine feige Hinterlist in weichtierhafter Schwammigkeit, ortlos, gnadenlos, zum Verzweifeln typisch repräsentieren; sie spekulieren erfolgreich à la baisse.

Zum Beispiel, wirft Lautner, allzu Persönliches meidend, ein: Zwei diskutieren öffentlich über Pornographie, keiner einen Funken Ehre im Leib, keinen interessiert das Thema, ein Lausbubenspiel gegenseitigen Hineinlegens, scheeläugig die sogenannte öffentliche Meinung abschätzend. Arlet benennt die Todsünde: Wissentlich Menschen in unbegründete Wut bringen und sie nie erlösen; Erlöste sind keine blinden Anhänger. Hunderttausende vernachlässigen Lebensführung, persönliche Aufgaben, ureigenste Ökonomie, begaffen nur die pathologisch dominierenden Agitatoren. Nur ein Spanier fand diese sinnreiche Antwort: hat eine Grille ins Wahlkuvert gesteckt, die dann laut aus der Wahlurne zirpte.

Während täglicher histologischer Injektionen psychologisiert Werksarzt Dr. Rassl gern: Untersuchung, ob man bei Politikern von schuldlos-schuldig sprechen könne, von ehrenwerten Duldern, mit der Last der Konsistenz auf sich, die ihre polemische Einseitigkeit um eines höheren Gleichgewichts willen nur spielen, die innerlich sogar widerwillig, moralisch belastet, den Platz an den gefährlichen Hebelarmen des Allgemeinsten einnehmen und so die ewig unveränderliche Wechselwirkung zwischen kompakter, notwendig fehlbarer Organisation und durch sie erst ermöglichter geistiger Verweigerung, Übersteigerung nicht unschöpferisch garantieren? Könnte man voraussetzen, daß die (wenn auch schlechte) Aufrechterhaltung des Weltmechanismus keinerlei noch so verwickelt aufspürbare Verdienste erwirke? Doch nein, Rassl meint: Um ihnen diesen Rang wissender Dulder zuzusprechen, fehle Qualität so offenkundig, daß so geartete Barmherzigkeit sich nicht empfehle angesichts der Menschenvergeudung, die sie zu verantworten haben. Rausak, beim Ankleiden, Vorwurf solcher Mißweisung: Objektives Unwissen durch subjektive Unwissenheitsunterdrückung ersetzt. Selbst die Wahrheit wird nur als willkommene Hilfe für polemische Entwürfe genutzt.

Rausak glaubt nicht an die Politik. Aufblähung, Überziehung, berauschte Überdehnung einfacher, selbstverständlicher, sofort lösbarer Aufgaben. Stündlich fälliger Katalog sachlich und sinnvoll gedeckter, überparteilicher Implikationsketten. Und genau das verweigern sie.

Er denkt an den untersteirischen Ortsgruppenleiter Gastwirt Waltner, der die Flasche guten Weins, in den Ärmel geschoben, durch den Schankraum ins Extrazimmer zu den Bonzen trug, während der kleine Sepp Rausak für die kranke Tante kein viertel Liter bekam.

Biafras Anführer verließ das Land und die Millionen Toten mit einem Flugzeug, in dem auch für seinen Rolls Royce Platz war.

Professor Hackers Gesprächspartner bezeichnet zutreffend die Reaktion auf politische Rankünen mit Panik. Hundert Millionen Kriegstote in den letzten sechzig Jahren, aber es wird weiter gelogen. Reißende Propagandaströme statt feinziselierter Erkenntnisadern. Unsere wahnsinnige Konvention angeblich erlaubter systemimmanent lügnerischer Parteilichkeit! Letal verlaufende Reihe subjektiver Hochgefühle bei empirischer Abwegigkeit. Nüchterne sind feindliche Spielverderber, dürfen nur mit falschen Verrenkungen unter das Dach dieser Lasterhöhle. Die Opiumpfeifenverwalter haben das Wort, obwohl es niemanden gibt, der nicht eine wirkliche, frische, gerechte Welt dieser Scheinwelt vorzöge! Es gibt nur eine öffentliche Aufgabe: Bedrohungen zu strukturieren, zu verbalisieren, daß sie durch die so ermöglichte Mitwirkung der Betroffenen abwendbar werden. Höchste Aufgabe wäre, diese Mitwirkung durch das Eingeständnis eigener Schwäche und Ratlosigkeit auszulösen!

In Rausaks fünfundvierzigstem Jahr diagnostiziert sein Zahnarzt tiefe Knirschwannen im Gebiß. Was sind Sie von Beruf?

Einer spielt mit einer Blume, während ein anderer ihn um das Leben der Kinder bittet.

Klagen mit Strindberg: »Schade um den Menschen.« Unterrepräsentiert, unterkommentiert. Nur den Eskimos Alaskas ist es gleich, ob sie russische oder amerikanische Bürger sind.

Sonnige Bilder aus Österreich, Marillenblüten in der Wachau, Firngipfel spiegeln sich im Silvrettastausee, Prozession in der Herrengasse, Glocken. Gibt es objektiv oder nur subjektiv keine Alternativen? Ringen mit der Resignation. Unverstümmelt überleben, immer noch Hoffnung. Rausaks melancholische kurzfristige Souveränität eines Eskimos vor dem rettenden Eisloch, das er für diesen Winter freigehackt hat.

Liste acht: die Irren

Über Ingenieur Kleinoschegg wird berichtet, wie er in einer Hütte auf der Packalpe wochenlang an der Erfindung seines Transformator-Patentes arbeitete, am letzten Tag nach Hirschegg herunterkam und schluchzend eine Kuh umarmte: mit einem Blick voll Sehnsucht nach Wärme, Häusern, Zäunen, Rauchsäulen und ihm eingebrannt, daß er tagelang Sichtbares und Unsichtbares nicht unterschieden hatte, er drückte seine Stirn in die harte Schläfenkrause des Viehs, ließ die Hand von starker Zunge ins Maul zerren und das Salz, das mit Linealen und Zirkeln aus den Fingern getrieben war, von der Haut schlecken: Muhli, mein Muhli...

Anlagenkontoführer Spazierer formt mit beiden Händen über seinem Karteitrog flatternde Krähen, die sich plump auf dem Papier niederlassen, das gesuchte Blatt als Beute hervorzerren. Das steigert sich gegen Abend zu bösartig krächzenden Vogelschwärmen, wie sie an Autobahnrändern um tote Hasen kämpfen...

Frau Watzinger von der Revision verfüttert täglich ein Kilo Polenta an die Tauben; vom Naschmarkt bis zur Mariahilferstraße hinterläßt sie unter Briefkästen, in Torbögen, toten Gassenwinkeln die gelben Brocken, umflattert von staubigem Vogelzeug. Die oft Verhöhnte erklärt das mit ihrer Kindheit im Hinterhof einer Fleischhauerei. Und den Expeditleiter Jäger, bekannt für seinen Österreichhaß — wie Pech und Leim klebt dieses abgründige, alles überkommentierende, übernuancierende, luxuriös psychologisierende Österreichertum an mir —, hat sie scharf zurechtgewiesen: Sie werden noch froh sein, daß Sie hier leben dürfen.

Daran freilich läßt die Tragödie von Ingenieur Feltl zweifeln: kam mit seiner Familie aus Deutschland, übernahm den Betonbau. Er betrieb kompromißlos, wie hierzulande nur Besessene, objektiv langfristige Planung, ohne Konzession an Schein oder Mache, wie er das nannte; ohne einen Fehler begangen zu haben, ist er nach drei Jahren mit Schimpf und Schande aus dem Verband geschieden, gescheitert, unbedankt, verarmt: hat nie die Realität hilfloser Shakespearekönige erfaßt, Empfindlichkeit, unbewältigte Vollmachten.

Zuerst Wellungen, Anspülungen, Aufhäufungen unerledigter, unbeantworteter Fraglichkeiten, später Strandgut, modernd, gefährlich faulende Rückstände, nicht bewältigte Zustöße, offenkundige, schuldhaft ungelöste persönliche Aufgaben, Entziehungen vor einmaligen Pflichten, verdrängte unwiederholbare Herausforderungen, einige verspielte Begnadungen, schließlich Bösartigkeit, Schäbigkeit, Sünden, das frühe Selbstbild trübende, verschlierende, abdunkelnde Fehlleistungen, stoßartige Gewaltsamkeit, Wutanfälle gegen unaufhaltsames Scheitern jedes Eigenanspruchs, zuletzt nichts als Abscheu, Ekel vor der immer noch anwachsenden, verwesenden Müllhalde verdorbener Jahrzehnte, erschöpftes, listiges Sinnieren nach Umwegen, hinterhältigen Abkürzungen, kraftlos, hoffnungslos, geistlos, am Ende allerkleinste abstruse Abwege, mitten im Unrat, eingelocht in winziger Nische letzter leiblicher Ichsucht, schaurig verblödet, bizarre Miniatur, wirre, schwärzlich dampfige Erblindung.

Resistente, angepaßte Typen: Transportdisponent Dastel, Gebindereferent Bazant, das eigenartige Wienerische Irresein kaskadenhafter Eloquenz, die sich zwischen Schlund und Backenknochen selbständig macht, autistische Gemeinplätze, blinde, phonetische Motorik, die hauptsächlich zur körperlichen Überwindung, Verdrängung des Gesprächspartners führt: ihn im Lärm des Schimpfgeratters betäuben, im eigensinnigen nasalen Geschluder ersäufen. Ausschweifendes Vernichtungsvokabular, Harnsäurekristalle im Grinsen.

Wie aus anfänglich vielleicht nicht bösen Absichten — nur ein bißchen Eitelkeit, Wichtigmacherei — die allmähliche Verhärtung in polemischer, unfairer Zerrhaltung eintritt: Kerosinvertreter Eggenburger, Virtuose akustischer Orgien, verbringt die Tage, wenn er nicht gerade auf erfolgreicher Weltreise ist, tobend und brüllend in seinem Büro. Rot fragt: Ob Eggenburgers imponierender Einsatz nicht etwa jenen Wissensvorsprung zum Ziel habe, der ihm hier diese Brüllszenen erlaubt?

Südfranzösische Blitzforscher schössen zu jeder Wolke mit Raketen Drähte hinauf, um Entladungen zu provozieren. Dagegen gewaltige Schutzmaßnahmen: Salzburgs Kostensammler Bruderer kleistert jahrelang an einer Riesenfestung der Selbstzufriedenheit, immer neue Sicherungsmauern, Wassergräben, Gänge, Schießscharten, tiefere Zisternen: Konsumwahn, Besitzwahn, Dokumentations-, Archivierungs- und Belegwahn! Unstillbarer Unterstellungshunger. Fürchtet keinen Dachverband, keine Pressekonferenz, keinen Steuerprüfer, erscheint zu jeder Besprechung mit drei Koffern voll Akten.

Umgekehrt Systemanalytiker und Linkssozialist Dr. Schar, Opfer seiner eigenen Propaganda, motiviert existenzvernichtenden, ehezerstörenden Geiz mit Kapitalismushaß, kauft nichts mehr, ißt kaum noch: da irgendwer an jedem ausgegebenen Schilling etwas verdiene, das ihm nicht gebührt. Auch der alte Nöbauer, Vater des berühmten Malers, politisiert den ganzen Tag im Kreis herum; halbgarer Aggressionsbrei. Statistiker Wuggenik hat ein Dossier über die Vorgesetzten angelegt, worüber er bei allerschlimmsten Zustößen im Kollegenkreis gefährliche Andeutungen macht. Dynamitsäcke auf nackter Haut...!

Der Innsbrucker Elektrobauchef Hirt, an einem überheißen Nachmittag gegen Ende der Lohnrunde: Man muß sich im Sturz durch alle anspruchsvollen Systeme nach fundamentalen Fehlurteilen endlich auf der untersten Vegetationsebene fassen, hier kann man keine falschen Entscheidungen mehr treffen, Mindestengagement für eigenes physisches Überleben, sonst nichts. Unverbindlichkeit gewährende Masken werden gegenseitig anerkannt, aus jeweils eigener Schwäche und Kontaktunwilligkeit sogar geschätzt. Dahinter Bewußtlosigkeit als allerletzte Verhinderung von Schmerz. Heurigensubkultur, Somnolenz, schläfrige Ablösung.

Kommentare zu einem nicht ablaufenden Film, Musikuntermalung nie vorkommender Szenen. Den unmusikalischen Mozartnarren Ingenieur Aberl, stillfreundlichen Kapfenberger, ruft der ganze Laborsaal grinsend »Knöchel«, weil er das Köchelverzeichnis samt biographischen Hintergründen auswendig kennt; bereist planmäßig alle Mozartgedenkstätten Europas, Urlaubskarten aus Prag, Paris, Mannheim, Mailand, an Zählmaschinen genagelt.

Schleifmeister Zinniel verließ nach der Auseinandersetzung mit Sekretär Posnik Anfang August die Fässerhalle bei Aspern und irrte gestikulierend, schreiend zwischen Glashäusern, Sandgruben, Schotterwerken durch Felder, quer über das Marchfeld zu Süßenbrunner Zuckerrübenäckern, wo er sich in den Strahlen der

Beregnungsanlage warf: tobend, durchnäßt, kotig wurde er von Sportreitern aufgegriffen.

Frau Rahofer am Gangfenster zur Locherei kann die Füße nicht mehr sehen: ständige Schritte, die Hälfte aller Vorübergehenden zerfalle in Fortbewegungs- und Greiforgane, links, rechts, links, lächerliche Bewegungen. Genau besehen bestehe ein Mensch nur aus Peripherie.

Zwigott, bei dem die Überwindung depressiver Schübe öfter in Größenwahn umschlägt: Wann und wie soll unleugbare Wahrheit obsiegen, für kurzfristige Vorteile unzuständig und für langfristige Lebensträchtigkeit ohne zündende Argumente? Philosophische und religiöse Ewigkeitsmodelle, einzig frieden- und lebensichernd, sind von so prohibitiver geistiger Ansprüchlichkeit, daß sich für sie keine Mehrheit zum Tausch gegen Tageslust finden läßt. Bleibt das die unübersteigbare Schwelle dieser sonst so erfolgreichen Gattung?

Hiezu Ingenieur Aberls Theorie vom Tuch der Geiger als Abwehr des Unbedingten: Geiger pressen vor ersten Saitenstrichen ein Tuch zwischen Achsel und Kinn, denn frei und eigenwillig schlitzt der Klang die zarten Wände der Ewigkeit, taucht durch den schmalen Teich der Zeit — Kantilene wie ein Skalpell, das die Seele des Geigers auflösen würde in Strähnen von Seligkeit, zurückfliehend mit den Tönen durch die Fugen ins Himmlische: deshalb tragen Streicher ihre Tücher, isolieren sich vor dem Vollkommenen. Siehe Gottesfurcht.

Darauf Wuggenik zustimmend: Museumsdiener besaufen sich, Kustoden schreiben Tausend-Seiten-Schinken, Dirigenten sind Flugzeugfans. Dichter halten politische Hetzreden, Ärzte kleistern jahrelang an Luxusvillen, Priester verfassen nationalökonomische Standardwerke: glückliche Elektriker des Göttlichen, die zahllose geladene Kabel flechten, ohne je in den Stromkreis zu fallen. Und ein ehemaliger Lyrikpreisträger schlägt auf der Höhenstraße mit einer Hacke alle Autos zusammen. Ein anderer führt zwölf Hammerschläge gegen die Pietá, einer attackiert die Mona Lisa, noch einer sticht dreiundzwanzig Porträts in den Uffizien die Augen aus.

Zwigott: Gottesfurcht sinke zwar im Maß der Versenkung in solchen Entwurf, dürfe aber nicht abgestumpfte oder überängstliche Abkehr vom großen Dauerziel bewirken: langfristige Beständigkeit, höchste, nur im Gnadenstand erzielbare Intelligenzleistung.

Einer sitzt jahrelang nach Dienst im Hüttchen am Donaustrom, beobachtet, wie das Wasser am Rand flußaufwärts rinnt. Einer klettert bei vierzig Grad Hitze auf das Glasdach der Hochofenhalle und beginnt, es mit dem Feuerwehrschlauch abzuspritzen. Einer lebt nur von Nebeneinkünften, während er seinen Arbeitslohn ausschließlich spart. Einer lockt Singvögel ans Fenster, erdrosselt sie und hängt sie sich an Silberdrähten ins Zimmer. Einer springt seiner weißen Maus in die Seine nach und ertrinkt. Frau Buchtela vom Heckenweg in Kagran tötet in ihrem Garten weinend junge Amseln, um sie vor streunenden Katzen zu schützen. Der Autorennfahrer in Zeltweg sagt: Ich war schon einmal tot, nämlich bevor ich geboren wurde, und das war nicht so schlimm. Einer hält die Ministranten zum Kirchturmfenster hinaus, bis sie vor Angst schreien.

Rausak beobachtet seit Wochen den toten Falter hinter dem Milchglas der Neonlampe in Verwalter Pohorils Zimmer.

Rausak voll Verständnis, ja Zuneigung für Irre, glaubt an Zustöße, die nur um den Preis der Verstörung zu überleben sind: Flugzeuge brauchen das Manöver eines Steilaufzugs auch nur einmal zu bestehen, nach der

Landung sind sie schrottreif. Das allein berechtigte, übergroße Endziel über allen Abwegen ist in unzähligen Grabungen, Kletterungen, Wartebunkern, Wüsten unsichtbar geworden. Zwang zu Schutz, Heilung, Drang zu Selbstbehauptung, auch um den Preis der Selbstauflösung. Erleichterung im Entschluß zum Wahn, zu Verstümmelung, Parteilichkeit, haltlosem Haß; endlich die Last der Gerechtigkeit, Bescheidung, Selbstzucht loswerden.

Rausak ist bei der Abfassung der Liste auch ängstlicher Selbstprüfung ausgesetzt: seit der überschwere Dachstuhl des Stephansdoms fünfundvierzig verbrannt ist — Hunderte Tonnen Stämme aus böhmischen Wäldern verkohlt, jetzt durch leichte Stahlkonstruktion ersetzt —, erscheint ihm der Dom, obwohl äußerlich wiederhergestellt, auf ewig entwertet, weil entlastet, gewichtslos, ohne den schon fast jenseitigen Druck auf tausendjährigem Gemäuer. Dies Rausaks Beichte: Belastungszwang: zu früh gekosteter Trost sich eingrabender, rückstemmender Verdichtung, Sucht nach Stählung, Panzerung, Härte, Tragik, Vorrat unverdrängten Leids, Zurückweisung verzögernder, aufschichtender, bröslIger Ausflüchte. Im Magen des Moavogels liegen große Steine, die das Unverdauliche, das dieses Tier schlucken muß, zerreiben!

Anwendung der Lokomotivführertheorie: Bewußtsein auf Armaturen und Signale reduzieren, unmöglich, sich mit allen Waggons und Achspaaren verbunden zu fühlen, zurückziehen auf perfekte zweidimensionale Informationsverarbeitung ohne persönlichen Anteil: Richtiges zu sagen ist wichtiger, als es zu fühlen. Liegt alle Lebenskraft in der Zunge?

Mitschüler Aberl hat ihm einmal nachts in endlosem Streitgespräch nach dem Stephanienkonzert vor der

Schloßbergbastei — es schneite an den Gaslaternen der Russenstiege vorbei auf Graz hinunter — ins Gesicht gesagt: Er sei ein Typ, dem es einfallen könnte, mit Frau und Kind aus dem Leben zu weichen. Nach vierzig Jahren gibt es tatsächlich Stunden, in denen Rausak mit dem Albtraum von der Hohen-Wand-Straße ringt, in dem der nur durch Stahlwinkel geschützte, vielhundertmetrige Steilabsturz an der höchsten Kehre der Bergstraße aus einer manisch einströmenden, tiefschwarzen Bildfolge lockt. Dies zu verschweigen wäre Lüge. Nicht nur euer körperliches Wachsen habe ich zu protegieren, Max, Anna, Klara, sondern das Leben überhaupt, vor und nach eurer Geburt in hartnäckige Zuversicht zu bergen vor dem Zukunftsterror und gegen meinen Drang, nicht ortbar zu sein, die Stirn nicht zu bieten, sondern den widerwärtigen Anstürmen die mit höchstem Preis bezahlte Antwort selbst zu sein: kalte Asche.

Flüsternde Selbstbezichtigung: kann überlebte Positionen nicht mehr verlassen, opfert bewußt handfeste Vorteile und Genüsse für die Befriedung seiner tief innen wortlos begründeten Haltung, stummes Einrasten, Übereinstimmen mit einer schweren, betäubenden Beständigkeit — Lichtorgel Hunderter kurzer Stehbilder von Handlungen tapferer, durch und durch gutmütiger Vorfahren —, einer verschütteten Wahrheit, die kein Argument mehr für sich hat. Warum tritt Rausak nicht einfach, ohne gewissenhafte Abwägung, einer Tagespartei bei?

Rausak als Auto-crash-Stuntman, kaum sprechfähig, stottert, daß er keinen anderen Beruf ergreifen könne, kehrt immer wieder zu den lebensgefährlichen Autoüberschlägen, Springschanzen über dreißig Wracks zurück.

Die Tatsache, daß man sich halbwegs wohl fühlt,

gestattet angesichts der Erklärung des Oberaufsehers vom Steinhof keine Beruhigung: Irre wünschen vor allem, in ihrem Wahn nicht gestört zu werden!

Rausak denkt oft an die ersten Irren seines Lebens: den stummen Sauhirt Pertiller vom Murberg, der im Frühling lallend das Plätschern Hunderter Rinnsale zeichnerisch auf alte Düngersäcke mit wirren Linien, Spiralen, Kreuzen zu bannen sucht. Über Daumen und Handballen mißt er die Lichtfülle aus, wiegt erste Wärme in aufwärtsgekehrten Händen, zählt jeden symmetrischen Vogelflug und schreibt, bis die Nacht ihn in Kälte und Schwärze hüllt;

den alten Sipötz vom Greisenheim Murstetten, der bei Regenwetter mit dem Vorschlaghammer das Schloß verläßt, zur nahen Mur eilt, wo er ein Spiel treibt: gegen den Stahlmast der Hochspannungsleitung schlagen, bis Regentropfen abrollen, riesige Regenketten, weißliche Flügel, einander treibend, springend, gischtend im gewaltigen Bogen über den Fluß ans andere Ufer peitschen, ein Steg aus Fontänen, wäßrige Netze im Sog — und unter ersten Sonnenstrahlen leuchtet im Sprühschleier einen Atemzug lang ein wirklicher Regenbogen.

Die Alltäglichkeit und Banalität, mit der Katastrophen beginnen, gehören zu ihren gewöhnlichen Eigenschaften. Greise Klavierlehrerin Rosa Grimm, dunkles, verrammeltes Gewölbe am Karmeliterplatz, hat alles eingewickelt: Notenhefte, Wäschestücke, Geschirr in uraltes verknittertes Packpapier geschlagen. Armut aus Freiheitswillen, Unbeugsamkeit, Bräutigam im Ersten Weltkrieg verloren, furchtbares Los jahrelanger Schüttellähmung im eiskalten, fensterlosen Zimmer: Ich töte mich nicht, weil ich zu religiös bin, aber ich öffne die Tür niemandem mehr.

Liste neun: die Schlechten

Im Seminarhotel Sachsengang tauschen sie während des Mittagessens Konditorei-Adressen und Penis-Witze aus: saubere Männchen von Ministerien und Gruppenkammern, blitzende Augengläser, Direktorenimage, speisen auf Generalunkosten. Sogar der zu Höflichkeit verpflichtete ausländische Vortragende blickt angewidert in perlendes Sodawasser. Der Donau-Oder-Kanal draußen ist zugefroren; nebliger Horizont beschneiter Badehütten, mit Brettern und Ketten verrammelt. Rausak vergleicht das Beamtengelichter mit dem buckligen Hilfsarbeiter im Kremser Gummimagazin, der die Kollegen mit schlüpfrigen Erzählungen aus seiner Vordienstzeit in der Pathologie unterhielt: nackte Leichen im Spiritusbassin...

Und überhaupt: die Frechheit, mit der sie ausschließlich in personalia machen, Sachfragen ignorieren, hiefür auch noch hohe Kompetenz reklamieren. Ihre Gehirne sind Kühlhäuser voll von abgestempelten Leichenteilen: überfroren austropfend, glitschiger Boden. Für jeden Appetit der richtige Braten. Insidermimik.

Erbärmliches Arsenal der Ängstigung, Unterdrükkung: schnell reden, nicht zuhören, Peitschenhiebe mit Augendeckeln, leidenschaftliches Hantieren mit Zigaretten, Akten, Zeitdruck vortäuschen, niemals loben oder anerkennen, nie Zustimmung, Entfertigung; anmerken lassen, daß man nur zum Schein redet, nicht aufpassen, sich wiederholen, gelangweilt immer dasselbe fragen, sichtlich egal, sich zu blamieren; äußere Erscheinung schon Drohung, Warnung genug: Augenhöhlen, Mundwinkel, Wangenfurchen zerdehnt, protziger Gang; Stimme, Wortwahl verschlossen, unbeeinflußbar.

Davon gibt es viel mehr unter hohen Funktionären als bei mittleren Leuten. Arbeiter werden durch direkten Realitätskontakt ständig korrigiert, geschliffen, haben ein Regulativ an der Wirklichkeit, in der man sich nur bei einem Minimum objektiver Analogie bewährt. Nicht so die Oberen: agieren in einem Raum subjektiver Verbalsysteme, nicht meßbar, nur verglichen mit anderen subjektiven Darstellungen — ein weites Feld der Verdrehung, Lüge, Tricks, Schauspielerei.

Freßgroßgasthöfe rings um die Bundeshauptstadt, letztes Narkotikum. Da kennen sie sich aus, ordnen mit großer Geste, erstmals geradezu korrekt, ernst, den richtigen Tisch, die nötige Sesselanzahl, sorgen für aufmerksame Bedienung, endlich für irgend etwas kompetent, beinhart, anmaßend, schicken sogar Speisen zurück, sie zahlen ja schließlich, nicht wahr.

Rausaks Geständnis, daß er eines Nachts den Tod Ratzlugers herbeiwünschte: wegen Gruppensekretär Posniks Erzählung, wie der große Investitionskiller in einem zweiten Dienstmercedes seine Mätresse mitreisen ließ und auf Konzernkosten neben sich im Hotel einquartierte. Hat Posnik von dort nach Mitternacht telefonisch niedergeschrien, weil er mit der Zimmeranordnung unzufrieden war. So hat Caesar die Deputierten besiegter Völker gedemütigt. Hitler verlangte in Rom die Vorführung einer Hure, so hat ihm Napoleon imponiert.

Der Welser Chemie-Prokurist Kainz streicht in der amtlichen Wiener Zeitung die Notiz rot an, daß der Bischof von Montauban in einem zweideutigen Pariser Etablissement tot aufgefunden wurde. Kainz ist selbst ein lüsterner Bursche mit anmaßendem Zubeiß-Blick, geheimer Geilheit: an jeder Frau gleitet sein Blick in die

Hüftgegend, schält den nackten Leib heraus und pinselt über die Geschlechtsteile ohne Mitleid, ohne Liebe, sie unbarmherzig im Innersten zerreißend. Spitzbubenatmosphäre, besoffen sein, alles gesichert haben, gefülltes Bankkonto, täglich frischer Anzug, zweijährlich neues Auto. Arbeit als Lustsicherung. Jedes Mittel recht, Übervorteilung, Hintergehung, Verschwörung, Ehrabschneidung; wehe, wer dieser Figur ohnmächtig gegenübersteht. Kulinarisches, primitiv-medizinisches Vokabular, widerwärtiger Hang für alle schmatzenden, schleimigen Themen, spricht ausführlich über seine Verdauung, Nahrungsgewohnheiten im Detail (Nußschnitten zum Frühstück), unterläuft seine Gesprächspartner mit privaten intimen Änderungen; Schlüssellochblick.

Ähnliche Typen: Pohoril und Jäger: sie haben es mit den Haaren, reiben und kitzeln den ganzen Tag ihre zu Quasten gerafften Kopfhaare, spielen mit den aus Nasenlöchern ragenden Borsten. Äußerlich und innerlich dämonisch, Höllenvisagen aus Barockbildern: aufgefalteter Nasenrücken, Lippen über Zahnfleisch zurückgezogen, Augen schräg- und kleingespannt, unbeherrschte Fratze, profitieren bewußt von der Furcht, die sie verbreiten. Unverläßlich, ortlos, unfaßbar, verschlagen, Goya-Zeichnung, Imponiermaskerade, lähmende Instabilität, mit mir können Sie nie rechnen; keine Andeutung einer zutraulichen Geste erlaubt; da rutscht du aus, und Pohoril verwandelt sich mit nichts als Stilmitteln in eine unnahbare Instanz.

Schlechtigkeit: keiner Sache eine Eigengesetzlichkeit, keinem Menschen Selbstbestimmung zubilligen; von nichts einen unabhängigen, sich selbst begründenden Wert annehmen, alles subjektiv unterwandern, listig den falschen Zugang suchen, von innen aufrollen, unterspülen, unterrosten. Nichts hat eine Aura, alles ist instrumental, Reizelement, Konsumartikel.

Der schlimmste aller Tricks: in der durch jahrtausendelange Läuterung errungenen Ordnung alle Sicherungen, Unterstützungen, Beförderungen genießen und auf dieser künstlichen Plattform — geschaffen auf Kosten armer, opferbereiter Generationen, Märtyrer humaner Ideen —, in dieser Gemeinschaft sich aufpäppeln lassen, um dann selbst in brutalen Egoismus zurückzufallen: kurzfristig maximaler Lustgewinn für den Täter. Im Schutz humaner Konvention, des Souveränitätsverzichts der vielen, selbst inhuman zu handeln: Selbstgenuß, ohne je den Kredit, der aus dem Kapital der Geistesgeschichte gewährt wird, zurückzuzahlen...

Tiefpunkt Transportdisponent Dastel: beim Jubiläumsheurigen wird Bergwerksrechner Bruderer wegen Trinkfestigkeit geneckt. Rausak nimmt lachend für Bruderers Freiheit Stellung, soviel zu trinken, wie er will. Dastel zieht Rausak beiseite: Sie sind ja froh, daß Bruderer so säuft, davon stirbt er früher und Ihre Karriereaussicht wird besser! Dies, vor sechs Jahren, war das letzte Wort, das Dastel an mich zu richten wagte. Schuldige setzen den Anfang später an, bezeichnen als Beginn, was schon Reaktion ist. Man müßte immer wieder ausholen, langen Atem durchhalten, aber Müdigkeit obsiegt.

Zweifelhafter Cheftyp: selbst geängstigt, Mißtrauen als Autoritätsersatz, eiserne Jungfrau, durch die Falltür saust der Kadaver in den Abgrund des Schloßbergs. Selbst im Gespräch zu zweit wird die Pose nie abgelegt. Man spricht in ein geschlossenes Visier. Rausak denkt an die Juden in den Gängen der KZ-Baracken, hinter den Türen werden Papiere für die Exekution ausgefertigt. Auf dem Weg zur Vergasung: Merkt euch die Nummer des Kleiderhakens, nach der Dusche gibt es Kaffee. Sie ersticken mit dieser sinnlosen Zahl vor dem brechenden Auge...

Verdächtig schneller Lernprozeß: Umgebung ängstigen, schocken, in Verteidigungsposition zwingen, Beweispflicht für Erfolge liegt bei Ihnen, werde Sie nie aus der Verantwortung entlassen.

Die Zentralsekretärinnen grinsen den ganzen Tag über die ängstlichen Thron-Besucher; weisen sie kichernd in ihr privates Kuriositätenmuseum ein...

Herr Reibmann aus Hengsberg wurde reich, als er Petroleum in Benzin mischte.

Wie Vertraute, vermeintlich gute Bekannte fast unmerklich in früher nur bisweilen gewählter Verstellung erhärten, sich in Affektiertheit so von sich entfernen, daß sie sich selbst aus dem Auge verlieren, ident werden mit ihrer eigenen Monstrosität: Dr. Köppl, Diplomkaufmann Kameritsch, Ingenieur Eggenburger, besonders Hauptingenieur Ditscheiner: Rausak glaubt oft zunächst nicht, daß sie nicht wüßten, wie sie überkippen, hofft, sie über die Barriere ihrer Masken hinweg treffen zu können, indem er zu erkennen gibt, daß seine Wertschätzung nicht der Imponierhaltung, sondern ihrer Person gilt, und das mit herzlichen Worten, doch plötzlich wird klar: hier gibt es gar kein Gegenüber mehr, nur noch diese armierte Hülse, diesen rotierenden, entwerteten, die Welt nur mit Gehabe steuernden Chitinpanzer.

Und die Schlechten unter den Politikern und Journalisten dieses Landes: im Unrecht sein und es instinktiv auch wissen, luziferische Arroganz, verbunden mit der Erfolgserfahrung, daß man über genug Vokabular verfügt, um aus jeder Position durch neue Aggression und Formulierungstricks ja doch zu obsiegen: den totalen

Schmäh so dicht werden zu lassen, daß kein Versuch, ihn zu lichten, mehr durchdringt. Letzte Vollendung: daß durch Verwachsung, Verholzung, Versteinerung der permanenten Lügen tatsächlich neue Realität entsteht, die — na bitte, ich hab's ja immer gesagt! — sogar eine Art objektiver Verbindlichkeit annimmt! Händereiben auf den Burgzinnen, augenzwinkernd die ehrlichen, wohlmeinenden Ameisen auf den Hängen krabbeln sehen. Mit Leserbriefen oder Fernsehdiskussionen kommt man dem nicht bei.

Was heißt denn schon Hölle, zischt Dr. Zynar Rausak an: nachdem er jede Möglichkeit eines gemeinsamen Ausgangspunkts zur Beurteilung der österreichischen Szene verneinte: Es gibt keine Sachgesetzlichkeit, keine objektiven Voraussetzungen, Zinsen sind nicht der Preis für die Valutadifferenz, es gibt kein gemeinsames Ziel, keine verpflichtenden Fakten, alles ist Willkür, alle Erscheinungen sind durch subjektive Präferenzen feindlicher Kräfte bestimmt. Rausak: Hölle ist, worin ich mich versetzt fühle, wenn ich mit Ihnen rede. Nichts ist wahr, alles ist erlaubt.

Lichtschaltertest: Rausak prüft, welche Personen er aus seinem Leben entfernen würde, wenn dies nur den Handgriff erforderte, mit dem man Licht abschaltet, nicht im Sinn von Vernichten, sondern als heftige Forderung, der bittere Schmerz, diese Bedrückung, die nachhaltig das eigene Leben entwertet, zerstört, möge vorübergehen: Dastel, Kainz, Pohoril, Zynar. Bei Ratzluger hat sich das arabische Sprichwort erfüllt: Warte am Ufer des Wadi, und du wirst deinen Feind vorübertreiben sehen...

Ein schwer überladenes militärisches Pferdegespann wollte neunzehnzweiundvierzig über den Wildonerberg. Bei aller Gutwilligkeit konnten die beiden Stuten das

Gefährt nicht über die Steigung bringen. Soldaten zogen Bretter aus dem Wagen und schlugen auf die Tiere ein. Mein Vater, obgleich ohne militärischen Rang, zwang die Mannschaft mit zornbebender Stimme, den Wagen halb zu entladen und die Last geteilt über den Berg zu bringen.

Friedrich Heer extrapoliert die Schlechtigkeitsskala: Tierquälerei, Unzucht mit Kindern, rasender, wahnwitziger Terror. In dieser Reihenfolge eingetreten!

Frankreich neunzehnhundertfünfundsiebzig: schwerer Peugeot schiebt den kleinen Citroen mit steigender Geschwindigkeit über die Landstraße, bis das schwache Auto umkippt und zerbricht — Mutter und zwei Kinder tot.

Asozial als Maxime: die satanisch-hämische, miese, lauernde Sicht auf die Welt, die unter diesem Blick ständig untergeht — und täglich neu erschaffen werden muß auf Kosten der hiefür geopferten Gutmütigen. Sünder genießen den Frieden, den die Büßer schaffen.

Forgatsch nach der Weihnachtsfeier beim Warten auf den Aufzug: Solange die Mehrheit Frieden als geschmälerte Lebenslust empfindet, wird es keinen Frieden geben. Und Herr Jarni, nach vorzeitiger Pensionierung: Die allzuvielen Schlechten erzwingen Interessentengesetze, wenigstens körperliches Überleben zu sichern: solche Subsysteme setzen Parteilichkeit voraus, funktionieren nur so, wie Gelenkskonstruktionen auf Querdrücke ansprechen, die sie verlustreich auf eine Minimalresultierende übertragen, mehr schlecht als recht: ein Gerechter, in sich schon Ausgewogener, wird ausgeworfen.

Dr. Stiliga: Dauerdruckindikatoren für Verdrängungsstreß korrelieren direkt mit Krebs.

Rausaks stärkste Versuchung: Unversöhnlichkeit.

In Ravenna spielt die Katze auf der Marmortreppe mit einer verstümmelten Eidechse in der Abendsonne.

Unvergeßlicher Schrei von der Bühne des Grazer Rittersaals: der Mörder soll mit seinem Opfer lebend begraben werden, um zu wissen, wie sehr ein toter Mensch stinkt. Im mikrochirurgischen Dienst dauert das Annähen eines Fingers siebzehn Stunden.

Rausak rätselt, warum ihn als Kind vieles betroffen hat, was schicksalhaft werden sollte: Fabel vom Wolf, der das Schaf fressen will, das flußabwärts aus dem gleichen Bach trinkt. Wohlüberlegte Beredsamkeit des Opfers zerstreut alle Argumente des Wolfs. Zum Beispiel, daß das Schaf ihm das Trinkwasser trübe, ist durch physikalisches Gesetz glatt widerlegt. Bis der Böse herausbrüllt: Ich fresse dich, weil ich dich fressen will! Mit untrüglichem Instinkt kennen die Wölfe, wer keiner ist.

Vor einigen Jahren wäre Rausak noch bereit gewesen, den Vorwurf der Notwehrüberschreitung anzunehmen.

Zweites Buch: Vorberichte

Vorbericht eins: die Hatz

Die Hatz brach dort los, wo aus unterirdischem Bett der Mühlgang zur Annenstraße hervordrängt, die Basaltmauer des Annenkellers umspült und ab dem dritten Haus der Elisabethinergasse den südlich fortweichenden Gehsteig — durch ein Geländer getrennt — begleitet. Hier zerrten wir unsere Ranzen vom Rücken, rissen Blätter aus den Heften, weiße, unbeschriebene Seiten, die schwerfällig neben dem Brückenkiosk ins Wasser flatterten. Grell strahlten sie aus dem schwarzen Tunnel. Wenn die Strömung sie erfaßte, mit raschem Schwung ins Licht trieb, standen bereits drei oder vier von uns — Schläffer, Bergles, Rupp oder Fischl — auf dem schmalen Steg, der zum Annenkeller führt, und eröffneten brüllend, hochrot und bebend die Jagd.

Die ersten Steine zischten ins Wasser. Stehend, ins Geländer geklemmt, kniend, darübergebeugt oder hockend schossen wir auf die weißen Flecke. Dumpfe Fontänen, seichtere Spritzer umsprangen sie. Aber immer neu, am Beginn jeder Hatz nahmen diese hellen Papierinseln jene Eigenschaft an, die uns zur Raserei trieb in der Gier, sie zu treffen: die Blätter gerannen zu weicher Stetigkeit, fest umsaugt von den unbeirrbaren Wellen: still und zäh, wehrlos, aber erhaben schwenkten sie in ihre dunkle Bahn. Kaum eine Drehung oder ein Auflappen konnten unsere ersten Schüsse erzielen.

Schon hasteten wir voraus zur Kernstockbrücke, die Geschosse seitlich in den Gang schleudernd. Wir gruben im Rinnsal, kratzten im weichen Asphalt, zerrten Nägel und Blechstücke von Holzplanken, brachen Ziegel aus

Baustellen, entwendeten Eisenzeug, Nieten, Klampfen, Drähte; aber auch Pflastersteine gaben unter unseren kleinen Krallen nach. So bewaffnet, Gesichter und Hände schon beschmiert, besetzten wir die Prankerbrücke in der weiten Biegung. Der Rupp wagte sich sogar auf den schrägen Gassteg, der einen Steinwurf ober dem Hirschenwirt den Mühlgang überquert, legte sich knapp über den Wasserspiegel. Massig droschen seine Trümmer in die still heranziehenden Inseln.

Manche von ihnen sprang mit der Fontäne hoch, drehte sich in der Luft, bettete sich aber wieder gleichmütig in das schnell beruhigte, weiterziehende Gerinne. Last um Last entleerten unsere Arme auf die sanfte Flotte. Und nach jedem Versinken unserer Kugeln suchten wir die reinen Schiffe, die sofort wieder unnahbar, ohne Beschleunigung oder Verstörung ihren Kurs glitten.

Manches Blatt, das ein leichter Nagel oder eine Faustvoll Erde in die Mitte getroffen hatte, begann sich einzubuchten, abzusenken. Wieder andere Papiere trugen einige Atemzüge lang an ihren Ecken oder an den Rändern eine Last, die seitlich auswärtsglitt, eine schmale Falte ins Floß drückte, schließlich mit gelassenem Kippen abgestreift wurde und versank. Das Blatt aber schaukelte unversehrt an der Oberfläche zwischen den übrigen, nie getroffenen. Sie durchschwammen Licht und Schatten, zogen weiter, wie winkend oder nickend in den Wellen. Auf diese gelöste Herde prasselte weiter unser Überfall: zusammengerafftes Geröll oder bös gezielte Schüsse mit Kanalgittern, Karrenspeichen, Kuhketten, zwischen denen die weißen Boote gelassen ins Weitere zogen . . .

Aber die krumme Strecke vor der langen Fabrik war erst Hauptfeld unserer wilden Jagd. Hosentaschen, Schulranzen, Arme und Fäuste waren gefüllt. In keuchendem Eifer verteilten wir uns über den gestreckten Fließbogen: der Schläffer noch vor der Samen- und Vogelhandlung, Frei und Bachofner vor dem stinkenden Ausfluß der Lederfabrik, Rupp, Fischl und ich vor der Straßenbahnweiche, gegenüber den Schrebergärten jenseits des Mühlgangs. Von den vierzehn Häusern, über deren Länge die ganze Hatz verlief, vom Annenkeller bis zur Josef-Huber-Gasse, hatten wir nur noch sechs bis zur Entscheidung.

Wieder dumpfe Einschläge, aufgellende Schwaden, Gurgeln, blasige Wirbel und hinflitzende, spitze Fontänen.

Die Blätter wichen zäh aus ihrer Bahn, kreisten abseits, schleckten an den klebrigen Holz- oder Steinufern empor. Veränderte Gleichgewichte zwangen ganze Seiten aus flacher Schwimmlage in eine schiefe oder gar senkrechte, daß sie stehend, nur noch eine Kante an der Oberfläche oder einen gebogenen Streifen, oft auch gerollt und spiralig im Sog schwebten und das Naß umschlangen. Sogar ganz zersträhnte Flecken, die wir schon aus dem Blick verloren hatten, stiegen nach den Einschlägen schwammig und matt aufdämmernd aus rollender Tiefe als geblendete Augen zurück, die sich nochmals öffnen.

Unsere Waffen verbrauchten sich. Ein Stachel schnitt in unseren kindlichen Willen, der so ohnmächtig war, beschämt vor dem Flüchtigen, Widerstandslosen, das — kaum unseren Händen entflattert — unnahbar wurde, jenseitig, voll langsamer Würde, die selbst unsere wildesten Treffer kaum störten. Nur eine kurze Fließstrecke lag noch frei vor uns, drei Häuser weit, jenseits der Kreuzung hinter der Brücke. Schon tanzten die Blätter anmutig auf die Rösselmühle zu. An ihr entschied sich unsere Niederlage. Wir hasteten auf die letzte Brücke.

Zuerst preßten wir uns ans Nordgeländer. Und einige — nicht immer dieselben — brachten in diesen Minuten ihr Opfer. Bergles und ich, oder auch Rupp, wir griffen tief in die Hosentaschen, zogen unsere Heiligtümer hervor — schwere Dinge, die hastig versinken: Blechpfeifen, Glaskugeln, Fensterkitt, Taschenmesser... Keiner, der nicht sein Bestes gab. Die Hände zwischen den Stäben vorgereckt, warteten wir, bis die weißen Boote darunter hinzogen. Dann spreizten sich die Finger. Wir hörten keine Treffer, nur Puls rauschte in den Ohren.

Aber aus dem Brückenschatten glitt die fromme, unversehrte Herde! Sonne überglitzerte sie erstmals vom Freien herüber. Kein Schuß verfolgte sie mehr. In großem Linksbogen wird das Fließen langsamer zwischen dem weit überhängenden, großschattigen Geäst der Kastanienbäume des Resselparks und dem umzäunten Rosengarten der Trafikantin. Farbiges Licht liegt dort über dem Wasser. Unsere Blätter tauchten weiß ins Unverfolgbare hinüber. Schläffer legte das Kinn aufs Eisen der Brücke. Rupp und Fischl stießen alte Zündhölzer mit den Fußspitzen über den Rand. Bergles und ich wischten die schmierigen Hände ins Geländer. Wir redeten nichts. Die Hatz kochte noch in unseren Körpern. Aber sie begann sich in diesem Augenblick vollendeter Demütigung in ein Glücksgefühl aufzulösen.

Weiterschweigend, die Hände an den verschwitzten Stirnen, schauten wir gegen die Sonne auf das Fortfließen unserer fröhlichen Inseln. Wir konnten sie im Glitzern noch sehen, bis sie weit unten, gerettet, durchs Fluder der Rösselmühle in das zu uns herüberrauschende Geheimnis eindrangen.

Vorbericht zwei: das Mißlingen

Nach dem Abendbrot erhob ich mich immer hastig, dankte, küßte meine ahnungslose Tante, wünschte »gute Nacht«, lief in meine Kammer, zerwühlte das Bett und kletterte über die Fensterbank in die Dämmerung hinaus. Hinter die Scheune geduckt, blickte ich zur Stube zurück, prüfte den Karrenweg, soweit er überblickbar war. Ich spürte die Hitze des Tags aus den Hölzern drängen. Ich übersprang den Zaun und rannte lautlos hinter den Büschen, durch schwärzlich kreisende Mückenschwärme, die mein Gesicht benagten, zwischen Brennesseln und Stechkräutern über den Bach bis zum Wäldchen, hinter dem die Lebringer Schloßweide lag. Schräg stieg sie in die Finsternis auf, reckte die vereinzelt krüpplig wuchernden Apfelbäume gegen den helleren Sommerhimmel. Im Morast, der über meine Knie troff, zappelten pickende Fliegen.

Ich kroch durch die Planken in die Weide. Aneinandergedrängt kauerten die Rinder im taufeuchten, kurzgebissenen Gras. Ich tastete im Dunklen unter den Apfelbäumen, sammelte die häßlichen, kleinen Früchte, die dort nässelnd und faulend auf der Erde lagen, runzlig, löchrig, von weißen Würmern beschlüpft, fleckig, narbig, zäh. In meine Hosentaschen gequetscht, drängten sie Most durch den Stoff über meine Schenkel.

Noch mitten im Sammeln dieser Klumpen riß mich das erste deutliche Flattern hoch: bebend vor Erregung starrte ich fiebrig in die halbhohen, strähnigen Schatten der Luft, die von tausend kantigen Wendungen, Schleifen, Kehren und Schnitten gebrochen waren.

Schon zu jeder Tagstunde war meine Erwartung gespannt, alles Planen zielte auf den Erfolg meines geheimen, nächtlichen Jagens, immer wieder umkreiste ich diese Schloßweide im dampfenden Vormittag, im schweigsam schwelenden Mittag und noch vor dem Nachtmahl in der roten Sonne, wenn die Kühe eben ein letztesmal ihre Mägen stopften. Nun aber waren die zehrenden Minuten da, die Nähe des so rasend begehrten Schaurigen kochte über meiner Stirn, das Allerfremdeste, noch nie Gesehene oder gar Befühlte, immer nur auf Armlänge über meinem Kopf Dahintaumelnde senkte sich wieder aus der Nacht über meine Neugier. Zu zweit oder zu viert stürzten die Fledermäuse durch ihre Räume und schnitten ihre Konturen geradezu schmerzhaft in mein Schauen. Der Hunger nach dem Besitz eines solchen Tieres brannte in mir, wenn meine Blicke — hastig ins Graue stechend — den geheimnisvollen Flugleib sekundenlang fassen konnten: das pelzige Gefieder mit Krallenhänden, die ein Gespärre von Speichen und Strahlen über flatternde Häute spannten und im aufrechten Flug den angewinkelten Kopf mit offenem Maul durch die Kühle trieben, plump und häßlich, dennoch entrückt und unfaßbar, als erregendes Rätsel.

Der Rausch, mit dem der Anblick dieser Handflügler mich erfüllte, wurde aber zu schäumender Besessenheit gesteigert durch meine Entdeckung, daß ich auf das Geschehen ihrer beklemmend jenseitigen Welt einen Einfluß hatte: wenn es mir nämlich gelang, in die Flugbahn eines dieser Flattertiere einen Apfel zu werfen — und zwar so nahe, daß es davon abgelenkt wurde —, dann stieß es dem fallenden Fremdkörper mit einem schrillen Schrei so lange nach, bis er fast wieder auf den Boden schlug, wo ich ihn aufgelesen hatte. Die Beziehung, die auf diese Weise zwischen mir und dieser

Überwelt entstand, entzückte mich, war sie doch mit der Hoffnung verbunden, eine solche Fledermaus zum Absturz zu verleiten, wenn sie einmal in der Verfolgung meines Geschosses das Auftreffen im Erdboden übersehen sollte.

Schon peitschten die ersten Äpfel über meine Arme in die Finsternis hinaus. Die gräulichen Flirrknäuel holperten schwerfällig um sie und kurvten weiter durch ihre Zone. Dumpf schlugen die Früchte ins Gras zurück. Immer dichter und niedriger schwirrten die Schwärme der Fledermäuse über die Weide. Und immer rasender brandeten meine Betroffenheit und mein Begehren durch die Sinne: Schlag auf Schlag trieben meine Hände triefende Stücke in die Höhe, mitten in die Flugstraße der klatschenden Häute. Ich rannte unter ihnen über die Wiese und horchte auf die spitzen, winselnden Schreie, die ich ihnen entlockte.

Immer wieder bohrten sich meine Geschosse langsam ins Nächtliche und standen einen Augenblick lang schwarz im Gegenlicht, lockten Tiere an, die in jäher Wendung auf das Dunkle zustießen und es abkippend erdwärts verfolgten. Jubel kochte in mir hoch, wenn ich den Apfel schmatzend einschlagen hörte, aber die Verfolgerin nicht aufsteigen sah. Ich stürzte an die Stelle und hoffte, ein Flatterndes erhaschen zu können — aber die vermeintlich zu mir Erniedrigte war verschwunden.

Laufen, Bücken, Äpfelsammeln, Suchen und Orten der Schwärme, Schießen, Prüfen der Erfolge und neuerliches Zielen und Laufen hetzten mich stundenlang kreuz und quer über die nächtliche Weide. Unruhig stampften die Kühe auf blankgetretenem Erdreich, schüttelten die nassen Schädel und äugten mißtrauisch auf meine Unruhe.

Immer noch schaukelten die Höllengestalten über

meiner heißen Stirn und stürzten sich kreischend auf meine Flugköder. Der Sieg erschien mir stets so nahe, daß ich aus keuchendem Eifer nicht herauskam. Schon schnappte meine Gier in Trugbilder über. Fast jedesmal, wenn ich einen niederbrechenden Apfel ins Geäst eines Baums und anschließend ins Gras krachen hörte, ohne die Fledermaus fliehen zu sehen, warf ich mich rudernd über die Stelle und kratzte mit zitternden Fingern das Erdreich ab; als aber endlich wieder Blut an meine Schläfen drang und die Schwäche sich auffüllte, erkannte ich den nachtfeuchten Ast oder das Rindenstück, dem mein Wahn die ebenso begehrten wie verabscheuten Eigenschaften verliehen hatte.

Und ganz nah über mir, Schleife um Schleife, schrien die Unerreichbaren. Sterne flimmerten über ihnen und umrandeten ihre Schatten mit silbrigen Höfen. Das knöchrige Vieleck ihrer Flughäute strich über das Gebräu aus letzten warmen und ersten kalten Luftschwaden, aus Mücken, Fliegen und Nachtfaltern.

Ich lag noch auf dem Boden und hatte den gelandeten Apfel in der Hand, in dessen Nähe ich das Geheimnis hatte greifen wollen. Die großen, schlafenden Kuhleiber staken in Nebelschwaden. Aber immer noch flogen die pelzigen Sendboten des ebenso Geheimen wie Vertrauten, ja in tiefster Seele erschütternd Verwandten, Verbindlichen neckisch unbeholfen in Leibeslänge um mich. Ihr Quietschen mußte aus Gesichtern kommen, deren Anblick wohl einer Botschaft aus dem Jenseitigen gleichkam. Jetzt, da ich körperlich geschlagen war und erschöpft in meiner Mulde lag, war mein Verlangen eher noch inniger und dringender.

Oft konnte ich die großen Ohren steil ins Dämmern ragen sehen. Und spitzig schlangen sich ihre Zurufe durch die vibrierende Luft. Meine Äpfel schwirrten jetzt seltener, aber gezielter gegen ihre Leiber, stießen auch — wenn ich gut warf — derb und krachend gegen sie, sodaß ich meinte, sie erlegt zu haben, wenn sie mit der Frucht zusammen flatternd abstürzten: aber immer war es nur ein kurzer Ringkampf, der sich knapp über der Erde löste und die Fledermaus ins Höhere entließ. Dann suchte ich den Apfel.

Im fahlen Licht erschienen mir Büsche und Zäune riesengroß und der Klimmzug zur Kammer überforderte mich fast. Im Bett erst betastete ich atemlos die heimgetragenen Äpfel nach Kerben, von denen ich meinte, sie stammten aus den Krallen und Zähnen der Fledermäuse, die mit ihnen in der Luft gekämpft hatten.

Vorbericht drei: die Ankunft

Mein Vater ging zum Versandleiter der Frühzeitung. Dieser vermittelte mir die Gratisfahrt mit einem Lastwagen, der als Nachtkurs die obersteirischen Orte durchfuhr. Als der Lenker mein schweres Fahrrad über die unverpackten Papierstöße legen wollte, mußte er erst die öltriefende Kette einhüllen, damit nicht ganze Ortschaften verunreinigte Morgenblätter erhielten. Er brummte. Während ich ins Führerhaus kletterte, blieb die Linke in der Hosentasche und hielt den Zettel mit der Friedhofskizze, die ich nach den Worten des Vaters gezeichnet hatte: hinter dem Hauptkreuz von der Mittelstraße den zweiten Gang links hinunter ... In St. Michael verließ ich den Zeitungswagen und legte mich in den Bahnhofwartesaal, um das Morgengrauen abzuwarten. Das Rad band ich an mein Fußgelenk. Um etwa vier Uhr erwachte ich und erstieg den Schoberpaß.

Gegen Abend war ich im Salzburgischen. Meine Unterkunft zog sich dämmrig durch längliches Gewölbe einer feuchten Luftschutzhöhle. Mächtiger Regen drosch auf den Berg und drängte durch die Wände. Ich lag wach: alle Ungewißheiten, die mein Fühlen immer umstellten, spannten sich auf das Ziel meiner Fahrt. Dort erwartete ich die Lösung jenes Ungenannten, das mich seit dem Tode meiner Mutter umgab. Ich beabsichtigte nicht, irgend jemandem in ihrem Sterbeort — so viele Jahre später — nach Näherem zu befragen. Ich wollte dort sein, sonst nichts.

Die erdigen Hügel in Bayern waren am Morgen klatschnaß. Schwere Wolken drückten die Landschaft.

Ich schob mich zäh durch triefendes Grau. Gegen Mittag brach das rechte Pedal samt dem Gewinde. Ich konnte nur noch hügelab fahren, sonst schob ich. Ein Dorfschmied glühte den Hebel wieder an. Aber schon eine halbe Stunde später hob ich das Stück wieder aus dem Morast. Es wurde tiefe Nacht, bis ich im Münchner Kolpingheim auf ein Feldbett fiel und mich mit allem, was ich besaß, zudeckte.

Aber die Kälte biß von unten in meinen Rücken. Das matratzenlose Hängelager hielt keine Wärme. Ich fror. Ich wachte und hatte Zeit, die Befürchtung zu überlegen, die mich schon tagelang drückte: Ich würde am Grab nicht weinen können! Ich hatte sie ja nie gekannt. Es würde nichts bessern, wenn ich mich in Verstellungen zwänge. So schlief ich ein.

Der Saal war fast geleert, als mich ein Mönch weckte. Es war schon hoher Vormittag. Ein Geschäftsmann, bei dem ich Brot kaufte, schenkte mir ein kleines Musterglas Marmelade. Ich wollte die verschlafene Zeit einholen und radelte hastig durch den Verkehr. Es war schon Nachmittag, als ich — immer noch nüchtern — erschrocken durch die Vorstädte Münchens raste: Fabriken, Remisen, Ruinen, Baustellen, Schrottlager, Kasernen, alles gelähmt unter nieselnder Dämmerung und fast menschenleer. Ich krümmte mich über die Lenkstange, um den Gegenwind zu schwächen.

Die Straßenbäume bogen sich tief, schlugen mit den Wipfeln über den Asphalt. Ich bohrte mich taumelnd durch die Luftstöße, riß an der Lenkstange und sprang in die Kurbeln, immer rasender spannte sich mein Leib in den Rahmen, trieb sich aber nur schrittweise — über die ganze Straße schlingernd — westwärts.

Erst als ich ein Lastauto hörte, riß ich mich hoch und zerrte mein Rad aus der Straßenmitte. Langsam ging ich zu Fuß gegen den Wind nach Wörishofen. Über einige Hügel ließ ich mich abrollen, dann marschierte ich weiter.

Wieder begannen meine Ängste um das Verhalten vor dem Grab. Eine noch tiefere Härte lag jetzt in mir. Ich fürchtete, durch sie meine Tote zu beleidigen, ja, ihr sogar zu schaden. Lieber wollte ich nicht beten, als schmerzlos etwas hersagen. Aber am Grab der Mutter, vor das man zum ersten Mal tritt, nicht beten?

Ich fand meinen Weg. Meinen Körper fühlte ich nicht mehr. Nur die Augen waren ich: ich sah so viel wie sonst nie; ich trank jede Linie, jedes Bild, jede Rundung des Ortes; ich wußte, daß viele Jahre vergangen waren, seit Mutter hier gelebt und ihr Leben hier beendet hatte, aber ich bedachte es nicht. Ich begann die Frau, aus der ich lebe, zu spüren.

Das Gittertor war offen. Ich saß ab und lehnte das Rad an die Mauer. Gerade vor dem Tor, in halber Breite des Hofs stand im großen Weg das Hauptkreuz. Ich unterschritt es, bog links ab und ging fest jenem Feld zu, wo das Grab sein mußte: ziemlich weit links, noch eine Reihe... dann erkannte ich den Stein... denselben hellen, glatten Stein, den ich vor Jahren auf der Photographie gesehen hatte.

Und da stand der Name, der auch mein Name ist. Rausak, Mimi Rausak. Die unbekannte, tote Frau, die meine Mutter war, wurde ganz plötzlich überwältigend anwachsende Wirklichkeit.

Ich stand lange. Ich stand und spürte die mir bis dahin unbewußt gewohnte, erst jetzt als quälende Last erkannte Stauung in meiner Brust aufklaffen: ich weinte laut auf; ich kniete leise betend in dieser Erde: hier war Endgültiges, Unheilbares geschehen für meine Mutter und für mich. Meine Augen werden offen bleiben, immer offen; ob ich dränge oder fliehe, das wird nie mehr gut, bis zuletzt nicht.

Ich betete nicht mehr, erhob mich, ging schwer zum Fahrrad ans Tor und holte die mitgeführte Kerze.

Drittes Buch:
Berichte

Bericht eins: die Schlacht

Melikow sortiert zum fünften Mal die vorbereiteten Protokolle. Sein nervöses Russisch fällt wie brüchige Kohlenstücke über die Tabellen. Tieber murmelt die Übersetzung für mich: Wert der Retorten, Wert des Lagers, der halbfertigen Mischungen. Das Gesicht des russischen Oberbuchhalters ist ängstlich, übermüdet, verschlissen. Seine Ziffern müssen immer in fremde Pläne passen, meist vorgeschätzter Abschluß, Abweichungen auf seine Gefahr, Fälschung in riesigen Berichten aus seinem Büro — tarnende Umschweife, blasiger, aufgeschwemmter Buchungsstoff, das wenige Richtige unübersichtlich eingesprenkelt ...

Melikow legt mir die Bestände vor: Sind Sie berechtigt, Herr Rausak, die Übernahme dieser Fabrikswerte verbindlich zu bestätigen? Gemäß Staatsvertrag vom Mai werden Ihre Behörden diese Beträge an die östliche Signatarmacht zu bezahlen haben.

Erstmals schaut er mir gerade ins Gesicht: hilflose Überlegenheit, Ohnmacht vor dem so plötzlich Berechtigten, eben noch geschlagenen, bedeutungslosen Unbekannten; Mißbilligung, ja Zorn für die ihm unverständliche Moskauer Politik. Ich übergebe dem Dolmetsch meine Bestätigung der Öffentlichen Verwaltung. Tieber reicht sie über den Tisch, der Russe liest. Er beginnt die Schillinglisten mit den russischen Tabellen zu vergleichen.

Vor dem Fenster rostige Kranmaste. Über ihre Sprossen fällt zitterndes Augustlicht, vorn die rechte Hälfte eines älteren Transparentes: Dank der Sowjetunion. Die Tankfarm liegt hinter Aspern, fünfundzwanzig Kilometer östlich der Reichsbrücke, seit Kriegsende vom Verband abgetrennt. Insgesamt arbeiten fünfzigtausend Österreicher unter USIA-Militärverwaltung. Sottolarz hat im Gremium gesagt, wir sollen diese Tankfarm nicht mehr übernehmen. Aber Präsident Gstötterbauer mußte zum Kanzler! Jetzt sitzt er drüben im Hauptgebäude beim russischen Versorgungsdirektor, Major in Uniform. — Rausak, Sie kommen mit, Sie machen das Inventar und melden sich dann im Chefbüro. — Ungehindert über die Reichsbrücke, eigentlich Brücke der Roten Armee, riesiger Obelisk und Stern aus Holz und roter Leinwand, gigantisch wie früher der geleimte, weiße germanische Triumphbogen vor dem Grazer Hauptbahnhof, Kopfsteinpflaster, Allee nach Aspern, Sowjetsterne auf allen Fabrikfassaden, Löwe von Aspern, mächtiges steinernes Denkmal, bald hundertfünfzig Jahre, Erzherzog Karl, der Bruder Johanns, erste Hüttenwerke im Steirischen, wo ich geh' und steh', tut mir das Herz... aber nein, Licht über dem Belvedere und der weiße Fleck hoch über dem Jubelpark in den Händen von Figl... die grünen Russen am Lobauer Werkstor nehmen Haltung an, als wir einfahren.

Melikow reicht ohne aufzublicken meine Bestätigung zurück und schiebt Anlagenlisten herüber. Gebäude zum Neuwert eingesetzt, um diesen Betrag hat Tirol ein neues Bergwerk gebaut. Lagerbestände: hundert Tonnen flüssige Ware, einige Kilometer demontierte Leitungsrohre, Industriefette, Stahlfässer, Ölfilter. Tieber beugt sich zu mir: Sechsundzwanzig Sandfilter für Sibirien sind in Arbeit. Abwicklung über Militärbank, vierhunderttausend je Stück, zehn Monate Arbeit im Betrieb. Personalstand? frage ich. Hundertzwanzig für die Produktion, sagt Tieber. Ich lese die Lagerlisten:

Röhren und Dichtungen nach russischen Normen, Bewertung ungewöhnlich hoch. Diese Preise können nur bei garantierter Abnahme für Neuaufträge eingesetzt werden. Langes Gerede zwischen Tieber und Melikow. Unterzeichnen bitte! Stellungnahmen an Generaldirektor Major Dóbreinin. Das Lager kann selbstverständlich unter Begleitung besichtigt werden.

Eine Russin tritt ein, übersieht mich bösartig, letzte Kassaaufstellung bestätigungsreif. Und hier: ein nicht abgeholtes Lohnkuvert vom einunddreißigsten Juli fünfundfünfzig, alles verbucht, theoretisch ausbezahlt. Hellbraunes Kuvert, verschmiert, schon mehrmals beschrieben und übernommen, sechshundertneunzig Schilling. Tieber erklärt: Krankenstand. Melikow schweigt betroffen, hilflos schaut er auf das Papier, ein Anschlag auf seine unangreifbare Ordnung, alles tabelliert und vom Rechnungskommissar genehmigt — jetzt das da! Wie Kohlenstücke prasseln die Worte aus seinem gelben Gesicht. Rasch, rasch! Melikows Linke knittert das Lohnkuvert, während er die Wählscheibe dreht, Wasser in den Mundwinkeln...

Über neunzig Wirtschaftsfunktionäre allein im Vorjahr wegen Sabotage hingerichtet: gefälschte Planerfüllung, Kühlschränke aus Drei-Millimeter-Blech für höheren Gewichtsausstoß, Rechenfehler, Zeitüberschreitungen, Schäden und Folgeschäden bis zur Letztverarbeitung, Gefährdung der Gesellschaft. Waagrechte, vielstrahlige Schneepeitschen sibirischen Sturms setzen Eisfinger auf die Stacheldrähte, gekrümmte Finger, der schreckliche Schmerz in der Brust, Finger im Gegenlicht, der Stern schrumpft, fünf Polypenarme würgen... Ich höre aus der Muschel Major Dóbreinins Stimme. Melikow berichtet gründlich, willfährig, deutet mit dem Kuvert gegen den Apparat. Fragen und Antworten,

Dóbreinin weicht aus, verweist weiter, bestätigt nichts, Zentralverwaltung, Militärbank, Kommandantur ... Franz Stirner steht auf dem Lohnkuvert, ein Betrag von sechshundertneunzig Schilling, im Gegenlicht sind die Umrisse der verschlossenen Papierscheine zu erkennen.
— Wir können die Übergabe heute nicht durchführen!
— Aber dieser Betrag gehört doch einem Arbeiter, ist längst verbucht, nur hinterlegt, nicht Eigentum der Fabrik. — Nicht möglich! Dieses Geld liegt da, also neue Bilanz, neue Protokolle, Kontrolladministration, verstehen Sie, genaue Rechnung. Keine Übergabe!

Melikow wählt: Buchhaltung, Finanzleitung, Versorgungs-Direktion, Sicherheitsgruppe, immer wieder trommelt seine Hand auf das braune Papier; Fragen, Suche nach einem, der die Verantwortung schriftlich übernimmt. Er kennt die Gefahr: zuerst nur eine kleine Beobachtung, vielleicht eine Meldung, eine Frage, eine Antwort, Verdächtigung, Klage, Anklage, von irgendwo erhoben, zuerst winzig, dann Material für die Kontrollmaschine ... verhört, verhaftet, Reden, Rechtfertigungen, Schlingen, Schuld, wer von der Politpolizei versteht schon Buchhaltung?

Ich stehe auf, Anlagenlisten in der Hand: Begleiten Sie mich, Herr Tieber? Gang durch das Gebäude: liebloses, dumpfes, zerschundenes Areal, nicht einmal übertüncht, geschweige denn modernisiert, Tarnfarbe vom Zweiten Weltkrieg, Ruß, Rost, klaffende Dächer, freihängende, zerscheuerte Stromleitungen, Bretter, Pfützen, Fallgruben, plötzlich schweigende, zusammengerottete Arbeiter, Österreicher, acht Jahre im russischen Bereich. Gstötterbauer hat mir auf der Fahrt den Durchschlag eines allerhöchsten Briefes gereicht: Die österreichische Verwaltung hat nach vollzogener Übernahme das Personal zu ordnungsgemäßen Kollektivverträgen weiterzubeschäftigen, alle leitenden Angestellten sind ohne Ansehen etwaiger politischer Funktion in ihrer Stellung zu erhalten. Die Bezüge sind auf jene vergleichbarer Positionen im freien Teil des Landes anzuheben.

Transparente auf jeder Rohrleitung, Kampf dem Imperialismus, Schläuche und Bauteile zyrillisch beschrieben, Lautsprecher, Rednertribüne, Kulturpark, plakatierte Menschenfreundlichkeit, aber keine Heizung...

Woher können Sie Russisch, Herr Tieber?

Bin Wiener, 1934 — Sie wissen! — nach Leningrad übersiedelt, Ingenieure dort sehr gefragt, jetzt Sekretär und Dolmetsch für Dóbreinin. Dóbreinin versteht nichts von Fabriken, nur monatliche Versandtonnen, verteilt den Prämienetat für Fischwürmer an die Gärtner...

Ich besichtige das Magazin, Bohrgestänge, Sprengsätze, Bestandteile russischer Motoren. Der kommunistische Obermagazineur tituliert mich vorsichtshalber mit Direktor. Die Arbeiter öffnen stumm die Abteile, voll Mißtrauen, sie kennen das, neue Herren, lauter Schwarze wahrscheinlich, was wissen die, wer hier nicht bei der KP war... verkrüppelt, süchtig nach bösartiger Ohnmacht.

Tieber! Ich packe ihn am Arm. Auf dem Lohnkuvert steht Franz Stirner. Sorgen Sie dafür, daß ein Mann dieses Namens sofort das Geld holt. Verstehen Sie...

Er schaut mich an, stockt, die halbverhangenen Pupillen — überall halbverhangen, Stacheldraht, Netze, Tarnung, scharfe Munition verborgen, die überlangen Berichte, Gestrüpp und Laufgräben aus Wörtern, Gesinnungshöhlen, resignierte Scheinaktivität, Wimpern als eiserner Vorhang —, die Lider Tiebers straffen sich kurz, sein Blick wird frei, sein Blick trifft auf mich, ganz offen. Er nickt. Er lacht auf, eilt zur Pumpenhütte.

Die Schlacht von Aspern rollt unübersichtlich, in hundert weitverteilten Gefechten allmählich nach dem Willen Österreichs! Pfingsten achtzehnhundertneun. Schiffe voll brennender Strohballen fließen kreisend und qualmend den Donaustrom abwärts, von den Wienern losgelassen, stoßen an die Kuhhäute und Bretter der Notbrücke Napoleons, drängen nach, stellen sich quer, türmen auf, entzünden die Hölzer und Schläuche, die fremden Soldaten löschen, decken ab, stürzen ein, brennen, flüchten, reiten zurück, Verwirrung, Sumpfgebiet, Auwälder in der Dämmerung, die Glocken von Aspern und Eßling gellen über das Schlachtfeld, erstmals weicht der bisher Unüberwindliche geschlagen aus, brennenden Sumpf vor sich...

Tieber ist zum Umspannwerk gelaufen. Ich hake wortlos die Tabelle der Elektromotoren ab, gehe allein zurück. Melikow bebt noch hinter dem Schreibtisch, Schweiß auf dem Telefonhörer, Staub auf der schwitzenden Hand, weiße Stirn: Übergabe nicht möglich! Keine Anweisung zur Buchung dieses Lohnbetrags.

Es treten die russische Kassierin, Tieber und ein ölverschmierter Arbeiter ins Büro; ich verstehe nur Stirner. Der Mann hat eine rote Tor-Stempelkarte in der Hand. Melikow blickt ihn an. Franz Stirner? fragt er mißtrauisch. Ohne etwas zu sagen, festen Blicks, zeigt der Ölige eine Kontrollkarte... Lange, aufgeregte Erklärung der Russin. Tieber fragt ihn: Wieviel bekommst du? — Bei siebenhundert Schilling für Juli. Ich war krank bei der Auszahlung. — Melikow hält noch immer verkrampft das Geldkuvert. Tabellen auf dem Tisch. Vermögenswerte für dreiundzwanzig Millionen. Immer noch Stille. Melikow zittert, schaut zu Boden: diese kluge Lösung — ein Ersatzmann. Langsam, ohne aufzublicken, streckt er das Geld der Kassierin hin. Russin und

Arbeiter gehen hinaus. Tieber beginnt die Bilanzblätter zu stempeln.

Krachend brechen die Planken. Napoleonische Adler, Kanonen, Wagen, Waffentruhen stürzen von der Fähre; zwischen Seitenarmen der Donau irren verschlagene Gruppen, die Sümpfe von Kaisermühlen lähmen ihr Vordringen, Österreicher laufen übers freie Feld von Stadlau bis Eßling, eine weite, rot-weiße, helle Reihe, kaum verdüstert von Rauchschwaden der brennenden Gehöfte, Rückzug des Gegners aus Bodenlosem, seine Feldzeichen hängen gebrochen im Geäst.

Melikows Blick bohrt sich in mein Gesicht: er hat begriffen! Im Wasser an den Mundwinkeln klebt Tabak. Die endlosen Umschweife, Lähmungen, alle Wirklichkeiten seiner gequälten Existenz — plötzlich gelichtet durch ein Nichts, eine freie Geste ... Franz Stirner zeigte nur die Stempelkarte. Melikow erschrickt vor solchem siegreichen Freisein, seine Augen fahren an meinem Hals vorbei in die Wand. Unterschrift! sagt er tonlos.

Auf dem Weg zu Dóbreinin und Gstötterbauer geht Melikow — zerwühlte Akten in der Faust — schweigend vor mir. Hinter der Reparaturwerkstätte flüstert Tieber mir zu: Die Abteilung der Oktoberkämpfer aus fünfzig! Jetzt noch freigestellt für Parteiarbeit.

Ich denke wieder an den allerhöchsten Brief. Gstötterbauer beugt sich beim Eintritt zu mir: Aussicht auf Weiterarbeit.

Melikow übergibt Dóbreinin die von mir unterzeichnete Bilanz. Gesamtwert bleibt unverändert dreiundzwanzig Millionen. Dóbreinin legt Gstötterbauer die Übergabe-Niederschrift vor. Der Präsident setzt ab: Nur vorbehaltlich der Auftragsfortsetzung. Dóbreinin: Ja, sechsundzwanzig Sandfilter, ich werde mit der Militärbank sprechen, wegen formaler Bestellung. Unterschrift.

Man erhebt sich. Melikow packt die Papiere ein, zwei Torsoldaten tragen Aktenkisten hinaus. Wir begleiten den Major und den Buchhalter vor das Gebäude. Eine braune Zis-Limousine wartet, die Russin sitzt drinnen.

Wir kommen ins Büro zurück.

Plötzlich ein roter Brief auf dem Tisch! Rot und verschlossen. Ich öffne: der Auftrag zur Lieferung der sechsundzwanzig Filter an das Importbüro ist storniert. Halbfertige Teile werden nicht abgenommen. Gstötterbauer wird blaß. Über hundert Arbeiter, zehn Monate Arbeit, Verlust mindestens vier Millionen. Sottolarz hätte recht gehabt, dieses Tanklager nicht zu übernehmen. Aber die Arbeiter, die Regierung... Er nimmt das Schreiben. Wir eilen; Tieber wartet vor der Tür: Danke! Und halten Sie sich ab morgen zur Verfügung. Wir fahren aus dem Gelände, Arbeiter umstehen stumm das Auto. Gstötterbauer schweigt.

Über die Straßenkreuzung vor der Asperner Kirche breitet sich das große, hellgraue Steinbild des Löwen. Das Schwert ist durch seinen Leib gedrungen, die Spitze ragt aus der Schulter, sein riesiges, leidendes Gesicht liegt schwer auf dem zermalmten Helm. In der Wärme des Spätsommers spielen Kinder im Kies unter dem hohen Sockel.

Präsident Gstötterbauer schweigt noch immer. Siegesplatz, Erzherzog-Karl-Straße, Reichsbrücke, wieder der tagfertige Obelisk, tödliche Ungeduld der mächtigen Unsicheren. Auf der Aspernbrücke, vor der Ringstraße, sagt Gstötterbauer: Das muß man Raab berichten. Der Kanzler war doch Handelsminister; er kann diesen Verlust ermessen.

Bericht zwei: der Fund

Der Materialprüfer und seine Frau waren einverstanden. In Peggau zweigten wir nach rechts ab. Dr. Hulm lenkte seinen neuen Opel über die schmale, ansteigende Straße zwischen den im Vorfrühling dunkelweißen Hängen nach Übelbach. Auf der Fahrt von Berndorf, zwischen Gloggnitz und Semmering, hatte er mir den elektrischen Rasierapparat vorgeführt, der über einen Stecker im Armaturenbrett während der Fahrt betrieben werden kann. Das beste Stück an meinem Auto, lachte der Doktor. Während ich das Ding in einem velourverkleideten Fach verstaute, brach die Erinnerung an das Furchtbare über mich. Und in Bruck entschied ich: als Frau Hulm sagte: Es ist noch heller Nachmittag, und wir kommen zu früh ins Hotel, können wir nicht abseits irgendwo in einem netten Gasthof Kaffee trinken? antwortete ich: Fahren wir nach Übelbach, an den Fuß des Speiks.

Ich konnte nicht anders, als ob dieser Ort das Quälende lösen sollte. Dr. Hulm ist ein gebildeter Mann: Übelbach, meinte er, das erinnert mich erstens an Dantes Inferno, irgendeine der schrecklichen Martern, die sich dieser Kauz für seine Feinde ausgedacht hat, und zweitens an Wildgans' Kirbisch. Übelbach, sagte ich, wäre eine ideale Verbindung von Graz nach Knittelfeld, wenn man einen Tunnel bohrte. — Das wäre Arbeit für Sie, Rausak, Sprengsätze für Tunnels erzeugen Sie doch.

Wir hielten vor dem Gasthof.

Wir beginnen morgen mit der Qualitätsprüfung um acht Uhr. Sind Sie einverstanden, Herr Rausak? — Alles ist vorbereitet, Herr Doktor. — Speik, sagen Sie, heißt dieser Berg? Da war doch etwas vor einigen Jahren mit einem Meister aus dem Betrieb, eine Suchaktion oder so...?

Ich hielt meine Milchtasse lang zum Mund. — Ja, ein Bergunfall. — War das nicht auch in dieser Jahreszeit, Bilanzzeit, Ende März? erinnerte sich Frau Hulm. Anfang April, korrigierte Dr. Hulm, ich hätte fast darauf vergessen. Man schwieg und aß.

Das Geschehene zog mich an. Sprengmeister Schlichting wendet sich nicht nach Kroisbach zum Tagbau, er geht die Wienerstraße aufwärts, Rockkragen aufgestellt, unrasiert, versäumt die Dienstzeit. Anfang April. Alter Schnee bröckelt rußig von der Stadt. Die Autobusse haben schon Sommerreifen. Seine ermüdende persönliche Inventur: Fehlbestand. Er wird nachprüfen, auf dem Speik, am Westhang, unter dem kleinen Baum, einer Lärche. Der letzte Ausflug mit seiner Frau Paula vor einigen Jahren. Dort könnte der Rasierapparat geblieben sein. Das hatte er mir auch beim Essen in der Kantine gesagt, damals als Leidtragender. An der Mur entlang, Gösting über ihm. Es regnet in seine Augen.

Wurde der Abgängige gefunden? — Er hatte einunddreißig Dienstjahre, Herr Doktor.

Gelebt, wie nicht gelebt. Er hat nie irgend etwas verstanden, Zangen und Feilen an Hals, Wangen. Neuschnee auf den Steinbruchtrassen.

Sprengmeister Schlichting war Witwer, gänzlich allein, immer noch verläßlich wie früher.

Aber nicht einmal jenes Andenken ist ihm geblieben, schön wie eine glatte Okarina, der Rasierapparat, den Paula ihm zu Ostern geschenkt hatte. Er läßt sich nicht um alles betrügen, jetzt sucht er ihn, auf dem Berg, ja, dort... Schritte, Steine, Schnee, in Peggau nach links.

Der Opel ist soeben über dieselbe Brücke gefahren. Was hatte mich angezogen? Es schneit auf die Grundfelsen des ausgefrorenen Bettes der Mur. Kalt, dunkelweiß im Vorfrühling liegen die Hänge am Übelbach. Inventurzeit. Ein ferner Traktor pflügt Schnee ein. Sie haben sich damals doch auch an der Suche beteiligt, Herr Rausak? — Ja, aber nicht ich habe den Toten gefunden. Sprengmeister Schlichting hatte zuletzt aus Gratwein im Betrieb angerufen und seinem Gehilfen gesagt, wo die Schlüssel für die Handkassa und die Zündsätze liegen.

Neben dem Bach durch die waldigen Schluchten. Dickbekleidete Kinder spielen mit einem Fahrrad im Schnee. Knietief liegt Eis unter den Fichten. Das Unwirkliche wird übermächtig. Hüfthoch Schnee im Hohlweg, an Zweigen aufwärtszerren. Die Lärche sucht er, wo er mit Paula in der Sonne gerastet hat, die Brote ausgepackt, die Äpfel, das Fernglas. Seit damals fehlt der elektrische Apparat, festes, silbriges Gitter, weiße Schnur, kräftiger Stecker, in Knittelfeld zuletzt gebraucht, daheim war er nicht mehr da. Nie mehr in die Berge, Paula. Dort vorn endet der Wald. Eine freie Kuppe.

Unbewegt trägt die Luft die schwarzen Punkte ferner Vögel. Über die eisigen Linien da oben kommt Angst. Warum ist er da? Die Wohnung nicht versperrt, Küche nicht aufgeräumt, der Steinbruch von Mariatrost ohne Meister, Paula, warum bin ich hier? Nichts, das ich denke, stimmt mit der Welt überein. Schnee staut sich in Ärmeln, fällt in den Hals. Die Augenbrauen tragen Eis. Er ist betrogen. Er will nicht, daß auch dieser Rasierapparat verloren bleibt. Lächerlich. Er kann bald nicht mehr. Er weiß, daß seither Jahre vergangen sind.

Dr. Hulm schob den leeren Teller weg: Das Hauptproblem der diesjährigen Bilanz ist die Bewertung der

Vorräte. Haben Sie nicht großzügig dubiose Werte eingesetzt?

Dämmerung fällt hinter Schlichting über den Waldrand. Nein, er ist noch nicht verrückt. Dort geht es bergab. Am Ende des Hangs, ja, dort sind die Bäume, schräg im Hügel, halblinks talwärts taumelt er durch die pulvrigen Schwaden. Über seiner rechten Schulter, östlich, steht das Gipfelkreuz. Er arbeitet sich dampfend durch den Schnee zu den kleinen Wipfeln hinüber. Er wirft sich vorwärts, erkennt, daß einer der beiden Wipfel seine Lärche ist. Das ist der Baum, warm durchsonnt, hoch über den Straßen, Paula im Schatten, Bergstöcke ins Geäst gelehnt. Der Mann kollert auf die Zweige zu. Er wirft sich über sie, bleibt liegen. Rasch beginnt sich der Schnee unter seinem Leib einzumulden. Schlichting gräbt mit beiden Armen in die Tiefe. Er bohrt im Schnee, kratzt Höhlungen aus, legt zitternd, ohne den Baum zu verletzen, die Äste frei. Nie ist etwas eingetroffen, worauf er gehofft hatte. Und glaubt es noch immer, sucht weiter. Wer hätte das von mir gedacht, Paula? Sein Gesicht liegt auf dem Rand der Schneegrube. Den Boden freischeren, mit Fingern durchkämmen. Drahtige, eisige Grashalme, die Mulde abtasten, weitertasten, ein Ästchen bleibt am Daumen, ein Wurzelzweig, festgeeist, der Finger reißt an, ziehen, Faust ballen ... nein, das ist kein Zweig, ein weißes ... ein Kabel ... heftig zerrt er den umfrorenen Draht aus dem Grund, bis sich das Harte in seinen Händen verfängt. Der Stecker: ein Schneestück, aus dem die beiden Kontakte ragen.

Tief im Moos, vereist unter Rinden, endet das Kabel in einem faustgroßen Klumpen. Der Einsame zerrt ihn hervor, Paula, er hebt das Stück an die Brust, reibt es zwischen Händen und Kleidern, haucht es an, küßt es, reinigt es mit Atem und Speichel, drückt es an sich und läßt die Krusten abtauen. Er öffnet das Chromgitter, er klopft die Haarreste aus dem Korb auf seinen Handrükken: ein Häuflein alter, zerriebener Bartstoppeln fällt auf die Haut. Dieser Bart hat noch ihre Wangen berührt! Diese glatte Okarina aus jenen Ostern ist die Verbindung zu sich selbst, sonst nichts! Im Schotterwerk gibt es das nicht. Er hat das Geschenk wiedergefunden, es lag jahrelang an der Wurzel dieses Baums ...

Warum ist es so gekommen, Herr Rausak? fragte Hulm. Der Sprengmeister ist im Vorfrühling auf den Speik gewandert und vor Erschöpfung erfroren. Frau Hulm wollte wissen, ob ich ihn gekannt hätte. Ich sagte: Nicht näher. Als ich schon in Krems angestellt war, traf ich ihn einmal an der Schüttrampe. Er hatte damals eben seine Frau verloren.

Wir bestiegen den Wagen. Nehmen Sie vorn Platz, Herr Rausak, damit Sie mich durch die Stadt weisen. Die Lichter von Übelbach. Frau Doktor Hulm fiel in die Rücksitze: Man vergißt immer, daß die Fabriksleute auch Schicksale haben, nicht wahr? Als Schlichting gefunden wurde, waren seine Lippen an die Okarina gefroren.

Die Lichter von Übelbach im Rückspiegel. Immer dort abwärts und in Peggau rechts, sagte ich. Sonst sagte ich nichts. Ich dachte: ich hätte sie doch auch nach Semriach oder in die Lurgrotte führen können.

Bericht drei: der Falkner

Massig, körperlich schlaff hängt Hirt in seinem Sessel. Das Zimmer wie immer verdunkelt. Einfarbiges Leinen vor dem Fenster zum Parkplatz. Alabasterlicht eines Mausoleums. Riesige Stapel der amtlichen Wiener Zeitung auf dem Pult, technische Rundschauen mehrerer Sprachen, dilettantische Bilanzberichte, Polizzen, Aktenvermerke vor sich. Und an den Wänden die Ordnerreihen, gefüllt mit Unfalls- und Totenakten.

Hirt verwaltet die Daten verunglückter Arbeiter. Er war Chef aller Elektromechaniker Westösterreichs. Jetzt pflegt und erleidet er den dienstlichen Nachlaß, das statistische, juristische, versicherungstechnische Nachleben seiner Leitungsbauopfer. Sie sind nicht gänzlich getötet, solange er lebt. Und sie danken ihm das: denn er lebt, solange sie innerhalb seines Bewußtseins jeden Tag wieder erwachen — wenn auch zum Unglück: im freien Fall plötzlich schwerelos werden, über dem Schroffen, Schneidenden, Stählernen zeitlos weiterschweben, ihre Wunden noch ungeschlagen, offene Brüche noch verschlossen, vor den Splitterungen, Schädel ungeborsten, Gehirne noch nicht ausgetreten, gesund, in kräftiger Abwehrgeste, den Adrenalinstoß in allen Gliedern die Schrecksekunde zum Unabwendbaren durchstürzend.

Der alte Elektrochef lebt, zwar isoliert, abseits, tragisch, dem täglichen Geschäft entrückt, schwierig, aber unangetastet: unter der Glocke über ihm zusammengeschobener Pietät, zu ihm verdrängter Last des Andenkens, die sonst keiner tragen will. Jede Sektion weiß, er als einziger hat sie mitgezählt, kennt Zahl und

Namen der Opfer, seit neununddreißig Jahren betroffen mitgerechnet, archiviert. Früher ist er oft selbst eingesprungen, Bergungen, Rettungsversuche, Überbringer trauriger Nachrichten, Zeuge. Aber die Summe nennt er nie.

Rausak trieb seinen Wagen über klebrigen Asphalt, durch Wohngefels, brüchige Steintäler der Innenstadt, gewaltsam einen Termin für Hirt eingeschoben. Es ist die Jahreszeit verformter Schienen, Herztoter, Gattenmörder — steinerne Hitze über der Alpenstadt, erzwungene, gefährliche Meditation.

Langer Gang mit Fenstern in den Lichthof, auf Mauervorsprüngen eigentümliche Flora blaßgrüner, lichtlos wuchernder Unkräuter. Parkettboden kracht beim Durchschreiten der Wandflucht. Hirt hat seine Bürotür immer offen. Durchblick über den Gang zur Nordkette: riesige, kassettenhaft durchgezeichnete Schneefelder.

Schauen Sie, ich beobachte das ganze Jahr von hier den Falkner. Herr Rausak, auch ich hätte Professor werden können, zweimal im Leben.

Besorgtes Bernhardinergesicht, vernachlässigte, verbogene Brille tief am Nasenrücken, tragische Höhlen um den kochenden Blick, Leid ohne Sublimation, Nachteil nur technischer Bildung, Verbitterung in die Mundwinkel geschnitten, dahinter die Zungenhöhle, aus der zehn Stunden des Tags bitterer Wortrauch steigt.

Rausak kommt selten in diesen Trakt der Innsbrukker Anlagen. Anbauten aus verschiedenen Jahrzehnten, Rauminvestitionen entsprechend dem Wirtschaftswachstum, Schlauch von Gemäuer, Blechwänden, Heizröhren, Preßglasgängen, Geländern, Konstruktionssälen, gewaltsam in den tief verwinkelten Vorstadtbezirk gezwängt. Tag und Nacht fauchen die Ventilatoren der

Klimaanlage des Computers. Jetzt im Sommer wöchentliche Polizeiintervention wegen des Lärms.

Seit Wochen vorgemerkt, daß Hirt ihn sprechen wolle; zögernde Folgeleistung, da er immer alle sprechen will. Langer Fußweg durch die Administration, Mischung aus Routine, Respekt, Mitleid. Begrüßung nicht ohne Vorwurf: Aber verstehen Sie, Herr Rausak, viele Köche versalzen die Suppe, ich muß immer mehr Wasser nachgießen.

Geschwätzigkeit als Form des Verstummens. Schon ist Verschwörung eröffnet: Hirt verlangt neueste Gebietsstatistiken — er war nie auf dem Verteiler —, Aussage über den Wert aller Produktlinien. Hirt kennt die Namen der Verantwortlichen jeder Serie, er hat Zeit für Analysestudium. Wortreiche Begründung seines Bedarfs an dieser geheimen Information.

Rausak versucht abzulenken: Ich berichte Ihnen gern, daß zum Beispiel der Wert Ihrer Bemühungen in bestem Licht erscheint, Ihr Bereich liegt im ersten Feld wie früher.

Jetzt ist die Jahreszeit der schmelzenden Schneehänge. Der Falkner tritt hervor — riesige, das ganze Gebirge umgreifende Schneegestalt — und entläßt nach wochenlangen Schmelzungen, Sickerungen und Abstürzen den befreiten Falken: jenen leuchtenden Gletscher, ein schneeweißes, jeder Sommerhitze widerstehendes Vogelbild.

Der alte besorgte Abteilungsvater, Nothelfer, Nobelpreistyp, Leser des Talmuds, des Alten Testaments, ein Geist, der in einem unterrangigen, pragmatischen System nie erfolgreich sein konnte, gebrochen, stählerne Intelligenz, nimmt die Behandlung eines jeden Problems zum Anlaß, bis an die Grenzen zu extrapolieren, Entscheidungen weitläufig zu begründen.

Riesige, viel zu weite hellblaue Montur, wallendes weißes Haar, hartgebundenes Notizbuch, worin er schreibt und schreibt. Hirt beugt sich über die Tischplatte, Schweiß in den Mundfurchen, unvorstellbares Innenleben, Höllengrimassen des Hieronymus Bosch: Da ist sonst keiner in der Erz-Blech-Chemie, der diese Leistungsgemeinschaft führen könnte.

Rausak hat kein Recht, ihm die Erfolgsunterlagen zu geben. Hirt ist Partei in diesem Prozeß. Aber da in solchen Verfahren nie die Urteilsverkündung, sondern nur Strafvollzug erfolgt, wünscht Hirt heimliche Akteneinsicht. Eigentümlicher Berufsprozeß, meint er, Ankläger und Richter sind befangene Prozeßinteressenten, unwissende Externisten, die sich durch Ängstigung der Fachleute behaupten, Angeklagte bleiben ohne Verteidigung, mit Bringschuld sämtlichen belastenden Materials.

Hirts Physiognomie erweist Besorgnis, Erschöpfung. Er hat sein ganzes Leben eingesetzt. Er sitzt in seiner Wüstenfestung: in jeder Schießscharte eine Leiche mit angelegtem Gewehr: die toten Kabelspanner in Jahrzehnten von seiner Seite gerissen, deren Todesursache, Beerdigungsschwierigkeiten er alle kennt. Sie haben den Ring um ihn geschlossen, eine Mauer von Belegen, Vorkommnissen, tabuierten Namen, Särgen. Eine gewissenhafte Vorsorge für Unfallverhütung, Belehrung, Motivation hat Hirt für seine vielköpfige Mannschaft erdacht. Er ist nicht stehengeblieben bei Betroffenheit. Als Hirt noch reisen konnte, fuhr er sofort an Unfallsorte, kümmerte sich um Verletzte, um die Heimholung der Toten. Sitzende Puppen in nächtlich Grenzen überquerenden Gerätewagen, bestochene Zollbeamte, Krankenwagenlenker, Stewardessen, gefälschte Totenscheine. In seinen Akten sind verzeichnet: Abstürze seiner Kabelleger von Gerüsten, Leitern, Plattformen, von Brücken, Fahrwerken, Krantürmen, aus Rohrleitungen, Wehranlagen, Seilbahnen, über Staudämme, Aluminiumfassaden, in Gletscherspalten, Aufzugsschächte, tödliche Quetschungen unter Kokillen, Feuerungen, Behältern, Stollenwänden, Werkzeugen, Seilklemmen, Sicherungshaken, das Sterben in Stromkreisen, Schiffsstrudeln, Schweißgasexplosionen, Fallhöhen von zwei Metern bis dreihundert Meter. Alle Altersgruppen, die im aktiven Fabriksdienst vorkommen. Die unmündigen Hinterbliebenen geben eine vierstellige Zahl.

Hirt erkennt den Beruf als Einsatz zum Tod. Andere Blickwinkel sind irreal, beruhen auf Unschärfe, Propaganda. Nirgends sonst wird der Tod so ausgeklammert wie in der Fabrik und im Büro. Traumwelt, Halbwelt, Blockade, Halluzination — Lohn und Fluch der Rationalisierung. Hirt ist aufgestanden und aus dem Zimmer gegangen. Die Zahlen tief gestaffelter Jahrzehnte blicken von seinen Stellagen. Seine schweren Schritte stampfen den Gang entlang. Die Sucht des Hochbegabten ist nur durch immer neue authentische Nachrichten zu lindern. Rausak bückt sich zu seiner Aktentasche, legt Tabellen zurecht. Was kann man diesem Greis sonst Gutes tun, als ihm Indizien für den Sinn zu liefern, der sich über dem Andenken für zu Tode Gestürzte aufrichten muß.

Seine Schwäche: sich nicht zu verbergen, immer wieder zu hoffen, daß jemand von seiner fast philosophischen Zusammenschau, seiner abgründigen Sicht beeindruckt wäre. Hirts frühe Deviationen, egozentrisch, innerlich unbeugsam, übergenau, ohne den üblichen Respekt und die Devotionszeichen vor der Macht, im sektiererischen Glauben verstiegen, technische Ideen, Tag- und Nachteinsätze, überzeugende Menschenführung legalisierten zu höchsten Leitungsfunktionen.

Worin besteht sein Leid? Des Kaisers neue Kleider — umgekehrt: sie haben beschlossen, daß ich nackt bin, obwohl mit kostbaren Geweben aus Fleiß, Wissen, Geduld geschmückt.

Hirt kommt zurück, hat seine Arme, Haar und Nacken benetzt, bleibt vor Rausak stehen. Ich brauche Ihre Unterlagen, ich arbeite an einer Gesamtstrategie für den Verband.

Rausak greift in die Tasche, legt die Papiere auf den Tisch: Aber Sie denken daran, der geheime Verteiler. Hirt nickt, beugt sich schon murmelnd über die Zahlenreihen.

Rausak denkt: Ein neues Risiko für nichts. Und noch voll Respekt: Hirt selbst ist dieser wegsterbende Falkner, ist die den Niederungen zutosende einsame Lawine — den freien Flug des in der Höhe zurückbleibenden Vogels aus Gipfeleis als unvergänglichen Rest erkennend.

Bericht vier: die Flucht

Die Trauer, Francine zuliebe überwunden, mit der Rausak an einem kühlen Sommerabend in den Wiener Rathaushof fährt, erweist sich schon vor Beginn des Konzerts als begründet: gleichzeitig mit den Tonkünstlern trifft Snanz ein, Führungsrat, mit Gattin, strebt einer vorderen Reihe zu. Mit diesem Mann verbindet Rausak jener Zweifel, der der Rest einer Verehrung ist, vor vielen Jahren einem fernen Vorbild aufrichtig entgegengebracht. Die Gefühle sind jetzt kompliziert, voll Enttäuschung: Snanz verläßt demnächst die Erz-Blech-Chemie — wird Professor in Innsbruck.

Vom Regen nachmittags sind die Sitzreihen noch feucht. Wohltätige Dämmerung über verstaubter Neugotik. Taubenschwärme verlassen klatschend angestammte Fenstergesimse. Hoch über dem Geviert der starre Lichtpunkt: Rathausmann: mit dem Rücken zum Konzerthof blickt er über das Kopfsteinlabyrinth. Imaginäre Architektur einer Stadt, eines illusionären Zuhause, das es nie gab, aber in dem einige nahtlos verstrickte, selbsttäuschende, lebensbestimmende Manöver auszuführen sind. Letale Verbindlichkeit von Träumen. Rausak denkt an die putzigen Osterhäschen, vor vier Monaten zu Hunderten gekauft und jetzt, lästig in der Urlaubszeit, lebend in Koloniakübeln verrammelt. Und Hunde an den Feriengrenzen aus den Autos geworfen, man befrage die Leute von Maglern. Wie man hier mit Kindern umgeht: eine Dynamitfabrik; Bomben ticken in den seelischen Defekten, die man ihnen antut.

Man beginnt zu musizieren. Ausländer töten Zigaretten ab. Windstöße gefährden die Noten. Das Snanz-Thema heißt für mich: Wie gerecht darf man inmitten von Unrecht sein? Und wie gerecht ist das dann noch? Snanz hat viele angeleitet, die Wirtschaftswelt in Ordnung zu finden, sich im Beruf sicher zu fühlen; scheinbar redlich eingeschätzt und bewertet vom System, haben sie sich an Arbeit verausgabt, statt gekämpft, waren zufrieden, daß man ihnen stets freundliche Anerkennung zollte.

Aber hat Snanz nicht gewußt, daß er die Risken nicht allein tragen darf, daß er uns anderen das Recht auf Information gewähren, ja erkämpfen müßte? Rausaks Verdacht lautet, daß Snanz die reale Sachlage verschweigt, die unerhörten Rückschläge allein erträgt, sie nirgendwo deutlich kommentiert, daß er mangelnde Gegenmaßnahmen nicht laut und öffentlich fordert.

Das persönliche Verteidigungssystem ist eine Lagunen- und Sumpflandschaft — Venedig oder Ravenna —, in der man seinen Gegnern überlegen ist: Man zieht die Gefahr des Versinkens im eigenen Morast der Gefahr des brutalen Kampfes in der heißen, trockenen Ebene vor. Dieses Leben auf Inseln und Kanälen schärft das Bewußtsein, macht sensibel, scheinbar überlegen.

Während einer Pianissimo-Stelle dröhnt ein Abendflugzeug über die Stadt. Seine Blinklichter wandern am Rathausmann vorbei, die schwarzen Mauerkonturen entlang. Die ätherischen Töne glühen als Moorfeuer über dem Orchester. Nordlicht über versteinertem, verstädtertem Land. Irrlichternde Entkörperung über sumpfigen Kalkbrüchen. Brennbares Gärgas aus dem Humus unverwindbarer Tragödien, Verworrenheit, Ohnmächte von Hunderttausenden verborgenen, behinderten, verdorbenen Leben. Hinter diesen Mauern von Unglauben, Falschheit, Erschlaffung: Ausbrüche der

Subtilität mit ungeheurem Druck: Musikgebirge über den Sackgassen. Frivole Impotenz vor praktischen Pflichten, dafür kurzfristig schillernde Ausschweifung in einem Raum wirkungsloser reiner Anschauung, so viel und so tief, das Unerledigte, Unerträgliche zu überblenden, übertönen, überspielen.

Nur wem alle Wege verstellt sind, wer bis zur Raserei an Mauern und Gängen gegraben hat, hat die Vorspannung für solche Musikexplosionen, Ziselierungen, Intarsien im Leeren. Die lebenslange Blockade bohrt mit Tönen das Ersatzgeäder zarter Strahlungen in die Charaktere. Aber diese Mauern nehmen keine Schwingungen auf, geben keine Strahlungen ab, Schichten erweichen sich nicht, hochgezüchtete Resistenz.

Rausak sieht das distanzierte, immer noch verehrte, einst fast geliebte Profil fünf Reihen vor sich, den schimmernden Violinen zugewandt. Die gesuchte Objektivität, mit der Snanz seinen Rücktritt betreibt, die wahren Gründe seines Ausscheidens verbirgt, seine einmalige Chance, einen Strahl Wahrheit auf die gefährliche Wirtschaftspolitik zu werfen, für sich und uns vergibt. Entzug zu akademischen Ehren hinauf. Glasur unzerbrochen erhalten. Der beste König sei der, der nicht regiert...

Rausak empfindet die Nähe dieser Tragödie als körperlichen Schmerz: das Bauchfell zwischen verschieden organisierten Eingeweiden reißt ein, Schleim tritt in empfindlichere Höhlungen hinüber, scharfe Säfte sikkern mühsam über ruhig gestellte Gedärme. Spaltung und doppelte Optimierung ließen bisher den schwerverletzten Torso überleben.

Die Düsen des Nachtflugzeugs heulen in falscher Tonart über den Innenbezirk: ein Stilett durch wohlbeatmete Brust, ein Skalpell durch hochorganisierte

Zellkolonie, irdisch metallisches Brausen über entrücktem Klanggespinst. Lichter schweben über den schwärzlichen First, wandern die Schatten entlang über diese Stadt hinweg: Insuffizienzen, bis einem die Augen brechen. Halbheit, Mangel, Armut. Die Melancholiker mit feschem Schnurrbart, Kannibalen im Fiaker, niedergegeigte Not. Musik als Ersatzwirklichkeit.

Jene zehn Prozent der Bevölkerung, die vielleicht humane Anliegen hätten, treffsicher reagieren sollten auf den Übermut der Ämter, gehen in überheblicher Vernachlässigung solcher Anstrengung ins Konzert, decken so den Bedarf nach feinster Unterscheidung. Und die klingenden Belanglosigkeiten werden tags darauf in Zeitungen ausschweifend beschrieben. Aber Kranke und Sterbende in Hinterhöfen, Stiegenhäusern, Kinder im Niemandsland hinter Konsumläden! Als Gemütlichkeit maskierter Selbstmord, statistisch als epidemisch entlarvt. Nicht entscheiden, nicht dasein, nicht sein — die paradoxe Überlebenshaltung. In derDrift der Geschichte hat sich die Identität dieser Städter aufgelöst. Nicht einmal Bestandteile von Molekülen sind lokalisierbar im Elektronenmikroskop. Leere Oszillation, zu dünn, als daß Wirklichkeit entstünde.

Ein Windstoß schleudert Noten vom Podium vor die Füße des Publikums. Die metaphysische Beute wird erschrocken zurückgebracht.

Während Snanz die Betroffenen mit betonter Freundlichkeit ruhig stellt, ja sogar feine Ironie über die Lenkmechanik einflicht, ist er innerhalb des Regierungskreises durchaus Legitimist: irgendwie wird schon alles seine Richtigkeit haben, und dieser muß man sich anpassen; sein Rechtspositivismus deckt sich mit eigenem Vorteil. Etwaige Unehrlichkeit von Snanz wäre so haarscharf neben redlicher Toleranz angesiedelt, daß kaum jemand die Nahtstelle zum Egoismus, ja glatten Betrug erkennt: eine Quasi-Gerechtigkeit, die immer zutrifft, weil sie sich nicht einläßt. Immer der intime Ton, anerkennende, ja erhebende Schlußworte nach Sitzungen, Zuversicht spendend, wo nur zu geistigem Ringen geraten werden dürfte.

Snanz setzt vielleicht auf Zeitgewinn, verschliffenen Übergang, Morbidität der Fronten, langfristiges Unterrosten, Hinterspülen der Macht. Diese Strategie erfordert freilich Opfer — aber nicht von ihm, er bedauert nur die Tragödie, die andere erleiden.

Rausak wartet das Ende des ersten Musikstücks ab. Ich werde nicht grüßen, werde der zweischneidigen Denkklinge entfliehen. Diesem Mann habe ich vertraut, habe geglaubt, daß es um Sachprobleme so stünde, wie es seiner oft angedeuteten Sicht entspräche. Ohne eine ordnende Handlung zu setzen, übersiedelt nun Snanz nach Innsbruck, wird Professor. Zorn, auch Eifersucht, Zweifel an seiner eigenen Sicht befallen Rausak.

Beim letzten Ton springt er auf, drängt zwischen den Applaudierenden aus den Reihen, verläßt mit Francine an der Hand, durch die Arkaden laufend, das Konzert. Diese Stadt, ihre Musik und der Abschied von Snanz haben sich zur sonst weniger deutlichen Ausweglosigkeit verdichtet, welcher er diszipliniert an den blau uniformierten Lemuren vorbei in die Gassen hinaus zu entfliehen versucht: er hat es tatsächlich so weit gebracht, daß er sich endlich seines nackten, physischen Lebens erfreut: voll ungläubiger, scheuer Lust über das ständige Wiederfüllen der Lunge mit Luft, wie ein lebensgefährlich Operierter oder ein Sträfling.

Bericht fünf: die Stadt

Städte, die in Lichtellipsen vorüberhuschen. Autobahnüberbauten mit Aufschriften riesiger Kilometerzahlen: München einhundertvierzig, Frankfurt fünfhundertsiebenunddreißig: Triumphbögen — aber nicht einziehender Sieger, sondern erfolglos Flüchtender. Rausaks obligate Tausendkilometernacht, verschärft durch Regen seit Ansfelden: Krems—Sterkrade eintausendeinhundertsechsundneunzig! Der Scheibenwischermotor schlägt im Schnellgang hinter dem Armaturenbrett. Links irrlichtert Salzburg hinter Regenschwaden.

Hingabe an die Intelligenz absorbierende, berauschende Verarbeitung der Daten ist mit dem Gefühl der Nacktheit, der Entleerung bezahlt. Gedanken, die man nicht verschlüsseln und auf Magnetplatten mischen kann, gelten nicht. Stück für Stück zerlegen und verdauen. Schuldlos werden wie Wölfe.

In der großen Rechtskurve nach Bayern, vor gleitendem Scheinwerferstrahl die Abzweigung: Innsbruck. Windböen verfangen sich in der Antenne. Die Spätnachrichten sind gestört. Das Wort Innsbruck hämmert in Rausaks Hirn weiter, die abschüssigen Landschaften, schwarz-weiß gefurchte Scherenschnitte vor der hohen Mönchsklause. Über dem Fenster der gewaltig hinschmelzende Falkenträger, die Schneegestalt der Nordkette, die, jeden Frühsommer zerfließend, den Eisfalken zu den Wolken entläßt.

Nach der Paßkontrolle taucht Rausak in die Schwärze der nächsten Etappe, für eine Stunde keine Kreuzungssorgen. Der Sog nimmt jetzt noch, nach Jahren, in dieser Nachtstunde am Volant Verbindlichkeit an, bildhaft einschießende Halbwahrheit, entrinnbar zwar, aber nicht folgenlos.

Rausak wußte, daß mit dieser Versuchung eine Art Glück auf dem Spiel stand, gewiß sogar die Anzahl seiner Lebensjahre. Eine Spannung wäre abzustreifen, ein Gewicht, eine nur innerliche Wirklichkeit, unsichtbar und daher dem Wahn benachbart, eine Wirklichkeit früherer Generationen vielleicht, oder früherer Jahrhunderte: ich trage immer noch Wörter und Wünsche junger Jahre umher; den Trieb nach dem Totalen, das Rechenschaftnehmen von verbindlichen Ahnungen, die ins Allgemeinste ausschweifen.

Nach Innsbruck hätte er jetzt fahren können, ausscheren, er wäre noch vor Mitternacht dort gewesen. Aber: wenden auf der Autobahn verboten! Und überhaupt — nach diesen vier Jahren seit dem Gespräch mit dem Pater?

Alter Mönch, klein, schlank, asiatische Umgangsformen, papierene Haut, dunkelglänzende tiefe Augen; Arbeitsplatz hinter abgegriffener Schreibmaschine, umstapelt mit Büchern, Blättern, Lesezeichen. Wie das wohl aussieht, wenn er allein an dem Betschemel dort kniet? Einnehmende, ergreifende Liebenswürdigkeit, Herzlichkeit — wie oft hat er denn schon Gelegenheit, Nächstenliebe so intim zu spenden, tiefe Theorie körperlich zu verstrahlen: nach der Regel des heiligen Hitzkopfs von Loyola: Neulinge mit Sanftmut aufzunehmen, den Fragenden ein Bruder zu sein, erst zu Heranreifenden kühler zu werden, die fast vollkommenen Uralten aber mit Kälte und Abweisung in hartes Alleinsein zu stoßen: nur den Einen sollst du lieben!

Diese Städte, diese Berufe kanalisieren nichts, überlassen jedem, ob er den Rhythmus findet oder nicht.

Man kann sich zu Tode hetzen oder ins Unglück faulenzen, niemand wird Rat geben.

Versagen naive Tugenden im Gemäuer der Empirie? Erlauben sie Erfolgserlebnisse, auch wenn objektiv nichts erreicht ist?

Der Spiritual hatte zugehört, Anteilnahme ohne Respektlosigkeit oder Eigennutz. Alles wurde klar und einfach vor seinem Gesicht: selbstverständlich können wir uns nur in Anthropomorphismen ausdrücken — aber ist es nicht erstaunlich, mit undeutlichen Bildern Gewißheit zu finden?

Rausak steuert mit den das Autolenken so reizvoll machenden Halbschlafentscheidungen seinen Wagen in die Überholmanöver: kurzes Blinklicht, Richtungsanzeiger, linke Hand anziehen, rechten Fuß durchdrücken, aufblenden, rechte Hand anziehen, Tempo zurücknehmen, Rückspiegel wegkippen, neue Abtastung des Horizonts. Stumme mathematische Bestimmung der Bewegung hinter den Lichtern, die in wäßriger Schwärze zu bizarren Figuren gejagt werden. Präverbale Beherrschung der Geschwindigkeit, simultane Optimierungskalkulation des kybernetischen Systems Hirn, Nerven, Muskel, Motor, Fahrwerk.

Wen einmal solcher Anruf aufgefroren hat, der wächst nicht mehr zu. Firnsplitterungen, Schrunden, Eiskrusten über Kuhstirnen auf steirischen Hochalmen, Frost auf Pupillen, die fleischigen Augendeckel zapfenüberhangen ...

Freilich: tief unten in den heißen Ebenen des Murtals ab Fernitz, Wildon, Dexenberg: Stille um Allerheiligstes in den Dörfern: die verwandelnde Stimmung in der Mittagsglut leerstehender Kirchen mit offenem Tor. Hitze über den Hügeln, Gemäuer kühl und stumm; Eidechsen spielen in Spalten; irgendwo verwitterte

Epitaphe; unter den Kirchenfenstern sind Rinnen angebracht, über die der ins Glas gelaufene Atemdunst der Sonntagslieder zu den Blumen abrinnt; manchmal verirrt sich ein Vogel im Gewölbe, flattert gegen hohe Öffnungen; von fern das Brummen eines Traktors; aufkommender Wind fängt sich in Kastanien oder Linden, ziseliert die Stille: in solchen Stunden wohnt Gott in seinen Häusern — Gewalt einer Wahrheit, Gerücht des Absoluten, verwandelt in endlose Labung.

Aber im Faktum praktischer Fehlerlosigkeit sehe ich kein Verdienst. Ich habe durch Tugenden immer nur gewonnen. Jeder Verzicht war Zunahme an Freiheit, Genuß im Erkennen, religiöse Lebensformen verschaffen sich durch Vorausleistungen ein Guthaben an Leid, an zugeteiltem tieferem Leben, antizipierter Tröstung. Die Impfungen des Todes verwandeln sich in Reichtum, kontrastverstärkte Daseinsfreude: neuestes Himmelsverständnis: werkimmanenter Sofortlohn.

Die Umfahrung Münchens erfordert Rausaks Aufmerksamkeit. Neue Triumphbögen kippen aus den Strahlen. Nächtliche Verkehrsampeln legen Ordnungen in leere Straßen wie Liturgiker in leere Kirchen. Als Rausaks Blick auf das Schild Nürnberg fällt, denkt er wie immer vor dieser Kreuzung an die Spielwarenmesse, deren Besuch Kindern verboten ist: unaufgelöstes metaphysisches Rätsel...

Und wieder im Büro des Mönchs. Die furchtbaren, mörderisch-schönen Wörter: Liebe, Heil, Ewigkeit. Ständig fräsende Frage: wohin mit so viel gutem Willen? Sinnlosigkeit als Tod der Seele. Habe mich nicht wirklich verloren gegeben, immer noch Selbstverwirklichungswünsche, tägliche Aufrechnung der Fehlbestände statt Hingabe, Auflösung.

Sich befreien von den Pfützen, Stacheln, Lianen; die

abgebrochenen, splitternden Stümpfe, die Wassertriebe, die unreifen, längst vor der Reife verfaulten Gewächse, die Wucherungen, abgestorbene, versteinerte, in der Tiefe gärende, rauchende, sich selbst entzündende Moraste werde ich meiden.

Überwältigende Noblesse des Paters. Draußen rauscht ein grüner Inn, unter den Brücken springen seine Sprudel über Gefels.

Der Spiritual bedankte sich beim Abschied für die klare Darlegung der Problematik. Der Sieg ist von einigen Atmosphärilien abhängig.

Das Ende einer Versuchung: ein ungeheurer, nicht endender, eindeutig lebensverkürzender Schritt zur Wirklichkeit, über das Ufer und die Bootsränder hinaus auf die Wellen: vom Deklamatorischen, Theologisierenden zum Verstummen, lokalisierbar nur über Negationen. Ein oszillierendes Vakuum: Raum inmitten nicht akzeptabler Positionen. Verzicht auf Bergung, auf schnellere Befriedung durch Kult, Schönheit, Stil. Allerdings bleibende Spannung. Die Gefahr nämlich: daß man sich im Erklärenden selbst salviert oder so fühlt. Aber auch: daß das eine Ausrede ist. Die Chance: Vertiefung der Person, des Durchklingenden, Heilenden. Die Frage bleibt unentschieden, wird Bestandteil seelischer Produktion. Kernfusion im Energieplasma von hundert Millionen Grad: das Prinzip der Sonne.

Rausak tastet in der fahlen Aufwölkung dieser Regennacht vor Frankfurt in das Nebenfach seiner Aktenmappe: dort liegen Unterlagen für Recklinghausen. Ideologien täuschen Autobahnen durch die Wirklichkeitslandschaft vor, verführen zu Ausfahrten und Geschwindigkeiten, bis sich die Fata Morgana breiter Betonbänder auflöst zu Sümpfen und Abgründen, in denen die Verlockten umkommen. Innsbruck dagegen:

unglaubliche Bereicherung des Gesichtsfelds in trichterartig aufklaffende Landschaften, zu denen man aus der Stadt aufblickt, dreifaches Angebot zum Flachland, Besitzergreifung, Übergriffe aufgebäumter Weiten. Quer einschreitende gefährliche Schattenschritte eines Riesengängers über die Fahrstreifen, wenn sich Scheinwerferbündel hinter Säulen der Überführungen kreuzen und Scherenschatten in den Verkehr springen. Erinnyen über den Morgenkolonnen.

Entscheidung zu Gehorsam, die Ränder ruhig gestellt. Es ist nichts mehr nachgewachsen. Austauschbare, amorphe Konturen von Adressen, Arbeitsfolgen, Rechenmodellen. Und einige Hegemonika über die Wahrheit: Sünder genießen den Frieden, den die Büßer schaffen.

Doch die bisherige Ausbeute ist erst ein Vorschuß. Der Spiritual sagte es ruhig: Die schöne Stadt um das Bergwerk ist vorübergehend ungastlich geworden, verlassene Häuser, Gassen: aber die Goldgräberstadt wird nicht etwa verlassen, weil die Tiefe nicht mehr fündig wäre: denn — hören Sie, Herr Rausak! —: die Mutterader des Stollens ist noch gar nicht gefunden! Unsere kleinen Gewißheiten treiben einander durch die Äderungen an pures Metall. Volle Anschauung nach allen Ahnungen. Dem Goldrausch wird umsichtige Freude folgen.

Im Morgengrauen beim Frankfurter Kreuz — ein langsam landender Riesenjet schwebt als Vision über der Finsternis — unter den Regenschwaden, im gleichmäßigen Summen des Motors beginnt Rausak sich von solcher Frage abzulösen, sieht sich als einen unter den vielen verläßlich Lenkenden mit seiner Stahlkabine über die riesigen nassen Ebenen rollen. Irgend etwas mit Pflichterfüllung, Organisation, Teilhard de Chardin fällt ihm ein.

Heimat, steirische Wälder an einer etwas schrofferen Kuppe dort rechts, leider zu rußig, dennoch Zauber, Hain, Anruf. Baumgruppen, wo ich geh' und steh'. Die Versuchung ist nicht bestanden, aber aufgehoben: von der Wunde, die nicht zuheilen darf ohne Gefahr für das Leben: dieser komplizierte Organismus findet seine Höchstleistung nur in Sickerungen aus unverkrusteten Wunden, Kühle eintauschend gegen heiße Austropfung.

Bericht sechs: das Vertrauen

Abgerücktes Privatleben durch wortreiche Ferndiagnosen. Rausak kennt das und bleibt über Papiere gebeugt sitzen. Der breit ausschweifende Telefonstil Sottolarz' zur Regelung familiärer Fragen trotz Anwesenheit von Sitzungsteilnehmern erinnert an Cäsars intime Gewohnheiten während der Audienzen für fremdstämmige Deputationen.

Trotz jahrelanger Bewährung als Referent und trotz unausgesprochenen Vertrauens zwischen dem Vorsitzer und ihm ist hohe Anspannung im persönlichen Gespräch geboten.

Das große Haus ist leer. Hundertfältige Verwaltungsarbeit hängt als verbrauchte Luft in knisternden Räumen; Ammoniakdampf frisch bedruckter Konten, Stempelkissen, noch warme Schreibmaschinenmotoren. Es dämmert vor den Fenstern der Hauptverwaltung. Ungewohnt freier Parkplatz. Fernes Geplauder der Spät-Chauffeure.

Mehrere Sekretariate hatten eine Aussendung des Zentralamts so verstümmelt vor das Auge des Vorsitzers gebracht, daß er an Rausak einen Soforttermin für Freitagabend durchgeben ließ. Frau Ingenieur Korotin hatte kein Thema gestellt, sodaß Rausak vorsorglich alle Daten der letzten Monate in seine Falttasche, weitere Ordner in den Koffer seines Tischprojektors gepackt hatte.

Rausak ist — wie selten im letzten Jahr — mit Sottolarz allein: Wenn das stimmt, hätten wir seit zwei Monaten einige Millionen falsch hochgerechnet! Rausak hat den zweiten Aktenkoffer nicht gebraucht, um den Schrecken zu beheben: auf dem weiten offiziellen Berichtsweg ist eine Bruchrechnung verlorengegangen, die Nachricht war falsch. Die Auswirkung der vertraglichen Nebenabsprache ist in den Ansätzen berücksichtigt und war für die Förderung des nächsten Jahres antizipiert, sodaß kein Verlust eintrat. Die von Sottolarz skizzierten Sanierungspläne sind unnötig.

Ein erfreulicher Freitagabend, Herr Rausak. Impulsive Andeutung eines Schulterschlags quer über den Konferenztisch.

Sottolarz telefoniert noch immer. Irgendein Neffe begreift Terminkonstellationen nicht.

Wehmut beim Gedanken an die Besprechungen des letzten Sommers unter seinem Vorsitz: alt gewordener, ehrwürdiger Arbeits-Bulle, dem die Risikofalle gelegt wurde: verteidigt noch eigenwillig die Achtung vor seinem Namen, einige Grundsätze ... und die Fachleute hiefür. Neue Herren sitzen vorläufig pro forma hier, schweigen zu den Tagesordnungspunkten, blinzeln, warten die letzten Wochen ab: Dann werden wir eingreifen! Diesen Leuten fehlt noch, was ihn auszeichnet: dschungeldichtes Personen- und Fachwissen, Temperament, männlicher Zuschnitt, ein halbes Jahrhundert Branchenzugehörigkeit.

Rausak nützt die Wartezeit, notiert die von ihm eben berichtete Rechenfolge. Tief innen das Erlebnis der Kompetenz, des Einrastens in eine Problemlösung: die Stärke der Fachleute; kein Wortbestand, diese Lage auszusagen: Verteidigung der eigenen und damit widerwillig auch der Lebensbasis der Gegner, unter dem Risiko der Doppelzüngigkeit: Reversieren mit zwei Anhängern: Leuten, die man fürchtet, lind und behutsam die Wohltat der Wahrheit erweisen.

Und sich gefaßt machen auf Sottolarz' Ausscheiden. Sein Gesicht studieren. Stierhaft-stolz. Eiskrusten auf der Stirn. Opiat der Arbeit. Heroische, agile Resignation. Halbschlaf der Eile. Keine Spur eigener Wünsche, nur noch verspannt in die verschachtelten Wände halboffener Fragen. Torso, aus Irrationalem hervorwachsende, bestechend mathematische Kanten brechen unter seinem Blick in Schiefer, Spalten, Plättchen, Hartmetall, Sinterstoffe. Immer dieselben Reaktionsstrukturen: eine logarithmische Tafel, simultane Maßstabverschiebungen, eindimensional graphisch dargestellt, zur Terminlinie reduziert, linear, sequenziell, sehr, sehr einfach — naives Ingenieur-Ethos: klar, exakt, praktikables Primitivmodell, grundehrlich.

Sein Telefonat ist zu Ende. Noch eine kurze Anweisung an den Chauffeur. Sein Blick ruht dabei auf Rausak. Lange Stille, die Zentralheizung kichert: Ich bin erleichtert durch ihre Darlegung. Ich habe da noch eine Frage.

Er zieht eine Glanzfolie heran, Antrag zur Anmietung des neuen Computer-Modells. Rausak ist Mitverfasser. Wenn die Kapazität des Rechners ausgelastet wird, verbilligen sich die Arbeiten. Aber da er nur gelöste Probleme verarbeitet, bleibt zunächst immense Rechenpotenz ungenutzt. Intelligenzgrenze, fehlende Mannjahre für kybernetisches Großmodell. Sottolarz gesteht, daß er die Rentabilität nicht überblickt: Das wären monatlich zweitausend Dollar mehr Miete, wir kämen auf Jahreskosten von über vierzig Millionen.

Rausak rekapituliert die Investitionsrechnung: Die Verteuerung wäre gerechtfertigt durch den Zusatznutzen eines komplexen Informationssystems. Konzepte hiefür liegen vor. Optimierungsdurchläufe für Entscheidungen würden geplant: alle sachlichen Einflußgrößen könnten gewichtet und zu einem vieldimensionalen

Modell verknüpft werden, auf dem Varianten durchzuspielen sind.

Sottolarz keucht, hängt massig im Fauteuil, schaut schweigend auf Rausak. Der Kampf gegen den Kalender mit den letzten zwanzig Wochen bis zum Landhaus, Ehrenkreuz, Heimorgel und Alles-Verziehen. Mindestreserve Selbstachtung: Theorie, Herr Rausak! Ich muß diese Kosten verantworten. Wo liegt der Nutzen? Ich will Ihre ehrliche Meinung!

Sottolarz beugt sich über den Tisch, blättert im Antrag, Verlegenheit im Gesicht. Eingestandene Einsamkeit verpflichtet, Rausaks Widerstand gegen das Mitleid schwindet. Geh nicht zum Fürst, wenn du nicht gerufen wirst — ich sage die Wahrheit, aber abgesichert . . .: Automatisches Informationsservice unter Verarbeitung des objektivierten Unternehmensziels ist realisierbar. Die Voraussetzung der Effizienz ist sachliche Entscheidungsfreiheit. Wenn Sie das Projekt beurteilen, müssen Sie eine Aussage darüber machen, ob die Wirtschaftslenkung letztlich nach fachlichen Erfordernissen — oder nach außerfachlichen Einflüssen orientiert ist . . .

Blutblick des gehetzten Großtiers. Sottolarz antwortet tonlos: Nicht einmal die derzeit vorhandenen Entscheidungshilfen werden genutzt. Manches Projekt wird trotz ernster Erfolgserwartung verhindert — Entscheidung zugunsten außerökonomischer Ziele, nicht betrieblicher, sondern persönlich-parteilicher. Feindliche Schwesterbetriebe verweigern einander Marktforschungsdaten für den Export . . .! Sottolarz brüllt: Ihren kybernetischen Regelkreis kommentiert Ratzluger mit einem Dialektwort für Verdauungsgase, jawohl! Der alte Vorsitzer blickt zu Rausak, die Finger noch im Vorhang verkrampft. Die schweren Lippen beben: Das sind meine Entscheidungskriterien. Brauche keine Millionen für Computerideale.

Rausak ist aufgestanden, blickt abwechselnd auf den großen alten Mann und mit verhüllter Pupille über die Papiere. Die Freitagpanik hat sie eingeholt. Die Wahrheit der Müdigkeit ist Bitterkeit. Die Indios in den Anden binden einen wilden Adler auf den Stier, solange, bis dieser unter Schnabelhieben nur noch erschöpft im Kreis stolpern kann, dann wird der siegreiche Adler auf einem Berggipfel freigelassen, an seine Fänge sind lange, beschriftete Bänder geknüpft. Hoffnungslos verholzte Mißweisungen. Kein Austausch von Kenntnissen. Leben nach Augenmaß, vieles mißrät. Die Sinnlosigkeit ideologischer Unterschleife vor dem Horizont organisatorischer Aufgaben. Verzögerungen durch Abwegigkeit, Spielerei, Taktiken angesichts der offen daliegenden Pflicht sind Schreibtischmorde. Weil wir die Anschlußstücke, die Ventile, die Schaltungen nicht zustandebringen für das Informationsnetz, nicht organisieren können, womit sie alle verbunden wären, verlieren wir die Wirkung der Synergie, vergeudet in Sackgassen.

Sottolarz und Rausak setzen sich wieder. Im Sekretariat läutet das Telefon, Sottolarz hebt nicht ab. Das Licht wird nicht eingeschaltet. Nie Aufgearbeitetes lagert in der Tiefe des Blicks. Sottolarz ist immer noch der Kämpfer, der einfache Klarheiten in das Mahlen der Alltage mischt. Leidet an Hinterlist wie ein Elefant an Furunkeln, die nie durchbrechen. Schweigen. Rausak denkt an die Deformation mancher Menschen, plattgedrückte, sprachlose, hinterhältige Typen, Intelligenz als Überdosis Gift, unfähig zu offenen, freien Gesten, Blähungen von Negationen im Hirn, unpraktisch, unbrauchbar auch für sich selbst, ohne Projektion positiver Antriebe: ungläubig, verkrüppelt ...

Sottolarz spricht zur Wand: Gute Miene zum bösen Spiel geht nicht lang. Entweder man erklärt das Spiel für gut oder man ändert die Miene. Das wissen die anderen. Dann sortieren sie die Mienen aus.

Rausak unterbricht seine Verschweigungen: Präjudizierte Fachstruktur erzwingt rationale Abläufe. Gewonnen haben sie erst, wenn auch die Fiktion der Objektivität aus dem Plan vertrieben wäre.

Sottolarz holt die Füllfeder vom Schreibtisch. Sind seine Augengläser angelaufen?

Rausak schaut dem langsam Lesenden zu. Von seinem Umgang mit den unwiderlegbaren Lügnern: Wortwahl zur Verantwortungsbeschränkung. Keine Sekunde Mischung der doppelten Bewußtseinsströme. Keine Mündung, unvereinbare Wortbestände rollen nebeneinander, nur die Dämpfe durchfahren einander. Wo Begriffe sich kräuseln, saugen Wirbel ein Vakuum frei. Immer mehr verflüchtigt sich in Verschwiegenes. Zwei Fluchtpunkte.

Sottolarz hat unterschrieben: Leiten Sie das am Montag weiter, Herr Rausak! Die Aufrichtigkeit des Händedrucks macht beide verlegen. Ich danke Ihnen.

Rausak nimmt seine Aktentasche, hebt den Koffer unter dem Tisch hervor, wendet sich zur Tür. Kuriale Denkstrukturen entstehen, wo Verantwortung inmitten des Unwissens anwächst. Sottolarz, der zu seinem Schreibtisch geht, ruft plötzlich: Herr Rausak, was haben Sie im zweiten Koffer. Ist das ein Tonbandgerät?!

Rausak erstarrt. Er blickt in ein fremdes Gesicht. Unheilbares, letzte Faltungen, Wissen spiralig verdrahtet, kochende verbale Blockade, Cäsar und Brutus; mit herrischer Geste verlangt er die Öffnung. Die Indios der Anden mit ihrem wilden Adler auf dem Stier, der Vogel hackt ihm wütend in den Nacken. Der Bulle rast im Kreis durch die Arena, versucht die Mordklaue abzuschütteln, bricht auf die Knie, schlittert in eigener Blutspur durch das Geröll.

Nein, Herr Sottolarz, hier wären die Akten über die von Kursänderungen betroffenen Lagerstätten. Wir haben sie jetzt nicht gebraucht.

Eiskrusten übersplittern Stirn, Schläfen, Blick, die massige Brust knickt ein, Blindheit, Starre, Schmerz fauchen über unzugängliche Granitschrunden, Mißtrauen ist zu Kristall geschossen, irreversibel.

Rausak leert den Koffer, legt die Papiere auf dem Konferenztisch aus, in der Hand bleibt die leere Hülle.

In den Krallen des Kondors hängen, wenn er über die Gipfel fliegt, die gebrochenen Augen des Rindes. Sie sehen die eisigen Abstürze nicht mehr.

Bericht sieben: der Flug

Sottolarz erwartet mein Gutachten. Deshalb hat er mich mitgenommen. Er will die Siederei kaufen, ein frei gewordenes Nebenwerk in Sankt Michael.

Mit Personal, Herr Doktor?

Ja sicher, schauen Sie, Rausak, die Aral hat in Augsburg auch eine besondere Halle für bestimmte Rezepturen, Außer-Programm-Mischungen. Rechnen Sie mir das jetzt durch: einfache, klare Rangeinteilung, keine Administration, kein Überbau! Sottolarz lehnt sich zurück: Dann hole ich alle verlorenen Aufträge zurück. Fünfzehn Prozent billiger als das Werk am Inn... und überschaubar!

Ich habe den Vorsitzer noch nie so begeistert gesehen. Er faßt den weißen Steward am Arm, dieser lacht verständnisvoll — das zweite Bier, Lufthansa-Bier, vom Faß. Sottolarz sitzt ruhig im Fauteuil, Startgurten abgelegt, Schuhe ausgezogen und die Seidenschützer über den Socken. Er beginnt mit ruhigen Blockbuchstaben lange Privatbriefe auf das goldbedruckte Bordpapier zu schreiben. Es ist die dritte Flugstunde über dem Atlantik. Endlich Schweigen. Ich sammle die Akten unter meinem Platz. Buchen Sie erste Klasse, Rausak, ich muß mit Ihnen arbeiten.

Er überließ mir den Fensterplatz. Links hinter mir die Tragfläche: zweimal bin ich erschrocken hochgefahren von den Papieren — ich vergaß, daß ich im Flugzeug sitze, und hielt den Riesenflügel links hinter mir für ein heranrasendes Auto, das mich unerwartet überholt. Ich habe in Wirklichkeit nichts zu berechnen, ich kenne die

Sache. Sottolarz malt sein mächtiges Alphabet in die Blätter, er ordnet Familiendinge, es ist der vierte Brief. Ordnen als Heilung, als Genuß, Therapie der Schizophrenen, achtzig Prozent heilen ohne Arzt aus, es gibt mehr Alibis als Beschuldigungen. Industrie als westlicher Defekt. Er will die Siederei kaufen, etwa siebzig Arbeiter in Sankt Michael.

Ich habe mit anderen geredet: Klare Ablehnung. Sollen doch Fremde kaufen, wenn sie rote Zahlen wollen. Reden Sie ihm das aus, Herr Rausak!

Sottolarz nimmt das dritte Bier. Wir schweben wie reglos im blausilbrigen Licht, nur das Fauchen der Düsen, Beben der Flügel, tief unten die weiße Wolkenschicht. Jede Faser des Flugapparats kommt aus der Erde, ein Komplex Materie hochgeschleudert, Stoff ohne Bewußtsein, aber analog zu Organischem angeordnet, zum Gleichnis arrangiert, in Schub und Sog. Ob Sottolarz etwas über Teilhard gehört hat? Von der Zeitdilatation jedenfalls weiß er nichts.

Meine Kalkulation über den Kauf von Sankt Michael liegt in der Mappe. Die Aufheizkosten wären dort um nichts geringer als im Hauptwerk, bleibt die Frage nach dem Kapazitätsbedarf. Ich rechne alles nochmals. Sottolarz hat seine Briefe der Stewardeß gegeben. Er studiert Akten seiner Mitarbeiter. Auf dem Kopf jedes Schriftstücks stehen Titel und Name. Er schreibt Entscheidungen an die Ränder der Texte, Fragezeichen, Termine, überträgt Daten in seinen Kalender. Melden Sie sich, Rausak, wenn Sie sprechbereit sind, wir telegrafieren nach der Landung meine Entscheidung nach Hause.

Ich denke an alle, die dagegen sind. Um dieses Geld könnte man die automatische Mischanlage kaufen. Weit draußen im Licht schwebt ein Punkt in Gegenrichtung: neunzig oder hundertzwanzig Leute in die vorgespannte

Materie gehüllt, organisierte Protuberanzen des so kompliziert bewohnten Planeten. Ich nehme Fruchtsaft.

So war Sottolarz noch nie: entspannt, aber überwach, wohltuende Langsamkeit der Gedanken, ruhiger Blick; eindeutig, klar setzt er Anordnungen auf die Eingaben: Versuchsaufträge, Lizenzvergaben, Personalregelungen, Neubauten. Und immer sein großes Sotto unter die Zeilen. Monatealte Briefe sind dabei. Sein Sekretariat bekommt kaum Erledigungen von ihm, nur Vermerke für Rückfragen, Wiedervorlagen, Gutachten, Rücksichten. Er müht sich durch die Geschäftsjahre, glaube ich, er ist Ingenieur, aber fast nichts, was er gelernt hat, kann er jetzt brauchen. Außer seinen der Technik entlehnten Vorstellungen von Logik und Exaktheit. Und plötzlich stimmt nichts mehr. Er ist allein ins Bodenlose gestellt, vor dem seine Formeln versagen. Verdammt viele Tasten hat so ein Klavier, sagt der Cowboy. Rechnen Sie aus, Rausak, kalkulieren Sie, weisen Sie nach, begrenzen Sie das Risiko, was kommt heraus, wenn... Ja aber, sage ich dann, da liegen doch zwei Unbekannte drinnen... und so weiter. Zorn. Sie sollen nicht begründen, Sie sollen entscheiden. Kein Wenn und Aber. Das sagt er. Dennoch hat er sich das Entscheiden abgewöhnt. Aber so, daß es niemand merkt: harte, bestimmte Vokabeln — um die Flucht gelegt.

Im Summen der Motoren, vom Besitz endlosen Raums gesättigt, ist Sottolarz eingeschlafen. Ich verstelle die Frischluftdüse, damit sie ihm nicht ins Gesicht bläst. Sein altes Löwengesicht wirkt gelöst. Die Mähne mit dem weit heruntergezogenen Backenbart ist von der Lehne zerzaust, scheint noch mächtiger als sonst, die Lippe trotziger. Er ist ein bedeutender Mann, gewaltsam genug, jenen gefährlich zu werden, von denen er meint, sie hätten seine Schwäche erkannt. Wie soll ich mich halten in dem Druck, der von ihm ausgeht? Er will diesen Betrieb aufkaufen: ein übersichtliches, kleines Werkzeug, fast Spielzeug, in seiner Hand. Das stimmt nur in seiner Vorstellung; er könnte die gleichen Leistungen ohne Kosten für den Ankauf aus dem Tiroler Hauptwerk haben. Er will meine ausführliche Begründung für diese Investition. Meine Kalkulation zeigt nicht eindeutig, daß sie richtig wäre. Sottolarz gilt mit Recht als fähiger Industrieführer. Er genießt Ansehen, er löst die Probleme nicht, er steuert nur Begeisterung bei, irrationale Expansion, streut exakte Vokabeln in seine Urteile so ein, daß niemand seine innerste Absenz von der Realität entdeckt. Er teilt die Probleme, er verteilt sie, er überwindet sie, indem er sie aufhebt, er überantwortet das Ungelöste dem unübersichtlichen Geschiebe von Einflüssen, Zufällen, Vergänglichkeit, Vergeßlichkeit und Veränderung — außerhalb dessen er sich mit der Meisterschaft vielseitiger Naivität hält. Sottolarz vermeidet ausdrückliche Zustimmungen mit seinen großen, vertraulichen Gesten, die immer am Rand der Verbindlichkeit bleiben; denn ihm, nur seiner Stellung, ist es ja möglich, unverbindlich zu sein und trotzdem zu verpflichten.

Die Stewardeß reicht mir über den Schlafenden hinweg ein weiteres Glas Fruchtsaft. Arbeiten Sie doch nicht soviel, Herr Rausak, Sie sollen den Flug genießen. Das fliegende Personal merkt sich die Namen der ersten Klasse. Das schlafende Gesicht des großen Chefs wird von Sonnenlicht getroffen, während die Maschine in Schräglage irgendwo über dem Meer eine Krümmung ausfliegt. Sottolarz erwacht nicht. Sicherheit liegt auf seiner zerfurchten Miene: Entspannung, Schlaf während des Flugs, ausgiebiges, fröhliches Essen und Trinken an

Bord, die Ruhe, mit der er Briefe verfaßt — plötzlich erkenne ich sein Geheimnis, sehe das Muster, nach dem seine Motive gewebt sind: was ich in vielen Jahren der Mitarbeit oft befremdend empfand, das alogische Verhalten, seine ermüdenden Ausflüchte vor Entscheidungen, deren Voraussetzungen er aber scharfsinnig umschreibt, das alles wird mir schlagartig klar: Sottolarz ist auf einer Flucht.

Er braucht diese riesenhafte Entfernung vom Ort seiner Verpflichtung, um Entscheidungen zu wagen. Virtuos beherrscht er ein perfektes Instrumentarium von Verdrängung, Ausflucht, Umwegen und Verstecken. Seine Weltreisen im Flugzeug erster Klasse sind einzige Möglichkeit zur Erholung, Exerzitien sozusagen, Übungen im Selbstbesitz, störungsfrei, unerreichbar. Überhaupt ist Unerreichbarsein seine bevorzugte Geste. Nicht nur körperlich unerreichbar, weil er verreist ist oder verhindert, noch im Gespräch mit ihm unerreichbar.

Er beherrscht viele Sprachrepertoires, er spaltet ab, er vermischt, er dichtet die Peripherien, in denen man sich ihm gegenüber bewegt, vor dem unerreichbaren Zentrum mit betäubender Wortfülle ab. Jede Unterredung mit ihm wird zu seiner Flucht aus dem Akuten in die Details. Ständig läßt er Unerledigtes zurück, fasert es auf, erklimmt neue, andere, abseitige Gebiete. Alles ermüdet ihn. Aber diese Müdigkeit zeigt er mit der Miene des Übersättigten, eines von der Banalität der Fragen Belästigten. Auch Mitarbeiter ermüden ihn rasch. Sottolarz verbraucht viele Menschen. Schnell werden neue Männer zu Abteilungsleitern ernannt, schnell entstehen Mißverständnisse, und er zieht schon ihre Assistenten heran, später deren Sekretäre. Er braucht neue Gesichter, neue Reaktionen um sich. Eine hastige Rotation von Schicksalen umgibt sein Arbeiten.

Er steht dennoch nirgends und zu niemandem. Nicht einmal sein Wohnsitz ist geregelt. Es gibt Wohnungen in Salzburg, Wien, ein Landhaus bei Innsbruck, angeblich eine Adresse in Triest. In jeder Fabrik steht ein Dienstwagen mit Fahrer. Niemand kennt seinen bevorzugten Lenker.

Sottolarz entzieht sich, und in der Bewegung des Entzugs ist er unüberwindlich. Er bezeichnet sich sogar als religiös, möchte aber zugleich über dem Gottglauben stehen.

Ich habe mich oft vor dem Vertrauen gefürchtet, das er mir auferlegt. Jetzt weiß ich, warum. Sottolarz ist ein Weltmensch, Kettenraucher und Biertrinker, unerreichbarer, mächtiger Großtechniker, vor dem die Hauptingenieure zittern, der raffiniert die Launen des Genies blitzen läßt, ein energischer, Nächte durcharbeitender, Kontinente einraffender Weltmensch, dem jedoch der Mönch vom Berg Athos (über den er einen Zeitungsbericht samt Photographie schwarz-wäßriger Augen seit Monaten auf seinem Schreibtisch liegen hat), dem dieser Mönch langsam einen Atem ins Gesicht haucht, der nach Honig schmeckt, nach Wissen und Besitz. Sottolarz ist nie gesättigt, nie anwesend, statt seiner Unterschrift der Vermerk: nach Diktat verreist. Imponierhaltung als Stachel, der Reiseplan als Narkotikum, als Schild vor dem jeweils Unvermeidlichen, vor Begegnungen, das Nicht-hier-Sein, das Eigentlich-schon-unterwegs-Sein, vielleicht eben das Nicht-Sein, verzögerte Auflösung und die Flucht ins Irisierende, Oszillierende, in die Wucherung: das Aufnehmen neuer Leute, das Eröffnen neuer Produktionsserien, die Erschließung neuer Märkte, die Vergabe neuer Erkundungsaufträge, das Aufsuchen neuer Finanzquellen, das Aufkaufen neuer Zweigbetriebe.

Dieser große hochdekorierte Industriemann lebt von geschickt arrangierten Ersatzleistungen aus hundertfacher, vielverstrebter, zuinnerst warmherziger Identität. Ich werde mich ihm nicht entgegenstellen. Ich weiß jetzt genau, welche Ansätze in meiner Produktivitätsberechnung zu verändern sind, um den Kauf von Sankt Michael zu rechtfertigen. Weder ist Sottolarz noch bin ich nur maschinenhafter Kalkulant.

Die Stimme des Flugkapitäns durch den Lautsprecher weckt Sottolarz. Sind wir da, Herr Rausak? — Ja, wir kreisen über Kennedy-Airport. Landeerlaubnis in vierzig Minuten.

Während der Wendungen des Flugzeugs fällt grelles Sonnenlicht abwechselnd von beiden Seiten durch die Fensterreihen.

Sind Sie fertig, Rausak? Um wieviel niedriger liegen also die Kosten für Transformatorenöle in Sankt Michael?

Ich bin zur Lüge, zu höherer Wahrheit, bereit — das Unternehmerische muß auch unberechenbar sein dürfen. Bei zweihundert Tonnen jährlich um etwa zwölf Prozent billiger, antworte ich.

Gut, Sie verfassen die Investitionsbegründung für den Kontrollrat nach Rückkehr.

Jawohl, Herr Doktor.

Sottolarz kämpft nicht gegen die Härte der Materie oder der Konkurrenz, er kämpft hinter tausend Verstellungen, vom Flug aus, gegen die Übermacht des ihm Undurchschaubaren, die er mit den scharfkantigen Splittern seiner gewaltsamen Urteile hastig bewirft. Er ist ein ernster, verantwortlicher Fabriksmann, ein gehetzter Stellvertreter dessen, den man in ihm bewundert. In Wahrheit ein gutwilliges Genie, zerstückelt vom hundertfachen Kalendarium sich endlos wiederholender

Mengenprobleme. Sottolarz beauftragt die Stewardeß, sofort nach der Landung ein Telefonat mit dem Ministerium zu vermitteln. Wir kaufen.

Ich schnalle mich fest zur Landung.

Bericht acht: die Hütte

Der fremdartige, stählerne Schreibtisch mit den unbekannten Namen im Telefonregister hinter Glas, mit dem Ausblick aus dem neunzehnten Stock auf den Feuerschein der Stahlwerke in der Dämmerung; Parfum, Rauch, beschriebene Zettel, überfüllter Papierkorb: der Prüfer ist fort. Amoroso, der amerikanische Steuerbeamte, der kein Wort italienisch spricht, sagt Rusek zu mir statt Rausak. Er weiß auch nicht, daß die doppelte Buchhaltung eine italienische Erfindung aus vierzehnhundertvierundneunzig ist, hat nie etwas von dem Mönch Luca Pacioli gehört. Zweiundsechzigtausend Dollar will er aus Hall überwiesen haben. Das ist alles, was er sagt.

Und ich bin da, schon die dritte Woche — und versage. Weniger wissen sollst du, mehr Zorn haben. Herr Amoroso bestätigt die Importe nicht. Er weiß genau, daß Europäer keinen Prozeß wagen. Es liegt in seinem Ermessen, in welche Rechtslage er unser Versandbüro im neunzehnten Stock des Mayflower-Hotels bringt. Zweiundsechzigtausend Dollar verlieren oder nicht. Die Zigarettenreste dampfen noch. So glad to see you.

Du wirst endlich in den schallgedämpften Hotelgang hinaustreten, den Richtungweisern folgen und in die Rundhalle mit den sechs Aufzugtüren kommen. In einer Nische wird das Signal aufleuchten, die Glocke schrillt — der Affe im Weltraum schlürft an den Ventilen, wenn das Blinklicht aufbrennt —, der Aufzug saugt dich hinunter. Auf dem Kabinenboden schillert eine farblose

Pfütze. Die Verwandlungen im Schweben: alles ist in Frage: die Lokalität, die Identität. Du wirst im Aufzug stehen, und das werden die einzigen Sekunden sein, in denen du deiner Angst begegnest. In keine Richtung kannst du wegfließen, mußt dich spiegeln in den schlierigen Pfützen abseits des betäubenden Stroms deiner Wörter. Die Wellen fallen über das Ufer, verdunsten langsam. Du siehst die winzigen Ornamente auf der Wasserhaut. In der Aufzugzelle schaukelt die farblose Pfütze: horizontal blockiert, nur noch senkrecht beweglich. Du wirst ins Foyer stolpern und nicht wissen, wer du bist. Ein fremdes Gewicht rollst du vor dir her über die tiefen Teppiche.

Am fremden Schreibtisch allein geblieben, im Dunst heftiger Reden, neunzehn Stockwerke über den Hochöfen, die fremden Namen im Telefonregister, die Eins ohne Aufstrich, die Sieben ohne Querstrich: der fröhliche, beinharte Italiener mit dem angelsächsischen Dolch zwischen den Zähnen...

Dann wirst du auf die Straße treten, links hinunter zum Fluß streben, zum dunklen, fettigen Wasser, die Stahlschienen entlang der Schnellstraße, der Tunnel zum Flugplatz, die Wendeltreppe vom Brückenbogen zur Rasenfläche unter der Brücke. Hier hatte der Chauffeur geparkt. Über Hundekot und Bierdosen seid ihr zum Mauerrest des alten Forts gestolpert. Rekonstruiert, sagte er. Die Festung lag dort, wo jetzt die Hochstraße quer über den Erzhafen führt. Zur Mauer wirst du spazieren, die Furcht in dir, Sucht nach Befestigung, Versenkung, Dickicht, worin du dein Versagen schützen willst. An einem Tag wirst du zurückkommen, die mörderische Steuervorschreibung in der Tasche. Deine Arbeit war vergeblich, eine Niete, unverblümt, die Reise an den Ohio war ohne Erfolg: Das

Außenbüro der Ore Chemistry Inc. unterliegt voller Steuer und ist daher zu liquidieren, danke Herr Rausak, wir haben eben keine Leute für solche Aufgaben, Köpfe und Kämpfer, verstehen Sie!

Du wirst dich an die neue, ordentliche, nicht einmal künstlich gealterte rekonstruierte Backsteinmauer des Forts lehnen und die Blinklichter verfolgen, die vom Flugplatz über die Horizontberge steigen. Am Jüngsten Tag in einem Flugzeug sitzen, wer auf dem Feld ist, kehre nicht heim, sein Gewand zu holen, wer auf dem Dach ist, bleibe oben, wer fliegt, lande nicht, die Kontinentalschollen türmen sich, du sollst auch nicht in der Festung sein, sondern im Freien und außerhalb von dir.

Der Lenker hatte mich hastig von der Festungsmauer weg an das dunkle Ende des Parks gezogen. Im Schatten der hohen Stahlbrücke, über die der Abendverkehr zischte, stand hinter ärmlichen Sträuchern voll Kohlenstaubs eine alte Holzhütte. Hier, grinste der Chauffeur, ist das Geheimnis unserer immer siegreich gebliebenen Festung. Man hat nicht vergessen, diese Hütte sorgfältig abzutragen und im Original hier, in Schußweite der Mauer aufzustellen: Fort Pitt hat sein Siegeszeichen, verstehen Sie, diese Hütte außerhalb der Mauer ist nämlich das eigentlich Unüberwindliche am Fort Pitt, Mister Austria. Vom alten Fort — hören Sie gut? — führte ein unterirdischer Gang zu diesem Blockhaus: die besten Männer der Festung waren nicht hinter, sondern vor der Mauer. Sie beobachteten das Fort von außen. Wenn nachts die Indianer lautlos die Verteidigungsanlagen erkletterten, Messer zwischen den Zähnen, brauchten die Männer in der Hütte nur zu warten, bis die Angreifer halbhoch verteilt auf der Schanze hingen, dann schossen sie aus der Finsternis von der unbeachteten Hütte aus ihre Stadt frei...

Die City wirst du hinter dir lassen, über das Riffelblech der Wendeltreppe unter die Brücke steigen, abwärts in den nachtschattigen Park zu diesem Denkmal gehen, das Geheimnis des Forts Pitt betrachten: ein befestigtes Äußeres hinstellen, selbst aber herausschlüpfen und unbemerkt daneben im Schutzlosen verborgen sein. Aus sich heraustreten, die leere Hülle zur Ablenkung der Feinde befestigt hinstellen. Jahrelang aufgehäufte Schanzen wirst du verlassen, ins freie Feld zurückkehren, wo sie dich nicht suchen, die amoklaufenden Routiniers. Abwehr, Verdichtung, Verhärtung, jeden Bezirk und Kreis wirst du meiden: aus jeder Bindung schweigend fortgehen, nur die Steine mit deiner Adresse liegen lassen als Ziel für Heimsucher. Für dich selbst nur ein dünnes Bauchfell unter der Haut als Halt, ehe du die dampfenden Gedärme offen und verwundbar durch die letzten Stunden schleppen wirst. Bis dahin aber werden dich Stiegenhäuser und Warteräume, Taxistandplätze, Zollgänge und Toiletten aufnehmen zwischen den Stürmen: dort kannst du dein Pulver lagern bis zum Sieg. Wissend wirst du der Versuchung zur Spaltung erliegen.

Die rettende Linderung: Oszillation, zitterndes Schweben, ohne Ort sein, unfertig, Orte sind die verwundbaren Blößen, im Verbergen liegt Bergung. Langsam wirst du auf der Flußseite hinter den Parkplätzen die Golfanlage durchqueren und vor den großen Aluminiumfassaden die Garage erreichen. Vom Fond wirst du dem Taxifahrer sagen: Mayflower, und du wirst wissen, daß du damit keinen Ort verrätst.

Immer noch am fremden Stahltisch, die Hochofenabstiche bestrahlen grellrot die Türme. Als dunkle Zelle hoch im Geröhr des Hotels hängt das Büro. Bin noch nicht aus dem Zimmer gegangen, zu müd zum Spazieren. Zum Dinner dreizehn Stock tiefer. Was werde ich

Herrn Amoroso, der keine Ahnung von der Bedeutung seines Namens hat, morgen früh sagen?

Du wirst deine Festung verlassen. Du wirst in dem leicht brennbaren Holzhaus wohnen, du wirst das Heilige aus der Kathedrale tragen und im Sakramentshäuschen neben dem Dom bewahren. Du wirst der Wohltat der Spaltung erliegen. Die alte Festung und die alte Kathedrale — Pittsburg oder Klosterneuburg — haben ihr Innerstes neben sich hinausgestellt, das Verletzliche im Schutzlosen verborgen. Du wirst die Wehrgänge deiner Erklärungen verlassen. Amoroso wird morgen wieder die Rechnungen berennen, hochklettern an den Verträgen und Daten. Widersprüche und Schlingen werden über den Damm geworfen, das Büro wird kochen.

Aber ich bleibe erstmals abseits, ungeschützt, doch frei, vor den Linien der Paragraphen: der breite Rücken Amorosos und seine scharfe Stirn hängen über meinen Entwürfen. Ich stehe in der dunklen Ecke des Zimmers, trete aus einer ganz neuen Richtung unerwartet auf ihn zu: Amoroso, sage ich, Sie täuschen diese aggressive Korrektheit nur vor! Die Besessenheit, mit der Zeile um Zeile geprüft wird, ist in Wahrheit unsachlich. Sie täuschen sich, und Sie wollen mich täuschen, aber Sie wissen wie ich, daß das Ergebnis der Prüfung in Ihrem Ermessen liegt. Klare Bestimmungen müssen erfüllt sein, um meiner Firma die Rechtsform zu sichern, die dieser Zollrechnung entspricht. Die Bedingungen sind erfüllt. Seit Tagen geht es Ihnen nicht um Klarstellung der Verkäufe, sondern um Ihren persönlichen Triumph über mich. Sie führen einen unehrlichen Kampf, Amoroso. Sie haben Vorgesetzte, ich auch. Sie haben Familie, ich auch.

Die betrunkenen Indianer stürzen unter den plötzlichen Schüssen der Hütte im Schein der Fackeln des Forts

Pitt von der Backsteinmauer, ihre verkrallten Hände fallen aus den Lehmfugen, schwer knicken ihre Körper in den Sand vor der Schanze; die Dolche entgleiten ihren Mäulern; Fluchen, Schreie, sie erkennen nicht, woher die Schüsse kommen; einige Verwundete werfen sie über die Pferde und stürmen in die Finsternis hinaus.

Du wirst einige Atemzüge lang warten und schauen. Du wirst dich wundern über den Blick dieses Steuerprüfers. Er hat nie die Bucht von Neapel gesehen. Doch plötzlich ist die Seele seiner einsamen Großeltern bloßgelegt, die an Capri vorbei über den Atlantik zu den Stahlwerken gezogen sind. Rusek, wird er sagen, gut, wir scheiden den ersten Geschäftsfall aus, der vor der Inkorporation getätigt war, das ergibt eine Nachzahlung von tausendfünfhundert; der übrige Umsatz wird anerkannt.

Du wirst dich langsam von deiner Hütte lösen, den heißen Lauf deines Gewehrs an die rohen Holzblöcke lehnen und vor die Tür treten. Um Fort Pitt liegt Stille. Im Dunklen tappe ich an den Lichtschalter und verlasse das Büro, folge den Richtungsanzeigern zum Aufzug. Immer wieder der Raketenaffe, so oft ich auf eine leuchtende Aufzugtaste drücke. Zu müde für einen Kontrollgang zur Festungsmauer am Fluß. Ich fahre in den sechsten Stock abendessen.

Du wirst eine schwere Nacht haben. Das schwarze, hölzerne Denkmal uralter Tapferkeit stemmt sich zwischen deine Schläfen. Du verläßt Zahlenkolonnen, die nur sich selbst beweisen. Du wirst das Fort räumen, die Sandsäcke umlegen und das Pulver einsammeln, du wirst die Tore heimlich öffnen und deine Hütte ins Dunkle draußen stellen.

Die Aluminiumwände, die glitzernden Leichtmetallfassaden der Hochhäuser mit den schwenkbaren Fenstern und den rotierenden Radarschirmen auf den Dächern, die Scheinwerfer im Gesims und die Lautsprecher in den Torbogen — wie Dolche in Mäulern — werden unüberwindlich erscheinen. Aber noch nachts wirst du fertig sein mit dem Auszug, und deine verborgenen Gewehre werden auf ungeschützten Hölzern liegen, ehe es tagt.

Bericht neun: der Cherub

Allein für Ihre Telefonkosten des letzten Jahres könnte man in Europa fast ein Laboratorium bauen. Ich bin beauftragt, Herr Ingenieur Simonides, den Spesenrahmen mit Ihnen zu besprechen.

Du wirst die schlaffen Furchen in seinem Gesicht sehen, den kochenden Blick jener Menschen — du erkennst das immer sofort —, die selbst nicht mehr wissen, wie sie aussehen, und die so verläßlich sind in ihrem Zwang. Du nimmst das Paket Belege und Telefonlochkarten zur Hand, das er über den Tisch reicht, wirst deinen erstaunten Blick auf den Kopf des geschmähten Mannes richten: ohne Erbarmen waren die Urteile über ihn in Europa. Simonides war lange Jahre Chemiereferent, zuletzt Planer der Pipelines. Seit vier Jahren vertritt er einen Firmenzweig in Nordamerika, arbeitet in diesem New Yorker Hotelzimmer.

Ich darf doch einfach Herr Rausak zu Ihnen sagen, nicht wahr, als Branchenkollege? Es ist die Liebenswürdigkeit zu einem Kind, die er dir widmet, bemüht verständnisvoll, der herzergreifende Kärntner Tonfall, nachgiebig geduckt vor dir. Du erschauerst vor der Bereitwilligkeit, mit der Simonides sich über deine mitgebrachten Budgetkürzungen beugen wird: zugegeben ein Genie, von dem beste Produkte kommen, jetzt irritiert durch Entsendung eines Prüfers, durch dich! Versuchen Sie drüben festzustellen, Rausak, ob er süchtig ist! Aber Vorsicht, keine personellen Schwierigkeiten, Selbstmord in Manhattan-Hotel oder so ...

Du wirst ihm in der beängstigend leeren Dämmerung

des dreißigsten Stockwerks gegenübersitzen. Das Jaulen der Rettungswagen — wie Schreie gepeinigter Affen — wird unablässig die Gläser durchdringen, Vibrieren des Aufzugschachtes, Surren der Luftkühler. Diagramme, Statistiken hängen an den Wänden; Teppich, Fauteuils, Fensterbord sind mit Büchern und Papieren überhäuft. Ich habe doch besondere Einblicke gebracht, Herr Rausak, die Ore Chemistry Incorporated, wie wir hier heißen, ist bei jedem Projekt im Gespräch, wir haben Aussicht, an der Schlämmanlage in Dakota mitzubauen. Das einst so melodiöse Deutsch Simonides' beginnt das akzentlose Unterspielen seiner Umgebung anzunehmen.

In diesem Büro, das auch meine Wohnung ist, sammeln und verteilen sich die brisantesten Einsichten technischer Entwicklung, ich telefoniere mit aller Welt, habe die meisten amerikanischen Ingenieurbüros übertroffen — aber muß immer hier sein: allein mit San Franzisko haben wir die Zeitverschiebung bis gegen Mitternacht, dann kommen Japan und Europa ... Ist man nicht zufrieden mit meiner Arbeit? Ich habe verstanden, bekomme keine Nachricht vom Gremium; man kennt den Mann ... irrsinnige Telefonkosten, nicht wahr?

Simonides geht zum Kühlschrank, öffnet ihn — die Innenbeleuchtung bestrahlt kurz das Zimmer —, schließt ihn wieder, ohne etwas zu entnehmen. Simonides' Freundlichkeit ist bestürzend, Zeichen einer völlig verzehrten Seele. Der letzte Hochmut ist aus seinem Charakter gepreßt. Klugheit und Angst stehen in den Augen. Nach seinen Ideen arbeiten unsere Vakuumverdampfer, Ölschlammverwerter. Du wirst dich an die falschen Warnungen erinnern: unterschlagene Provisionen und so. Simonides ist ahnungslos, spricht ins Dunkle zu mir unbekanntem Kollegen. Wir brauchen doch kein Licht, Herr Rausak?

Seit vier Jahren sitze ich in diesem Zimmer, lasse mir den Lunch auf Rollwagen in den Vorraum bringen. Ich verkehre bargeldlos, wortlos, blicklos mit dieser Umgebung. Das Zwitschern der Vögel in den Ziersträuchern vor dem Hoteleingang tief unten höre ich durch das Mikrophon der Gegensprechanlage. Ich bin in diese Leere gekommen aus unseren Anlagen an Krems und March, wo ich vierzehn Stunden täglich zwischen Neubauten und Probeläufen gehetzt bin: wohltuende Widerstände für ermüdende, mathematische Sturzbäche im Hirn. In New York komme ich nicht aus diesem Raum heraus. Meine wenige Post erledigt das Hotelsekretariat über Diktaphon — alles übrige: Ferngespräche über diese beiden Apparate, Laboratorien, statistische Büros, Metallurgen, Vizepräsidenten. Ich stoße immer meinen eigenen Bildern nach, Wörtern und Tabellen ohne Spiegelung, verstehen Sie, Herr Kollege. Der amerikanische Binnenmarkt ist der härteste der Welt. In Moskau wüßte man zumindest, wo der sitzt, der überzeugt oder bestochen werden muß. Hier muß man gefürchtet sein, fachlich, die Angst vor einer undurchsichtigen Zuständigkeit muß sie zu Anfragen herantreiben, weil ihnen sonst etwa ein Besserer Fehlkäufe nachwiese! Ich erahne das alles, arbeite nur mit ihren Stimmen. Sagen Sie, Rausak, war auch nur ein Schaden bei meinen Aufträgen? Man soll meine Bilanz machen.

Du wirst seinen Schatten durch das Zimmer gehen sehen, die Budgetmappe in der Hand, hell, Blätter flattern über den Teppich. Du wirst stumm sitzen bleiben, Simonides redet lauter, er füllt zwei Gläser: Bitte, Herr Kollege. Durch Luftschächte gefilterte Stimmen wehen im Raum; das Trommeln einfließender Badewannen ...

Es war gefährlich, mich in diese Lebensumstände zu

bringen, die mich zwangen, nur aus innerer Anschauung zu leben, fast gottgleich zu werden, um zu bestehen. Keinem Menschen darf das angetan werden. Selbst Mönche, wenngleich nie so allein, pflegen Gesang, Gartenbau, Ballspiel. Nur ich muß ein leeres Weltall mit Stoff füllen, Namen aus dem Nichts rufen. Ein Jahr, hören Sie, habe ich nur gebraucht, um jene dreißig Telefonnummern zu erfahren, die hier nützen.

Spannung, Widerstand, Schwingung sind der Stoff der Welt. Aber die Täuschung, Rausak, muß erhalten bleiben, ohne sie kann niemand arbeiten, er zerfällt in Bestandteile des Wissens, stürzt in die Fugen. Ich weiß alles, jawohl, die Mauern New Yorks sind helle, durchsichtige Kristalle; die Bindungen, Rücksichten, Ziele, Ursachen, Hintermänner, Antriebe und Hemmungen, die ganze Welt und ihre Tiefen ragen als weitgestreute Linien, Punkte, Knoten, Lichter durch meinen Schädel. Dennoch stürze ich haltlos fortkreisend durch diesen Schlitz im Universum: ich reibe mich an nichts, erleide keine Rätsel, werde durch nichts verzerrt oder behindert, nicht abgelenkt, nicht beschleunigt, stürze durch das Vakuum ... Der Tod ist so, Rausak, der Tod muß so sein.

Du wirst aufstehen. Herr Ingenieur, wirst du sagen wollen, aber du wirst nichts sagen. Nur das Klirren der Klimaanlage wird das ferne Rollen des Verkehrs übertönen, der kalte Hauch bewegt die Vorhänge. Tausendfach überflackerte Dämmerung pendelt zwischen den Wänden. Simonides trinkt in der schwarzen Ecke neben dem Zeichenbrett, stellt hart ein Glas auf den Stahltisch. Er geht langsam und ungenau quer über das Parkett zu dir, stützt sich auf eine Sessellehne, vornübergeneigt, leise, fast singend, wie zur Probe:

Herr Prokurist, oder was Sie eben sind, verstehen Sie,

ich muß telefonieren, ich muß telefonieren, nur über das Telefon kommuniziere ich noch mit der Welt... aus allem herausgefallen, Menü im Vorraum, schmieriges Porzellan zurück in den Aufzug, habe alle Spannungen durchstoßen — was wissen denn die fremden Herren! Aber ich kann nicht halbhoch im Sog schweben, wo die Vollkommenheit ihren Träger auflöst. Habe ich verkauft oder nicht? Und Lizenzen werdet ihr kassieren, hier, in diesen Tischladen, liegen die neuen Patente — amerikanische! Rausak, nur ein Wort von mir... Und doch hat man mir die Zeit für den Heimflug zum Begräbnis meiner Mutter vor zwei Jahren nicht eingeräumt, jawohl, es fand sich kein Ersatz für mich... Wie im Roman, wir waren zwei Söhne; Hermagor, wissen Sie, wo das ist, der eine ist gefallen, aber die Herren beachten den Simonides nicht, nur seine Patente, Rausak, erzählen Sie nur alles, zwei Söhne, und keiner beim Grab, jetzt telefoniere ich wöchentlich mit dem Mesner von Hermagor in Kärnten, er pflegt die Blumen...

Du wirst Zeit gewinnen, Kraft annehmen, auf ihn zugehen, nehmen Sie ein Glas Wasser, ich höre Sie genau, ich werde mit Ihnen, Herr Ingenieur, eine Lösung...

Sein Blick greift in mein Gesicht, klammert sich in meinen Augen fest, durchdringend, aber ungläubig, seine ganze, schwere Wucht herübergestützt in mich — dennoch mißtrauisch, sprungbereit, im Moment, da eine Spalte ins Allzupersönliche aufklaffen könnte, zu verhärten, abzuspringen, verschämt und brutal zugleich, zudringliche Enttäuschung, Anteilnahme schon mitrechnend, ja fordernd für die betäubende, süchtige Geste des Zurückweisens. Sengende Intelligenz im Gestrüpp niedergebrannt, Bruchstücke, Diamanten im Sumpf, gänzlich veröltes Rechenwerk, Zahnräder und Sprossen verklebt, Haare in den Lagern, faulige Drähte, Wucherungen in der Wüste, Stahlspitzen in Morast, weitläufige, unterirdische Benzinseen. Seine Hände bleiben halbhoch vor meinen Ärmeln in der Luft:

Ich muß telefonieren, stundenlang, mit der ganzen Welt, ich lebe von den Stimmen da draußen, Widerspruch, Zögern, Bericht, Zustimmung, neue Termine, von Insel zu Insel, künstlicher Boden, Bohrtürme zur Sättigung — das ist meine felix culpa, verstehen Sie, die letzte Schuld, die ich überhaupt begehen kann, gesättigt im Ekel vor längst überwundener Praxis.

Simonides geht wieder in seine Zeichenecke und trinkt lautlos. Er setzt sich an den Schreibtisch, schaltet die Schreibtischlampe ein. Du wirst die schlaffen Furchen in seinem Gesicht wieder sehen, den kochenden Blick jener Menschen, die vergessen haben, wie sie aussehen, und doch so beständig sind in ihrer Pflichterfüllung; der wirkliche, geheime Antrieb der Industriewelt, asymmetrische Verhärtung, fortkreisender Zwang, freilich gelindert, belohnt durch unzweifelhaften Erfolg. Seine Stimme ist nun ruhig, erklärend, gesellschaftlich, aber der dampfende Blick wird von der Pupille durchschnitten.

Einsamkeit als Stromlinie des Geistes gegen den Widerstand der Welt; Heiligkeit Stromlinie der Seele, um den Widerstand Gottes zu vermindern. Irritation, subtile Verzerrung, die Schöpfung ist ein Schwanken Gottes in einer seiner äußersten Achsen, Turbulenz reiner Kraft, Stachel im Fleisch der Ewigkeit, paulinisch, wenn Sie wollen, mein Herr — er breitet die Arme aus, minutenlang, in der bestürzenden Haltung eines erbosten Engels —, und darum telefoniere ich, darum muß ich telefonieren ...

Du wirst aufspringen, wirst einem Schreienden gegenüberstehen, der — beide Fäuste in die Stahlplatte gestemmt — vornübergebeugt auf dich schaut, ausgekühlter Blick, ädriges Eis. Du suchst immer noch Form, Verbindlichkeit, Konvention, du wirst ohne hinzublikken die Mappe mit dem Budget an dich nehmen, die verstreuten Blätter wie beiläufig einsammeln. Du wirst nichts zu erwidern versuchen.

...telefoniere mit der Tokioter Metallurgie, den Laboratorien von San Franzisko, San Diego, Paris, Dortmund, telefoniere mit schwedischen und steirischen Stahlwerken, telefoniere mit den Werften Englands, den Raffinerieplanern Kanadas, telefoniere mit den Bibliotheken Moskaus, statistischen Zentralämtern und Redaktionen aller metallwissenschaftlichen Verbände der Welt — Simonides sinkt über seinen Tisch, stützt sich auf Ellbogen — quer durch den eisigen, pfeifenden Strom von Tatsachen — Lizenzen werdet ihr kassieren! —, ich muß telefonieren, Turbulenz der Fakten, alles von diesem Tisch, diesem Sessel aus, die umfassendste Dokumentation, Riesengewinne, Arbeit für Tausende... und telefoniere mit dem Mesner von Hermagor.

Du wirst schweigen und die ganze Nacht bei Simonides bleiben. Du wirst die von Simonides erwähnten Blechrippen auf den Flügeln des Flugzeugs vor dir sehen, die die fast vollkommene Linie der Maschine knicken und die unsichtbaren Spiralen werfen, Wirbel, die die Tragfläche über den Schnitt zum Nichts heben, den sie selbst zuvor vollführt. Drei Uhr früh. Du wirst hellwach sein. In Europa ist jetzt Vormittag. Simonides tappt zum Kühlschrank, lehnt über der offenen, überfrorenen Tür.

Bericht zehn: der Gast

Nach fünf Wochen New York und Ostküste wurde Rausak sofort aus dem Flugzeug von Schwechat in ein Spital der Walzerstadt geschickt. Die Faktura der Lufthansa für zwei blutige Boeing-Fauteuils war zu erwarten. Eine Melaena gehöre auf die Chirurgie, knirschte kopfschüttelnd der Rettungsfahrer, einen Zettel für die Interne zwischen den Zähnen.

Stereoklänge der Symphonie Aus der Neuen Welt, sechsmal in der Flugnacht abgehört, taa ta titi — taa ta titItii, füllten das Gehirn, personalia, vierzehn Jahre ulcera, Krankengeschichte, Professiogramm Todesfuge, die berauschenden Indianergesänge Dvoraks . . . Diese verdammte Bahnübersetzung vor der Bierfabrik: hundertmal zerspringende Nerven unterwegs zu Abflügen, und jetzt: davor verbluten — Recht hat er — Schwechater: niemandem stößt zu, wozu er nicht einlädt!

Eine rasende, schräggestellte Leuchtschrift, wie Sägescheiben, schneidet durch das Gehirn, Todesangst, Ohnmachtsdrohungen, gegen die er mit aller Willenskraft ankämpft. Er weiß, er muß sich entspannen oder die spastischen Krämpfe und Wahnvorstellungen vernichten ihn. Sterne stürzen durch den Himmel nieder, längste Nacht, jüngster Tag, Städte als glitzernde Seesterne im Schwarz, riesige Küstenschatten, Wellengefunkel, Apokalyptiker und Hymniker: Leuchtschrift wie ein Geysir — eine Drehscheibe von auflösenden, zerberstenden Visionen, messerscharf, Granatmantelsplitterungen, Saturne.

Oberarzt Patsch sorgte für das Einzelzimmer und die

sichere Verwahrung der Koffer, die Stewardeß verständigte die Vertriebssektion des Verbands, diese die Hauptverwaltung, und am selben Tag noch wurde das Diensttelefon am Krankenbett installiert. Frau Rumwild, Pohorils Sekretärin, meldete am zweiten Tag den Verwalter an.

Rausak dämmerte im Belladonna-Traum, über sich das Gestell der Spender-Konserven, die Tropfnadel im linken Arm, neben dem Bett die Aktentasche mit den fertigen Konstruktionen und Notizen für den Bericht. Nur einige Bogen Papier: aber dahinter die Kenntnisse, die investierten Reisekosten, der persönliche Einsatz, Risken aller Art, später vielleicht Aufgaben für Hunderte, irgendwo auf der Welt wird ein Problem gelöst: ein Bergwerk, eine Raffinerie, ein Spezialdünger... Bei jedem bekritzelten Diagrammblatt, bei Belegen, halbleeren, pompösen Hotelrechnungen denkt Rausak: Platz für ausführliche Kerkermemoiren, für Sonette, Elegien: Rocco di Duino, die Altane des Taxis-Schlosses, im Hufeisen-Hafen schaukelnde Boote, in der Kneipe Fisch- und Rotweingeruch, italienische Schlager...

Das lästige Ferment bei Dauertransfusionen: immer wieder Gerinnungen, Stockungen: der Unterarzt zerlegte die Schläuche, suchte neue Einstiche.

Linkisch Verwalter Pohoril vor dem kontemplativen Fast-Leichnam und den medizinischen Apparaturen: Wir übernehmen selbstverständlich die Telefon- und sonstigen Zusatzkosten. Fachzeitschriften als Verlegenheitsgeschenk. Wie viele Stunden hängt das jetzt schon dran?

Bitte nehmen Sie Platz, Herr Verwalter!

Pohorils unkonzentrierter Flackerblick, an den Rausak sich nie gewöhnen wird. Zuerst geflüsterte, dann legere Konversation. Dort: meine Akten aus New York.

Aufkreisende Bilder der Flugplätze, startende Flugzeuge, Riesenleiber, silbrige Metallkörper, die über Betonpisten stürmen, Orkane aus rußgeschwärzten Düsen, loshebend in heulenden Parabeln, immer neue Starts, Luftleiber, Aluminiumwölbungen, vibrierend, zitternd, beschleunigend, voll Menschenfleisch mit nervösen Augen.

Pohoril ließ die Berichtsblätter sinken, warf einen prüfenden Blick auf Rausak, hob seine Stimme in gesucht unbekümmerte Tonlage. Die Eröffnung, die ich Ihnen zu machen habe, betrifft ein bedeutendes Revirement im Verband: in den fünf Wochen Ihrer Abwesenheit sind Sonderführungsräte bestellt worden... mit außerordentlicher Exekutivfunktion in der Sektionsführung; Rippach ist zum Oberamtsleiter ernannt worden — Pohoril sagte das unbeteiligt sachlich, um vergessen zu lassen, wie oft er zu Rausak über diese Niete geschimpft hatte —, und was Sie, Herr Rausak, am stärksten betrifft: ein gewisser Herr Rosner wird Sektionsvorsitzer. Man weiß noch nichts Genaues, wahrscheinlich in Ihrem Bereich...! Ich kann da gar nichts machen. Aber gegenwärtig haben Sie ja nichts zu befürchten, solange Sie...

Rasende, schräggestellte Sägescheiben, gegen die Rausak ankämpft: autogenes Training, Seele ohne Angst, die irrsinnigen Analstiche, reißende Klaviersaiten. Sterne stürzen durch den Himmel, häßliche Kurven um fremdartige, unerkennbare Schwerkräfte.. Konvulsivische Leibkrämpfe, Blutungen aus der Schlagader im Magen, teerige Durchfälle, uralte, defekte Schleimhäute in Zoten und Falten verformt, leicht entzündlich, die Erosionen fräsen sich nach außen, brechen durch, zerschlitzen den Kreislauf, Blut quillt hinüber in den Stoffwechsel: Selbstverzehrung. Die Bruchstellen der

Konstruktion, Zellkolonien in Röhrchenform, Darmtrakt als anatomische Urform des Individuums. Alle anderen Funktionen des corpus sind Superstrukturen bis herauf zur Zungenfertigkeit der Sprache. Die schnatternde Nachtschwester bringt noch die Frühmedikamente und betritt den frischen Morgen des flakturmbeschatteten Modenaparks. Die Kinder- und Mittellosen versterben allnächtlich in den Bädern, Gängen, Stiegenhäusern der Pavillons. Wie Hühner sterben: ducken die langen Hälse auf die Erde und ziehen vor der sie haschenden Hand das weiße Lid über das Auge.

Pohoril ist aufgestanden und ans Fenster getreten, nah zur Scheibe: Verstehen Sie mich, es geht auch um mich! Ich habe eine Strategie: Herr Rosner ist ein noch Unbekannter, wer ihn anschiebt, weiß ich nicht. Man möchte ihn von der Administration abhalten und im Export einsetzen. Dort könnte er sich ausleben. Freilich trifft das vor allem Sie, Herr Rausak, aber Sie werden schon fertig damit. Übrigens: er will heute noch zu Ihnen kommen und die amerikanischen Papiere übernehmen. Das Projekt muß ja weitergeführt werden. Rausak, ich kann auch Sie während Ihrer Krankheit verteidigen... wenn Sie mich ausführlich informieren. Geben Sie ihm nur die nackten Ziffern; ohne Kenntnis persönlicher Zusammenhänge kann Rosner damit nichts anfangen. Überlassen Sie mir die Backgroundstory und Ihr besprochenes Diktiergerät...!

Magenblutungen sind die Rache des überlisteten Universums. Die Landtiere haben sich das Meer als Lebensraum unter ihrer Haut aufs Trockene mitgestohlen. Die Gezeiten in den Adern, Nahrung, Reinigung, alle Schönheiten des Flüssigen vom einzelnen Leib umfangen, über die Strände gekrochen, und aufgerichtet, und Kontinente besiedelt, hochgetürmt, perfekte

Stadtwesen. Jedes Individuum trägt seine paar Liter Urmeer in sich: bis das Geäder bricht; das vertragene Naß strebt in die Tiefe zurück, durch Geschirr, Rohre, Kanäle, Flüsse, verdünnt und verfärbt, rinnt dem atlantischen Graben zu.

Pohoril, vom Schweigen Rausaks irritiert, beugte sich über das blasse Gesicht. Immerhin der erste, der mir nicht sofort an die Augenlider greift, um das typische Bild der Blutleere zu sehen, kein Arzt, sondern ein Laie, der mit strategischen Worten ins Augenweiß faßt... Kalte Reaktion, die Einsicht, daß es jetzt auf die Ruhe ankommt. Die Erkenntnis: von diesen Leuten hängt meine Existenz weniger ab als von meinem Körper, meiner Stumpfheit. Nicht eine Karriere, sondern die Bewährung als Leib: darauf haben sie keinen Einfluß. Niederkämpfen der Wut. Der Mensch als ungeeigneter Regler im kybernetischen System übersteuert, will Abweichungen mit einem Griff erledigen, denkt affektiv voraus, verzerrt die objektiven Informationen, überspielt das Fehlen des zutreffenden Modells, wählt ein vereinfachtes, falsches, schadet sich, überlebt nicht. Stille, totstellen.

Sie geben mir doch den Bericht! Ist unser italienischer Partner, Dr. Stretta, noch drüben? Ich werde versuchen, ihn nächste Woche in Mailand zu erreichen, um das Projekt von Rosner abzuleiten. Was Sie da trinken, sieht aus wie Gips, wohl damit sich das Loch im Bauch verstopft? — Topostasin. — Rechnen Sie damit, daß der Neue bald erscheint. Ich versuche jetzt sofort, ihm bei Ratzluger mit Ihren Nachrichten zuvorzukommen. Ich verlasse mich auf Sie, ja!

Pohoril warf seinen Mantel über, streifte dabei die hochgehängte Blutflasche. Roter Schaum. Wissen Sie, was der Betriebsrat gesagt hat: Abgesandte, die bei der

Politik volles Entree haben: das sei zu begrüßen! Pohorils Finger flatterten durch Rausaks Aktentasche, die er auf den weißen Blechtisch gehoben hat. Hoch oben unter dem Heizrohr ein verstaubtes Kruzifix.

Die Tragödie hat mich eingeholt. Was früher Verstimmungen waren, sind jetzt die Strukturen meiner Existenz. Da gibt es keine Hilfe mehr, was eben abläuft, ist einzige Wirklichkeit. Unentrinnbares Verhängnis, vom Rationalen niedergeschraubt, von eigenen Tugenden festgeschweißt, alles mühsam bis ins fünfte Jahrzehnt Heraufbalancierte: jetzt geht die Macht darüber hinweg: ein anorganisches, künstliches, formal äußerst komplexes System irrational angelegten Weltverständnisses.

Also gute Besserung, ich informiere Sie inoffiziell weiter. Pohoril nahm noch in der Tür seine Zigarette zur Hand. Der Tropfer im Schauglas zeigte langsameres Abfließen.

Kein Widerstehen, überhaupt kein Stehen, nur noch Schweben, Hauchen, Fließen, Atmen, Treibenlassen, Nebel sein, eine Nebelbank, leicht, willfährig, keine Festigkeit, wie eine Medusa im Rollen der Wogen, in den Gezeiten mitschweben, auflappend, verströmend, leiblos in den Wellen aufgehend, transparentes Geäder, Schläuche, dünnwandig, skizzierte, disparate Zellkolonien, wenig Konnektivität, Strände, Gischt, Ebbe, Flut, aber giftig, unberührbar.

Auflappungen; im ganz langsamen Geschiebe der Evolution ein Schub sein, oder nicht einmal, eine Mutation, eine tief verborgene Entspannung an einer Druckstelle; die weit vorgeschobene Vorbereitung für eine Variation der milliardenfachen potentiellen Rutschungen. Eine Moräne, Moränenbewegung, kaum merklich, ohne Knirschen, ein weitab der Hauptmulde beginnendes Schmelzen eines der unzähligen Eissplitter, die die vergängliche Struktur bestimmen. Ein Stück Eisschild. Ein Millimeter Vorspannung für bevorstehende Driften.

Verborgen, verletzlich, Gewebe müssen sich neu vernetzen, histologische Injektionen, flüstern, still rotieren wie ein verläßlicher, leise schmatzender Elektromotor, leicht, willfährig, ölig. Das Vakuum zwischen Kehle und Magen, ein Sog, ein Reißwolf, eine Quetschspirale, eine Einzugsverzahnung. In Agonie leben, Astralleib, Amalgam von Blindheit und Scharfsicht: Ruhe als Ritual des Überlebens. Liegen, erschlaffen, dahinleben ohne Aufbäumungen. Die Häute müssen sich ins Nichts vorschieben.

Die langstielige Kugellampe pendelte heftig an der Decke. Rausak dachte an den Windrosensaal im Schloß Miramare: Zeiger an der Decke, der mit der Windfahne auf dem Dach verbunden ist: die Bora kommt. Schwingungen, Laufschritte um einen Sterbenden?

Ankämpfen gegen die wieder einschlagende, unverständliche, schmerzhafte Leuchtschrift, Gestirne aus Glassplitterungen, Quarzbrüchen, Diamantkanten, schiefrigen Spießen, immer wieder diese Funken, die Glut. Blitzartige Auswaschungen im Gehirn, weißlich, betäubend.

Der Unterarzt genehmigte kalten Pudding. Die Schwester brachte mit den Hebeschläuchen eine Karte: Herr Rosner wünscht Sie zu sprechen.

Die tödlichen Drehklingen der Saturne zerstäuben in den neuen Privathöhlen. Rausak läßt bitten. Eisgefüllte Gummisäcke auf dem Magen, Eistee, ewiges Eis. Implosionskrater reichen ins Innerste: Rieseneishöhlen im Realitätsmassiv. Leer, mir selbst nur um den Preis der Anpassung erreichbar: täglich kälter werden, fügsam, stumm.

Rausak läßt bitten.

Die rasende, schräge Sägescheibenleuchtschrift schneidet durch Narbiges, zerschlitzt Knorpel: die Eröffnung: ich erkläre mich zur offenen Stadt, gastlich, aber leer.

Rausak läßt bitten.

Heilschlaf, Delirium, innerer Dialog, Maßstabversetzungen, Wortwendung.

Er tastete nach den verbliebenen Konstruktionen.

Alles bleibt ohne Kommentar.

Bericht elf: die Nacht

Silbrige Leimkörner, kristallin, ausgehärtete Bindung im fasrigen Holzschleim, gläserne Pecheinschlüsse, amorph, schiefrig im brösligen Gehölz, gänzlich gebrochen, puderartig zermahlen, Luftlinsen zwischen den Fasern der Platten: Glasur zersägen, feine Splitterungen an der Oberfläche, innen teigig, zerrieben, gequetscht: fast keine Materie mehr, kein Widerpart, kein Gegenstand: das ist Rausaks Material in dieser Nacht. Die Säge führt sich leicht an einer Hand, Schrauben brauchen keine Bohrung. Es ist Freitag, und Rausak baut ein Vorzimmer gegen die Panik.

Das Hyänen-Zitat droht als zugezogenes Netz auch über diesem Wochenende: »Weib und Kind und Vieh sind Gegenstände des gescheiterten Mannes!« Ohnmächtig gegen Innen- und Weltpolitik.

Klara wird eben gebadet. Max und Anna schauen beim Vermessen zu. Die Wandlöcher für den Hochschrank müssen vor zehn Uhr gebohrt werden — gegen jede Bastlerregel theoretisch angerissen. Die Kinder räumen Schals, Kappen, Handschuhe, Mäntelchen beiseite. Endlich — so Francine — kommt Ordnung ins Vorzimmer. Max kann die Finger nicht von der Bohrmaschine lassen, von der Eisenhandlung für diese Nacht gemietet.

Motorik, berauschende, süchtigmachende Logik der kleinen Dinge, jedesmal neu bestätigte Vertrauensimitation, wenn die vorberechnete Passung der Hölzer zutrifft. Gewiß, eine Flucht, Psychologen darf man nicht fragen: Umziehen, Werkzeug bereit legen, Zeitungen ausbreiten, jeder Freitag ein Karfreitag, alle Gegenstände Sammelsurium des Ohnmächtigen.

Kinder zu Bett bringen, Hände waschen, morgen früh werdet ihr sehen, was Vati Schönes gemacht hat. Klara will noch einmal Pferdchen-lauf-Galopp spielen, hopp, hopp ... ich denke dabei an Hiob. Zwischen meinen Händen zerrinnt alles wic Schnee, alle Umsicht nützt nichts. Hektische Vollkommenheit. Keine Entlastung gemäß Aktienrecht Paragraph soundso. Im Glassturz der Hungerkünstler, siehe Kafka. Und jetzt: schön schlafen. Das Nachtlämpchen surrt.

Die Zierleisten an den Schmalkanten werden mit dem Bügeleisen aufgepreßt. Francine muß mit einer Hand die Plastikrolle halten, mit der anderen das Brett. Rausak richtet millimetergenau das Band gegen die fleischig-porösen Preßkanten und brennt sie ineinander: Leim zischt auf, siedend frißt sich Pech in die Hohlräume, füllt sie aus, quillt seitlich vor, verläuft in Blasen und Tröpfchen über den Rändern, erstarrt schließlich rauchend, teerig verzahnt in der Platte. Die beschichteten Teile erkalten, an die Fauteuils gelehnt. Lavadampf durchzieht das Zimmer. Francine öffnet das Fenster, draußen die Regennacht. Wir diskutieren noch einmal die Skizzen. Kannst du das Schuhkästchen in der Nische so stark machen, daß die Kinder beim Schuheanziehen drauf sitzen können?

Einer meiner plötzlichen Glücksüberfälle. Florestan hatte seine Leonore. Wer einen Retter erwarten kann, der mische seinen Jubel ein. Man lese Beethovens Meinung über diese Stadt. Symphonien statt Dynamit. Aus falsch wird wahr. Normative Kraft des Faktischen, daß ich nicht lache. Wir werden keinen Richter brauchen: wir werden ihm auch nicht entgehen. Als Ungenauigkeit getarnte Lügen, Nutzung jedes platten Vorteils, historische Instinktlosigkeit. Mein Beweis ist einfach: Schauen Sie sich diese Münder an!

Francine nimmt das Nähzeug mit. Der Tisch für das Frühstück ist gedeckt. Klara kann auch schon kleine Brotstücke mit der Gabel zum Mund führen. Arbeite nicht zu lange.

Schlösser anreißen, getrennte Halbteile an Bretter befestigen, dann, wenn alle sechzehn Zapfenpassungen sitzen, den Quader ineinanderfügen, Zahnung einrasten lassen.

Im Garderobespiegel das Fernsehbild des Nachtkrimis. Irgendeiner muß seine Identität auf einem Rennwagen nachweisen, den er in Rekordtempo um eine Insel jagt. Rausak beneidet ihn, leichte Identität. Die Kamera ist auf der Radachse montiert, rasende, schwindelerregende Abgründe in der Optik, im Hintergrund stürzt ein Möwenschwarm erschrocken übers Meer hinaus. Rausak sägt die Fünf-Millimeter-Platte der Rückwand zurecht. Eine Packung Nägel ist verrostet. Oxydation ist die Rückverwandlung des Metalls in Erz — ein ständiger Vorgang wie die Rückverwandlung Zivilisierter in Wilde. Francine ist fünf Monate gelegen, um Klara nicht zu verlieren, die fremde Familienhilfe hat eine Jahresersparnis gekostet.

Es ist über elf, Zeit, Anna aufzunehmen. Nur sie. Max schläft schon durch, und Klara liegt noch in Windeln. Das Odium des Bastlers lastet jetzt wieder schwerer auf ihm: rechtwinkelig verschraubte Sinnlosigkeit, das unverratene Alibi der ersparten Tischlerkosten, oder: damit etwas Sichtbares übrigbleibt, Tröstung im Verläßlich-Mechanischen. Der schlafheiße Körper Ännchens lehnt an Rausaks Wange. Das Kind erwacht nicht beim Tragen.

Wartend blickt er aus dem Fenster. Das Flutlichtdiadem der vierten Donaubrücke, gelber, nebelsicherer Strahlenbügel mit dem Knick, erinnert an die Stephanskrone mit verbogenem Kreuz. Defekte steigern die Überlebenschance, das Wiener Geheimnis! Wenn kein Krebs entsteht, schont die Magendiät alle übrigen Organe weit über die durchschnittliche Lebenserwartung. Anna zurück ins Bettchen, Decke an den Achselhöhlen feststecken. Abwehren sentimentaler Gedanken beim Anblick schlafender Kinder. Der Vater hüt' die Schaf, irgendwas ist abgebrannt...

Es ist still geworden im Haus. Fern eine Pendeluhr, längst Mitternacht vorbei. Vorstehende Kanten mit der Feile glätten. Ist es wahr, daß mein Einsatz vergeudet ist? Besser zehn Jahre früher geboren und mit den andern fünfzig Millionen umgekommen. Rausak kehrt die Späne auf: goldene Bastlerregel: zwischendurch sauber halten. Gips für die Wandhaken, nicht zuviel Wasser. Unablässige Kriegsdrohung durch tückische Politik. Täglich für Waffen verbrauchte Milliarden, die uns allen gehörten. Nur ein Bruchteil davon für Bildung und Gesundheit. Aus der Wut über vermeidbare Verluste ist durch Ermüdung und Disziplin eine flache, total ausgedehnte Traurigkeit geworden. Einschlafen nur mit Gastripan auf der Zunge, dem Pfennig für die Überfahrt. Das Mundgefühl von Belladonna, steinern, siehe Auferstehung, nur Engel könnten den Felsen hinwegheben.

Cogito, ergo summe ich vor mich hin. Berufsbedingte Sensibilität würde kontemplativen Lebensstil verlangen, mein Gott, der Berg Athos, alles kontraindikativ, das ist es! Das depressive Tagebuch Roncallis. Ende der heutigen Sendefolge, Nationalhymne. Ich verstehe das Preislied Hornecks nicht: denkt sich sein Teil und läßt die anderen reden — müßte heißen: denkt nie an andere und redet nur über seinen Teil. Grillparzer hat das didaktisch gemeint. Apokalypsen und Prophetien sind nicht historische Prognosen, sondern konditionale Warnungen: schocken, hochloben und gesundbeten, leider erfolglos geblieben. Höchste Selbstmordrate bewirkt negative Auslese. Gehen Sie in das Technische Museum und schauen Sie sich das Gesicht des Autoerfinders Siegfried Marcus an: die größten Befreiungen — nicht nur quantitativ — verdankt eine Milliardenmenschheit der Melancholie dieses Mannes...

Die wirren Netze der irren Spinnen. Das Melken der Giftschlangen. Glasschalen. Abfangraketen. Froschaugen registrieren nur die ihnen wichtigen Vorgänge, die verwirrenden Ereignisse außerhalb ihres Sichtwinkels nehmen sie nicht auf.

Rausak befestigt die Türgriffe, weiße, konkave Schalen, passend zu den Schubladenknöpfen und zum Ziehbügel des Schuhschranks. Das Gestell ist fertig: vorn niedrige Sprossen für Kinderschuhe. Erstmals in dieser Nacht spürt er Müdigkeit. Das Schwerste steht noch bevor: allein den Hochschrank in die oberste Wandecke hieven und alle drei Aufhängungen gleichzeitig einführen. Werkzeug beiseite. Er schiebt den Kasten durch das Wohnzimmer. Zwei Türen muß er ausschrauben. Der Schrankboden soll auf Halshöhe kommen, dort wird ein Bügel für Kleiderhaken montiert. Francine wird die Nische später mit Folien auskleiden. Rausak stemmt den Kasten hoch, es bleibt zwischen den Nischenrändern kein Platz für die Finger. Er versucht, das Möbel an der Bodenplatte zu balancieren. Hart schürfen die Haken den Verputz von den Ziegeln. Staub, Gips, Kalk. Polternd, über Seitenwände scherend, schlägt jetzt der Kubus abwärts. Rausak klemmt rasch das linke Bein darunter, reißt ihn nochmals hoch, neue Kratzschäden die Wand aufwärts, wieder gelingt nur einer Öse die

Führung, Rausak hält inne: bebend, keuchend stemmt er das Stück gegen die Decke. Stille. Kleine Steine rieseln aus den Spalten. Langsam sinkt Rausak nieder. Der linke Zeigefinger blutet im Nagelbett.

Rausak bleibt kniend. Er starrt gegen die zerschundene Wand, die ausgedrehten Haken, den ausgequetschten Gips. Stöhnen wie Schluchzen.

Durchs Fenster: regenfunkelnde Nachtlichter dieser Stadt. Dort das Blechdach des Musikvereins. Kann keine Musik mehr hören, denn in jeder Minute, die sie dauert, perfektionieren die Politwölfe ihre strategische Aufstellung, die transzendierenden Brucknerpassagen sind eine durchaus sichere Position ihres interkontinentalen Plans.

Wird es hell über der Schwechater Flugsicherung?

Recht ist, was akklamiert wird: Befreiung vom Terror des Absoluten: die Majoritäten haben es geschafft: Zahltage kommen erst in der nächsten Generation.

Weint Klara? Nein. Ein ferner Rettungswagen. Morgendämmern fällt ins Wohnzimmer. Die ausgehängten Türen glänzen fahl. Alles wird immer verbindlicher, alles ist irreversibel. Der Ernst ist so tief, daß die Hilflosigkeit vor ihm neue Unschuld verleiht. Letztformel: mit Umsicht weitermachen. Antiphon. Antichambre. Antipanik.

Rausak ist still geworden, die Hände sind selbst Material. Demut aus Ökonomie. Rausak hängt die Badezimmertür ein, stellt sich in die Dusche. Wassersträhnen trommeln gegen Email. Die Anfänge seines Lebens sind ganz nah. Verletzlich, verlierbar, Heilsgewißheit, oder so.

Die Nacht ist vorbei. Rausak geht erfrischt ins Kinderzimmer. Max, von Anna geweckt, sitzt im Bett, will alles sehen. Uralte Loyalität überkommt Rausak, durchfließt ihn, unverlegtes positives Geröhr. Optimistische Parallelstruktur. Irgendein Beschluß ist nicht nötig. Klara ist erwacht, rüttelt am Gitterbett. Rausak nimmt sie auf, setzt sich an Francines Bettrand: L'antichambre est finie! Francine lächelt. Klara japst vor Freude auf Rausaks Knie.

Pferdchen lauf Galopp, Hiob, Hiob, Hiob...

Bericht zwölf: der Helm

Rausak fieberkrank an hellem Sonntagnachmittag allein in der Donaustädter Wohnung. Max war so glücklich, daß er — jetzt vierjährig — in den Betonhof zu den andern spielen gehen darf. Rausak hatte aus der Drogerie, wo er Heiltee besorgte, das hübsche Spielzeug mitgebracht: Helm aus Kunststoff, niedlich, geformt nach dem Muster Londoner Bobbies, tief heruntergezogen, der Nacken geschützt, mit Kinnriemen, die Kokarde eines Putzmittels auf der Stirn. Die Wohnungstür schlägt ins Schloß, die kleinen Sandalen trappeln durch das Stiegenhaus hinunter.

In keiner Phase des jetzt noch kommenden Lebens wird man von der Sorge um die Kinder befreit sein. Werden sie mir jemals meinen Charakter vorwerfen, der die Ursache ihrer Beschränkungen ist? Die Formulierung meiner Verteidigung ist viel zu schwer, als daß ich sie versuchen könnte — ein ökonomisches Problem: Aussichtslosigkeit der Verständigung, sodaß ich eigentlich die einfachere, aber riskante, lebensgefährliche Verteidigung eines andern vornehme, vorspiele: verkürzt, vergröbert, und daher noch mehr gefährdet, ins Unrecht zu geraten. Qualitätsimpressionen ohne dazugehörige Wortbestände. Es gibt keine Sprachwendung, diese Lage zu beschreiben.

Als mein Vater so alt war wie ich jetzt, stand er im ersten Kriegsjahr, litt am Wahnsinn einer verabscheuten Partei, zerschlug Bilder, zerfetzte Zeitungen, spielte nächtlich Klavier, jagte den Fähnleinführer, der mich holen wollte, von der Wohnungstür.

In den letzten Tagen plötzlich solche Selbstbefragungen. Wäre gern fromm, aber da ist die Angst, nur schwach, weltscheu zu sein, dümmlich. Fast zu allen Erscheinungen fällt mir etwas in jugendlich-religiöser Sprache ein: die Kinder der Welt, die klüger sind; der Fürst dieser Welt, der herrscht; die Torheit des Kreuzes, als die ich meine Schwäche ausgeben möchte; das Opferleben und so weiter... Subjektive Bilder eines Vokabulars, das nicht mehr allgemein gilt.

Abends zum Klavier, erstmals seit einem Jahr: So leb denn wohl, du stilles Haus: Schluchzen, wenn Vater in Uniform im Morgengrauen dieses Lied spielte, dann zum waffenstarrenden Bahnhof ging.

Der Traum: die Hochzeit; ein dunkles Tal entlang, endlose steirische Wälder, ich sehe deutlich den niederspringenden Gebirgsbach, höre zwar das Gurgeln nicht, aber beobachte die milchigen Schaumsprudel; hingeduckte, warme, hölzerne Menschenhäuser, Radmer, Brückenbohlen, steile Kurven. Der Lugauer steht als Vision über Geröll, Farnen. Leicht windig, eine frische, belebende, durchdringende Wärme. Der Brunnen vor dem Pfarrhof, mächtiges, steinernes Vieleck mit starken Brettern als Brüstung, zum Draufsetzen, Anlehnen, Anschauen des funkelnden, grünspiegelnden, mit wechselndem Druck einfallenden Wassers. Inmitten des Bassins die Säule, heiliger Antonius unter einem hölzernen, verwitterten Baldachin. Bauernbarock. Schwere Doppelturmkirche, Frost im Gewölbe, mächtige Jahrzehntreihen, vervielfacht durch reich verzweigte Verwandtenschicksale: Strahlungen im Gemäuer.

In der Luft, in hundertjährigen Föhren, im weißlichen Gefels, in seltsamen Moränenzeichnungen, vor dem stets herunterblickenden Bild der hohen Bergwand leben Spuren von ihnen, eigenste Wurzelungen, nirgendwo Wörter. In ihren Pupillen tausendfach belichtete Umrisse des Lugauer, hinabgesunken mit begrabenen Augen.

Der barmherzige Traum.

Ich weiß nicht wessen Hochzeit, über wessen Einladung: gehe durch Radmer, alles ist fröhlich und menschenleer. Feierlichkeit, saubere Hauswände, Fenster. Zum beginnenden Hochsommer leuchten in Radmer erst Frühlingsblumen. Scheune mit großem Vordach, Einachser darunter, schwere Laubbäume mit eben erst verblühten Kerzen.

Vater sei schon vor mir angekommen, ich trete ein, von niemandem eingewiesen, kühle Helle, alte Holzmöbel, Holzstiegen durch das Gewölbe. Festlich, keine Frage in mir, bin doch eingewiesen, willkommen, eile ins Gästezimmer: die Türe bleibt hinter mir offen ...

... ich sehe meinen Vater erstmals wieder seit jenem fernen, frostigen Dezember-Mittwoch. Ich bin meinem Traum so dankbar — ich bleibe behutsam stehen: er schläft. Er ist offensichtlich auf einer langen Reise gewesen, hat auf mich gewartet, sich ausgeruht, schläft mit dem Gewicht eines Mannes, der ein schwer verspanntes Schicksal im Körper trägt. Die Bitte an meinen Traum: daß Vater erwache, noch vor mir erwache, daß er mich ansehe, anspreche.

Ich trete zwei Schritte tiefer ins Zimmer. Von den Almen klingen Kuhklöppeln, ins Rauschen der Brunnen gemischt. Singt ein Chor? Sein schlafendes Gesicht erinnert mich an die Umarmung, als mein erster Sohn geboren war. Andrängen gegen mein Delirium: suche ihn durch überstarkes Denken aufzuwecken, und wirklich: bebend herangerissene Erfüllung: mit vertrautem, gutwilligem Stöhnen öffnet er die Augen — beglücktes Auflachen, Selbstvorwurf im Ton, weil er mein Kommen verschlafen hätte, hebt er sein Gesicht zu mir, streckt die Hand her: Mein Seppi! Ich zu ihm, stütze mich auf den Bettrand, umarme ihn. Daß wir beide jetzt Gäste dieser Hochzeit in Radmer sind, erscheint mir als das Wiedersehen im Himmel.

Im Aufschrecken schon berge ich diesen Verstoß in das engste Geviert unerbittlichen Widerstands.

Ist es noch Halbschlaf oder schon Ohnmacht? Aufschießende, überquellende, alles überfließende Liebe zu den Kindern.

Max ist herzlich und offen, zutraulich, in keiner Lage aggressiv oder auch nur hart zu seinen Geschwistern.

Rausak schreckt auf: rhythmisches, unangenehmes Geschrei übertönt den gedämpft anbrandenden Verkehrslärm. Rausak schwankt durch die Zimmer, streift den Schlafrock über, eilt zum Balkon: auf dem Grund der Häuserschlucht die enge Spielfläche. Kaltes Geländer, Schwindelgefühl, er hat die Augengläser vergessen, dennoch erkennt er jetzt den Vorgang: die Buben des Häuserblocks umspringen Max johlend im Kreis, beschießen ihn mit Erdbrocken, Steinen, Max hat sich hingehockt, die Hände vor dem Gesicht — provokante Aura —; knallend treffen die Würfe auf seinen Helm. Wir sind die Pferde aus Blumento ... Pferde aus Blumento ..., brüllen sie lachend und wechseln sich im Herbeizerren neuer Wurfgeschosse ab: unter den Pelargonien kratzen sie Erdklumpen hervor, Blumentopferde der Hausbesorgerin. Rausak erwartet, daß Max aufspringt, erhofft seine Befreiung, will hinunterrufen, bückt sich weit hinaus. Das Geliebte geschlagen, das Wehrlose vor den Hufen der Rösser... Pferde aus Blumento... apokalyptische Reiter...

Delirium, Blumenstöcke vibrieren, schimmern, zerfließen in den Augen. Berstende Kehle, Abkippungen,

Ideenzuckungen im Hirn, Dissoziationen, Dampfwolken über dem Ostbahnhof, die sich fetzig auflösen, zerstieben, weiße Fahnen fortgerissen; die Umgebung panikerregend fremd, Möbel und Menschen lösen sich auf zu wippenden, gefährlichen Erscheinungen. Perspektive stimmt nicht mehr. Dächer der Stadt, Türme, unter denen Allerheiligstes vermauert liegt, der Baukran im Vordergrund steht als Riesenkreuz über dem Bezirk.

Weiße Fahnen hingen schon aus den Häusern. Jugoslawische Tiefflieger donnerten das Murtal entlang, der Benzinwagen, der uns Kinder jahrelang so oft mitgenommen hatte, stand als grelle Stichflamme über Tillmitsch. Die kleinen Fenster der Bauernhäuser waren gesprungen. Asphalt überfloß brennend den Hang. Geknatter und Dröhnen in Ellipsen über den Hügeln. Das Wrack am nächsten Morgen trug noch den rußgeschwärzten Löwen über den Blechresten der Kühlerhaube.

Ich wanderte wie immer im Straßengraben die neun Kilometer zur Schule, Klassenzimmer in leerer Konditorei. Und dann stand er plötzlich da: der gutmütige, kinderliebende Besitzer des Tankwagens. Einer von euch hat meinen Silberlöwen vom Wrack gerissen. Er war noch da nach dem Fliegerangriff. Großschädl rief vom hintersten Tisch: Der Rausak war es! Ich hatte einmal davon gesprochen, wie schön der Silberlöwe sei, vielleicht ein Begehren geweckt, aber ich hatte das Emblem nicht gestohlen. Aber die Verzweiflung dieses enteigneten, geschundenen, beschossenen Mannes entlud sich an mir. Ich wehrte mich nicht unter seinen Treffern: fast schon bewußtes Übernehmen einer Rolle in diesem Drama, das trotz des Unrechts gegen mich einer höheren, irgendwie erträglichen Ordnung entsprach. Wehrlos und schutzlos, aber tief innen ein Erlebnis der

Schwere, der Sättigung, Anteil zu haben an diesem Unglück.

Die Schläge nehmen kein Ende. Max hockt immer noch neben dem Rippenblech der Kanalabdeckung, die kleinen Finger vor dem Gesicht. An seinem Helm zerstäuben die Klumpen. Die Horde wiehert und galoppiert weiter als Blumento-Pferde um ihn. Unbetreute, unerlöste Kinder, vernachlässigt von vernachlässigten Eltern, gejagt von Gejagten, zwischen kinderfeindlichen Visagen deformiert, zu Lupustypen geschlagen von schuldhafter Stummheit. Rausak reißt sich hoch, Drehung, will hinunter, Max glaubt wohl, das gehört dazu, er sei jetzt mitten im Spiel, dankbar womöglich als Ziel; Wolken, Schlote, Wäscheleine, immer noch Dampfsträhnen der Ostbahn, Krane, Stahltor, Drahtnetz, Geländer, parkende Autos, Kinder, Müllcontainer ...

Ich konnte die Piloten der Tiefflieger sehen. Sie flogen so tief über der Mur, daß sie vor Brücken hochziehen mußten, um nicht zu zerschellen. Ihre Maschinengewehre zerschmetterten alles, was sich bewegte. Ein alter Bauer hat dem toten Soldaten, den sie neben den auf freier Strecke zerschossen ausdampfenden Zug gelegt hatten, die Erkennungsmarke aus dem Hemd gezogen: Siebzehn Jahre! Dann haben sie ihn in die Feuerwehrkapelle von Lebring getragen.

Ich habe es verabsäumt, Max das Wortspiel zu erklären, wonach durch falsche Betonung aus Blumentopferde eine in der Dämmerung dahinstürmende Herde wilder Hengste wird. Arglos, ratlos, friedfertig kauert er ihr gegenüber. Seine ererbte Unfähigkeit, sich zu wehren! Im Gespinst von Bosheit stumm zu bleiben, aber dabei zu überleben. Unmöglichkeit, in einem Geflecht von Aggression korrekt zu bleiben. Siehe Nazarener: unaufhebbarer Grundriß, Nachvollzug unvermeidlich, das Koordinatensystem liegt fest, in dem man sich bewegt, wählt; Vokabel austauschbar, nicht das Qualifikationsmuster. Die furchtbaren, verzehrend schönen Wörter stehen immer noch vor mir: Heil, Wahrheit, Liebe — Urgestein in der Landschaft der Jahre, ein Leben lang nachgehetzt, ermüdende Abstände, Lebensgenuß verfehlt, unangepaßt, Pragmatismus versäumt.

Breughels Turmruine, überinstrumentiert, unangebrachter Ernst stündlich verschüttet. Und nun das Totenbett, die letzte Suppe, vielleicht noch ein Jahrzehnt, was macht das aus.

Kann nicht mit den Kindern allein sein, ohne an die Möglichkeit zu denken, mit ihnen vor der Zukunft zu fliehen. Wenn meine Kinder ein Leben wie ich hätten — ohne meine Verschwiegenheit, sie bestünden es nicht.

Die Blicke des Tankwagenfahrers waren irr vor Verzweiflung. Immer wieder brüllte er auf mich ein: Gib den Silberlöwen zurück. Wo hast du ihn versteckt? Ich reiße dir die Hose herunter, du Dieb, Lump, das Wrack ist mein Eigentum, gib mir den Löwen zurück! Bei jedem Schlag des tobenden, schrill überschreienden Mannes wich ich einen Schritt zurück, zwischen den Tischen der Konditorei hindurch bis zum Ausgang.

Dort lehne ich am Türstock, sinke langsam nieder. Tief in der Bewußtlosigkeit das Gejohle und Getrampel der Burschen, die im Sirenenalarm aus dem Lokal stürmen. Im Halbschlaf erscheint das noch nicht rußgeschwärzte Wappentier wieder wie früher, schimmernd und groß über dem Wagen. Schmerz verwandelt sich in den eigenartigen Frieden über ein erworbenes Anrecht. Jetzt gehorcht ihm der Löwe ...

Die kalte Schwelle zwischen Balkon und Zimmer drückt lindernd auf die Schläfen. Der Löwe — riesengroß vor ihm — folgt seinen Gedanken, mächtige venezianische Wappenflügel spreizt er zu weißen Schwingen auf, tritt ruhig der erdstampfenden Rösserherde entgegen, die das Kind bedroht: der Löwe schreitet nur hin, steht vor der bräunlich geifernden Wand aus Mäulern und Augen, das Haupt hoch, sogar heiter, Spannung, ungeheure Spannung, aber ohne Furcht zu verbreiten, wie ein gehaltvolles Gebirge, schwer, bitter, riesig, lastend, eine Fülle von Tragik und Einsamkeit, so groß, daß Fühllosigkeit eintritt, frei zur Betrachtung, zum Schmecken, Formulieren des Harten, der Tod kann nicht mehr schrecken: Aufbäumungen, zurückdrehen, zorniges Wiehern: die apokalyptischen Tiere weichen...

Es läutet. Es klingt in der Luft, nicht endendes Geläute, Trinken, Schauen, Aufgehen in Erfüllung, winddurchfahrene Waldwände, Linien, Schichtungen und Licht, riesige Wolkenränder überstrahlt, kühle weite Räume, offener Himmel: in niemandes Gedanken und Reden mehr zu sein. Langsam, in übergenauen Aufspaltungen zerteilen sich die Bilder in Rausaks Denken: an der Wohnungstür läutet Max ohne Einhalt. Rausak findet sich auf dem Balkon liegend, das Gesicht halb im Zimmer.

Er wankt zur Tür, im Öffnen schon kniet er. Max schlüpft herein: trägt immer noch den Helm, er ist zerschlagen von den Treffern. Rausak nimmt dem Kind den Helm ab, schwarzes, lieblich ausschwingendes Gehäuse, zärtliche, dem Köpfchen angepaßte Rundungen, schmale, hohe Stirnwölbung, fürsorgliche Bucht über dem Nacken. Rausak drückt das schweißfeuchte Haar des Kindes an seine Wange. Er klopft die Kleider ab, Erdkrümel, Sandkörner kollern auf Linoleum, Steine aus Sandalen. Sie haben mit mir gespielt. Der Helm... weißt du, Vati!

Lammcharakteristik über ihn verhängt. Analyse seines Gesichts: er weint nicht, er fragt nicht, er berichtet nur ohne Argwohn: aber es ist eine neue Tiefe entstanden in den Augen, erste Engramme eines Schicksals, dessen Grundmuster ich schon kenne.

Während er das Kind ins Zimmer führt und den Helm aufhebt, fällt Rausak der paulinische Rat ein: zu wachen, nüchtern zu sein, angetan mit dem Helm der Hoffnung des Heils. Kluge Wortwahl: nicht Helm des Heils — denn dieses braucht keinen Helm —, sondern der Hoffnung auf ein Heil.

Die ausgekühlten Bettücher legen sich um seinen fiebrigen Körper. Er behält Max' Hand in seiner. Ich weiß nicht, wie ich ihn schützen könnte. In der Welt herrschen die Mörder der Kinder, die ihretwegen nicht gezeugt werden. Max setzt den Helm auf, kniet auf einen Sessel und blickt in den Spiegel. Die Wohnung ist still.

Unüberwindlich, unberührbar, lautlos weiterwachsend wacht die weiße Kalkwand des Lugauers über sie.

Viertes Buch:
Klagen

Rausaks Klagen

Voll Ehrerbietung an trübkaltem Sonntag im Amtshaus Alsergrund das Doderer-Gedenkzimmer aufgesucht. Allein im Raum. Max bleibt draußen vor Überschwemmungsgemälden des Bezirksmuseums. Rausak atemlos über Vitrinen gebeugt: des Dichters Übersichtsblatt: Einheiten, Dynamik, Motorik, Chronologie.

Im Parterre das Gedränge vor aktuellen Bahnhofsüberbaumodellen, die Leute wissen nicht, was sie eigentlich und direkt betrifft.

In diesem Haus vor sieben und sechs Jahren die Geburtsurkunden für Anna und Klara — beide in der Hera geboren — besorgt.

Rausak bedenkt eigene Erinnerung: Narben, Bremsspuren, Bannungen katalogisiert, Index nach mehreren Kriterien, seriell aufgelistet, dazu Rausaks Beichte unvermeidlicher Aleatorik, Gedankenorgel, frei phantasierend bespielt. Postludien aus Schwäche, aber rasender Zwang, sie für Max, Anna, Klara zu Präludien umzukomponieren.

Zwigott über sein Beethoven-Sonaten-Studium: verblüffend bizarre Wirkung des simplen C-Dur-Dreiklangs als Schlußphrase nach anderer Tonart.

Kommentar zu einem noch nicht ablaufenden Film. Musikuntermalung erst hiedurch beschworener Szenen. Drei Tröstungen: Chronologie ist nicht der Weg zur Kausalität. Gewißheit geht von der Technik zur Metapher. Sprachlich Faßbares als Grenzfall der Realität. Euklidische und ptolemäische Astronomie konnten das wirre Verhalten der Sterne — unsinnige Linienbewegungen auf zweidimensionalem Gewölbe — nicht erklären, nur beschreiben: allegorische Riesenwelt, solches Chaos zu bannen. Ordnet auch sich selbst so ein: vorkopernikanisch, nichts ist erklärt, zusammenhanglose Sternbilder, Rausaks Aufschreie bleiben Märchen ohne Zustimmungszwang.

Fragen an Vater. Wie froh ich über hinterlassene Nachrichten wäre. Lebensbedingung der letzten Jahrhundertwende samt Originalvokabular ihrer Beschreibung. Vasenscherben, Tempelbruchstücke, Splitterfriese: kann einiges rekonstruieren wie Computer Nofretetes Bild: typisierte Eigenheiten der Ränder kotieren, montieren.

Rausaks Klagen sind solche Koten, zugleich Sextant, Meßinstrument, um den Klagenden zu orten, zu kennzeichnen, festzulegen, Selbstberingung, Wasserwaage zur Vermessung einer Lebensbasis: gänzliche Offenlegung, ehe Briefe verfaßt werden, um Einordnung, auch Zurückweisung seiner Ratschläge zu ermöglichen. Daß die Kinder sich von ihm abstoßen oder auf ihn bauen könnten, aus Ruinen brauchbares Gestein für neue Bauten gewännen. Will archimedischer Punkt sein, Spacelab — von dem aus sie ihre Welt anpeilen. Nicht Selbstdarstellung — vor wem denn? — oder Mitleid — woher denn? — Benachrichtigung! Zuruf! Eindeutige Zeichen für Fluchtpunkte, Triangulierungen.

Empfänger beabsichtigter Briefe genießen höchste Identifikation: Eltern zu Kindern. Nicht täuschen, nicht eitel sein, nur der Aufgabe entsprechen, euch zu raten, euch für Schmerzen, Irrungen, Versuchungen zu stärken. Ich bin am Leid mitschuldig, das ihr erbt.

Drei Stufen dieser in stets neuen Anläufen versuchten Hilfe: Listen zeichnen die Umwelt, Klagen geben mich zu erkennen, Briefe beraten euch.

Lange einsame Abende, Klavier, Puppenzimmer, Eisenbahn, Brücken, Bücher, Flöte, Lexika, Farbstifte, Schaukelpferd, Superachtfilme über Venedig, Semriach, Mont-Saint-Michel, Admont — man lehrt seine Kinder Tugenden, wissend, daß sie dadurch landläufig unglücklich werden, erreichte Werte mit Ausstoßung bezahlen. Max wird schon in der Volksschule als Tepp beschimpft, weil er es ablehnt, in der Religionsstunde Pornohefte zu lesen. Ein Himmel wäre: mit ihnen glücklich beisammenzubleiben, wissen, daß dies nie endet; Abschiede nicht mehr vor sich, Prüfungen bewältigt.

Rausaks Klagen sind das Adjustieren, Eichen, Stimmen der Instrumente vor erstem Spielversuch, vor erstem Brief an seine Kinder; Niveauregulierung, Auswägen optischer Geräte, Ausrichten der Waage, Nivellieren auf Null-Linie, wie das Leben jetzt ist, neunzehnhundertsechsundsiebzig. Der Observatoriumsdiener wird mit einem Strick um die Hüfte in den tiefen Spiegeltrichter hinuntergelassen, das Glas zu polieren.

Meine mitfolgenden Wörter sind nur subjektiv richtig; wenn eure Klagen andere sind, müßt ihr diese Folgerungen verwerfen, verändern, das Netzwerk, das Hebelwerk für eure Sicht umstellen, die Optik euren Pupillen, eurer Beleuchtung anpassen. Deshalb werfe ich Glockenbojen, Ballonanker, gebe Rauchzeichen, Windrichtungen auszumachen, hinterlasse Spuren, Meßpunkte, Kreuze in Niederungen und Gipfelkreuze. Nicht Legitimation, sondern Punzierung!

»Fünfter März neunzehnhundertsechsundsechzig, achtzehn Uhr fünfzig. Soeben die Lektüre der ›Tangenten‹ beendet. Viele Auszüge angefertigt. Dieses Buch entläßt mich mit erneuertem und vertieftem Blick. Aber ich wäre ganz unfähig, auch nur mit wenigen Zeilen an Herrn Dr. Doderer meinen Dank so auszudrücken, daß er als das ankäme, was er wirklich ist, und seiner Kritik standhielte. Also muß ich wohl schweigen und beten.« Es war sein Todesjahr.

Heute, zehn Jahre später, steht Rausak vor des Dichters Möbeln, beugt sich über die Papiere. Wie kommt er dazu? Wodurch solches Nähern eines Nicht-Künstlers? — Unablässige, inständige Suche nach einem Mitteilungsmodell, Benachrichtigungssystem, das Einsichten transportiert, die teils lebensbegründend, wenngleich unaussprechlich sind, teils erst während der Verladeversuche entstehen, dann aber unzerstörbar, gefährlich zurückzubleiben drohen, erst recht Formulierungszwang bewirkend.

Muldenlastwagen für tausendgradigen Hochofenkoks, Stripperkran für glühende Kokillen, Drehofenwaggon für ätzenden Kalkbrei, Bleiflugzeug für tödlich strahlende, kochende Atomsuppe, Betonschiff für Nervengasgranaten.

Sein Beschützeranliegen, der Salvatorgestus, nimmt die äußere Form großer schriftlicher Arbeit an, oberflächlich einem schriftstellerischen Werk vergleichbar, und Rausak steht im Sog solcher Hinzerrung, nicht gesuchter Ansprüche, daher unverdienten Selbstzweifels. Tangentenexzerpte: »Zukunft als Abstellraum für Unerfülltes.« — »Niemandem wird getan, wozu er nicht einlädt.« — »Keine Professoren werden das Wesentliche unserer Tage aufzeichnen.«

Solche Schenkungen, Tröstungen als Begründung gänzlich unerlaubter Annäherung! Jugendbüste und Totenmaske im Gedenkzimmer vereint.

Max bespricht aufgeregt Museumsbilder: die Explosion des Pulvermagazins siebzehnhundertneunundsiebzig und die Überschwemmung vom März achtzehnhundertdreißig: Ecke Berggasse—Porzellangasse, schwarzstürmischer Gewitterhimmel, Wasser meterhoch, Rausak erkennt links den heute noch unverstellten Blick zu Dr. Leikermosers Stadtbüro, aus Fenstern winkende, schreiende Leute. Mütter mit Kleinkindern, Nobelkaleschen, Dreispitzkutscher, Blauuniformierte rudern Zillen aus der Gasse, Herren mit Federbuschtschakos, Fleisch-, Brot-, Flaschenkörbe vor den Fluten. Rausak schiebt den aufmerksamen, froh-neugierigen Max am Rossauer Rabenstein, an Gehenkten, Geräderten, Geköpften des Hochgerichts vom Schottentor vorbei.

Was sind Rausaks Aufzeichnungen? Ein Er-zählen, in Tonfall und Sinn wie errechnen, ermessen, erarbeiten, erwandern, erklettern, ertrotzen, Faktum an Faktum, Datum an Datum, ohne Wölbung, Gipfelung, Erlösung: sammeln, schlichten, in großer Zahl so aufgelistet, daß Gesetze erkennbar werden müßten, wenn in der Wirklichkeit Gesetze herrschten. Eigenwert der Erscheinung bräche durch, Assoziation und Statistik erhellten, erfänden, erzählten einander selbst. Fiktion des Bewußtseinsstroms: Autoradiographie radiumverseuchter Frösche auf lichtempfindlichen Platten. Die in der Sprache schon enthaltene Vorentscheidung verwerfen oder ausdrücklich annehmen. Rilke: »Daß man erzählte, muß vor meiner Zeit gewesen sein.«

Unbeschreibliche Traurigkeit und vorgefertigtes Narkotikum, zu sagen, wie es ist. Kein Fluchtversuch: Roulettescheibe im Kasino wird mit Wasserwaage eingerichtet, in Logik gerahmte Absurdität.

Jeder Anlauf gerät zu unverbindlichem Gleichnis. Rausak bedenkt unruhig Baudelaires Wort »Gleichniswald«. Kein Rat, den ich nicht an unerfüllbare Bedingungen knüpfen, unter unzumutbare Voraussetzungen stellen müßte, mit Vorbehalten versehen, die ihn zurücknähmen. Nur zählen, mühsam heranzählen, vermeintlich immer näherzählen, stets von Fluten wieder abgetrieben, neu durchzählen, aneinanderreihen, außen abtasten, Rückgriff auf glaubhafte Sinneswahrnehmung — doch alles ohne Zustimmungszwang. Stotterexistenz, verschraubte Kamera — nach Augensymbolik unvermeidlich Herausforderung! —, Lähmung, Kombination, Konstruktion, ich bin, der ich bin, unqualifiziert, nicht genug erzählt, nichts erzählt.

Wien hat weitestausgebautes Kanalnetz aller europäischen Städte, fünftausend Kilometer, ständig vierhundert Arbeiter: Abrückung, Abstieg, Durchwaten der Rinnsale als Preis für besonderes Wissen: Röhrensystem als Berufs-, als Denkhilfe.

Wofür lohnt es sich, nicht zu leben? Befreiung, Befriedung um welchen Preis? Nie heilende Wunde: höchste Lebensfülle nur im Unsichtbaren erreichbar, unangreifbar im Nichtsein.

Sagen, wie es ist. Wirklich: weil wirksam augenscheinlich, unumgänglich. Nachricht: zum Darnachrichten, Vertrauen, Befolgen. Haftung: in die Fortwirkung der Worte verhaftet, nie mehr abgelöst. Gewissen: Wissen von Langfristfolgen. Nicht Irrgärten, Hungerlager für Fünfjährige, Neunjährige. Nicht Sümpfe für polnische Frauen und Kinder. Nicht Steinbrüche, die Schreienden, die Blassen, entsetzt Verstummten hinunterzustoßen. Wie ist es möglich, daß noch Gras weiterwächst, schluchzt die Holländerin.

Ich verbitte mir Diagnosen! Die gerade noch bestehbare, überlebbare Sichtweite, Vernetzungsbreite, Vergleichsdichte sind eine Kapazitätsfrage. Gnade, nicht Intelligenz. Bewährungsmuster, gemessen an langfristiger Lebensträchtigkeit, Qualifikationsgrade, die sich nur noch religiös fassen können. Intuitiv und im Kalkül! Additiv und im System! Nicht ich führe ein Doppelleben, sondern die Welt ist eine Halbwelt. Etwas in ihr stimmt nicht, und bis zu meiner Sterbestunde wird diese Qual nicht enden.

Mitteilungspflicht des liebenden Vaters, ausgewiesen durch beharrliche Fürsorge. Ihr sollt nichts bewirken, ihr sollt überleben.

Rausaks beklemmendes tägliches Erlebnis seiner Inkompetenz: Unvermögen architektonischer Überzeugung bewirkt fast schon Inexistenz: niemals gegenwärtig sein zwischen Dutzenden Kilometern Wiener Stadtstraßen, endlos stumpfen Mauern und peinlichen Palästen, ein Halbniemand. Jede Handlung ein neuer, freier, schwerer Entschluß, keine Tat notwendig, da keine Not abwendbar. Für den Rausch des Röntgenblicks, schweigende Kompetenz inmitten unbeweisbarer Zeichen, alles hingeben, sogar Opferung des eigenen Rechtfertigungssystems: sozusagen Liebe bis in den Tod.

Klimts Schubert-Porträt im Belvedere: wolkige, umrißlose Strahlung, der mächtige Seligkeits-, Ewigkeitssänger ausgespart! Und zehn Minuten von hier, in der Nußdorferstraße drüben: Schuberts Augengläser — aus hundert Bildern vertraut, Liederabende im Freundeskreis — durch dieses Glas ... wirklich und wahrhaftig.

Will ich tatsächlich meinen Kindern helfen oder doch mir selbst, indem ich der Fiktion meiner Unverlorenheit nachhänge? Rausak spricht zu ihnen, um atmen, aufrecht gehen, sich erholen, die Kinder guten Gewissens liebkosen zu können — auch unter der Drohung, daß seine Chance schon vorbei ist, daß das Glück des Übereinstimmens innerer und äußerer Person nie gewesen sein wird. Fürchtet euch dennoch nicht, ich bin es: Wohnung, uneinnehmbare offene Stadt.

Aufzählen der Klagethemen: unbesitzbarer Raum: Pendel Dexenberg—Krems, Innsbruck—Wientalstraße, nie geortet, beheimatet, unbetretbare Kontinente, Hallein, Kindberg, stets abwesende Weiten: Verlockung für siebzig Jahre.

Sturz aus der Zeit: hellgrüne Limousine mit meterhoher Uhr auf dem Dach — »richtige Zeit« — rollt um die Ecke Grazbachgasse—Wielandgasse, verschwindet auf immer.

Zerfleischende Isolation: von stumm-arroganten Jungärzten mit histologischen Injektionen behandelt. Verzweifelter obersteirischer Dieselkarrenfahrer in der Tankfarm bei Aspern trägt immer noch zum ölverschmierten Overall den Jägerhut mit Gamsbart.

Mangel, Enge, Geldnot: ringen mit Konten, Zinsen, Risken, Perversion des privaten Denkens: Kalkül statt Apperzeption, Vermessung statt Verwandlung, Taktik statt Hymnus.

Gefolgt von wortlosen Einfrierungen unausnützbarer Beziehungen, uninteressanter Bekannter. Frau Buchtela und Professor Held, wichtige Wohltäter, starben vor noch gar nicht geplantem Besuch. Daß Goethe nicht zum Begräbnis seiner Mutter, auch nicht zu dem Schillers ging, entschuldigt nichts.

Dazu panische, kryptische Angst vor entsetzlichen Untaten, unangesagt Zehntausende Tote an einem Nachmittag — Aspern, Dresden, Sinai —, aber auch eigener Lichtschaltertest: springt immer an, befragt nach auszulöschenden Namen — Beichte eigener Mordlust.

Panik über Nachweise baldigen unentrinnbaren Weltverhängnisses: oder gibt es einen unberechtigten akademischen Hang zum Kataklysma, weil das Denken ungeeignet ist, Zukunft zuversichtlich zu erfassen? U Thant, Sicco Mansholt, Ionesco, Forrester.

Redezwang, Schweigsucht, Schreikrampf, Sprechlähmung.

Rausak ist vom Willen beseelt, Francine, Max und Anna und Klara zu verteidigen, Speisen ohne Schadstoffe, Lebenshilfe ohne Lähmungen zu schenken. Impfungen samt Gegengift: in Klagen sich schwach zu zeigen, vor sich zu warnen, Ratschläge indirekt, stoßgesichert, Pralltopf, Servolenkung, Überströmventil für Redundantes, Sauerstofflanze, leere Stenogramme, Goethes optimale Rezeptur, darüber hinaus wird nichts angenommen, Stil müsse ausgebreitet bleiben, sinnfällig.

Max steht nun vor dem Vogelwappen, Alsergrund von Alster, Dialekt für Elster, diebische. Amerikaner haben Bücher aus dem Gedenkraum gestohlen. Auch Doderers Pfeifen fehlen.

Interesse des Theologen am Begriff Gerechtigkeit, aber der Griff zur Geißel. Von Leidentlastung zu gebrochener, abstrakter Position: Was soll nach Hiob, nach Jeremias, nach Pater Lenz' Dachauschilderung — er wurde dafür aus dem Orden gestoßen! — noch beklagt werden? Lenz war vor siebzig Jahren Onkel Antons Studienkollege in Graz, hat letzte Jahre als Einsegnungspriester auf dem Wiener Zentralfriedhof gewirkt.

Ablehnung jeder Sichtverweigerung, Objekte lautlos ableuchten, nichts verändern, in keiner Haltung Strahlen abschalten. Ständige Suche nach der aus allen Exilen zurückgeholten, von allen Disziplinen vorgeführten, vom Denken endlich ereilten Liebe: unparteilich, unwiderlegbar, tatsächlich erarbeiteter, fast errechneter, keine neuen Ausflüchte gewährender Zustimmungszwang.

In Umkehrung Baudelaires denkt Rausak, daß es leichter ist, Gott zu lieben, als an ihn zu glauben.

Ob der Richter kommt oder nicht, ich fürchte nichts. Wenn er eine mir bedeutsame, über mich entscheidende Qualität hat, Kompetenz, die mich betrifft, dann weiß er, was ich weiß.

Das als Tröstung vier. Zugleich nachwachsendes Fleisch einer Todesangst, ebenso heftig wie unprivat.

Allerhöchstes Hegemonikon aus diesem Gedenkzimmer, lebenslange Labung: Doderers Wort: »Musik des Gehorsams.«

Klage eins: das Gehölz

Am zweiundzwanzigsten September nach der Skandalsitzung mit Professor Berger und seinen unredlichen Assistenten spätnachmittags von Gösting nach Dexenberg gefahren: bei Jöß rechts in die alte Dorfstraße von Lang, steile Wege, Tiefkühlgemeinschaft, Weiden am Abhang, Kukuruzbehälter, durchsichtige Lattenkonstruktion, tiefgebückte Menschen in wuchernden Büschen, Gehölzen, hinter Kürbishaufen, vor Holzhäusern; in kleinen Dachfenstern sind Schnäpse angesetzt, liegen halbreife Paradeiser vor der Herbstsonne; Bohnenstangen und Mais ineinandergepflanzt; Männer mit rotem Gesicht, freundlich grüßend, abwesender, verklärter, unverdunkelbarer Blick, Gummistiefel, mit Wasserabschlagen am Weg sind sie nicht zimperlich. Ausblick nach Süden, Steilabfall, Obstbaumballett, von Maisfeldern unregelmäßig bedecktes, grünfleckiges Tal, darüber Hügelketten mit Pappelgruppen, herausleuchtenden Giebeln.

Unerwartetes Abendgespräch in freier, nässender Dämmerung mit Herrn Stramschek: letztes Haus rechts, von seinem Vater übernommen, bringt es nicht übers Herz, die Wiese verderben zu lassen, obwohl es sich nicht lohnt. Grillen zirpen, Luft riecht nach Maische, Most, aus der Dunkelheit leuchten anheimelnde Fenster, Hunde bellen, ein Traktor brummelt über schräger Erde, ferne Lichter von Leibnitz. Stramschek hat Onkel Anton noch gekannt: Ja, der Pfarrer Rausak! In Ställen wird gearbeitet, Geräusche aus geöffneten Dunstluken.

Das Häuschen des verstorbenen Trafikantenpaares

Spirk in Jöß steht leer und vernagelt. Am Grab Onkel Antons gebetet: alle, denen ich vertraue, sind nicht mehr da, niemand, an den ich rastend den Kopf lehnen könnte, der etwas von meinen Anfängen wüßte. Übernachtung bei Thaler, auffällig feuchte Abendluft in Lebring, Ozongeruch des Werkskanals, Langbauers Wassertod als bleibendes Bild, er kniete zuletzt auf der Schleuse.

Die Balkonlampe vom Personalhaus leuchtet über die Mur auf die andere Seite, die Ansiedlung in der Au heißt Oedt, hier haben sich die Ärmsten ihre Häuschen gebaut; der Auhof steht nicht mehr, nur noch seine riesige Schirmeiche allein im schwarzen Feld, halbhoch von Nebelsträhnen umfangen. Gegen Mitternacht vor der neuen, gelb bestrahlten Philipsfabrik den Nachtportier getroffen: hat mich gleich mit Du angeredet: bist der Seppl Rausak, sind zusammen in Margarethen schulgegangen, bin der Ringler aus Bachsdorf; reden und reden, an den Kiosk gelehnt, bis zum Morgengrauen, beobachten dabei Feldhasen, die innerhalb des Drahtzauns das Werksgelände beleben.

Rausaks Übersiedlung Dexenberg—Wien—Krems, körperlich in jahrzehntelanger Pendelbewegung vollzogen, von der Person unbeendet, seelisch unbewältigt, im freien Fall erstarrt, kreist weiter, Laika im Weltraum, vom Luftwiderstand zu Glut erhitzter Meteor, Teilchen im Zyklotron nähern sich einer Geschwindigkeit, die im ständigen Einholen ihrer selbst zu gewaltiger, überbreit pulsierender Scheinruhe wird, Konstanz statt Identität.

Auf Terminlinie reduziert, über die Motorhaube heranstürzende Weiten, gebündelt, Turbinenaugen saugen Bilder an, pressen sie durch Siebgeröhr, kaum noch Plankton ins Hirn: kein Ortswechsel dringt mehr durch, Reisen gegen die Uhr, zahlreiche unbeantwortbare Fragen heben sich lustvoll auf, Durst und Labung fallen ineinander. Blick von letzter Semmeringkehre auf die Rax: gewaltige Wände, Schluchten, Moränen, das Gestotter erstirbt.

Jännertag auf dem Schöckel, südwärts Nebelmeer, dunkel, schwerelos, mächtig hingestreckt, geschmiegt, hellgraue Quersträhnen, Riesenwölbung von Ost nach West, an äußersten Rändern plötzlich weiß gewellt, verdichtet, aufgerollt, aufgelappt, darüber Bergkuppen; südlich dunkelblaue Küste; Vordergrund Nadelbaumspitzen, dahinter, über Graz, der Eindruck gewaltiger Tiefe, Stille. Rechts unter fahlblauem Winterhimmel Gipfel wie Atolle, dramatische Dunststauungen, schwarze Wirbel, schräg einfallende Lichtstreifen kaum unterscheidbarer Dichtheitsgrade. Auf fernen Hochebenen unter durchschlitzender Sonnenklinge auffunkelnde Schneehänge, tiefgestaffelte Katarakte abwärtsgestufter Waldwände, schwarz im Bildrand, dann Grauschattierungen, dann gelbliches, talzu in Nebelweiß übergehendes Gewölk. Im Norden, gegen Semriach, Schwarz-Weiß-Verzahnungen geometrischer Figuren, in jeder Schräglage versetzt, Striche, Trapeze, fleckige Rhomben, in sie geschnittene Trassen ferner Bergwege, wie mit Linealen durch Kuppen gezogen.

Vor dem Stubenberghaus Ingenieur Kleimann getroffen, seit neun Jahren in Pension, jahrelang vom Personal des Glasmagazins wegen seines lehmigen Motorrades, bäuerlicher Erscheinung und Gesinnung verlacht, triumphiert jetzt als rüstiger Greis, hat alle überlebt.

Einst hat Rausak vom Gleinalmspeik bei Nebel nicht heruntergefunden, Jahre bevor Sprengmeister Schlichting in diesem Hang erfror, in Spiralen um den Berg geirrt. Zu Capris Monte Tiberio Ende März vierundsechzig allein im Wolkenbruch aufgestiegen, um von oben die schwarzen Schlieren des Meeres unter niederbrechenden Wassersträhnen zu beobachten. Warmer Märztag fünfundvierzig, als Rausak die Tiefflieger vom Wildonergipfel sah: Frühling in Waldlichtung, tief unter ihm die Anflüge auf den im Bahnhof Wildon stehenden Zug, Betonbunker auf letztem Waggon, Maschinengewehre gegen Doppelrumpfflieger, Dampf der getroffenen Lok schoß gegen den Himmel. Halbe Erkennungsmarke hing dem Jüngling noch aus blutigem Rock: unvergeßlich hingestreckte rote Sarkophagfigur.

Wiener Friedrichsgrab — Blick schräg durch den Stephansdom: alle Säulen und Spitzbögen gleichzeitig vom linken Orgelfuß aus; vorletzter Seitenaltar ist hölzerne Marmorimitation, Rausaks Klopfführungen. Dome als bezwungener, gefesselter, gebannter Raum: Scheinsiege: indem sie die Weite fassen, werden sie selbst unbesitzbar, unbewohnbar, unirdisch, bergen nicht, fordern! Neuer Sog an Schläfen, neues Sehnen, Hingestrecktbleiben, Verströmen. Angekohlter Engel des vernichteten Chorgestühls schwebt jetzt im Museum. Dennoch Rausaks unablässiges Streben zu fremden Kirchen: fliesenausgelegte Basilika Sint Bavo von Haarlem; weiße Pracht von Salzburg — so nah den fensterlosen Gebetshöhlen im Mönchsberg; Notre Dame mit verzaubernder Rose; Reims mit Gobelins entlang gotischen Hochwänden; Perigueux' byzantinische Kuppelfülle; Venedigs Markusdom mit wellig absinkendem Boden, Goldpracht der Mosaike; Ravennas Jesusblick aus dem Gewölbe; Syrakus' Dom aus griechischem Tempel — zwischen Säulen gezogene christliche Wände; Sacré-Cœur auf dem Montmartre — ab achtzehnsiebzig fünfzig Jahre in tiefster Demütigung gebaut.

Wie Rausak sich heimlich hinter dem Schriftenstand

von Sankt Peter bückte und den Boden küßte; und wie er in Gefahr immer an den heiligen Christophorus links oben im Hauptschiff des Grazer Doms denkt! Vor Mont-Saint-Michel: Gegensatz zwischen abgründigem Wattenmeer und scharf aufwärtsgerecktem, graniten zugespitztem Klosterberg, vielstöckig aufgetürmtes Inselgemäuer. Auch im istrischen Funtana sind süße Quellen bei Flut unter dem Meeresspiegel verloren. Aufschrift der Kirche von Manhattan: Lord, it is good for us to be here! Das Lincoln-Denkmal hat achtundfünfzig Stufen, weil der Präsident so alt wurde.

Das ewige Licht des Arlington-Friedhofs liegt genau in der Linie der Pennsylvania-Avenue. Pittsburgs berühmte Entsatzhütte außerhalb des Walls, Steuerprüfer Amoroso, dessen Großeltern Neapolitaner waren, kennt den Sinn seines Namens nicht. Im Canale grande treibt ein gelber Kinderball. Schnee auf Gondeln. Es schneit in das leere, frostige Flußbett der Mur. Dem beschneiten Hügel von Bachsdorf wird Dünger eingepflügt, mittags ist der Hang schwarz. Werkswaggon führt Neuschnee durch die Hochofenhalle. Riesige Schneefigur auf Innsbrucks Nordkette: der Falkner, der im Sommer wegschmilzt, den Vogel freiläßt: jahrelang genau beobachtet durch den Tiroler Kollegen Hirt.

Rausak im Gespräch mit Chefrechner, Fotokünstler Dr. Tretter: Alte Photographien zeigen längst erloschenes Tageslicht auf Gesichtern. Zerstrahlung von vier Millionen Tonnen Sonnenmaterie in jeder Sekunde. Etwa die Hälfte des Wasserstoffs ist schon verbraucht. Täglich werden achtzehn Milliarden Fotos auf der Welt gemacht, diesen Sog zu bestehen: vergebliche Zelluloidröllchen mit eingebrannten, eingefärbten Konturen. Das Zoomen mit Filmapparaten als schärfster, raffiniertester, dennoch folgenloser Zugriff: Raum bleibt uneindringbar, unbetretbar, fremd — ewige Gletschervision, alles unter null Grad... Francine ist vor Erreichen der Südtiroler Laugenspitze in Tränen ausgebrochen.

Chronologische Liste der Eroberungsversuche, der anfänglich gläubigen Aufbrüche zum Räumlichen: die Fernblicke so geliebt, zum Schloß Freibüchl über die Laßnitz hinweg, Krähenschwärme zwischen Mischwäldern im Trogtal unter mir, freigleitend, weiträumig, bewegte, durchlässige Vogelgruppe; vom Dachfenster über verwinkelte Giebel nach Kitzeck, zum Bacherngebirge. Glockenraum des Langer Kirchturms. Viele Kellerstöckel von Dexenberg, Langerberg, Jöß, kühl, erdig, moosig, süß-fruchtig berauschende Dämmerung, uraltes mütterliches Gemäuer.

Dagegen am Stangersdorfer Mühlrad gefährliche Kletterungen auf den Schaufeln gegen die Drehung. Und das gefährliche Eindringen hinter die ewig abstürzende Wasserwand des Wehrüberfalls der Murschleuse Margarethen: unbetretbarer toter Winkel hinter gleißendem, tosendem Wasserfall oder Bootsfahrt an der Kette mit vertrauter Zille bis zur Flußmitte, dann zurückgerissen. Auf dem Jägersitz im Auwald gestikulierend, laut schreiend im Regen gegen einsame Lichtung gepredigt. Die angststarren Minuten im Bomber-Zielwald von Gralla, rotgestrichene hölzerne Podien von Betonbomben zermalmt, geknickte Bäume, zerschlagenes Gehölz, in Waldboden gebohrte, unzerbrechlich klobige Steingeschosse mit Leitwerken. Unweit eingegrabene Panzer, Türme noch drehbar.

Bei Quarzsuche in Mariatroster Höhle verstiegen. Später in der Fabrik mit Lagerarbeitern Höhlen aus Papierstapeln und Kabelrollen — Kartenspielverstecke — gebaut. Schwindelerregende Hochofenhalle, Bahnhallen, Köln, Saint-Lazare. Drahtziehereistrecke. In die noch heißen Glühöfen nach Entladung eingestiegen. Krankabinen erklettert. Über Gleisanlagen geirrt, von roter Miniumfarbe triefende Disteln im Schotter.

Gedenkzimmer-Manie: Krieglachs Roseggerhaus; Aflenz' Erzherzog-Johann-Zielscheiben, Treffer achtzehnachtzehn, achtzehneinundzwanzig, Bruder Karl, Aspernheld, befristet siegreicher, lanzendurchbohrter Steinlöwe; Schuberts Geburtshaus Nußdorferstraße, Sterbezimmer Kettenbrückengasse; Wiener und Bonner Beethovenadressen; Grillparzerzimmer, Doderérzimmer, Haydns Rohrau, Rilkes Duino, das Stifterhaus in Linz, das rekonstruierte Goethehaus Frankfurts, Nürnbergs Dürerhaus, Bayreuths Wahnfried und Wiens Hotel Imperial, Bruckner hielt den Wagenschlag, Kleist nähert sich Goethe auf den Knien seines Herzens, Hugo Wolf küßt Brahms' Türklinke. Antoinettes Kerker in der Conciergerie, Pythagoras' Samos, Archimedes' Syrakus, wo der Krieger den Fünfundsiebzigjährigen auf die Bitte, seine Kreise nicht zu stören, erschlug.

Reiseunfälle: auf unbremsbarem Fahrrad durch die Gasteinerklamm nach Lend gerast. Mit Puchroller auf regennassem Kopfsteinpflaster nach Le Havre hinuntergeschleudert. Im Morgennebel auf dem Motorrad gegen den Hund von Kalsdorf. Am ersten Tag in Wien den Kreisverkehr Urania nicht bewältigt. In Untervogau Totalschaden auf Glatteis. In Chambery vor dem roten Traktor samt schlafenden Kindern links in den Straßengraben. Der Stauung Frankfurter Kreuz fast aufgefahren. Nachtfahrten Wien—Amsterdam, —Berlin, —Rom, —Paris.

Hundertfache Identitätsumlenkung, Schwerpunktverschiebung, Ichverluste — Störung der Sukzession, würde Dr. Stiliga sagen — auf Rausaks Fahrten Leibnitz —Krems: spätestens auf der Höhe Wiener Neustadts sinken vertraute Bilder, verläßliche Menschen weg, werden zu Vergangenheit, die, rasend beschleunigt, abstürzt. Bei Fahrt in Gegenrichtung kippt Kremser Bezugsnetz etwa in Gleisdorf, manchmal schon in Mönichkirchen ab, plötzlich entsteht steirische Präsenz, Kontinuität. Wo jemand seinen Ernst hat, fragt Schopenhauer. Riß in der Brust, als wäre sie gespalten, mit Spreizstöcken, waagrechten Balken des Kreuzes, wie Fleischhauer sie beim Ausnehmen hängender Tierleiber verwenden, auseinandergetrieben, noch pulsierend, blutend, Sucht nach Füllung, Sättigung mit Bekanntem, Geliebtem, aber der Raum, die surrende Trennscheibe, das zischende Messer schiebt sich zwischen alles Vertraute. Tante Hanni weinte schon am Vorabend, und Vater las im Morgengrauen stundenlang die Zeitungen.

Allerschönster Blick jemals: mit Francine im Rheinsaal von Arnhem, Klavierkonzert, große Glaswand hoch über novemberklarer, dunkelstrahlender Niederrheinlandschaft. Beste Konzertsäle der Welt — diese Raum-Zeit-Maschinen des neunzehnten Jahrhunderts: Concertgebouw Amsterdam, Concert-Hall Boston, Musikverein Wien.

Eine fundierte, ausgereifte Entscheidung, Dexenberg zu verlassen, hat Rausak nie getroffen. Übersiedlungsgründe von neunzehnfünfzig untersuchen: Übermut, Irrtum, naive Leitbegriffe, unklare oder keine Ziele, ungeläuterter Belastungszwang. Ostern jenes Jahres war im Torbogen zum Stift Seckau das Plakat angeschlagen: halbes Opfer blutet, ganzes Opfer flammt: unkritische Nachfolgeideologie, undeutlicher Bewährungszwang, falsche Einschätzung der Entfernung, der Dauer eines Jahres, irrige Heimatgewißheit, ungerüstet für den Kampf mit dem Raum.

Erste Bahnfahrt bei Schneesturm im März, Sottolarz

war im Zug, er redete nicht mit ihm, aber bezahlte Rausak das Taxi zu Präsident Gstötterbauer.

Auf jener Bahnreise erste Fasanbegegnung: am Bahnknoten Bruck zwischen ausgedehnten Gleisanlagen Standplatz eines Fasans: sicher im Zentrum der Gefahr — Wetterpilot im Orkanvakuum, Einmannloch vor Panzerarmee, Theologe im Observatorium, Kostenrechner im Konkurrenzkampf: Tausende Tonnen rasende Schienenfahrzeuge verfehlen täglich um nur einen Vogelschritt den auf öligem Bahnschotter nistenden Fasan — und schützen ihn vor den Jägern des nahen Hochwalds.

Das Gehölz: tiefster, prägender Raumzustoß: nach Überqueren der zweiten Lebringer Brücke — nur eine leichte, hundert Schritte tiefe Biegung östlich der großen Brücke mit der Nepomuk-Statue — plötzlich das weit überblickbare breite Land, Auholz im Rücken, Georgner Hügelkette am Horizont: schwere Felder, Weiden, mit grobem Murschotter befestigte Ackerstraßen, Fasanfamilien im Gebüsch, Morgensonne, da: ein ferner Hain, alleinstehende, schlanke Baumgruppe, eine Vision, er beginnt zu laufen, eine Eröffnung, Erleuchtung, Begnadung lockt, er breitet rennend die Arme aus, ruft, schluchzt, jubelt, stolpert über frisch gedüngten, klobigen Weideboden immer näher dem verzauberten, kühlen Raum, springt zwischen die prangenden, feuchtzäh kraftvollen Stämme: unter den Kronen Stille, anmutige Gruppierung, Verwandlung, ruhige Gesten des Gezweigs, wippend, feinste Verästelung unbehindert ausgebreitet, ein Raumwunder, fächelndes zartes Laub: angreifen, schütteln, umarmen, rufen: bleibt dennoch allein, sieht sich vor stummem Gehölz auf dem Boden liegen, ein schönerer Ort undenkbar — dennoch ohne Auskunft, Zeugnis; unbetretbare Leere, unerlöste Lokkung.

Jahrzehnte später — auf dem Flug über Neufundlands eisige Inseln — fällt während der Lektüre Chardins Wort auf diese uralte Wunde: »Der Raum ist ein Schleier ohne Naht.« Warum strebt nicht alles Sinnen und Trachten der Menschen nach einer Weltreise? Weil sie spüren, daß ihnen das nicht hilft. Diese unbewußte Entscheidung, auf den Anblick der ganzen Erde zu verzichten, erweist unsere wahre, räumlich nicht zu bergende Anlage.

Erklärt auch Tante Hannis Leid im letzten Lebensjahr: immer wieder auf die kleine Holzveranda hinaus, an Pfosten gelehnt, langer Blick: Ihr gebt das Haus nie her, gelt? Und doch: für immer verlorener Ort; wo man nicht ohne Stunden mitzurechnen bleiben kann, ist man nicht wirklich, läßt sich kaum nieder, wie ein altes Pferd sich im Stall nie mehr hinlegt. Rausak lebt eigentlich nicht. Abwehr endloser Heimwehvariationen.

Vermeidung aller Landschaftsbilder: Waldmüller, Gauermann, nie mehr in Gassen links vom Graben, kein Zustandsgewinn.

Ein Vogelschwarm fällt in die riesige Eiche vor dem verschwundenen Auhof ein, nichts ist verändert: spröd, starr, unberührt steht das Land.

Rausak vor geschlossenem Tor: Venedigs Maria della Salute, nach langem, erschöpfendem Fußmarsch durch heiße Gassen, über Stege, Treppen — einen Atemzug zu spät, hört noch das Schlüsselumdrehen, klopft vergeblich: hat die weiße Kirche nie von innen gesehen. Die Außenwelt ist eine Unterwelt.

Endgültige Abwendung von Ausblicken, Fernsichten, Weiten, dem Sog widerstehen, den Linien, Fluchtpunkten mißtrauen. Widersetzliche Schwerkraft, entkräftend, verbrauchend.

Den Verlockungen zur Abwesenheit widerstehen.

Erschöpft innehalten, Ortswechsel einstellen, Teilnahmslosigkeit an Bewegungen, verbinde keine Hoffnungen mehr mit Raumdurchdringungen.

Klage zwei: der Verschub

Große Standuhr im Arbeiterstrandbad Alte Donau zeigt im Jänner richtige Zeit: fragwürdiger Anblick im vereisten, menschenleeren, froststarren Bad. Max und Anna ziehen Klaras Schlitten über ungeräumten Parkplatz. Ob Möwen sich nach diesem Zeiger richten?

Newton: »Zeit fließt gleichförmig ohne Beziehung auf irgendeinen Gegenstand.« Einstein: »Insofern naturwissenschaftliche Aussagen sicher sind, beziehen sie sich nicht auf die Wirklichkeit.« Augustinus: »Nicht befragt, weiß ich, was Zeit ist.«

Rausak, von den Kindern mit Schnee beworfen, denkt an die Rodelbahn Langerberg. Entfernung Dexenberg—Graz, dreißig Kilometer, ist erwiesenes Maß der Raumkrümmung im Sonnensystem. Erörterung mit obersteirischem Kerosindisponent Eggenburger, während der Verbandsfeier auf der Orgelbalustrade begonnen, nach zwei Jahren auf der Mole einer Athener Schiffswerft fortgesetzt: Im Universum ist das Verhältnis Umfang zu Durchmesser nicht mit Pi beschreibbar. Was soll man davon halten, daß die Erddrehung nicht exakt läuft, die Bremswirkung von Ebbe und Flut stört?

Dagegen Rausaks unvergessene Gleichung: hellgrüne Limousine mit meterhoher Uhr auf dem Dach — »richtige Zeit« —, rollt um die Ecke Grazbachgasse—Wielandgasse, traf sich auf dem Jakominiplatz mit der Rondelluhr und den schweren Dienstuhren der Straßenbahner, kurvte vom Eisernen Tor zum Hauptplatz, an der Rathausuhr vorbei, ihr Anblick blieb bei Rausak zurück — der unerfüllbare Auftrag an den Lenker dieses

Werbeautos: ein Geheimnis, fortkreisend in ferner Stadt.

An dieser Ecke nach acht Jahren unvermutet Vater getroffen. Begegnung am Stainzerhof: zwischen Steirischem Kunsthandwerk und Sparkasse ein Stempelgeschäft, Vater mit Rucksack und Stock, in die Auslage vertieft, plötzlich meine Hand unter seinem Arm: Bin soeben aus St. Pölten gekommen. Erfreut: Mein Seppi ist hier. Spazieren durch die Neutorgasse; Vater zählt die Brüche seines Lebenslaufs: Dexenberg, Wagna, Radkersburg, Kaisertum, Kirche, Bauernschicksale, dann bei Onkel Anton in Radmer, Republik eins, Bürgerkrieg, Kulturkampf, Mutters Selbstmord, Nazizeit, sie trugen braune Knickerbocker zu weißen Stutzen, Heimatverlust, Krieg, Bombennächte von Halle und Dresden, in Gefangenschaft fast verhungert, Republik zwei, mit Karton vernagelte Fensterlöcher, altes Fahrrad gerettet, Wiederaufbau, ratlos, vorsichtig gläubig: sozusagen Bitte um Verständnis für eingezogenes, diesseitiges Hinbringen der Jahre, Lebensführung in Nischen geduckt, unnötige Gefährdungen meiden. Mikroperfektion im Makrochaos. Stilles Abendessen im Gösser.

Rausaks damalige Antwort, ein Dank: er könne überlebte Tugenden nicht ablegen. Zwar erst sechsunddreißig, opfert auch er handfeste Genüsse einer nur innerlich begründeten Haltung. Des fremden Kontrollrats Drohung: Rausak sei anzumerken, er nähme ihn nicht ernst, ist berechtigt und unberechtigt. Vorsicht: römische Krieger erschlugen ihre griechischen gelehrten Sklaven aus Wissensneid, die, wenngleich ganz stumm, nicht abließen von der eigenen bitteren Wahrheitswurzel. Und wie die Vorsteher gewechselt haben, immer aufs neue Äußerstes abfordernd: Beilsteiner auf der Landschaer Allee verunglückt; Gstötterbauers diszipliniertes

Sterben, bis zuletzt volle Perfektion in langen Briefen aus Arbeitswochenenden; Snanz' Selbstauflösung, zu stolz zu kämpfen; Sottolarz erblindet in Pension, führt Dauerkampf wegen angeblich falscher Fortsetzung von ihm eingeleiteter Geschäftsfälle. Rausak erinnert an Sottolarz' Klage vor fünf Jahren: Der Stellvertreter wurde mir ins Haus gesetzt, ohne daß ich ihn vorher gesehen hätte.

Wem Vergänglichkeit von Bedrohung zu Trost umschlägt, der ist in Gefahr, ist einer, den schon die Wolken heimsuchen. Wie Hochwasser, eine Sturmflut, ein Orkan fegt Zeit waagrecht über die Landschaft, ebnet alles ein: was sie nicht bricht, umstürzt, eindrückt, niederreißt, das unterspült sie, unterwäscht, unterrostet, zerfeilt, zersägt, zerspant, zerbröselt, verwittert sie; was dann noch widersteht, vernichtet sie mit tückischer Finte: saugt es in schaurige Hüllen des Vergangenen, umgibt es mit Vakuum verstrichener Zeit, läßt es ohne Bindung im Leeren verkommen, zwar unüberwältigt, unwiderlegt, aber mit Zeitsand verweht zur erblindeten Sphinx.

Nach fünfundzwanzig Jahren ziellose Gänge durch Graz: Murgasse, Franziskanerviertel, Wielandgasse, vertraute Ecken, Hausfassaden, dahinter Wohnungen verstorbener Wohltäter, strikt vermiedene Zutraulichkeit. Rausak wandert durch überraschend belebte Straßen, ratloser Blick wie auf ein winters im leeren Stausee von abgeflossenen Wassermassen freigegebenes Dorf, unzerstörtes Gemäuer, heimelige Giebel, Dachstühle und Ziegel liegen noch schräg zum Ableiten der Regengüsse — unwirksam freilich für die in solcher Seetiefe jedem Regen unerreichbaren, abgesiedelten Häuser. Stiegen, Nischen, Kirchen, Torbogen, uralte Pfade, gänzlich und auf immer unbetretbar, jahrelang tief in dunklen Fluten, stehen immer noch in Anmut unter so belasteter Stummheit, Ertrunkenheit. Rausaks Fluchtweg zum Mariahilferplatz, allabendliche Messe der Minoriten: Linderung des Drucks der Zeitmassen über der Stadtmulde.

Erinnerung als Verschub, versetztes Bewußtsein: der Zugsführer über den Semmering vergißt die Länge seines Fahrzeugs, schaltet Lichter aus, wenn sein Führerstand aus dem Tunnel in die Sonne fährt. Schwärze hinterer Waggons. Versetzte, schräg eingeschossene Gegenwarten, seltene Aufspürungen, schreiende Wildenten, klatschende Fasane, im Dickicht der Wochen verborgene Zustöße. Großvaters Jugend als Schmiedlehrling, Vaters Kindheit an der Esse sind Gegenwart, bewirken heutige Entscheidungen. Wann ist etwas? Wann findet etwas statt? Ich lasse mich als Stätte finden, bin Gelände des Weiterwachsens, neuer Entfaltung. Jahre zerfallen in Rausak nicht zu Humus, sondern kristallisieren: lebensvolle, durchscheinende, strahlende Prismen.

Noch eine Semmering-Erinnerung: Märztag einundfünfzig, das schwarze Motorrad nach dem Passieren der Russenschranke links in die Alm gelenkt; tief unten Maria Schutz, rechts über mir der Sonnwendstein. Fahrt durchs Morgengrauen des Mur- und Mürztals hinter mir, die Pernegger Stiege mit Namen in jeder Stufe, Gleichnis längst beendeter Jugend; Roseggerhaus Krieglach, Brahmshaus Mürzzuschlag. Angst vor kommenden Jahren im Hals. Drei Stunden später liegt die schwere Maschine auf der Ringstraße quer über der Fahrbahn, weil weicher Asphalt unter dem Ständer nachgab. Benzin rann scharf riechend über Wiener Teer.

Stehen im reißenden Fluß: nicht Fuß fassen können auf Grundgeröll, schlierig, seifig, glitschig; grüne Fasern fächeln in der Strömung, überziehen Schottermugeln; Schub im Flußbett; überhängende Baumäste, Trauerweiden verführen zu Halteversuchen, Klammerungen, Strudel sind stärker, umfassen ganzen Körper, auch in kurzen Atemzügen notdürftiger Ankerung weitergezerrt; stolpernd, halbschwebend...

Frühes Bubenspiel, heutige Lösung: Mühlgangsabzweigung für Ragnitz, hölzernes Wehr in Oedt aus starken, mannshohen Bohlen: man kann davor in Trockenheit stehen, Lippen an obersten Rand pressen, sonngedörrtes, uraltes Holz, Wasserfläche des Stausees in Augenhöhe vor sich, als ob man darinstünde — aber unerreichbar dem Druck! Aus Ritzen zischen nadeldünne Wasserstrahlen, stechen in die Brust: aber dafür diese Sicht! Ertrotzte Offenbarung, jetzt stehe ich fest, beobachte wogende Fülle, handbreit vor meiner Pupille.

Wissentlich ausruhen in Vergangenheit, oftmaliges, absichtliches, freudiges Aufsuchen dieser in klarem Licht strahlenden Jahrzehnte, denen gegenüber Rausak eine zusätzliche — fast göttliche! — Dimension einnimmt: das Ende kennen, durchschauen, Zusammenhänge überblicken, abschließbare, nur durch seine eigene Befassung lebendig, veränderbar gehaltene Vorgänge: ich bin die noch offene Zukunft der Verstorbenen. Siehe Unfallbericht: die Toten aus ihrer Lage befreien.

Viele Menschen im Kopf, denen er nur einmal begegnet ist: Hotelrezeptionen, Taxichauffeure, Verkäufer, Barmusiker, Vortragende, Sekretärinnen, alter, dekorierter Franzose am Pfingstsonntag im Sacré-Cœur, Pittsburger Buchprüfer Amoroso, dissertierende Studenten.

Unzählige Speisesaalkontakte, von Kollegen längst vergessen, Betriebsrestaurant, Scharen drängen an Tische, erhitzte, erschöpfte Köchinnen tragen Schüsseln auf; die noch offene Frage des zweiten Halbtags lastet über dem Fabriksgelände, Bier als Stärkung. Gesprächsthemen: Ölpreise, Olympiade, Theologie, Russen in Ungarn, Russen in Prag, Orpheus und Lohengrin — nicht sehen, nicht fragen, Karrierekriterien, Aluminiumschweißen, Regierungsteam, Urlaubspläne. Dreher Roland wußte schon vor vier Jahren, ölig und verkniffen mit Rausak die Suppe löffelnd, daß sie zwar sagen, Kulturpessimismus sei Sache der Konservativen, aber so einfach ist das nicht.

Rausak als Menschenkonservator, inmitten von Unerledigtem, Halbwahrem, unter Streß zu Befreiungen durchstoßen oder nie. Spätestens ab dreißig gibt es kein Behagen: Ablaufen der Zeit überschattet alles, Dinge durchschauen, ruhiger werden wird aufgehoben durch überdeutliche Haltlosigkeit jeder Festschreibung.

Die Morgen auf Dexenberg, aus dampfender, funkelnder Murebene zitternder Einfall des Feuers; Hühner rennen gackernd nach Kreideschaumblasen, wenn Rausak am Brunnen Zähne putzt; taunasses Zaungatter quietscht morgens nie; Ackerfurchen in schrägen Strahlen. Sonnenaufgang über den Fackeltürmen bei Aspern, züngelnde Schattenrisse auf vernietetem Sparren, Lichtlanzen, ungefaßte Sonnenuhren für Hunderte Männer. Halbschlaf der Eile, Opiat der Arbeit, Unfallgipfel Montag acht Uhr vierzig.

Arbeitsende: Tauben flüchten aus Sirenendach, Gedränge der Fahrzeuge am Tor, verspätete Tankwagen zum Magazin; geduschte, adrette Männer, ergebene, ermüdete Gesichter. Schläge der Stempeluhren als Puls später Stunden, ähnlich dem Sensendengeln abends in Jöß; unvergeßliche Maiandachten von Lang, ein Abendlied, Frauenchor, ringsum Dämmerung voll ferner, armer Fenster . . .

Sich immer öfter bei dem Kalkül ertappen, daß alles ein Ende nimmt. Kostensammler Bruderer im Flughafen

Stuttgart: Noch zehn Abschlüsse! Freiwillig aus dem Leben scheiden, aber nicht von eigener Hand. Im Tibet-Diorama des Salzburger Hauses der Natur dreht sich eine durch Wärme bewegte Gebetsmühle unter dem Zeremonienzelt. Süchtig nach Verborgenheit. Wie die Welt abläuft, und ich gehöre nicht dazu. Wo früher Fragen bohrten, ist jetzt das Organ des Schweigens: Spalthirn hartnäckig folgerichtigen Ichverlusts, nicht ohne Entlastungslust. Möchte den ganzen Tag in stiller dunkler Ecke eines Doms kauern. Wie Rausak nach schweren Arbeitstagen allein zum Einkaufszentrum schleicht, das riesige Warenangebot als Narkotikum auf sich wirken läßt.

Werksarzt Dr. Rassl im Rauchsalon der Volksoper über fast rettende Destillate, Medikamente, in kompliziertem Verfahren herstell-, aber nicht fixierbar! Tropfungen können nicht zum Patienten gebracht werden: wie unser Glück sich nur wenige Stunden halten läßt und rasch wieder der Blindheit, Hinfälligkeit weicht.

Unüberwundene Abschiede als Speere in der Brust: kindliche Verzweiflung nach Vaters Abreise in den Krieg; traurig an Wagramer Autobahn angehalten, über das Lenkrad gebeugt die Trennung von Leibnitzer Freundeskreis beklagt; am Vortag meiner Abreisen begann Tante Hanni still zu werden, am Reisemorgen kochte sie stumm meinen Sterz; Vater las ab vier Uhr früh Zeitungen; Francine in den Arkaden der Brüsseler Bahnhofstraße; Hauptingenieur Kessler begleitete Rausak herzlich zum Aufzug, tags darauf erlag er seiner Operation; dienstlicher Abschied von Vorsitzer Sottolarz: beide hatten feuchte Augen. Habe als Kind Romanfiguren in meiner Einsamkeit so geliebt, daß ich letzte Kapitel immer weinend las. Vaters Händedruck über vibrierendes Autofenster hinweg während des Starts in der Idlhofgasse.

Anna und Klara jetzt neben mir, Fäustlinge voll Vogelfutter, haben den schlafenden schwarzen Schwan am vereisten Badestrand vergeblich geweckt, ihn zu füttern.

Schneeflocken in der Luft, schwarzgraue, winterliche Pappeln. Schnellbahnbrücke unter lautem Metallgedröhn von blau-gelben Zügen überfahren. Im Rücken die Baustelle Uferautobahn: lange Reihe nackter Riesensäulen, bekrönt mit Kanaldeckeln. Die Badeuhr hat tatsächlich diese Froststunde gezählt.

Tröstliche Konstanzerlebnisse an Unbeweglichem: Umrisse des Wildonerbergs, Nase des Leopoldbergs, Hügel von Freibüchl, Wölbungen des fremdartigen Bisambergs, Grab und Denkmal von Paul Ernst in Sankt Georgen — Kastanienschatten, Moos, kühle Kuppel am Grund sommerlichen Hitzemeers, üppige, wuchernde Äcker im Leibnitzerfeld, knöchrige Steirer arbeiten in weißlichen Steilpfaden.

Zeit ist der Weg durch die Ewigkeit wie der Fluß die Straße durch den Dschungel. Von der Wunde, die nicht zuheilen darf ohne Gefahr für das Leben.

Klage drei: der Wall

Diplomkaufmann Zwigott, Vergleichssitzungen, gegenseitige Überschwemmungen, Scheingespräche hinter sich über diese Theaterlösung nach verjährten Regievorstellungen problemferner Ideologen, mit Ineffizienz gebüßt, nicht von den Schuldigen zwar, hohle Riesenorganisationen ohne unternehmerischen Strahlkern. Märzdämmerung über Urfahrer Donaulände, Sicht über den Strom zum Adalbert-Stifter-Haus: Zwigott sähe nichts als schlaffe, blinde Subsysteme ohne Verbindungen untereinander, keine oder unwirksame Kupplungen zwischen Denkmaschinen; wie eine riesige Fabrik, die kein Produkt herstellt, die — obzwar voll Mahlgängen, Förderbändern, Destillationskolonnen, Lackierstraßen, Schmelz- und Sinteröfen, Gießereien, Blechwalzen, Retorten — nur aus abseitigen Röhren, Toren, zufälligen Luken, Rampen halbfertige, unzusammenhängende Waren ausstößt: Kotflügel, Haarspray, Zement, Kleider, Pistolen, Düngemittel. Weitläufige Fertigungsanlage ohne Unternehmensziel, Führungssystem, Langzeitplanung. Freilich: irgendwo kleine Abteilungsleiter, die vielleicht — wirkungslos für das Ganze — Versand, Emailbrennerei, Hausdruckerei optimiert hätten...

Personalrat Gemperle habe ihm im Versammlungssaal feucht-pfiffig zugeflüstert, wer jetzt wieder alles was wird im Verband. Personalia und Seitenthemen ungebührlich dargestellt. Laut Zwigott sei Gemperle einer jener unwiderlegbaren Irrenden: erdrückendes, vor allem mengenmäßig unüberwindliches Gestrüpp moralisch klingender Forderungen; er stochere mit zu kurzem

Degen im Heuwagen der Realität umher, finde so das Gesuchte nie. Lebten Österreicher in Holland, gäbe es die mächtigen Schutzdämme nicht, aber ausschweifende Debatten über die Unbilden des Meeres...

Rausak: Und glauben immer, sich mit beamtenhaften Machthabern arrangieren zu sollen, das muß nicht unrichtig sein, betrifft aber nicht einmal das halbe Existenzproblem unserer Großbetriebe. Eine Trennung in verantwortliche Leiter und angeblich nicht verantwortliche Vollzieher ist nicht nur inhuman, sondern schlicht falsch. Volles Ausleuchten jeder Arbeitsplatzbedingung — Kundenkreis, Preise, Risken, Erwartungen —, das ließe die bisher Uninformierten seelisch gesunden, richtige, ihnen heute noch verschlossene Entscheidungen treffen.

Zwigott: Demokratisch organisiert sind hier nur Gebietskörperschaften, die arbeitsteiligen, isolierten Produktionsstätten keineswegs, obwohl sie unmittelbarer Lebensinhalt sind. Freiheitsillusion im Flugzeug transportierter Tauben vom Markusplatz in sizilianisches Gefels...

Zwigott habe damals Gemperle bitterböse, in ebenso gesenktem Ton geantwortet: Österreichs Unglücksstatistiken weitum — Alkoholismus, Geburtenminimum, Selbstmordspitze. Zynisches öffentliches, auf frivole Prozentrechnungen reduziertes Idiom erzwänge solche Einsamkeit eines ganzen Volkes.

Gemperle habe Zwigott darauf einen Spitzbuben genannt, weil er sich etwas denke.

Klavierspätling Zwigott beklagt die einzigen ihm geläufigen, aber empirisch wirkungslosen, straff gegliederten Vollkommenheiten — Beethoven-Sonaten —, isoliert, im würgenden Existenzgestrüpp nicht anwendbar. Rausak antwortet mit Pribor-Begegnung im Gießerei-Hof: Der Schleifmeister murrt über allnächtliche Ausschußverluste wegen Sprechunfähigkeit von Formern und Gießern. Rausak verweist beziehungsvoll auf den vielsagenden Blick aus den Fenstern des Wiener Instituts für Wirtschaftsforschung: Holzstapel der Staatsopern-Kulissentischlerei...

Abschied von Zwigott auf der Brücke, er bleibt noch diese Nacht in Linz, unübersteigbare Schwelle im Blick, undurchdringliche Glasur, Überdruck in den Pupillen, lähmende Spannung im Hals.

Wie sich Rausak ausmalt, um mit Berufspartnern, Arbeitskollegen sozusagen geborgen zu sein: unkonventionelle Handlungen: Jause holen, ihre Autos innen staubsaugen, außen polieren, ihr Geld verwalten, die wenigsten verstehen etwas von Steuerabsetzungen, Wohnraum überlassen, Ersparnisse aushändigen, sie auf Urlaub mitnehmen, in ein nicht mehr abreißendes Gespräch ziehen. Doch vorgeschriebener Wall unüberwindbar, maschinenhaftes Selbstverständnis — sogar allereinfachster Maschinen.

Plakat der Kriegsopferlotterie in den fünfziger Jahren: Gestalt mit hochgestreckten Armen, steil aufwärtsgewandtem Gesicht im Profil, zum Schrei offener Mund, dessen Öffnung in langem, spitzem Winkel zur Leibmitte hinunterreicht; Mahnmal von Rotterdam; ähnlich den im Wienmuseum aufgestellten uralten Wasserspeiern, Regenrinne in Hinterhaupt und Rücken — himmelwärts gerecktes offenes Maul, flehende Steingebärde.

Selten jemandem begegnet, der etwas Überbrückendes getan hat, nicht nur geredet. Hier höfliche Masken der Herren Oberprokuristen, Vorsteher, Kontrollräte, Professoren, dort stumme, unzugängliche, mißtrauische Arbeiter und Angestellte: gefrorener Schleim, versteinertes Abwarten. Hundertjähriges Bebrüten einer neuen

Gemeinschaftsform, die eintreten soll, ohne frische Wunden zu stechen.

Dr. Stiligas Fürsprache: Keine andere Nation als die österreichische erlitt bei solcher Sensibilität, solchem Bildungsgrad derartige Verstörung. Fünf Weltuntergänge in einer Lebenszeit. Kein glaubwürdiges Wort mehr. Jedes Idiom Lüge. Reden nur noch angestrengt, augenzwinkernd hinter der Hand, blödelnd, brüchig, überlaut oder stotternd.

In späten Vierzigerjahren Kafkas »Schloß« im Grazer Rittersaal: unvergeßliche Anfangszene, stöhnender, sich dahinschleppender, aus der Finsternis wankender Landvermesser geht, geht, leidender Blick, kommt nirgends an, Schwärze umfängt ihn wieder.

Tante Hanni sagte am Novembermorgen auf der Dexenberger Veranda das Gedicht Hermann Hesses — viel später wiedererkannt! — auf: »Seltsam in Nebel zu wandern... kein Baum sieht den andern... jeder ist allein.«

Frage nach eigener Schuld an Einsamkeit glatt zu verneinen! Jede Öffnung im Wall stets aufgesucht: Schaphietls Witwe vor ihrem Selbstmord; schwer verstörtem, überarbeitetem Forscher Dr. Leikermoser halbe Wochenenden gewidmet, dichte, wippende Lindenzweige vor seinem Laborfenster; bäuerliche Verwandte, die sich über uneigennützige Anhänglichkeit des weitschichtigen Rausak wundern; fast süchtige Hilfsbereitschaft: japanische Touristen durch Wien, als Dienstreisender in Hamburg fremde Dame zum Bahnhof geführt; weist Kinder auf gefährliche offene Schuhbänder hin, Passanten auf abgestreifte Gürtel, Verkehrsteilnehmer auf ausgefallene Bremslichter, aus der Autotür hängende Mantelecken, beim Parken eingeschaltetes Licht; die allerverstiegensten Kollegen unter vier Augen schmerzfrei beraten.

Fabriksimpression: Arbeiter sein, Angestellter sein, schlitterndes Ich, Selbstverlust, Unterwerfung vor Regeln, die zu einfach sind, menschlich und ökonomisch unwirksam; fotogen ist an der Erz-Blech-Chemie nichts, kaum zu schildern, Vision der Tore und Hallen und Fördertürme im Morgengrauen, an Stempeluhren vorbei, nach nächtlichem Neuschnee melden sich kinderreiche Kumpel schon um drei Uhr zum Schaufeln. Sommers Geruch nach Röstharzen, verbranntem Eisen, glühenden Drehmessern, brodelndem Trafoöl, blasigem Isolierlack. Mittagsgedränge vor Betriebsrestaurant, Herren der Mischplanung tragen Krawatten wie entsicherte Pistolen durch Gänge. In fünfzehn Jahren ist einmal ein Anstreicher heraufgekommen, Bleiminium im Gesicht: Herr Rausak, ich habe unüberlegt eine Autobestellung unterschrieben ...

Salziger Dampf aus Preßglasluken des Badehauses in der Jännernacht, während Kontoführer Bilanzüberstunden machen. Besuch mit Max an der Abfüllstation eines Juliabends, zwei Arbeiter an den Armaturen, unmöglich, in Kontakt zu treten, antworten nicht auf Grüße, schrauben an Transportstücken weiter. Stete Unsicherheit, Schuldempfindung, daß er kein Arbeiter ist, sein Leben diebischer Luxus wäre. Trostversuch: arbeitet hart, anonym wie sie, zwar nicht Silikose als Berufskrankheit, aber Depression, Gegenwartsverlust, niemals Behagen, Preis für Planungspräzision. Dreher Roland bläst mit der Preßluftdüse sein verschwitztes Gesicht ab. Zeitnehmer Grödl: Arbeiter des zwanzigsten Jahrhunderts sind die Bauern des siebzehnten, aber ohne Tröstungen der Natur.

Dr. Rassl und Dr. Stiliga, Leib- und Seelenärzte, vor Personalvertretungswahl: Unfaßbare Loyalität opferwilliger, hilfsbereiter Menschen, ausgenützt von einem

Überbau, der sie mit der aus ihnen selbst gesaugten Kraft bedroht; lebensfeindliche Imperfektion der Organisation, unfähig, weil unwillig, sachbezogen angestrengt zu denken, entlastende verbale Kurzschlüsse, erlaubte Vereinfachungen weit überschritten, überzogene Primitivrationalisierung mit Leid bezahlt. Vielleicht ist die entscheidende Einsicht arbeitsteilig nicht zu gewinnen.

Wie sich Glawugger in Velden aufgeführt hat: gröhlend an einem Biertisch im Hintergrund. Eigentümliche Lust, auf sich selbst zu bestehen: Zuerst einmal müssen die Religionen abgeschafft werden. Unzugänglichkeit, Festungsdenken, wie innere Kräfte entarten, entwurzeln, nach außen rücken, zu Wällen aufgeschüttet werden, Mauern, Zinnen, Scheinarchitektur tödlicher Vergeudung!

Bei aller Selbstkritik, Infragestellung, man verarbeitet unbewußt Schandurteile anderer über sich mit, Rausak besteht darauf: Er habe nicht angefangen, sondern müsse auf voller Zuständigkeit für vernünftiges Überleben beharren, von dieser beweglichen, durchlässigen Mitte aus, die er gegen jeden Augenschein in Wahrheit einnehme.

Zudem spürt Rausak — dafür war kein Gesprächsanstoß mehr vonnöten — steigende Widerstandskraft. Routine kaschierter Enttäuschung, effiziente Verpuppung, Tagestermine als Fallnetz, praktikables Vokabular unauffälligen Selbstentzugs, schillernder Chitinpanzer.

Nicht zuletzt deshalb verfaßt Rausak seinen Kindern diese Schrift: noch unvernarbte Offenheit — vor vierzig Jahren von Tante Hanni mit langen Erzählungen über Onkel Antons Vollkommenheitsstreben ins Herz gebrannt — ist überhaupt nur so erträglich: verarbeitet, aufgelistet: Hunderte innere Gespräche mit nie gefundenen Partnern, künstliches Nest, halb erträumte reiche Gedankenhülle, großer Wörterstrom der Fürsorge, eine quasi-lebende, verantwortungsvoll interessierte, feinsinnige, gerechte Welt rings um seine Kinder behutsam und kunstvoll aufbauen.

Uralter Deutschlehrer Matis las Klassik in der Grazer Handelsschule, während die Buben achtlos über Bänke sprangen, er schaute traurig auf. In jenen Jahren erblickte Rausak manchmal den hageren, sinnierend durch die Sackstraße schleichenden Dichter Hans Auer, vornübergebeugt, eingezogene Schultern in Lederjacke gepreßt, dessen Kurzgeschichten wöchentlich in der Kleinen Zeitung erschienen.

Und wochenlang bereitete Rausak sich auf das Ansprechen eines Krüppels aus der Ungargasse vor, der an zwei Krücken täglich seinen Schulweg kreuzte, aber auf mitleidige Worte hob er die Stöcke, schrie, Speichel vor dem Mund, rollende Augen: Verschwinde . . . !

Diese Vision, als Vorahnung heutigen Alltags, immer deutlicher: fremdartige Lebewesen in unglücklicher Verrenkung, unausgereift, unangemessenes Hirn, brodelnde Denksäure. Beobachtung während Sitzungen, Luftansaugknorpel, Speisevermahlungsorgan, Geräuschtrichter, weichliche Klauen. Siehe Scharnecks gemalte Lemurenkonferenz.

Dagegen Sympathie als Arbeit, Willensakt, Ergebnis einer Kopfanstrengung, täglich neue Mühe der Zuneigung: ihre Unschuld, ihr Leiden, ihr Verratensein empfinden, ihr Ausgeliefertsein an alltägliche Niedertracht: Billard-Anschüsse. Sie können doch nicht gemeint haben, was ich verstanden habe; nur Tölpel beantworten ein: Wie geht es Ihnen?; Leuchtschriften vor den Türen: Nicht eintreten; Panik in den Mundwinkeln, jeder Gesprächspartner weiß, daß der andere ihm nicht glaubt, aber es gibt keine andere Verbindung, Ritus eines Dienstgespräches, Vertraulichkeit abwechselnd aufbauen und zerbrechen, Höflichkeit mit hinterlistigen Bemerkungen; bei großen Besprechungen wirksame Ausbrüche auf Kosten eines anwesenden Wehrlosen einplanen: Egon Friedell nennt sie: berufsmäßige Mißversteher!

An Holzzäune genagelte Ankündigungszettel sind ausgebleicht, weiße Fähnchen der Übergabe. Winterfrost hat weißer Marmortaube auf dem Grabstein die Brust zerrissen. Per aspera ad acta. Wie in Mittagspausen viele Angestellte durch Stiegenhäuser eilen, ohne aufzublikken, Mahlzeit rufen. Griechische Bedienerin in der Kantine — klassisches Profil — kann nur drei Wörter: Marke bitte und Mahlzeit.

Menschen, für deren Begabung es kein Bewährungsfeld gibt. Geschwätzigkeit als Form von Vereinsamung. Frau Leikermoser, erschöpft von den Jahren neben heiligmäßigem, abgekämpftem Gatten, schwierigen bolivianischen Adoptivkindern: daß man Katalysator sein könne, die Seele einer Gruppe werden, Mitte einer sanierten Insel; wie man aus zweiter und dritter Reihe das Land rettet durch Wärme, persönlichen Zusammenhalt, diese von Machtmenschen nie erbrachte Vorleistung, ehrgeizlose Figur sein, entkrampfend wirken, Erneuerung tragen, für viele ein Leitstern. Vorahnung des Niederbruchs ihres Mannes. Wofür wäre das ein Beweis? Nachfolge-Christi-Prägung? Begnadung, Mutation, Sensibilität für Überlebenskriterien? Diese Spannung durchstehen, sei es auf Knien.

Rausak klagt: Inmitten von Granit selbst undurchlässig werden. Echse im Sand verlernt das Trinken, verdurstet neben dem Tümpel. Der Kasuar im Unterholz verfehlt das Fliegen, ein Helm wächst auf dem stets geduckten Vogelkopf.

Francine erinnert an Bericht über den von Römern im Jahr siebzig um Jerusalem gezogenen Wall: Keiner der Eingeschlossenen entkam: auf der Krone des Walls starben Tausende Gekreuzigte — sicht- und hörbare Zeichen der Undurchlässigkeit. Das Warschauer Ghetto im Zweiten Weltkrieg...

Dr. Stiliga: Und wenige Jahre später der Todeswall durch Berlin...

Rausak: Unsere sorgenvollen Nachrichten an die Kinder sind wie armselige Neststeine, kantig, brockig, überfroren, die von Pinguinen mit Schnäbeln hartnäckig zu winzigen, unwirtlichen Steinmulden zusammengetragen werden, kaum Schutz für die Küken gegen Eisregen und Frost.

Fast ohne Hoffnung sein. Alles andere ist — wenn nicht Lüge, so angestrengte erzwungene Schleuderung, ein Vorauswurf, Zuversicht als Pflicht.

Klage vier: das Kalkül

Fluchtgespräch mit Magister Koch und Herrn Lautner am achtzehnten sechsten sechsundsiebzig zwischen komplizierten Berechnungen für einen neuen Prüfstand — problematische, schier unüberblickbare Systemänderung zu verursachungsgerechter Belastung neuer Rezepturen. Stockung, Hirnlähmung aus Erschöpfung, zunächst erleichternde Abweichung, Hitzepause: wir waren drittem Weltkrieg schon lang nicht so nah wie heute! Ermordung des amerikanischen Botschafters im Libanon, Leichen am Strand gefunden. Zum Verzweifeln, welch unterrangige, unqualifizierte Kräfte die Welt in Katastrophen stürzen: sie haben ja keine Probleme, die etwa die Intelligenzkapazität der Menschheit überforderten — diesem Streitgrund sind Hunderte Bibliotheken voll Beilegungsvarianten gewidmet. Zu dritt ein Weltfriedensmodell über klebrigen Tabellen besprochen — Waldtauben durchflattern gurrend turmhohe Verteilrohre —, wir planen in langsamen, vorsichtigen Sätzen, immer wieder die Augen zum heißen Himmel gerichtet, mühsames Sprechen, belastet von den vor uns liegenden unlösbaren Gleichungen. Unbekannte Zahl von Unbekannten, drohende Zahlenkolonnen, für deren Endbilanz auch Rausak verantwortlich ist: erstens eine global verpflichtende, verständliche Sprache, moralisches Esperanto, Konsens über Mindestregeln persönlicher Gewissensbildung, Verantwortung, irgendein Katalog eben allgemein einsichtig vorteilhaften Verhaltens.

Zweitens, hier fühlen sie sich zuständig, ein Welt-Lasten-Ausgleichsfonds, der alle vom Planeten vorgegebenenen Ungerechtigkeiten finanziell neutralisiert, über dessen Umlagen die Summe des Weltsozialprodukts so verteilt würde, daß jeder an Vor- und Nachteilen aller Zonen und Kulturstufen so beteiligt wäre, wie es von seinem Geburtsstatus ausgehend zur völligen Überwindung natürlicher, blinder Zufälligkeit erforderlich ist: dies erst wäre geistige Überwindung, humane Überhöhung animalischer Bedingungen. Ungelöst: auch dann bleiben Arbeits- und Sparsamkeitszwang, Leistungspflicht und unterschiedliche Entsprechung. Ungelöst auch: die aus persönlicher Anstrengung stammende Effizienzsteigerung besserer Gnadenverwerter, die dies ihren Kindern vererben. Wie wäre das an ihnen und ihren Nachkommen ausgleichbar? Punktebewertung, Finanzausgleich, Weltfriede: den Eintrittspreis zu solchem Heilungsprozeß hat der Gottessohn bezahlt.

Lautner und Rausak würden sofort auf halbes Realeinkommen verzichten, wäre damit die Sättigung der Welt zu sichern. Zeithorizont: zweihundert Jahre, wenn sofort und ohne Rückschläge die Arbeit begänne. Eigentliches Hindernis: das immanent unüberwindlich Böse, Spaltung in jedem von uns.

Arbeitstag: morgens, Wohnungstür schlägt zu, Bettwäsche dahinter noch warm, Geruch des Rasierwassers schwebt im Badezimmer, auf Kinderwangen stehen noch weißliche Bartritzungen vom Abschiedskuß unter übermütigem Gelächter — man taucht in den See von Kalkulation, Rationalisierung, Vokabular der Enge, Not, Abwägung, Auswahl, Verteidigung. Kompliziert, langatmig, verstrebt, über vielgliedrige Gelenke Wahrung eigener körperlicher Sicherheit, Wohlfahrt. Der Leib will überleben, best- und längstmöglich, alle Vorkehrungen aus Instinkt, Vorsorge, Planung dienen diesem Ziel, zwar erfolgreich für viele, fatal für viele andere, aber immer um den Preis der Deformation: abends erwacht man aus Trance, Unterbewußtsein, Selbstvergessenheit zu privater Ratlosigkeit zurück. Unpersönlichen Gesetzen war man hingegeben, vielmehr: man schuf und repräsentierte sie, erfüllte sie mit Leben, gab ihnen Wirkung, Verbindlichkeit. Der Zwang, mit der zu überwältigenden Materie konform zu werden, ihre steinernen, fluthaften, tierischen Gesetze zu übernehmen, in einem Schwebezustand freilich, der immer noch den Mindestabstand jenes Überwissens sichert, das Produktivität ermöglicht, dieser Zwang entfesselt die Gefahr selbsttätig weiterwuchernder Teilziele — hier Technik, Motorik, dort Entrückung —, denen gegenüber dieser Abstand verloren ist. Drohender Rückfall vom multihierarchischen (humanen) zum ökologischen (naturhaften) System. Stets die Stirnen streifender Schwächesog. Vergeblich der anspruchsvollen Superstruktur der Gattung entrinnen wollen; kindische Industriefeindlichkeit.

Denn, Lautner hat recht: Problemnähe, Sachkunde, Wissenschaft seien kunstvoller Damm vor der Not, vor stündlich drohendem Sterben! Hinweis auf instrumentale Rolle ökonomischer Sicherung: die überfordernde Anstrengung für langfristige Bilanz von Einnahmen und Ausgaben, Kosten und Erlösen, Verschrottung und Innovationen, Risken und Chancen: diese Spannung bleibt unaufhebbar.

Den überzeugenden egalitären — aber eher immateriellen — Konzepten der letzten zweitausend Jahre — die eigentlich alle Weltparteien verbinden — müßte unser Zeitalter ein materiell stringentes Partizipationsmodell anfügen, meint Magister Koch, modernste Organisationstechniken in neuer Partnerschaft zu religiösen und politischen Entwürfen.

Schlüsselidee Rausaks, Hegemonikon, Einhausen im Unfertigen, nicht ungeduldig dem Vorläufigen mit schnellen Abschließungen entweichen, Offenheiten schweigend anschauen. Überleben in Spannung: zum Beispiel zwischen stummer herbstlicher Waldwand vor den Fenstern des Schlosses Hernstein, vielfarbig schwellende, zarte rötliche Blätter, üppiges Geäst, gelbe Zweige, mattes Efeugerank — Spannung also, bohrender, knirschender, fräsender, blinkender, ja glühender Fast-Bruch zwischen diesem lautlos wuchernden milliardenfach gewirkten, feingliedrigen, selbsttätig wachsenden, suchenden, lenkenden, ausgleichenden botanischen Kosmos von zartester Unüberwindlichkeit und den Vorträgen im Studiensaal, einer Bildfolge ständig neu aufgelappter Graphiken, Punkte, Schnittlinien, dreidimensionale Schraffuren, Abszisse, Ordinate, über Overheadprojector vorangetriebene Bohrversuche ins Unfaßbare, in diese mit nur einer Disziplin überhaupt nicht befragbaren Verknüpfungen; systemtheoretische Anläufe — von den stillen Pflanzen da draußen längst gewonnen: Rausak denkt an die Meßchöre von der barocken Grazer Domorgel: visibilium et invisibilium! Leuchtfinger in undurchdringliche, unbenannte, noch unnennbare Realitäten.

Ritzungen von Les Eyzies, raffinierte Obelisk-Kippungen eingemeißelt, Blindflugeinrichtung von Heathrow, radargesteuerte, an Flußläufen, Autobahnen, Bergkuppen orientierte, robotergelenkte Atomrakete. Nichts ist befriedigend gesagt, keine Übergänge zwischen Wortkatarakten, zwischen Perfektionen im Hirn und ringsum wogender, unbeherrschter Leere. Alle angeblichen Feststellungen sind schwächlich umgrenzte, axiomatische Systeme, Flöße auf dem Fluß, Grasinseln, bevölkerte Eisschollen, die Juhus bezeichnen sich nicht als Menschen, leben auf dahintreibenden Schilfinseln, die sie ständig oben verstärken, um unten wegfaulende Netze auszugleichen.

Verstörte überarbeitete Manager starren müde, überfordert, auf gewohnte, primitive Erfolgsargumente zurückgezogen aus den Fenstern. Ein Blatt fällt, wirbelt durch die Wölbungen, dreht sich; Beschauern wird nicht bewußt, daß dies eine letzte Bewegung ist vor dem Vermodern im feuchten niederösterreichischen Winter.

Arbeitsleid der Angestellten: erzwungene Nicht-Beschäftigung mit Erlösungswissen nach verlorener Unschuld. Die vierzig entscheidenden Jahre nur Zeitmangel. Führungsforscher Peter Druckers Ahnungen künftiger Informationssysteme, die ein Entscheidungskalkül liefern werden, von dem wir heute nicht einmal Anfänge ahnen.

Beispiel vom Kollegen Tabornik, Werbeleiter: Blick aus dem Zugfenster, aus startendem Flugzeug; gepflegtes Gärtlein des einen grenzt an vernachlässigte Abfallhalde des andern — unsichtbare Innenwelten, disparate persönliche Epochen und Zeitdimensionen stoßen einige Meter an dieser Linie sichtbar aufeinander; dies gälte für alles Sichtbare, vor allem für Städte. Städte seien das Letzte, dem irgendeine Sichtbarmachung zukäme, im Gegenteil, Mauern und Verschachtelungen täuschten Grenzen vor, bewirkten deviate Denkmuster, die ihre Opfer verkümmern ließen. Unsere Existenz sei von Licht, Wolken, Flüssen, Bäumen mehr versinnbildlicht als von Stadtfestungen, zu Kerkern vermauerten Burgen. Nicht wissen, daß man äußere sichtbare Enge nicht auf sein Herz übertragen müsse, Gedanken und Gefühle quer durch Verdrahtungen, Großverkehrsschneisen. Ich werde nie die Tauben von der Opernkreuzung verstehen, daß sie nicht eine halbe Stunde hinausfliegen ins freie Marchfeld, statt in Schmutz, Gas und Bedrohung dieses Leben hier zu führen. Übergangslose Ansammlung isolierter Bauwerke, Fahrzeuge, entfremdeter Berufsgruppen. Ich muß betonen, daß der Turmbau zu Babel und die anderen Gemälde Breughels durch friedlichen Kauf nach Wien gekommen sind! Klaffende Bruchstellen werden von der Dehnfähigkeit der Seele gefüllt, drohende Kippungen sohin jahrzehntelang verhindert.

Kenntnisse werden aus Mangel an Tugenden nicht wirksam. Ungeheure materielle Verluste aus der Limitationalität moralischer Schwäche. Rausak erinnert an ein heute etabliertes, abartiges Weltbild: Paradoxien, Blasphemien, Ausnahmenkatalog, taktisch-polemische Gesprächsfallen für jeden Partner; es bewirkt so die Verdrängungsquantität spiralig vernetzter Wörter, mit denen es dominiert, durch und durch destruktiv, aber erfolgreich auf juristisch-verantwortungsfreiem Plauderparkett politischen Überbaus.

Frau Puschenjak, die auf meterhohe Computerausdruckstapel »mit Gott« schreibt, dicker roter Filzstift, bespricht zum Thema Kalkül mit Rausak die umstrittene, von Gott bestrafte Volkszählung König Davids im Alten Testament: vor dreitausend Jahren habe der israelische Fürst sie aus Übermut anberaumt, um seine Macht zu spüren. Zählung aus Stolz, also schlechter Gesinnung, wurde mit Pest bestraft. Andere Berechnungen wurden von Propheten gutgeheißen, wenn sie wirksamerer Verwaltung, Überwindung der Not dienten. Schließlich kam tausend Jahre später so die weltwendende Bethlehemreise zustande. Dagegen jene verblendete Reaktion auf den Zukunftsbericht in Velden vom Biertisch aus, wonach den hungernden Völkern vor allem die Glaubenshaltungen genommen werden müßten, statt uns die Luxusansprüche.

Unweit von dort, im Gasthof Hungerturm vor dreißig Jahren mit Vater übernachtet, Regentag vor verhangenem Wörthersee, unser Motorrad im Treppenhaus: Sparen heißt warten können, erklärte er mir und zitierte: Aushalten und haushalten. Geruchssinn des Intellekts: Ökonomie, Statistik. Hellwache Angepaßtheit an materielle Bedingungen, Schuhe, Kleider, Möbel, Fahrzeuge, Werkzeuge. Sparsamkeit aus Mißtrauen gegen diese Zivilisation schlechthin. Rausaks Bereitschaft, ja Sucht, Sachgesetze zu erkennen, sich zu unterwerfen. Energie durch Information ersetzen.

Immer weniger Ortswechsel, Bewegung, Vergeudung im Peripheren; Endstadium Mönch: weiß schon alles; Bewegungen, die man ruhend sehen kann, die von selbst im Universum vor sich gehen, sind Unterhaltung genug. Kein Verhalten, in dem etwas verbraucht würde, das über unmittelbare Bedürfnisse hinausgeht. Simultane Bilanzierung, ständiger Saldo Aufwand—Ertrag, möglichst jede Ausgabe eine Investition. Herr Lautner klagt zustimmend: Elementare Lebensumstände, Essen, Trinken, Kleiden, Wohnen in einfachen Formen sind aus den Augen verloren zugunsten von allerlei Übermut. Kostenrechner Jarni: Unbeschreibliche Süßigkeit freiwilliger Armut, dagegen Bitterkeit, tödliche Entstellung, Entwürdigung durch erlittene Armut, schicksalhafte Not.

Rausak erkennt gänzliche Abwesenheit von Handlungsschüben als Ergebnis unbewußten Kalküls. Berechnungsergebnisse lauten stets: nicht handeln! Mangelnde Blindheit, kein Vorantrieb, wo nur Kreisung, Einstampfung, Blendung sind. Beim Namen gerufene Risken sind prohibitiv. Hochflüge, Befreiungen, Erhebungen, Erlösungen finden nicht statt. Ergebnis unablässigen Denkens, Rechnens lautet vielmehr: innerlich sauber, aufgeräumt, in Ordnung gebracht, alles verarbeitet, beurteilt, verwertet, verbucht, abgegrenzt, perioden- und kulturkreisbereinigt, gedankliche Rückstellungen nach versicherungsmathematischen Methoden, alles benannt, katalogisiert, jeder Rückstau, jede Verdrängung in zähen Monaten Faser für Faser abgenagt, abgegraben, verdaut, umgesetzt in inventarisierte, bewertete Erfahrung, Besitz, weitergebbar, vermittelbar, vererbbar. Kompostierung, Gärung, Humus, Einschlammung ist nicht Rausaks Technik. Es entsteht in seinem Charakter daher auch nicht die Wärme, das Moorfeuer unglücklichen Unwissens, brütender Fäulnis.

Unfähigkeit, sich zu bewahren, fernzuhalten von Nöten. Fühlt sich von Nachrichten betroffen, steuert dagegen, übersteuert, dadurch Anschein besonderer Härte.

Um Mitternacht mit Tabornik durch das ärmliche Dorf Hernstein bis zu den Föhrenhügeln gestolpert, hinter hell erleuchteter Luke einer Keusche wäscht sich eine Frau die Füße. Taborniks Klage: Wenn man einmal den Mechanismus der Gesellschaft durchschaut habe, sei es unmöglich, in romantischer Hingabe so zu arbeiten, als wüßte man nicht, wie blind, wie unbarmherzig, wie unerreichbar die Welt ist. Keine Genialität, auch nicht religiöse, sei mehr möglich. Hebel der Objektivierung müsse gefunden werden. Edle kaufmännische Gesinnung, die die Kapazität eines Industriebetriebs mit dem Bedarf einer Notprovinz zusammenbringe. Man müsse Nationalökonom, Theologe sein, um die Mechanik der Gesellschaft von innen her zu reformieren.

Rausak: Aus dem Blickwinkel der Hungernden, die sich nicht mehr vom Boden erheben können, die sich mit dem Rücken nach unten über die Erde stemmen; vor sterbenden Kindern mit Fliegenschwärmen auf offenen

Augen bedeuten unsere ideologischen Subtilitäten mörderischen Luxus. Dennoch ist es fast unmöglich, den Armen als einzelner allein mit einer Änderung des eigenen Verhaltens zu helfen: jede Variante führt ins Absurde; einzige Alternative, an der Verfassung der Gesamtheit zu arbeiten: Bildung, Entwicklung, Betriebswirtschaft. Jeder bleibt, was er ist, das freilich mit vollem Einsatz.

Auch Werbemann Tabornik entwirft, durch den Morast stapfend, mit dem Feuerzeug den Schloßpfad suchend, wobei er die Flamme gegen den Wind, so aber auch das Licht abdeckt, einen Vierstufenplan: Erstens unmittelbare atmosphärische Beeinflussung durch persönliches Beispiel; zweitens im Vorfeld der Legislative Gespräche, Leserbriefe, Aufsätze; drittens stringente Formulierung konkreter Aufgaben; viertens Aktion, unmittelbare Leistung: allzuviel Ungedachtes, Ungesagtes, Ungetanes sei schuld an Verhärtung, Unfruchtbarkeit. Daß man seinen Einsatz nicht ändern, nicht in jedem Lebensabschnitt einen neuen, dem letzten Charakter- und Erfahrungsstand entsprechenden Beruf ausüben könne, Starrheit, viele Bereitschaften verkümmerten unter hölzernen, grobschlächtigen Regeln wegen fehlender Anschlüsse. Festschreibung in unreagiblen Gesetzen koste Leben! Kalkulationsfehler mit Existenzen bezahlt. Dem Drachen geopferte Jungfrauen.

Der indischen Mutter rissen sie das tote Baby von der Brust und warfen es auf den Kalkwagen.

Dennoch: Rausak erlaubt sich kurzschlüssig revolutionäre Erleichterung nicht, daher ungestillte Sehnsucht nach heroischer Kumpanei, schulternah mit Zuschlägern kämpfen, Kühlung des Hasses, Berauschung in Ungenauigkeit. Ein für ihn zutreffendes Vorbild: das Lebenswerk des Jesuiten Nell-Breuning als Nationalökonom.

Tabornik gesteht: Dazu gehöre unvorstellbarer Mut — der Mönch stehe unverkleidet vor Gott, schulde ihm Gerettete!

Rausaks Gewohnheit, ja der Zwang, sich für die Kosten und das Endergebnis aller beobachtbaren Mitteleinsätze verantwortlich zu fühlen, immer mitzurechnen, die Aufwände an unerreichten, ja unbekannten Endzwecken zu messen; permanente Kalkulation, auf wessen Kosten, zu wessen Nachteil etwas geschieht, wer dafür besteuert, enteignet werden muß, damit ein Vorgang möglich ist. Kostenrechnung beginnt mit Bewertungsfragen — diese sind offen wie eh und je.

Fenster des Schulungsschlosses spiegeln sich im Parkteich. Berufskrankheit des Prognostizierens, Planens, Kalkulierens: Selbstverlust in überfordernde Aufgaben. Ständiger Kampf mit dem Untergang, dem Nicht-Bestehen. Technische, künstliche, hochorganisierte Apparatur in nicht überblickbaren Querbeziehungen. Das Versagen aller bis jetzt erfundener Formeln vor der Not. Wortkarges Durchhalten, wissend, daß zu eigener Lebenszeit keine Lösung erreichbar ist. Dennoch: wissentlich und willentlich nicht für sich und seine Familie, sondern für die Gattung optimieren! Heute sparsam leben, unbedankt neuen Stil kreieren, ungefragt, unbezahlt an neuen Handlungsregeln arbeiten, sich keiner vulgären Richtung anschließen, wenngleich heute manche noch mit Macht über eigenes Wohl und Wehe entscheiden, aber, langfristig und epochal gesehen, falsche Wege weisen.

Unser Denken gleicht Straßen der Inkas, schnurgerade durch die Landschaft gezogen und vor Bergen in Stufen übergehend: für die nächsthöhere Organisation unbrauchbar.

Francines Klage über Rausaks Unwilligkeit, noch je

in ein Symphoniekonzert zu gehen. Seelische Vollendung entblöße ihn vitaler Durchschlagskraft vor Betonwänden, er müsse mit einem immer noch abnehmenden Rest an Selbstbewußtsein weiterarbeiten. Versuchte Behebung falscher Optimierungsmuster.

Dies trotz Zusammenhanglosigkeit zwischen genauer geistiger Analyse in leider redundanten Feinheiten und gänzlich ungenauer, plumper Praxis, die das Sichtbarwerden auch nur eines Bruchteils der dort angewandten Subtilität schon für verrückt hält. Bei jeder Sitzung schreit jemand mitten im Vortrag: Kürzer! und begleitet Versuche zur Vermittlung wichtiger Randbedingungen mit bösartigen Antreiber-Handbewegungen.

Tragödie, daß Menschenschicksale an Instrumentalem zerbrechen. Durchschnittliche Lebenserwartung der Arbeiter liegt deutlich unter jener der Beamten, das Einkommen bei der Hälfte. Vorgeschriebenes Pensum des Streckengehers der Eisenbahn: zwölf Kilometer täglich.

Passivität als Mitschuld. Klage: Anlässe für offene Rebellion sind nicht gegeben. Formulierung einer Verteidigung bleibt gemäß ökonomischer Erwägung unversucht.

Klage fünf: der Frost

Kann sich gar nicht anders verhalten: unentrinnbarer, vorgegebener, bei sonstiger Selbstvernichtung einzuhaltender Zwang zur verfestigten Position, obwohl Rausak sie nicht erfüllen, nicht durchhalten kann, auch gar nicht einnehmen will, weil er sie für falsch hält: aber aufrichtig zugegebene Unfertigkeit, Fraglichkeit, Offenheit, Schwäche, Weichheit würde mit Ausstoßung beantwortet werden, leiblicher Tötung für nichts. Daher tägliches Massaker, Einfrierungen, Vermauerungen, Argumentationsspießruten, vorfabrizierte polemische Zangen, Stacheldrahtvokabular, verwachsene Imponiermimik, Stelzengang. Feindinstinkt gegen jeden, der auftritt.

Rausaks einbekannte Hauptsünde: innerliche Verurteilung, selbsttätige Hinrichtung der Gegner, praktische Vollstreckung in bezug auf seine Person: ihnen keine Gelegenheit mehr geben, sich zu rechtfertigen, weit auszuholen oder sich zu ändern. Lernprozeß bleibt ihnen versagt, er meidet, umgeht, verschweigt sie, bleibt ohne Hoffnung in bezug auf sie. Rausak hat Todesurteile verhängt ohne Aussprache, Verständigungsversuche, ohne Anhören der Schuldigen oder aber unter ständigem, überscharfem Hinhören, allerdings bei Verschweigen, daß dies Überlebensprüfungen sind.

Endgültige Ausschaltung aus seinem Umgang, aus seiner sonst geübten Fürsorglichkeit, Gutwilligkeit. Grenzlinie der Ökonomie: wo hört Klarheit, Genauigkeit, Unsentimentalität, Selbstschutz auf, wo beginnt Luxus, das heißt kaltblütiges Verschaffen von mehr innerem Freiheitsraum, als für engstes Überleben erforderlich wäre, also pure Lieblosigkeit, eigene Lebensrettung auf Kosten anderer. Luis Trenker erstieg während des Prozesses allein noch einmal den Gipfel, rannte eben bei der Urteilsverkündung in den Gerichtssaal, das zersplissene, gerissene Seil als Beweis, daß es der Angeklagte nicht gekappt hatte, um sich von den aus der Wand Stürzenden zu trennen. So klare Beweisstücke leider nur im Heimatfilm.

Rausaks vorschnelles Abschreiben von unguten Personen; statt sie lebend zu erhalten, beeinflußbar, veränderbar, heilbar, nimmt er sie statisch, unveränderlich, als Dauerbedrohung, verzeiht nicht. Diese Schwäche nach jahrelang vergeblicher Bitte um Gespräche: unerlaubte Erleichterung nun, Sklavenhalterei in subtiler Form, verkürztes Weltbild, trotzig überschaubar gemacht, Festschreibungen, Szenario als starres Diorama, Kartonstandpuppen, Zielscheiben.

Abgestellte Maschinenfiguren der Bergwerkskrippe, absichtlich erstarrt, falsche Evidenz. Hunderte noch Lebende ungeduldig in dreistöckigen Kellergewölben des bombardierten Philipphofes hinter der Wiener Oper zugeschüttet — gequetscht, von siedendem Löschwasser verbrüht, erstickt, erschlagen, verhungert —, die Ruine eingeebnet zum unberührt durchschreitbaren Park über den Unbestatteten...

Im Wienerwald den rustikal eingerichteten Hof des Mörders Dostal mit grausig kompletter Folterkammer entdeckt. Welche Handwerker haben sie in den siebziger Jahren, ohne Anzeige zu erstatten, gebaut?

Widerstrebend, unsicher, wissentlich unchristlich, voll Selbstekel: Rausak muß dennoch die Wahrheit gestehen: Lichtschaltertest: wie gerne würde ich selbst verschwinden oder wen würde ich aus meinem Leben entfernen, wenn es einfach, schnell und lautlos ginge, wie man einen Lichtschalter dreht? Taxative Liste der Feinde ergibt sieben Prozent aller Begegnungen.

Tante Hanni hat oft gesagt, an jedem Menschen ist etwas schön, sollst es finden und lieben. — Sorry!

Dr. Gerstls Diskussion mit Metallurg Scharneck, beide Freizeitmaler, während der Italienreise zu Lizenzverhandlungen: Leonardo da Vincis geheime Leichensektionen, Pupillen zerlegen in gekochtem Eiweiß, zu Gelatine verfestigt; Rausak verschweigt naheliegenden Vergleich: gebrochene Augen zerfasern bewirkt abwegiges Wissen.

Schwerer Ochsenstand des Lebringer Schmieds Mayerhold, das Tier kniend verschraubt, Hörner tiefgeknebelt, Hufe auf den Bock geschnallt zum Beschlagen.

Aktualität des Kinderspruchs beim Tempelhüpfen: müd — matt — krank — tot! Man befrage die Professoren Ringel, Rett, Frankl über die präsuizidale Atmosphäre.

Zum Beispiel tiefster Eindruck vorige Woche, Höhepunkt der Dürrekatastrophe, sieben Wochen kein Regen, Telefonat mit greisem Elektrochef Hirt: Ich glaube nicht, Herr Rausak, daß ich heuer nach dem Urlaub noch einmal kommen werde. Ich werde alle vergessen. Und wenn einer vor meiner Haustür in Amras steht — ich bin der X von der EBC, dann werde ich sagen: kenne ich nicht.

Rausaks Grabenkrieg ohne irgendwelche Erfolge, Fortschritte. Freilich, das Feld vor seinem Bunker ist bedeckt mit Spuren abgeschlagener Angriffe. Lebensphase wie ein heißer Innenstadt-Hochsommermittag, hektisch, unübersichtlich, entkräftend, bedrohlich, ohne Labung, umstellt von glühendem Gemäuer, sinnlosem, unbetretbarem Gassengewirr; was jetzt geschieht oder unterbleibt, ist voll in eigener Verantwortung wie zuvor nie, wie bald nicht mehr — der Mann mit fünfzig: weit zurück der frische Morgen, Jugendkraft, Idealismus, nun unsichere Zukunft, unglaubwürdiges, unwahrscheinliches Erreichen eines kühleren, befreiteren Abends. Keine Entlastung, immer noch bitterere Übel ...

Uralte Wunden, schwärend, nur durch Reglosigkeit verhinderte Dauerblutung. Zum Beispiel unbeglichener Saldo zu Lasten des feinen Herrn Professors Berger, Betriebstheoretiker. Rausaks einsamer Kniefall seinetwegen in Mariatrost auf stiller Bank unter mildem Licht, dann Fluchtfahrt abends nach Dexenberg, Tröstung durch den fremden Keuschler Stramschek, noch immer Bergers genüßliche Stimme im Ohr: Ich wüßte nicht, was wir noch zu besprechen hätten.

Sechs Monate später, Professor Berger: Istzustandsaufnahme wurde aus Zeitmangel entgegen der Vereinbarung nicht abgestimmt. Das Gutachten ist absichtlich in brutalem, herausforderndem Ton abgefaßt.

Zitat aus Rausaks Verteidigungsschrift gegen das lebensbedrohende Papier: Wenn es also nicht anders gemacht werden kann, wie die Gutachter selbst auf Seite einundvierzig schreiben, dann wird es ja wohl besser sein als gerade noch vertretbar.

Rausaks Hinrichtungsmethode: eine kuriale Formel: tolerieren, aber nicht propagieren! Entzug jeder fördernden Haltung oder Handlung.

Bis hoch in seine späten Dreißigerjahre herauf war Rausak von Gehorsam erfüllt. Die Firma als einziges Feld der Bewährung: hier weiß er sich heute noch objektiv am richtigen Platz. Metalle, Öle, Chemikalien zu weltweiter Notbezwingung. Doch Rückschläge bewirken Rausaks zeitweisen Abfall, Zweifel an kaufmännisch-edler Zielsetzung; moralische Unübersichtlichkeit erzwingt, gesammelte Kräfte nach innen zu lenken, sich ähnlich einem Häftling Grundsätzen zuzuwenden.

Gespräch mit Lautner im Gasthof auf dem Pöstlingberg: Denkunmöglich, daß Opfer und gute Werke am Ende des Lebens den gleichen Wert haben sollen wie Schurkerei. Was heißt denkunmöglich? Im Rahmen eines Systems, das uns alle damit erhält, richtig und unrichtig zu unterscheiden: die Logik, mit der wir leicht nachprüfbare Dinge beurteilen, gilt auch für die nicht leicht nachprüfbaren. Aller Augenschein spricht gegen Absurdität.

Tückischer Kurzschluß: Stimmenzählung ersetze jede andere Messung.

Warten — in Partisanenlöchern, unter Kanaldekkeln. Auch Goya war loyaler Hofmaler, ehe er Menschenbestien in Bilder bannen mußte, um nicht wahnsinnig zu werden: Hinrichtungspelotons vom dritten Mai achtzehnhundertacht ...

Schärfste Versuchung: Unmenschlichkeit mit Unversöhnlichkeit zu übertreffen, obwohl dies höherer Einsicht widerstrebt.

Einhalten genauer Handlungsregeln, allerdings unterschiedlicher Straffheit je Wirklichkeitsebene: nicht so verrückt sein, höchster Moral in unterrangiger Welt entsprechen zu wollen. Zugleich hoffen auf eine Mutation, die dieses Ungenügen überwindet. Das ist keine doppelte Moral, denn diese bedeutete: Ansprüche erheben, die man geheim selbst übertritt.

Kaum aussprechlich, nur aus zwiespältiger Aufrichtigkeit ist anzumerken, daß Rausak immer öfter auch willentlich eben jene Menschen, deren Rolle, deren anfechtungslose, plumpe, unverdiente Machtfülle ihn abstößt, in künstlich hergestellten inneren Bildern —

liebt! Daß er die Unterwerfung, Auslieferung, Bedrükkung, die sie für ihn bedeuten, diese verhedderte, zähe, klebrige Unzuständigkeit, diese tägliche Last immer unpersönlicher nimmt und dieses über Abstraktionen aufgerichtete Kreuz bejaht.

Sein Zorn, seine Betroffenheit als Anerkennung, Zeichen voller Annahme jeder Instanz in allgemeines Mitleid hereingenommen, durchaus ungewöhnlich hierzulande, wo man im süßlichen Wortgefuchtel sein eigenes Bewußtsein zu einer Posaune inmitten von Piccoloflöten instrumentiert und alle Umgebung gern auf dem Abstand krabbelnder Ameisen hält.

Suche nach praktizierbarer, halbwahrer Überlebensmoral, durchaus ernst zu nehmen und auch wirklich unterirdisch verbunden mit unbedingter Vollmoral: langfristig lebenfördernd, ohne aber heute die leibliche Basis dieses Plans zu gefährden. Beispiel Pater Lenz, überlebender KZ-Heiliger: gar nicht so weit abseits kirchlicher Gedankengänge. Aber wie kann Rausak die Unredlichkeit bestehen, immer wieder anderes vorauszusagen, vorauszusetzen, zu versprechen, als daß auch er selbst diesen tragischen Austausch von Einfrierungen weiterbetreiben wird?

Amerikanischer Präsidentschaftskandidat laut Fernseh-Spätnachrichten am sechsundzwanzigsten Juli sechsundsiebzig: er wird die Regierungen Deutschlands und Österreichs vor dem Einsatz der Atombombe informieren: voraussichtlich werden diese beiden Länder Hauptkampflinie der Auseinandersetzung sein und gänzlicher Vernichtung preisgegeben werden! Hotel Drei Raben, Fernsehraum erster Stock, Zimmer hundertacht neben dem Bad, zweiundzwanzig Uhr zwanzig, neben mir noch ein Gast, eine im Fauteuil mit hochgelegten Beinen eingeschlafene Greisin, weit offener Mund wie eine Leiche. Sprecher Gerd Prechtl. Gegenschlagtheorie: innerhalb von Minuten beidseitig je achtzig Millionen Soforttote. Rausak denkt an seine in Krems schlafenden Kinder.

Trotz späten Telefonats mit Francine schlaflose Nacht, verschärft durch stundenlanges Gewitter über Grazer Innenstadt, Prasseln im Kastanienbaum vor kleinem Hotelzimmer.

Rausaks einschlägiger, entsetzlicher Albtraum: Kombiraum seines Autos voll Pflastersteinen, wie sie im Gestrüpp neben dem Arsenal aufgeschichtet liegen, auf der Hinfahrt aufgehoben und eingeladen, die Kinder fragen, auf den Rücksitzen kniend, was mit diesen Granitwürfeln geschieht. Tief eingeknickt die Hinterachse, langsame Fahrt über Südautobahn, aber nicht heimatwärts geradeaus, sondern rechts zur Hohen Wand, tausend Meter aus der Ebene schroff aufsteigend, steile Bergsträße, Auffahrt, weite Aussicht über tief zurückbleibende Weiler, Hänge, Gehöfte, Föhrenwälder, im Dunst noch einmal dieses Wien, und vorn das ferne Leithagebirge. Eine langsame, glückliche Mahlzeit im Kohlröserlhaus, eßt was ihr wollt, angstglühende Gebete in der Engelbert-Dollfuß-Bergkirche, dann aber — zuviel ist schon geschehen, zuviel schon vorbedacht, Millionen Möglichkeiten verworfen, Millionen Auswege vergeblich erwogen — letzte heiße Küsse, Umarmungen, das Streicheln der so geliebten Köpfchen, dieser gutgläubigen, seligen Wölbungen unter dem Engelhaar, rascher Einstieg, unangeschnallt, Kinder nicht in Sicherheitsgurten, brennende, zerrissene Brust, Klingen im Hals, erster Gang, zweiter Gang, dritter Gang, scharfes Gefälle, Vollgas, gegen oberste Kehre der Bergstraße, senkrecht mit hundertdreißig in die Begrenzung, ein furchtbarer Schlag... freier Fall... die Felswand hinunter ... Kinderhände im Haar, im Genick, zwischen Lippen, Schreie, Haydns Großer Gott laut singend, der Schrei Großer Gott ...

Fremde Menschen, die nicht wissen, warum Rausak so freundlich, entgegenkommend ist: sie dienen als Ausgleich seiner inneren Bilanz: denen er die Liebe schuldig geblieben ist, bleibt er sie weiter schuldig; anderen wendet er sie auf ungewöhnlich herzliche Weise zu.

Klage sechs: Ysop

Von Halbenrain grazwärts hinter einem Viehtransporter: während aus dem Autoradio die Stimmen einer Diskussion zwischen witzelnden, übermütigen Kraftautoren und abschätzig behandelten, beleidigten Lehrern tönen, rinnt Schweinekot über die Bordwand auf die Hinterräder des Lastwagens, spritzt auf Rausaks Windschutzscheibe, zerläuft stinkend auf dem Glas, verschmiert vom Scheibenwischer.

Erinnerung an Frau Watzinger von der Revision, Tierfreundin, auch fromm, kiloweise Polentafutter für Stadtvögel zwischen parkende Autos streuend, oft entschuldigend erwähnte Kindheit im Hinterhof einer Fleischhauerei: sie beklagte die Nachrichten solcher Schriftsteller als Essigschwämme, auf Ysop gegen dürstende Lippen gepreßt. Ihr beklemmendes Gefühl während Kulturnachrichten im Fernsehen, eigentümliche Autorenversammlung: erbarmungslose Herren, die außer einem autistischen, orgiastischen Stolz nichts antreibt, von denen außer Entblößung, kalter Sezierung, Verdammung, Verstoßung nichts zu erwarten ist ...

Linker Hand die Hügel des Sulmtals, Sausaler Jahr, Vaters Sonntagsbuch, unvergeßliche Beleuchtung dieser Landschaft, zugleich Erhöhung der Bewohner, Besucher. Wie Tante Hanni in Juni-Nächten von der Veranda in Dexenberg zu funkelnden Sternen Gedichte aufsagte und an nebligen November-Morgen Hermann Hesse zitierte.

Freilich: viele schöne Wörter, die meine Lebensfähigkeit nicht steigern, von ermüdender Schönheit sind,

Empfindlichkeit bewirken, zu meiner Schwächung führen, nicht Rücksicht nehmen auf Lasten, die im Gleichgewicht zu halten sind. Wohl bewirkt ornamentale Vertiefung mehr Genußfähigkeit, doch das Totalitäre der Kunst verbraucht: ihre ewige Untröstlichkeit schneidet als Messer in den Brustraum vorgepreßte Trauerbilder. Unverbindlichkeit, Unübertragbarkeit, Inadäquanz der Literatur vor echten Klagen, schuldhaft verstiegene Abseitigkeit mancher Dichter. Wäre der Lastwagen da vorn nicht mit Schlachtvieh, sondern einer Bibliothek beladen: die Ungefaßtheit der Fracht wäre gleich...

Im Kühlraum der Schlächter hängen abgestempelte, austropfende Leichenteile. Wie die vielen unerkannt, unbeachtet verblühen, verkommen...

Systemfremde Bemühungen verwirrter Begabter. Vergeudung, Verlust, Verderben, Unlenkbarkeit, verbogene Gestänge, blockierte Getriebe.

Dr. Scharneck, Bleiburger Metallurg, über Literaten: Privatsprache, mit der sie immer Recht behalten, sei glatter Schwindel. Blinder Fleck für Erlösungsbedürftigkeit und — jawohl! — auch Erlösbarkeit der Menschen.

Dazu Frau Dr. Zeppik, Terminkontrollorin, die den armen Niemals-Romancier Wuggenik aus dem Archiv verteidigt: Welt sei getränkt von Literatur wie ein Schwamm — erst Druck mache den Vorrat wirksam. Bewußtsein ist geprägt von schmerzhaft weiterentwikkelten Formeln, scharfen Sichtweisen — freilich, die vom Blitz literarischer Herausforderung Getroffenen teilten alle Schwächen ihrer Epochen.

Wuggenik: In mir verdichtet, ja bestätigt sich der Verdacht, daß man eigentlich nur Schriftsteller wird auf Grund einer sprachlich-transzendierenden Veranlagung, einer Spezial- oder Separatbetroffenheit durch Sprache, die zu linguistischen Ekstasen führt, einer Quasi-Heiligkeit unter der Aura der Wörter, die sich in ihrem Hunger nach Betätigung, Bestätigung und materialisierter Absättigung aber auch jeden Stoffes bemächtigt! Der Stoff und die Aussage und jedes Programm sind eigentlich vom Schreibzwang her betrachtet rein zufällig, wurzeln in der persönlichen Biographie des so abseitig Herausgeforderten — deshalb sind Konklusionen der Dichter in Wahrheit um nichts klüger oder brauchbarer als die aller anderen Menschen, weil sie sich von ihnen ja nicht durch höhere Sachkenntnis, sondern nur durch den Beschreibungstrieb unterscheiden und ihr Eigentlichstes jene Gezogenheit zur Entrückung durch die Wonnen zutreffender Wortwendungen ist.

Rausaks vergebliche wochenlange Urgenz des Rückrufs von Herrn Siener bei der Bürotechnik, nachdem zuvor in wochenlangen Tests über eine elektronische Fakturiermaschine verhandelt worden war: Oskar Siener, ein Schriftsteller, wie sich dann zeigte, wurde verlegen gesucht, entschuldigt, verleugnet — erst der Prozeß wegen des von ihm besudelten Hörsaals erwies seinen Verbleib ...

Wie ein Fluch auf dem Dichter: in jugendlichem Mut läßt er sich unbedacht auf ästhetische Forderungen ein, erwartet naiv für Höchstleistung die Anerkennung durch seine Umgebung. Aber die Literatur frißt ihn auf, lockt ihn zu kaum noch übertragbaren Durchblicken, bannt ihn an Steilwände, friert ihn dort fest, von unregelmäßigen, seltenen winzigen Abschmelzungen verzaubert: vergessene Allernächste als Preis, verfehlter Beruf — gealtert, vereinsamt starrt er auf immer noch ungefaßte Wörter, die weit über die Lebensdauer eines Menschen hinauslocken ...

Psychologe Stiliga im Gespräch mit Werksarzt Rassl: die Dichter, zuerst hoch ausgezeichnet durch besondere

Empfänglichkeit, Offenheit, innere Weite, Widerstandslosigkeit, voll Vorahnungen, feinsten Bewertungen, Gesichten, Messungen, Bannungen — als ob im Poeten die Welt einen Höhepunkt ihrer Lebenskraft erreicht hätte —, dann aber zeigt sich am betroffenen Individuum die Unerträglichkeit, Überspannung, Störanfälligkeit solcher Disposition: Wucherung, Mangel an Aussteuerung, Unterscheidung: der alles einfordernde Zwang zu unlösbaren, lähmend-verpflichtenden Ahnungen allerhöchster Zusammenhänge, denen mit keiner Leistung entsprochen werden kann, die mit keinem Werk zu bestätigen sind, also rasendes, erschöpfendes Ausweichen in Quantität. Der früher so Ausgezeichnete wird zum Opfer, das im Selbstverbrauch undeutbare Ornamente, bestenfalls Signale setzt, wofür nur ...?

Wuggenik, allein im Postzimmer, vergangenen Jänner zu Rausak: Literatur lebe als Schmarotzerin an der Menschheit wie die Tochter von der Nadel im Leib ihres invaliden Vaters, den sie nicht operieren lasse, weil sie vom Schmerzensgeld profitiere. Er könne einen Roman schreiben, schreit Wuggenik immer, aber er sei nicht der Schwindler: Ruderbootwettbewerbe in trockener Halle vor dem Spiegel, Strömungsmesser an künstlich gepeitschten Kanälen.

Rausak lenkt langsam hinter dem Tiertransporter um die Kurve von Bachsdorf, rechts die Auwälder der Mur, Kirchturm von St. Georgen, dort das Grab Paul Ernsts, moosüberwachsene Steinplatten in Kastanienschatten — Dankbarkeit erfüllt ihn beim Gedanken an Tausende Arbeitsstunden hinter Büchern, Papieren, Notizen, Korrekturen, die er sich als Lektüre, als lebenzeugende, lebensrettende Leseschätze einverleiben durfte! Auch der verstorbene Dr. Welder zitierte Doderers Wort: »Keine Professoren werden das Wesentliche unserer Tage aufzeichnen.« Welder sprach zuletzt vom Pulsieren, Pendeln des Lebensgefühls — von den Tagen, da Gott uns nicht nahe sein kann, die Dichter es aber bleiben.

Tröster Froling, einziger Dichter der Erz-Blech-Chemie, drei Lyrik-Bändchen des Programmierers, stiller, überfreundlicher junger Angestellter in weißem Mantel, spitze Bleistifte in der Brusttasche, alte Lochkarten winzig beschrieben. Er lächelt bei dem Wort Wirklichkeit: Was Maurer dem Leib, seien Dichter der Seele: bauen Höhlen, in denen erträgliche Bedingungen herrschen, Schutz vor Illogischem, Absurdem, Regellosem, schon der erste gefügte Stein, das erste gesetzte Wort seien unwirklich. Sinnloses Geschehen einzuholen, einzufangen sei gar nicht die Absicht, sondern es abzuhalten, auszusperren, abzudrängen, zu filtern, in Ordnung zu verwandeln, zu rhythmisieren, reimen, klären, auch verklären, das hieße Menschen retten.

Schärfster Feind mancher Literaturerscheinung ist Verkaufsdisponent, Beethovenpianist, Firmendenker Zwigott, der im Linzer Bahnhofsrestaurant Rausaks Geburtsland sofort mit dem Steirischen Herbst assoziiert. Manches Irrationalistische dort müsse er ablehnen. Wie einige Artisten von der durch die Geschichtslawine eingedrückten Wand abrücken, gegen die wir mit Stirnen und Fäusten gestemmt stehen müssen, schweißgebadet in brechende Bohlen gespannt, Eisflut, Schnee- und Felsdruck abzuhalten: und wie sie in sicherer Ecke dieses Raums schmusen, Frisuren ausprobieren, Barttrachten züchten. Überzogener Klassenkampf, Sexualisierung, Aleatorik: Frechheit, mit der sie Handlungen geschehen lassen im Tonfall amerikanischer Kurzkrimis: brutaler Unernst, ironische Grausamkeit, Parodie statt Salvierung. Weil ihr Kopf für keine Konzeption ausreiche, müsse nicht der Kopf geschult, sondern die Welt zerstört werden. Sinn sei nicht machbar, aber Unsinn sei machbar. Utopische Orientierung der Kunst diene grundsatzloser Politik. Diese erweise sich selektiv erkenntlich. Dissonanzen haben nur vor Konsonanzen Sinn.

Bei der Baustelle Wildon steht Rausak in der Wartekolonne, der Mist träufelt über die Ränder der Windschutzscheibe, der Wasserbehälter der Waschanlage ist geleert, die unruhigen Tiere lassen den stehenden Transporter vor ihm schwanken.

Tiefster Literatureindruck Rausaks: Belsazar-Aufführung im Grazer Landhaus, Schwärze über der Stadt, Nachthimmel, plötzlich flammendes Menetekel über Gemäuer und Arkaden... Reinhold Schneider war anwesend, begleitet von Alt-Landeshauptmann Stepan.

Als Kind haben Rausak die Schläge von Witwe Bolte für den Spitz tief verstört: wie der heulende, unschuldige Hund gekrümmt zur Tür flieht.

Starker antichaotischer Zug Rausaks! Zugegeben, denkt er, immer noch an Zwigott erinnert, der exzeptionelle Held ist auch mir ein zu billiger Trick, ein flüchtender Büroangestellter sagt mir gar nichts, hundertster Aufguß einer Entziehung statt des Bestehens gegen literarische Rollenlogik.

Beispiele:

Wie unsere kleine fünfjährige Anna vom sechsjährigen Max und der vierjährigen Klara im Vorzimmer umarmt wurde, als sie zur Operation mit mir ins Spital ging. Ihr kleines grünes Hubertusmäntelchen, ihre blaue Zipfelmütze, ihre Augengläser und dahinter das brave Gesichtchen. Francine und ich mußten uns abwenden. Abends vorher habe ich sie noch fotografiert. Wenn sie dein Kind in den Operationssaal führen und du stehst nach tagelangen Vorbereitungen allein im Gang, das Blatt mit dem eben noch gezeichneten Bauernhof in der Hand, eine Greisin hockt in der Ecke auf der weißen Bank, du beginnst zum Fensterriegel gewandt zu beten, während hinter der gelackten Tür in das kleine Gesicht gestochen wird. Anna winkte noch im Fortgezogenwerden aus dem Eisenbettchen, lächelte dünn...

Wenn Literatur nichts anderes böte als Herstellung einer bizarren Existenz, Beleuchtung dissonanter Bewußtseinskonvulsionen, dann brauche ich für mich und meine Aufgaben von ihr nichts mehr zu erwarten. Horror vor rauschhaft großspurigem Übermut.

Max wurde von einem vorlauten Spitalsdiener über die Schulter geworfen, aus dem Zimmer getragen, du kannst nur nachlaufen, er verschwindet mit ihm über den langen Gang, der hoch über der Straße zwei Trakte verbindet, tief unten übergroße Mülltonnen, Ratten suchen langsam zwischen alten blutigen Verbänden. Endlich kommt Francine nach, zu spät, keine Nachbarin schaut auf die anderen Kinder: wir sitzen an einem Kindertisch auf Kinderstühlen, blättern in Kinderbüchern. Furchtbare Stunden nach der Narkose, sie schlagen um sich, Anna trieb es ärger als Max, Schreie, der Narkosearzt war schon besorgt.

Dann sitzt da irgendwo in schmierigen Hinterhöfen und Kellerbuden eine besoffene Clique beisammen: diese Kinder sollen von lieblosen Augen gemessen, von geilen Fingern betappt werden, weltweite Publizität des Miesen ermutigt Abirrende, gegen die ich wehrlos stehe; jetzt noch die Köpfe der Kinder gegen meinen Schoß gedrückt, wie lange kann ich sie noch schützen?

Bei Klara mußten die Tränenkanäle nachgestochen werden, einige Wochen alt, schnoddriger junger Arzt reißt sie mir aus der Hand und verschwindet mit dem

Säugling im Nebenraum. Nach einer Minute hörst du das Kleine schreien, nach vier Minuten bringt man es dir zurück, das geschlossene Auge voll Blut...

Unaustilgbare Szene im Grazer Schauspielhaus: speichelndes Grinsen und Gröhlen der ekelhaften Figur zum geil aufwärtsgereckten Mittelfinger, der in den Unterleib eines Mädchens stößt...

Rausak nimmt zwar keine Nähe zur Kunst ein. Aber die jahrelangen Aufzeichnungen für seine Kinder ergeben äußerliche Parallelen: Arbeit, die er letztlich nur für sie leistet, auch wenn er die Papiere nie übergäbe — er hat ihnen damit einen Vater mit verläßlicher, Jahrzehnte überbrückender Berufserfüllung erhalten.

Letzte Ausläufer heimatlicher Hügel im Westen bleiben links zurück. Rausak denkt wieder an Frau Watzingers Ysop: Kontext dieses Wortes: Jesus ruft sterbend: »Mich dürstet.« Bei den Lesungen der Leidensgeschichte in der kühlen vorösterlichen Dorfkirche von Lang stocken, stottern die Ministranten alljährlich vor dem Todesruf Christi: »Eloi, Eloi, lama sabachthani ...«

Vor dem Grazer Zentralfriedhof überholt Rausak den Viehtransporter. Die Radiodiskussion ist beendet. Anna hat dieser Tage zu mir gesagt: Vati, du hast ein Gesicht, als ob du immer weinst.

Meine Fürsorgeschriften wären das Mariazell einer österreichischen Literaturlandschaft, lacht Rausak nicht unernst, auf diesen Gnadenort wird in ihnen nicht unabsichtlich verwiesen, und jeder, der diese Wallfahrtsstätte kennt, sei er dankbarer Pilger oder abwägender Beobachter, weiß, was ich meine: pure erkenntnistheoretische Information wird nicht geboten, aber eine breite Ansammlung von Einsichten, Bekenntnissen, Kreuzwegen, Kapellen, sanierten Nischen, Privataltären, vielleicht auch manch wundertätiges Bild... Jene kindliche Disposition, dies vertreten zu können, trifft auf mich zu: ein durchaus legitimen Bedürfnissen zugedachtes Angebot ...

Klage sieben: Panik

Während die Kinder an sonnigem Augustmorgen im Feriengarten neugeborene Hasen umjubeln, sie zärtlich mit einem Finger streicheln, tiefer Friede weitum, abgeerntete Felder, frischer Wind in Pappeln, die Riegersburgfelsen voll frühen Lichts: Radiomeldung heftiger, zielsicher geschürter Demonstrationen gegen Österreich in Agram! Rausak erleidet neben rasch zupackender, würgender Angst — sein Arsenal der Schreckensbilder ist wieder geöffnet! — in dieser ersten eben noch als Wunder empfundenen freien Stunde auch Wut über diese Verstümmelung sonst gutmütiger, braver Leute, nun in Haßabgründe gestoßen, weil pfiffige Funktionäre von eigenen Fehlleistungen ablenken: den Potentaten ist niemals irgendein fremdes Leid zu groß, um ihre Genüsse zu sichern. Zwei Autostunden von hier erliegen Tausende der Versuchung zu platter, ungenauer Aggression.

Das Mienenspiel politischer Ehrgeizlinge, vorgetäuschter Ernst, maskenhafte Nachdrücklichkeit; das höhnische, beziehungslose, böse Reden, Tötung zur Potenz, weil formal legalisiert, Entzug jeder Achtung. Die verstörten Massen, bergender Bilder beraubt, schlagen nun ungeübt, tückisch wie ihre Vorbilder um sich.

Die haßvolle Nachricht an unvermutetem Ort, in einer Minute der Lockerung, Befreiung, löst, wie jeder derartige Schock, in Rausak eine unnatürliche, weil zu geordneter Rede, geradezu stilvoller Auseinandersetzung drängende Wörterflut aus. Seine aus überdeutlicher Bildgenauigkeit, uralter Erinnerung kommende

Flucht treibt zu sturzbachartiger Abhandlung: als ob er eine Ansprache halten müßte oder einen Vortrag, bei dem es darauf ankäme, durch die Fülle exakt vorgebrachter Beobachtungen die bedrohlich andrängenden Zuhörer noch vor furchtbaren Taten umzustimmen. Auch ist Rausaks Gehirn durch jahrelang anhaltende Empfänglichkeit für schwerwiegende Nachrichten, deren blutiges Ende er nur allzu klar zu extrapolieren weiß, in diesen Selbstschutz geraten, der stets versucht, jeden neuen Terrorakt, jedes Massaker einem unpersönlichen Mengenwissen beizufügen, dort zwar genau — Ort, Zeit, Umstände, Einzelheiten —, aber eben damit das Absinken eines abstrahierten, nur das Wesentliche betreffenden komplexen Leides in die Tiefe der Seele verhindern möchte.

Rausaks Briefstreit mit Dr. Thomas Alt, Juso, belastet nun den ersten Spazierversuch. Antwort auf seinen Vorwurf, nur Wehleidigkeit nähme Rausak so gegen Politik ein: Durchschaust Du die Eigensuchts-Mechanismen, den Menschenfraß denn nicht? Zyniker sagen, man müsse politisieren, weil man sonst selbst unter die Räder der Politik käme: das ist es ja eben! Warum eigentlich? Deine engstirnige Besessenheit ist nicht verbindlich: Wahrheitstabellen sollte man aufrichten wie Evangelienbücher mit Kerzen und Weihrauch. Benn: »Am hündischen Kriechen der Intelligenz vor politischen Begriffen geht Europa zugrunde.«

Beirut im August sechsundsiebzig ist augenfällig gewordene infernalische Politwelt, zufällig hier noch nicht sichtbar, aber unser geistiger Zuschnitt ist kein Gran anders, auch wir haben nicht mehr Verdienste als die dortigen Opfer, die unbestattet auf Stränden verwesen! Würgende Scham: aus österreichischen Scharfschützengewehren wurde dort geschossen.

In jeder Geschichtsphase ist euch etwas eingefallen, auf Leben und Tod gegeneinander zu kämpfen, Ursachen nie angemessen, immer vorgetäuscht. Geplante Mißverständnisse, vergeudete Begabungen; nach schwieriger Ausbildung werden aus den Besten Parteisekretäre, Hauptpolemiker — andere Spitzenfunktionen hat die Welt nicht zu vergeben. So schaut sie denn auch aus: offene Hölle! Weil ihr, auch Du, Thomas, an eine verbindliche, außerhalb von uns wirksame, ohne Schäden nicht zu verbiegende Wahrheit nicht glaubt. Deren Ratschläge hießen nämlich nachdenken, reden lernen, Frieden halten, arbeiten. Frau Puschenjaks Wahrwort über Politik: Prophetenfluch auf lieblose Gesinnung: König Davids stolze Volkszählung brachte dezimierende Pest!

Langsamer, wie delirierender Gang durch Maisfelder, immer die Auftürmungen der Riegersburg vor sich. Die Kinder wollen zum Eselsteig. Malerisch aus dem Steilhang leuchtender Friedhof, tiefgrün umrahmt. Eigentlich möchte Rausak still dasitzen vor solcher Einladung zu mehrtägiger Befreiung. Endloser Grippewinter hinter uns, von November bis Juni Serie von Virusinfekten. Wochenlang allnächtliches Husten der Kinder, Fieber, feuchte Schläfen, Klagen über Halsschmerzen; wäßriger Durchfall, Erbrechen, dreimal nächtlich Betten überzogen, die anderen erwachen, schluchzen.

Aber neue unbekämpfbare, tödliche Grippeviren verbreiten sich von internationalen Flugplätzen über den Kontinent. Kein Mensch mit Schnupfen durfte Hitler nahekommen. Seine persönlichen Kohlevorräte auf dem Obersalzberg — dreißigtausend Tonnen! — brannten noch sieben Monate nach dem Krieg. Mieser, vertrackter, feiger Schwächling und Weiberheld, der seine massenbetörende Macht aus hemmungsloser Mordlust zog.

Und Stalin, der zum Beispiel auch den gesamten russischen Generalstab ermordete, verbrachte die Nächte im Kreml-Kinosaal bei Wildwestfilmen! Der Verlierer von Biafra ließ sich samt Rolls-Royce ausfliegen! Die Swissair hat den Transport privater Goldbarren aus Saigon abgelehnt. Idi Amin ließ Gefangene von Gefangenen schlachten und essen. Oder sie zum Gaudium der Wächter mit Schmiedehämmern gegeneinander ums Leben kämpfen. Kambodschas unglückliche Dorfbewohner wurden mit Spaten erschlagen, um Gewehrkugeln zu sparen. Das in Havanna aus dem entführten Flugzeug gezerrte Opfer wehrte sich wütend, schrie zu den reglos sitzenden Passagieren auf sich weisend: Tot... tot...! Schlußformel am Morzinplatz: Wie heißen Sie? Eine Begnadigung ist nicht erfolgt, das Urteil wird jetzt vollstreckt. Im Morgenjournal des fünfzehnten Oktober fünfundsiebzig war von strafweiser Vergewaltigung gefesselter Frauen durch dafür abgerichtete Hunde die Rede...

Die anmutigen Biegungen der Feldwege. Und immer wieder die entrückende Wirkung einer — wie er es nennt — dreidimensionalen Landschaft auf Rausak: weitgestaffeltes Hügelland voll heimeliger Gehöfte... Rausaks hartnäckig stummes Ringen mit der Hohen-Wand-Zwangsvorstellung: selbst herbeigeführter Steilabsturz seines mit allen Familienmitgliedern besetzten Autos.

Wohlinformierter und -dotierter UNO-Sekretär stürzte sich aus dem vierundzwanzigsten Stockwerk in New York. Und Eiffelturm und Europabrücke und Gloriette, Mariazell, E-Werkskanal in Lebring, Mühlgang in Graz. Obgleich er ein Erliegen ausschließt, steht des deutschen Christen Jochen Klepper in religiöser und rationaler Klarheit begangene Tat vom Dezember zweiundvierzig, um der Familie willen und mit ihr zusammen erlitten, als allerletzte denkmögliche Vorzeichnung vor ihm. Seltsames Privileg des tüchtigen Tiroler Unternehmers: daß er sich im Alter von vierzig Jahren erschießen durfte, über seine materiell bestens versorgten Kinder immerhin beruhigt.

Übermächtiger Drang, aus folgenlos gerechtem Leben auszuscheren, aus verzehrender Arbeit für langfristige Besserung — wie die im Sand auf dem Rücken liegende Schildkröte endlich den Kopf hintübersinken läßt —, den mühsamen Dauerentzug, ihrem Zwang gegenüber in Haßidiomen zu reden, aufgeben; verlokkende, kurzfristige Entlastung, plötzlich erstmals äußere Bestätigung, erleichtertes Einrasten in Parteilichkeit, um welchen Preis freilich: überlebende Holländerin über Auschwitz: Sie sind so stark, und wir sind so schwach, daß man unwillkürlich fragt, ob sie etwa recht haben und wir unrecht ...!

Rausaks Begründung seiner Unnachsichtigkeit gegen Machthaber: angesichts aller Verführter, in Namenlosigkeit gestürzter Existenzen, durch einige Berufsheuchler, die aus perfekter Umfälschung der Lebenslast in politisierbare Frontstellungen, aus gigantischem nahtlosem Betrugsverfahren — das Gewehr des Wilderers hat auch im Schaft einen Lauf, er täuscht Übergabe vor und schießt! —, aus raffinierter Mißverständigungstechnik Macht ziehen, dem Augenschein ins Großflächige entweichen.

Zum großen Hebel drängen sie ohne die für solche Kraftvervielfachung nötige Behutsamkeit, ohne den reinen Blick. Solcher Hebel verführt auch jene zu ungerechten Quetschungen, die vielleicht mit Ordnungsabsicht nach den Griffen getappt hatten.

Wer kraft seiner öffentlichen Position ein Identifikationsmonopol besitzt und diese Stellung in pragmatischer Schnoddrigkeit ausfüllt, stets nur geschickt dosierte und adressierte Aggressionsimpulse auslöst, die nur seiner Machtsicherung dienen, dabei Tausende arglose Charaktere verstümmelt und so den Moralbedarf der Menschen glatt unbefriedigt läßt, jahrelang kein zielsetzendes, heilendes, gutes Wort spricht — jahrzehntelang nicht! —, der wird von den durch ihn verschuldeten Lebensverkürzungen heimgesucht werden hinter allen herzlosen Formeln.

Frohe Abende mit Max, Anna, Klara, die vor Lachen und unbändiger Freude fast zerspringen, durchs Zimmer tanzen, auf Sessel steigen, sich zu Boden fallen lassen, vor Übermut wälzen. Francine wechselt glückliche Blicke mit mir — laß sie gewähren. Ein himmlischer Augenblick, wenn die beiden Mädchen später noch an ihren Tischchen sitzen, Märchenbücher in der Hand, und singen; gewaschen, gekämmt, Engel, die süßen Mundstellungen und die entrückten, glänzenden Augen...

Irgendwie die lebenserhaltende Produktion sichern. Innerhalb der gegenwärtig wirksamen Ordnung leben und handlungsfähig bleiben, so zugleich genug Kraft erübrigen, an einer Neuentwicklung zu arbeiten. Immer zum Schluß kommen, daß er durchaus nichts machen könne als seine Alltagsarbeit. Bleiben, was man ist — keine Pose, keine Manier, keine Fabel —, umsichtiges Dienen. Irisierende, oszillierende, botanisch wuchernde, alläugige Identität. Sympathie, Kompetenz, Konstruktivität, Poesie. Immer wieder die Kraft zur Ruhe, das Überwinden eigener Positionierung. Wie sieht der Kampf aus, den ein Gerechter heute führen soll? Der Empörung nicht freien Lauf lassen; der Unfähigkeit gerecht zu sein, der lockenden Parteiung trotz Dauerschmerz nicht erliegen! Stumm leiden und es den komplizierten, geheimsten Verknüpfungen überlassen, so eine Mutation der Gattung vorzubereiten. Letztformel der Nacht, als er den Vorzimmerkasten gebaut hatte: Antipanik!

Verblüffung, Zweifel, zwar nicht Verständnislosigkeit, aber innige, staunende Berührtheit Rausaks beim Anblick Hunderter glücklicher Feriengäste in Riegersburg: trinken Wein, schmausen in gemütlichen Sälen, auf lichten Terrassen, genießen verzaubernden Geschmack der Eisspezialitäten . . . und überall, von jeder Sitzgelegenheit, Spazierroute, Raststätte aus, der Anblick der zerklüfteten, steil hochgereckten Landschaftssäule mit ihrer ruhig, unbezwingbar breit darübergestemmten Festung; Anziehungs-, weil Orientierungspunkt, beliebter Ferien-, weil Fluchtort, Erholungs-, weil Sicherheitswert, sichtbar, befühlbar, besteigbar gewordene, irreale, aber fotogene, täglich neu zu besichtigende Vision. Der liebe Urlaubsort schmiegt sich um die Burgwände, die Sommerfrischler und Besucher, fast Wallfahrer, gebetlos zwar, aber mit nicht unähnlichem Antrieb und Erfolg, klettern in den Böschungen und Zinnen, erleben zugleich Zuflucht, Überblick, Geborgenheit, ins Geographische ausgelenkte Bewertung, Besinnung durch Besitz eines ruhenden, alle Umgebung einordnenden Mittelpunktes: eine Art, ihre Art Antipanik! Rausak weiß gut, daß ihr Mangel an Detailinformationen, ausformulierter Not die Qualität ihres Schicksals nicht mindert und die Bitterkeit ihrer Umwege und Blockaden, die furchtbare Bedrohtheit nicht entschärft, wenn diese auch nur aus der Überschrift einer achtlos weggeworfenen Zeitung im Abfallkorb neben dem Wanderweg wie gefährliches Gas über Riegersburg ausströmt: wie lang ist es denn her, daß genau hier verheerende Artillerieduelle wüteten, Tote in Ruinen lagen?

Professor Dror stellt die wichtige Frage: Gibt es objektiv oder subjektiv keine Alternative? Weltkriege als Fiasko einer phantasielosen Gattung. Malmedy, Dresden, My Lai, tote Araber unter Panzertürmen, zerquetschte Israeli unter Hubschrauberwracks, vor Schmerz brüllende Frauen in Vietnam. Tschechischer Geheimdienst schüre laut USA durch Sprengungen blutigen Südtirolkonflikt; CIA stehe laut Moskau hinter Terroranschlägen in Italien, um den historischen Kompromiß zu verhindern. Äthiopische Machthaber verlangten Einfuhrzoll für Nahrungshilfe an hungernde, gekrümmt im Sand verröchelnde Kinder. Dreihunderttausend Verhungerte diesen Winter in Bangla Desh, fünfzig Millionen unterernährt, Selbstmord und Wahnsinn grassieren, Getreidepreis in zwei Jahren vervierfacht, Kinder durchwühlen knietiefen Schlamm, zeigen lächelnd ein Gefäß voll Morast mit einem winzigen zappelnden Wurm als Beute...

Aber hier Luxusverteilungskämpfe bis zum Systemkollaps!

Aber hier Theologen, die gegen Telefongebührenerhöhung demonstrieren!

Aber hier ernst gemeinte Hochliteratur, die auf blasphemische Schocks fixiert ist!

Dort liefern von Weinkrämpfen geschüttelte Mütter ihre Kleinkinder auf immer in Häusern ab, wo sie vielleicht etwas zu essen bekommen...

Listenartige Aufarbeitung der Zustöße ist Rausaks Widerstand gegen Panik. Sein Kopf führt selbsttätig ganze Berichte aus, obwohl diese in Selbstgesprächen oder einsamer Bewältigung unnötig wären: schmerzhafte Präzision gerade jenes Schockverarbeitens, das tiefste Depression auslöst. Und obwohl er diese nicht selbst, nicht frei gewählte Technik der Antipanik durchschaut, ändert sich seine stilisierende, beamtenhafte Aufarbeitung der Greuel nicht: das ist seine gegenwärtig schon vollzogene Verstümmelung! Immer öfter Hirnkrampf, rasender, wie aus Glühzündung pulsierender, bis zum Kollaps gesteigerter Kopfschmerz.

Rausak spürt Gewehrkugeln seine Brust zerreißen, Bajonette in seinen Hals stoßen, mit jeder Gewißheit ist vorauszusagen, daß Millionen vor Hunger Wahnsinnige in den Besitz elektronisch gesteuerter Atomminen, verheerender Strahlungswaffen gelangen und blindlings losschlagen werden: globaler Amoklauf mit glühender, rasender Wut moralischer Berechtigung! — Er fürchtet Mörderhände im Haar seiner Kinder, er sieht seinen entsetzt schreienden Max voll Verbrennungen, Geschwüren, auf faulenden Armen durch die Gassen kriechen ... wer sagt da übertrieben ?: London, Hiroshima, Phnom Penh, Beirut, Dresden: und das waren noch keine etwa vor Hunger wahnsinnigen Gegner! Wittgenstein an Englands Südküste zum Ende des Zweiten Weltkriegs: Es wird ein neuer Krieg geplant. Die Atomwaffen werden alles vernichten: »They will be mean to do it!«

Doch wenn Kinder langsam sterben, letzte Wünsche haben, ermattet schöne Zeichnungen anfertigen, Papierschiffe kleben: der kleine Kurti Renz vom Nachbarhaus treibt Rausak heute noch Nässe in die Augen. Maxens achtjähriger Mitschüler Herbert kommt zwischen unerträglichen Infusionswochen nochmals zur Schule — voll Geschwüren auf Gesicht und Speiseröhre, das in Krebs zerfallende Bein geschient: Wie könne er das ertragen, er sei doch noch ein Kind, fragt er ... Dieses vertrauensvolle Leiden muß selbst Gott in Verlegenheit bringen! Für todkranke Kinder werden Weihnachten in den Oktober vorverlegt, bringen Feuerwehrleute in prächtigen Uniformen die Mitgliedskarte, wird in Houston vor dem Raketenstart ein Sonderplatz auf der Tribüne freigemacht, und der Flugzeugträger führt den blassen Buben samt Rollstuhl zur Bergung der Mondkapsel mit. Reicht denn keine Betroffenheit über unsere arme Wahrheit für endgültigen Frieden?

Rausak zittert vor solcher Brüchigkeit, Unverläßlichkeit der Ordnung, die ihn wie ein unerklärlicher Ausnahmezustand gegenwärtig erhält. Zwischeneiszeit, Zwischenkriegszeit, Atemholen der Vernichtung, die in diesem Jahrhundert unablässig ausholt, nur aus materieller Erschöpfung noch nicht vollzogen ist, nicht etwa aus Läuterung, ehrlicher Einsicht der Besessenen.

Francine geht mit Anna und Klara zu dem lieblichen Badeteich von Riegersburg. Würzige, laue, südsteirische Waldluft. Gütiges, unfaßbares, tägliches Sonnenlicht! Liebevoll einladende, in erschütternden Gebärden sprechende Tröstlichkeit der Pflanzen. Rausak bringt den von eindrucksvoller Burgführung ermüdeten Max im Gasthof zu Bett.

Endzeit, keine Wendung mehr zu erwarten. Würgender Traum ohne Erwachen. Dieses Gefühl in meiner Brust kann nur mit mir zusammen enden. Die Furcht, während ich meine Kinder streichle, verzeihe ich nie.

Klage acht: Uschebti

Max, Anna, Klara vor Breughels Kinderspiele gestellt: einmal abzählen, aufschreiben; mitgebrachter Block; Rausak selbst nebenan vor Rembrandts Selbstbildnis: Berufskrankheit erkennbar — dieser Stirnkrater, diese Vulkanaugen, nichts ist haltbar, heilbar. Pressung der Gegenwart, kantig aufgetürmter, schürfender Eisstoß, frostige, würgend schnelle Abkippungen dämmriger Tage; beklemmender Sog reißt auch diese Stunde schon in Abgründe, kein Jetzt, kein Samstag- oder gänzlich befreiter Sonntagmorgen: Verlegenheit im Kunsthistorischen Museum. Ja, das ist die Kaiserin, die die Volksschule eingeführt hat, die Reiter sind ihre Berater.

Sammelwahn, Museen, Gedenkräume, alte Photographien, Briefe, Zeitungsausschnitte, zwar ohne Ordnung, teils chronologisch, teils namentlich oder nach wechselnder Wichtigkeit. Prognostizieren, kalkulieren, Hoffnungen in Schichten quantifizieren. Risikoformel: größtes auftretendes Unglück mal Eintrittswahrscheinlichkeit. Berufskrankheit: Gegenwartsverlust. Gegen Silikose der Bergarbeiter unwirksame Kuraufenthalte und dagegen — unsichtbare, objektiv unwirksam bleibende Kompetenzerlebnisse... Wissenschaftspreis aus New York für Öllagerstätten-Bewertungsprogramm — da haben sie gesagt: Der Rausak ist eben ein blutloser Fachmann, okay, braucht man auch! Rausak zu seiner Frau Francine: Von etwas muß man ja leben! Nimbus des Scharfdenkers, Planungstraktors, Systemschweißers. Dagegen des Historikers H. G. Wells letztes Zitat vor dreißig Jahren bei seinem Tod: »Universale

Unzulänglichkeit stellt den gewöhnlichen Menschen ans Ende seiner Geisteskraft.« Wells hat neunzehndrei Ersten Weltkrieg, neunzehnvierzehn die Atomzertrümmerung vorausgesagt... Wittgenstein neunzehnfünfundvierzig den nächsten Atomkrieg...

Marmortreppen abwärts, Klara stolpert, zu irgendeinem Theseus zurückblickend. Ägyptologisches Kabinett. Die Kinder verschwinden aufgeregt tuschelnd in magisch beleuchteter, lebensgroßer Grabkammer; dort eingemeißelt vollbesetzte Ruderboote, Rausak vor Hieroglyphen. Fortschritte werden gegen die Sprache gewonnen. Jesus und Einstein als Reformen der Semantik. Rausak vor Glasvitrinen glänzender Tonfiguren, handgroße Lehmpuppen als Grabbeigaben: Uschebti: Diener, Arbeiter, Gehilfen, Stellvertreter für den so Beschenkten in zukünftiger Welt. Starrer Blick, überkreuzte Arme, vollbeschriebene Kleider, nichtssagendes Lächeln. Uschebti! Zu Keramik geschrumpfte Implosion der Zukunft, zu Stein gebrannt, harte Glasur übergenauen Widerstands: meine eigenmächtige, eigensinnige Bewältigung, Ertrotzung der Zukunft, Vorsorge für die Kinder, Planung, weithinreichende, überbestimmt vorangetriebene Obhut, Beratung, Fürsorge... künftig vielleicht nur ausgehärteter, eingetrockneter Teig, ohnmächtige, linkisch geformte Klümpchen, starre, nur mir, nicht ihnen dienende Phantome...

Rausaks Pflichtgefühl für seinen toten Vater: jetzt bin ich sein erreichtes Ziel, Sinn väterlicher Anstrengung vor fünfzig Jahren, sein Wert wird täglich durch mein Verhalten noch verändert. Und nun dieses Heute als Gravur für später unvermeidliches, entscheidendes Rückbesinnen meiner Kinder.

Max liest seinen Schwestern stockend, buchstabierend Uschebti-Bestimmungen vor. Anna zeigt begeistert die auffällig verzierten Saaldecken. Frage nach dem Sinn der Scheingefäße, blindes Gießloch in schönen, nutzlosen Vollkörpern. Wenn ich schon keine Wirksamkeit entfalte, setze ich doch Wirklichkeit. Bedarf nach Vorurteilen für Lebensführung. Schmelztropfen kollern stokkend, zäh rollend, einander mitreißend über Innenhoffenster, versickern im uralten, brüchigen Lack — Erosion noch am Museum, haltlose, allerletzte Verankerungen, paradoxer Alterungsprozeß an Mumien. Zeitungsmeldung, wonach der Schweifstern im Jahr zweitausendsiebenhunderteinunddreißig mit freiem Auge sichtbar sein würde.

Unser Verzicht auf Totalreform, auf den Versuch, doch einmal nicht politisch, sondern substantiell zu handeln, wäre das Ende! Ist die Gattung zu jetzt notwendigen Intelligenzleistungen nicht mehr imstande? Es gibt noch nicht einmal ein Wort für diese Aufgabe. Sind Analogien zu früheren Kulturzyklen erlaubt? Unübersichtliche Verschränkung von Makro- und Mikrosystemen, die ständig falschen Einfach-Analogien Vorschub leistet, kurzfristig empirische Erfolge unter Retortenbedingung — zum Beispiel vorübergehend sanierter Stadtbezirk — erzielt, florierende Grasinseln treiben als üppiger Minikosmos langsam dem Wasserfall zu: Scheingewinn, der nichts von dem beweist, worauf es ankäme: langfristig optimierte Lebensgewißheit! Dagegen die Unvorstellbarkeit so fortgesetzter Geschichte! — Dies Reinhold Schneiders Klage aus dem »Winter in Wien« neunzehnsiebenundfünfzig, als er jene letzten Lebenswochen mit Magenkrebs seinem Ostersonntag-Todestag entgegenlitt. Auch Gottfried Benn bezweifelt die Lebensfähigkeit der Gattung. Sogar heute noch — man sollte es nicht glauben! — gilt als auffälligster Erfolg eine Profilierung auf Kosten anderer; am ertragreichsten, wirksamsten ist die Schaffung halbwegs haltbarer Aggressionsanlässe: davon leben die Lenker der Völker, und davon sterben die Fehlgelenkten.

Rausaks Erklärungsversuch für ständige Mißweisung aller Bewährungskategorien: kurzfristig regiert blanke Absurdität, zu empfehlende Einstellung auf brutale Dschungelbedingung; mittelfristig herrscht negative Auslese, es obsiegen die jeweils beschränkten, eigensüchtigen, ungefährdeten Pragmatiker, die weniger Sensiblen; langfristig zu erhoffende, positive Auslese, weil Bösartige die eigene Intelligenz vernichten, statt sie Systemanpassungen zu widmen. Imperien zerbrechen unter Qualen, ihre gezeichneten Reste ordnen sich zu einem mindestens um einen Rang höheren System. Freilich: langfristige Korrekturen dienen nicht Individuen, nur Epochen.

Anna entdeckt begeistert die falsch proportionierten Kinderstatuen seitlich des Pharaonenpaars.

Seit neunzehnzweiundsiebzig irreversibler globaler Knick: Aufschlag des Bewußtseins im plötzlich absehbaren, ja berechenbaren Globaluntergang; dem längst vorangegangenen Ende froher Zuversicht Einzelner entspricht nun auch das Verstummen, die Erstarrung optimistischer Weltparteien.

Günther Schwabs »Tanz mit dem Teufel«, Rachel Carsons »Stummer Frühling«, Gordon Taylors »Selbstmordprogramm«, Forresters »Grenzen des Wachstums«, Pestels »Menschheit am Wendepunkt«, U Thant, Sicco Mansholt, Peccei, Pauling, Heilbroner: als Racheengel in nur zehn Jahren über dem Erdkreis aufgerichtet! Bevölkerungsverarmung, Nahrungskatastrophe, Rohstoffversiegen, Energienotstand: über zweitausend hinaus wagt niemand mehr zu denken! Und heute hungert jeder zweite, jährlich verhungern siebzig Millionen.

Robert Heilbroner nennt — laut New Yorker Zeitungsabdruck — die siebziger Jahre »Politik der Verzweiflung«, die achtziger »Politik der Hoffnungslosigkeit«, die neunziger »der Katastrophe«, nächstes Jahrtausend »Ära der Vernichtung«.

Anna, Klara bestaunen die glatten, schwarzen Steinplastiken altägyptischer hoher Beamter. Riesensarkophag für Chef des Rechnungswesens, schöne Frau in Sargboden geritzt. Klara will aufgehoben werden, über den Rand hineinschauen.

Doppelter Nobelpreisträger Linus Pauling, neunzehnvierundfünfzig Chemie, zweiundsechzig Frieden, prophezeit innerhalb von fünfzig Jahren größte Katastrophe der Weltgeschichte: Globalkrieg, Massenhungertod, Städtezerfall, Klimaumbruch, Umweltkollaps. Er urteilt: »Gemessen am bisherigen Fehlverhalten von Politikern müsse das kommende Jahrhundert ein Maximum menschlichen Leids erreichen.«

Rausaks Kinder laufen unter der Kuppel im Kreis, beobachten grandiosen Durchblick von der unteren in die obere Kuppel, lachen über das Echo, setzen sich auf Regenmäntel und blicken neugierig froh in gewaltige Doppelwölbungen. Vati, haben das auch die alten Ägyptier gebaut? — Ägypter heißt das! — Unabweisbarer Gedanke an ihr künftiges Alter: gräßlicher Gegensatz zu heutiger Geborgenheit. Was kann ich tun?

Rausaks Erinnerung an die Tagung der österreichischen Zukunftsgesellschaft in Bad Gleichenberg. Professor Tümmler, der internationale Prognosemanager, überschwemmende Wörterflut, genießt Informationsübermacht in Zitatfülle anglophoner Experten, zu der niemand Stellung nehmen kann; sein Blick wie besessen, ab gewisser Perfektion wird Beredsamkeit unwahr, man vermißt die das Reden beglaubigende sprachhemmende Last auf dem Redner.

Ingenieur Fuchser, ein Prognosetechnokrat, der alle Finanzierungsquellen für Prospektivstudien kennt: Geldschleusen öffnen sich, Weltmarkt für Weltmodelle, Klub von Rom, Volkswagenstiftung, Ford-Institut, Rokkefeller-Foundation, Forschungsförderungsfonds, ja sogar der Vatikan. Ministerialsekretär Bergles beendet sein Referat mit dem emphatischen Ruf: Sozialismus oder Barbarei! Später Diskussionsrückzug: Sei nur plakativ gemeint. Aber auch Professor Hink, Propagandachef seiner Partei, sucht hier nur taktische Munition. Dr. Leikermoser verfehlt nervös die richtige Startlinie vom Immanenten ins Transzendente — verzweifelter Kopfsprung ins Predigen. Darauf schwere Angriffe des Jünglings aus dem Sozialministerium: Pragmatische Aufgaben seien so zahlreich und schwierig, daß jeder Streit über Zielkonsens der Gesellschaft, individuellen Lebenssinn, überhaupt transzendierende Pseudofragen überflüssig sei. Wird unterstützt vom spöttischen Grinsen Dr. Zynars, den die apokalyptischen Informationen in ziellose Radikalität versetzt haben, einst katholischer Aktivist, jetzt linksextremer Journalist.

Und immer noch DDr. Klugers warmherzige Kalmierungsversuche, früher erfolgreich geübte, jetzt wirkungslose Konsensstrategie. Rausak hat Bergles in Verdacht, daß er gefühllos, zuinnerst eiskalt ist: bei triefender Verbalhumanität wegwerfende Handbewegung für zwanzigtausend junge Männer, die während des letzten Nahostkriegs in der Wüste verbluteten; verräterische Wortwahl »Konkurrenzkampfvorsprung« im Gespräch mit Vereinsadmiralen, die sich mit dunkler Brille, weißem Stehkragenpullover intellektuelles Flair geben wollen, indem sie außer beim Automobil-, Musik- und Reitverein auch noch beim Zukunftsverein herumstehen.

Gruppierung in ahnungslos Erstaunte, in Verdrängungsroutiniers, irrationale Optimisten. Einer meinte kürzlich, diese Theorien würden dahinschmelzen wie Schnee an der Sonne; daß das Grauen drei Flugstunden von hier entsetzliche Realität ist, hat er noch nicht kapiert! Pecceis Vergleich von der Titanic ohne Kapitän, flackerndes Flächenwissen, ohne Rettungs-, sprich Orientierungs-, sprich Erlösungswissen.

Leikermoser zum Begründer der Futurologie Ossip Flechtheim im Palais Auersperg: Systemtherapie ist nur möglich mit einem archimedischen Punkt außerhalb des Systems. Gleich darauf träufelt der Vorsitzende innenpolitischen Likör in das habsburggelbe Oval.

Im Kurpark von Bad Gleichenberg, Baumriesen, bis zum Rasen niederhängende Äste, Laubhallen, Schattenräume, tiefster Friede, vor den Hotels französische, holländische, italienische Autos, befragt ein Mädchen Weizsäcker nach der Rolle des Christentums. Antwort: Es übersteige die Kategorien dieser Diskussion. Aber er könne sich keine Zeit vorstellen, in der es keine Menschen gäbe, die die Wahrheit des Christentums erfaßten, denn Liebe gehe nur über Detailarbeit an Sachproblemen. Eine irritierte, aufgescheuchte, innerlich belastete, sprachlos gemachte Gruppe Zuhörer wandert hinter den Experten unter stockendem Gespräch auf die Albertshöhe. Gleichenberg bleibt hinter verläßlichen Waldwänden zurück. Die Arbeitskreise treffen einander auf dem Gipfel: sie umstehen verlegen die niedergebrochene Ruine einer Aussichtswarte.

Rausak durchschreitet mit den Kindern Drehtür und Zählautomat. Klara schlüpft unten durch, eine Zählnummer von uns bleibt im Museum zurück, Max stellt sich vor, wie man alle Säle absuchen wird. Und wieder die mütterliche Kaiserin, deren Ahne sich stets das eigene

Begräbnis vorspielen ließ. Links der unzerstörbare Flakturm von Mariahilf — Turm Davids aus der Marienlitanei? Unerträgliches Wissen, daß unsere Lebensform planetarer Raubbau ist und bereits mit freiem Auge das Zerbrechen sichtbar wird. Ultimatum der Hungerstaaten: wenn nicht binnen zehn Tagen fünf Millionen Tonnen Getreide geliefert werden, wird eine in Wien verborgene Atomwaffe ferngezündet. Aber es wird keine Lebensmittelvorräte mehr geben, auch nicht für Geld, nirgends auf der Welt. Eben ist in einem ausgedörrten französischen See diese Steininschrift sichtbar geworden: »Wenn ihr das lesen könnt, werdet ihr klagen.«

Rechts Ringstraße, Heldenplatz, es schneit in unsere Augen, Menschen ohne gemeinsame Idee, geistlos, stummes Mißtrauen, Schwellenpanik vierundzwanzig Jahre vor apokalyptischer Jahrtausendwende, Entsetzen dieser Ära wie Strontium in den Knochen, naive Bürgertugenden des neunzehnten Jahrhunderts amputiert, Rückbildung zu dumpf-traurigem ängstlich-motorischem Konsum. Rausak ohne Verständnis für Kräfteeinsatz an Nebenschauplätzen, ja sogar voll verzehrender Nervosität bei Beobachtung nachhaltiger Begabungsvergeudung für Fluchtvorgänge.

Ich kann nicht aufhören, die Welt zu verbessern, wenn noch so viele Schmunzler mir das zutreffende Schimpfwort anhängen. Fünfundvierzig Prozent der Österreicher würden die Beseitigung von Demokratie oder Kirche tatenlos hinnehmen; dazu kommen jene, die dies nicht ausdrücklich ankündigen.

Rausak teilt dennoch Dr. Stiligas Österreich-Theorie: Untergangserfahrung, Leidvorsprung, weißglühender Hitzeschild für die jetzt in Abgründe stürzenden, stolzeren Völker, Beisteuerung von Verhaltensmustern unter infernalischen Daseinsbedingungen, Phenolinjektionen des Selbstzweifels. Widerstand: Spaltungstechnik, Kryptobiose; halluzinatorische, postverbale Identität.

Mein Vorrat an Uschebtis wächst täglich, Schleuderungen über strömende Wochen, haltlose Jahre: grundsätzliche Gewißheiten, nur jetzt ratlos.

Auf dieser Bank, genau zwischen den Museen, erste Verabredung mit Francine vor vierzehn Jahren! Ihr goldenes Kostüm in der Abendsonne: Erinnerung als Vision eines anderen Erdzeitalters ... Rausak setzt sich mit den Kindern in Regenmänteln auf diese naßkalte Bank. Anna wärmt die Finger in Vaters Manteltasche, dort findet sie zwei Jausenäpfel. Die Grenze zwischen Verpflichtung zur Tat und Eignung zum Leiden verschiebt sich. Überhandnehmende Versuchung, in diesem Morast von Ungenügen, Widersprüchen, Halbheiten, Aussichtslosigkeit, blindem Moränenschub den persönlichen Einsatz gemäß ökonomischem Instinkt aufzugeben, erschlafft, angepaßt: einzige Todsünde dieser Zeit! Professor Lindeholm in der Stadt Essen vor gigantischen, mehrstöckigen U-Bahn-Abgründen: Der Mensch ist als Steuerungselement im kybernetischen System ungeeignet, weil er affektiv vorausdenkt und daher übersteuert. Frostbrüchiger Lack der Bank, Spuren sonst hier rastender Vögel; unvergeßlicher Blick von dieser Stelle auf Wiens Fassaden, Gewölbe, Treppen, Alleen.

Dort die gotischen Türme der Votivkirche: beinahe schon gänzlich eingehaltenes Versprechen: der Jesus wird wirklich bei uns geblieben sein bis ans Ende der Welt!

Rausak minimiert seine Ausgaben relativ, gemessen an der Wirtschaft unserer Region, nicht an der ärmsten der Welt; nur dies hält Kants Forderung stand. Äpfel, Brot, einfache Mahlzeiten; Gebrauchsgegenstände, wohlgepflegt mit doppelter Lebensdauer, Rauschmittel schweigsamen Überlebens: sparen, schonen, pflegen. Onkel Anton soll gepredigt haben: Ihr braucht nicht zu beten, kommt einfach zur stillen Kirche, laßt Frieden auf euch wirken, er stammt immer noch vom Gründer.

Mich beschäftigt nur noch eines: daß wir die Formen nicht schaffen, in denen wir uns sammeln könnten. Kälte dringt von der Lehne her in den Rücken. Wir sind die Einzigen, die an einem Tag wie heute im Freien sitzen: vertrauter Park, auch im Winter ohne Fremdheit, eingefrorener Gnadenort...

Dort drüben im Lateinamerikahaus den sympathischen argentinischen Zukunftsforscher Mallmann gesehen: erstes normatives Weltmodell: Mindestziele der Selbstversorgung für Südamerika in vierzig Jahren erreichbar, für Afrika und Asien nie...

Rausak würde diese harte, uralte, verwitterte Parkbank zwischen den Museen am liebsten mitnehmen, auf dem Autodach nach Hause transportieren, Beweisstück: eigene Ungläubigkeit an zuversichtliche Tage widerlegend, ein Rastplatz, ein Pfand nachweislich wirksam gewesener glücklicher, lebentragender, geordneter Gegebenheiten. Gegebenheit ist Übersetzung des Wortes Gott, diese Bank also sein Gottesbeweis.

Beim Reversieren aus der Nebenfahrbahn vor dem Heldentor, aus dem langen Schlauch des Parkplatzes im Slalom — Heckfenster ohne Scheibenwischer —, Vivaldi im Radio, Winterstürme aus gehetzten Violinen: wohlmeinende Nachrichten, die niemanden mehr erreichen. Sind meine Vorsorgen für euch auch nur gehetzte Bergungsversuche, Einhüllungen und meine Nachrichten trockene, starre, über und über beschriebene Uschebtis, die doch nichts leisten können unter den heute unvorstellbaren Bedingungen eures zukünftigen Lebens?

Klage neun: Mündung

Morgenandacht aus dem Lautsprecher im Bregenzer Hotelzimmer vor Rausaks zweitem Konferenztag: welches Risiko geht der Bregenzer Kaplan ein, wenn er durch das Radio Glück verbreitet, das die Hörer verwandelt. »Mein Mund betet in der frischen Luft, die er atmet; mein Auge betet im Genuß des Lichts; meine Zunge beim Trinken frischen Wassers; meine Haut betet im erquickenden Bad; wir sind in unendliche Fürsorge getaucht.« Der Prediger verbreitet Gottseligkeit, wohl wissend, daß das Versinken in ihr, daß diese Weltvergessenheit Wölfe anzieht. Er kalkuliert auf allgemeine Verbreitung der Frömmigkeit, wodurch dann freilich diese Angst unberechtigt wäre. Aber darf man damit rechnen und so Vertrauensvolle dem Fraß aussetzen?

Im Aufzug zum Frühstückszimmer, Rausak schon in der Fachmannsuniform, graue Hose, blaues Sakko, weißes Hemd, blitzende Augengläser, der Gedanke: wie das christliche Universum nur stimmt, seine Tugendbegriffe schadlos nur innerhalb gleichartiger Welt anwendbar wären; in der Auseinandersetzung mit unchristlichen Systemen ist folgerichtiger Untergang des Christen zu erleiden: verzehrender, unter wechselnder Spannung stehender, halb- oder hochherziger Anpassungs-, Abnutzungsprozeß. Diese Art Nachfolge Christi als Rausaks derzeit höchsterreichbare Einsicht.

Wandlung der Welt weiter entfernt als je; eventuelle Bekehrung nur mit einer Weltkatastrophe assoziiert: Läuterungsmassaker, denen Millionenstädte und meine Kinder und meine Mitarbeiter, Nachbarn zum Opfer fielen, sind keine Hoffnung — so abstrakt, so heilig kann ich nicht denken...

Hauptingenieur Ditscheiner, Produktdisponent Schliefenbach und Verbandsjurist Dr. Kossatz bereits beim Kaffee. Ditscheiners überlegen ironische Miene: auf dem Bregenzer Expertentreffen mit Kybernetikprofessor Lindeholm zum Vergleich industrieller Analogsysteme war es Rausak gestern nicht möglich, die Vertreter anderer Unternehmungen von der Irrealität jener Rechenprogramme zu überzeugen, in denen der schöpferische Funke nicht vorkommt: Kalkulationstricks, Investitionsschübe, selbst Forschungsprojekte ersetzen nicht den Willen, den Schwung, den Mut, den persönlich überzeugenden Einsatz lenkender, ja visionärer Köpfe: Unser halbwahrer Erklärungsmechanismus ergibt halbrichtige Entscheidungen. Rausak an den berühmten Vertreter der Elektroindustrie: Wir haben jene mathematische Modelltechnik erreicht, die sich immer selbst bestätigt, weil sie ihre Grenzen nicht überschreitet. Wenn unsere Tabellen die schöpferische Offenheit, die bewußte Änderung, Neufassung, ja Steigerung von Zielen ersetzen, sind wir gefährliche Schwindler.

Lindeholm vermittelt die Vision des volks- und betriebswirtschaftlichen Modells der Allgemeinen Produktionsfunktion, mit dem die Auswirkung jeder technologischen, legislativen, sozialen, kulturellen Veränderung simuliert, optimiert werden könne, wobei — hier meint er Rausaks Aussage zu beantworten — die Soziologie Mentalitätsknicks einspeise. Rausak: Die Grenzen zum Personalen seien jetzt so umstellt, alle Ausflüchte haben sich empirisch widerlegt, daß wir sie endlich überschreiten, oder aber davor verkümmern müssen wie Kafkas Landvermesser vor dem Schloß. Mehr Rätsel und Aufgaben vor als hinter uns.

Dr. Kossatz' Ungläubigkeit vor langfristigen Zusammenhängen, Optimierung nach Augenschein, Diskussionsabsturz auf Technologisches, Methodisches, hardware. Unvereinbarkeit dezentraler Kontenpläne. Es bestehen keine oder unwirksame Kupplungen zwischen Denksystemen untereinander und zur Empirie: sektenartige Subsysteme ohne Befreiungswirkung aufeinander: Mathematik, Politik, Literatur, Volkswirtschaft, Musik, Sport, Technik, Philosophie: Einigkeit nur über Vertagung: jeder kocht seine Suppe. Kein verbindender, tragender Mythos.

Hauptingenieur Ditscheiner im Taxi zum Bahnhof: Sie vergessen, daß ich Techniker bin. Schon Sottolarz hat immer gerufen: ich bin Ingenieur, das Wort Glauben gibt es bei mir nicht. Ditscheiner ist ein Mann von beachtlicher Durchschlagskraft, hat enormen Menschenverschleiß. Ganze Abteilungen lösen sich auf unter der Sprunghaftigkeit, Verworrenheit, den Denkspiralen seiner ungreifbaren, nie ortbaren Personmitte: Die Verkäufer, diese Trottel, haben meine Tendenzen nicht verstanden.

Darauf Rausak, ängstlich verbindlich zwinkernd: Sie haben sie ihnen ja auch nie ruhig mitgeteilt, mit Wutanfällen motiviert man nicht.

Dr. Kossatz schweigt wie immer, unangreifbare amtliche Schablonen, leere Gesten, richtig und unrichtig amalgamiert, entscheidende Engpässe werden so unüberwindlich — ein Tropfen Öl verdirbt zehntausend Liter Trinkwasser, ein Irrtum blockiert dreißig Rechnerstunden, der Stolz von irgend jemand vergeudet drei Millionen Computerkosten, zerstört dreihundert Arbeitsplätze.

Prokurist Schliefenbach: Unser Entwicklungsbudget liegt knapp unter dem Weltdurchschnitt. Rausak: Aber das Meßinstrumentarium für charismatische Produktivitätsbeiträge, personale Qualitätsschöpfung gibt es noch nicht. Die üblichen Meßzahlen — Schreibanschläge pro Minute, Schweißnahtmeter, Pro-Kopf-Umsatz, Rohölfraktionsausbeute, Bestellpositionen, Tonnenausstoß je Beschäftigten — lassen die entscheidende Größe außer Ansatz. Wir passen unsere Entscheidungen reduzierten Kategorien an, statt das Erklärungssystem zu verbessern. Ditscheiner: Vielleicht ist der Universaldrang Ihre Berufskrankheit. Beschränken Sie sich auf aktuelle Daten, maximieren Sie Firmen — und vor allem persönlichen Erfolg. Basta! Rausak lächelnd an Dr. Kossatz: Als Jurist müßten Sie Verständnis haben für einen neuen, verfeinerten verbalen Katalog persönlichen und beruflichen Optimierens jenseits pekuniärer Steuerung: Initiativen, Kollegialität, Vermittlung psychischer Aufhellungen, Gemeindefunktionen, Nachbarschaftshilfe... Dr. Kossatz fällt ins Wort: ...Witwen und Waisen fehlen noch...

Die Herren sitzen feindselig schweigend im Zugabteil, Grenzgebiet Tirol—Salzburg, Gebirgsketten drehen sich vor dem Waggonfenster. Rausak deutet später anzüglich zum Untersberg: Man schüttet dort Leuchtfarbe in Bäche, um die in einer Höhle Eingeschlossenen mit Licht zu versorgen. Ditscheiner, intransigent, schweigt steinern. Rausak denkt an Solschenizyns Kommunistenzitat, wonach die Revolutionäre den Ingenieursleuten nie getraut hätten, Lakaien und Helfershelfer, Ingenieurskader als Schädlingsnaturen, durchtrieben und käuflich.

Kossatz: Herr Ditscheiner ist eben Pragmatiker, und die hohe Fluktuation in seinem Bereich beweist, daß er die Leute fordert. Merken Sie sich: Feldprediger sind nicht Feldherren! Schlechtes Bild! erwidert Rausak, beide werden nur gebraucht, wenn vorher auf höherer Ebene der Frieden vertan wurde: mangelnde Arbeit an Ordnungsstrukturen, aber dann mit Maschinengewehren in die Menge.

Halblaute, langsame Diskussion: Ganze Wirtschaftszweige bankrott, zweihundert Millionen Arbeitslose in einer Welt, die vor Not stöhnt. Mangels intellektueller Durchsicht vorläufig viele Denksequenzen gleichzeitig anwenden — auch wenn sie einander nicht decken, besteht ein gemeinsamer Nenner. Programmkoinzidenz verschiedener Disziplinen und Idiome, Durchsicht der Lochungen aufgestapelter Steuerungskarten: noch keine Regel formuliert, unter welchen Bedingungen welche Wertsysteme jeweils anzuwenden sind. Eine Metamoral: Kybernetik, Philosophie, Betriebslehre, Kasuistik; eine Art Musik in Klartext oder rationalisierter Literatur. Bis dahin nützlicher, bescheidener Methodensynkretismus in Wartehaltung. Oder reicht die Intelligenz der Gattung nicht aus, evidenter Unwissenheit angemessene Ethik zu schaffen? Ditscheiner: Dafür ist die Informatik zuständig. Ich bin Ingenieur, Technik und realistische Politik, sonst brauchen wir nichts in der Wirtschaft.

Kurz vor Salzburg nehmen die Herren Würste und Bier. Rausaks Hilflosigkeit überklar: keine Annäherungen des Sagbaren und Unsagbaren. Zerhackt, in gebrochenen Schichtungen, zwischen versetzten Schraffuren leben, ohne Kontinuität zu verlieren, berstend ineinanderdrängende Kontinentalschollen, kochende Bruchzonen, Leidlinderung durch Erkennen der Störungsmuster, was man voraussagen kann, hat geringere Zerstörungswirkung. Während Rausak aufsteht, Mantel, Hut, Koffer bereitlegt, entsinnt er sich der dreidimensionalen Darstellung des Salzbergbaues von Hallstatt aus transparenten Plexiglasschichten, in die durch Bohrung mit Kupferbahnen die Stollen und Fundstellen räumlich durchschaubar gemacht sind, Fundpunkte im Berg mit Lichtern fixiert.

In Salzburg verläßt Rausak den Zug und die Herren seiner Firma. Das Bild in der Pariser Conciergerie von Marie Antoinette: an den Gesichtern des Tribunals erkennt man, daß ihr Tod längst beschlossen ist, während sie noch hochdramatische Erklärungen abgibt. Rausaks Unvermögen zu architektonisch geschlossener Verteidigung, trotz offenkundiger Verausgabung, friedfertigen Verströmens keine gesicherte Plattform: jetzt erst, über fünfzig, wirklich klar: eine immanente Rechtfertigung des Strebenden findet auch langfristig nicht statt! Diese Trostformel war also falsch! Bleibt: leben gegen den Augenschein. Teilzustimmung für den Radiokaplan von heute früh: eine komfortable Programmiersprache, die für den Benützer des Computers Teilschritte zusammenfaßt, mit einfachen Befehlen komplizierte interne Arbeitsschritte auslöst, ist nicht weniger wahr als die in Einzelschritte aufgelöste ältere Programmiermethode: diesem Komfort ähneln die in poetische Bilder aufgelösten Informationen, antropomorph dechiffrierten Offenbarungen Gottes, die ein Verhalten von höchster Lebenskraft auslösen und steuern.

Rausaks Leid: seine Unfähigkeit, eine gerechte, umfassende Lebenskunde mit Zustimmungszwang zu erarbeiten, seinen Kindern einen Vorrat unangreifbarer Einblicke in der Sprache dieser Zeit anzulegen. Alle Nachrichten sind Bekenntnisse, personalisiert, selbst in gelungener Ausformung unverbindlich. Die Möglichkeit, Recht zu behalten, jemals Frieden zu spenden, kann man jetzt schon ausschließen. Werde die Kraft nicht haben, soviel zu reden, zu wiederholen, umzuschreiben, auszuholen, neu zu schreiben, daß ich alles gesagt hätte, was für euch spricht. Unbeweisbares Qualitätserlebnis: auf Abruf bis zur Zeugenschaft.

Selbst vor den Mündungen des Exekutionskommandos, den Blick in die schwarzen Rohre hinein, würden mir die treffenden Worte nicht gelingen, sie zu überzeugen, euch glücklich, frei zu machen, euch sicherzustellen, allen die Augen zu öffnen. Während mich rettendes Wissen bis in die Pupillen erfüllt, bin ich nicht fähig, verbindlich auszusagen, was euch schützen soll. Nichts anderes könnte ich sagen, als die Besten längst ausgesprochen haben — und das für den Weltverlauf vergeblich.

Das Hinrichtungspeloton vom dritten Mai achtzehnhundertacht; Goyas Vision: aus dem Dunkel der Vorstadt leuchtet das Weiß des Hemdes über ausgebreiteten Armen und das Weiß der aufgerissenen Augen eines Opfers vor den Gewehren: gestikulierende Stummheit vor den Mündungen.

Das Rasseln der Zufallsmaschine — von ungläubigen Besuchern stets neu betätigt — erfüllt stundenlang die Räume des Salzburger Hauses der Natur: Galtons Zufallsapparat — Schicksalsnägel entscheiden, wohin die einzelne Kugel fällt, aber man kann voraussagen, wie der Kegel aussehen wird — immer gleich.

Endgültiges Scheitern kommt in Sicht. Ängste, daß er seinen Kindern die Schrift nicht übergeben könne. Selbstkritik an monomaner Gewaltleistung: unzumutbare Nachrichten, kann ihnen eigentlich nichts empfehlen als die Zehn Gebote, jeder Versuch der Aktualisierung, Verbreiterung, vermeintlichen Konkretisierung gerät in Widersprüchlichkeit. Die Regeln für das Bestehen ändern sich in kaum wahrnehmbaren, nicht vorhersehbaren Schüben. Lebensphase, Geschichtsphase, Tagesverfassung, aktuelle Interessenverteilung, kurz- und mittelfristige Zukunftsaspekte, Situation jeweiliger Partner, fragliche Angemessenheit grundsätzlichen oder vorteilhaften Verhaltens — ihre sich ständig verändernden Selbstbildnisse kämen in lähmende Beziehung zu meinem Kosmos, sie verlören Ursprünglichkeit, Kindlichkeit, Antrieb, die dem Glück vorausgesetzte Jungfräulichkeit, Gläubigkeit. Die Rausak seit Jahren beherrschende Zwangsvorstellung, wie er die Nachrichtenordner eines Nachts von der Südreling der Reichsbrücke in die Donau wirft, hat eine jähe, harte Beendigung erfahren: die Reichsbrücke ist am Ende einer Augustnacht um fünf Uhr früh mit allen Attributen einer technischen Katastrophe in den Strom abgestürzt: diesen nächtlichen Gang, diese Stelle unter dem Kettenbogen, diese überklar vorgestellte, jahrelang lockende, drohende Szene der Vernichtung aufgelisteter Ratschläge wird Rausak also nie verwirklichen — als Zeichen oder gar Anweisung für ihn nimmt er das freilich nicht.

Verstummen auf erklommenem Gipfel: am Ende die Blendung, man sucht eine Höhle, baut eine Geröllmauer, der Himmel wurde im Mittelalter als uneinnehmbare Burg dargestellt. Nicht nur die Unentschiedenheit, sondern auch die Unerheblichkeit des Kampfes vorhersehen. Aus welcher Himmelsrichtung soll ein Gnadenstrahl einfallen? Der Wasserstein aus Uruguay im anderen Salzburger Museumsraum als Zeichen: nach Kristallisation nicht mehr entweichendes Innenwasser — so hat man einen Schluck Ewigkeit in sich, der nicht verdampft.

Jesus als Implosion der Gesetzesreligion. Ich bete nicht, ich bin ein Gebet. Verzicht auf quasi-beweisbares Wissen und Reden, Verzicht auf solche Scheinmacht aus Liebe.

Auf dem Weg zum Salzburger St.-Peter-Friedhof, um

die Katakomben zu besichtigen, denkt Rausak an den Tod. Schönste Erinnerungen an Bücher: im Sonnenfleck auf dem Bretterboden der Dexenberger Veranda. Rüstzeug für die letzte Stunde, einige Bildfolgen, Aussichten, Begegnungen. Rausak folgt dem Pater auf dem Pfad zum Gittertor vor den Höhlenstufen zu der Klause — vor tausendvierhundert Jahren in den Mönchsberg geschlagen. Und denkt an Pater Delp, Pater Lenz, Pater Kolbe. Pater Kolbe ist vor genau fünfunddreißig Jahren bis zuletzt betend und singend im Hungerbunker — nach Tröstung aller anderen Opfer, das Singen griff sogar auf benachbarte Todesbunker über! — an der Benzininjektion gestorben. Dies nicht zur Widerlegung, aber zur fragenden Vertiefung der Morgenandacht aus Bregenz! klagt Rausak.

Der Katakombeneingang ist das schmiedeeiserne Grabtor der Schwester Mozarts. Rausak beobachtet, wie der Pater den schweren Schlüssel durch die Eisenstäbe streckt, die rechte Schulter durchzwängt, den Arm anwinkelt und mit verdrehter Hand von innen her in das Schloß greift. Mit leichter Krümmung der Hüfte, Spannung der Finger sperrt er das Tor zu den ehrwürdigen Räumen — den Gebethöhlen und Nischenkirchen des Heiligen Rupert und der ersten Märtyrer Salzburgs — von innen her auf: Rausak wie geblendet vor dieser Erhellung, diesem strahlenden, gleißenden Gleichnis: Entschlüsselung lebenslangen Schmerzes — diese Stufen und Hallen als Sinnbild jenes Wissens, das nur von innen her, aus sich selbst erschließbar ist! Dafür opfern größte Vorbilder ihr Leben, setzen unaustilgbare Augenscheinlichkeit, ertragen Märtyrerschicksale — ohne daß die Werte, die sie setzen, die von Rausak so verzehrend gesuchte, weltumfassende Verbindlichkeit annähmen!

Während der Pater von der obersten Höhle aus den

Blick über Salzburg erläutert, dabei seinen großen eisernen Ring auf die uralte Felsbrüstung legt, berührt Rausak die Hand des demütigen Mönchs, deren Geste ihm die seit Jahren bohrende Frage beantwortet, ja lebensbestimmendes Leid entschlüsselt, freilich nicht gelindert hat.

Fünftes Buch: Preisungen

Preisung eins: Anrufe

Am zweiten November sechsundsechzig spricht mich in Essen um fünfzehn Uhr sieben vor dem Haus Goethestraße siebenundsiebzig ein Kind an, das zu klein ist, um die Klingel zu erreichen: ich soll bei Görß läuten. — Abends im Stehrestaurant der Fußgängerzone fragt mich ein offensichtlich vor einem Theaterbesuch befindliches Ehepaar, wo ich wohl den Saft bekommen hätte, der vor mir auf der Theke steht. Auf derselben Reise erstmals den Weg vom Bahnhof Hamburg stadtwärts: eine erschöpfte Frau, koffertragend, fragt nach dem Bahnhof. Ich drehe um, weise sie ein — das ist alles, was ich kann...

Ebenzuvor hatte ein deutsches Mädchen im Amsterdam-Expreß seine Angst vor Rausak ausgebreitet, nach Holland zu heiraten. Er hat nicht geraten, aber Entscheidungskriterien beigetragen.

Kinder sprechen ihn überall an, fragen nach Uhrzeit, Hausnummern, bitten um Geld, eine Fahrradpumpe, den im Baum verhedderten Drachen. Straßenverkäufer, Dirnen, verirrte Touristen auf Flugplätzen, Zollbeamte, Halbwüchsige im Konzertsaal, Wahnsinnige im Straßenbild fixieren ihn. Im Lufthansa-Terminal New York meint einer, daß er ihm so bekannt vorkomme. Heurigen- und Zigeunergeiger kommen an seinen Tisch. Wachtturm-Verkäufer, Flugzettelverteiler, Meinungsbefrager in der Opernpassage: Was halten Sie von Weihnachten? Triestiner Uhrenschmuggler, Griechen im Aufzug: Wo ist Lohnbüro? Der Bursche im Stadtpark: Meister, hätten Sie vielleicht eine Kinokarte? Der Stromer vor der Frankfurter Paulskirche: kauert zuerst auf den Stiegen: Geben Sie mir fünf Mark; bei Dunkelheit legt er sich hinter Drahtrollen, langsam, umsichtig, gedankenvoll taucht er weg. Im Denkmalsockel KZ-Namen wie im Arc de Triomphe Schlachtennamen. Fremdes Mädchen an der Garderobe des Burgtheaters: es sei aus Amstetten vor lauter Begeisterung ohne Geld nach Wien gefahren. Rausak bezahlt ein Zimmer im Kagraner Hof. Im Zug München—Utrecht schneidet Stefanie Zweig die Bananenspitze ab: sucht das Ypsilon, es bedeutet Yes! Sie hat Anne-Frank-Augen.

Rausak voll Dankbarkeit über Begegnungen im Betrieb: erfüllte, gelinderte Sucht etwas zu tun für nichts. Geöffnete Gesichter, oft nur einige Worte, ein Schmunzeln, verlängerter Blick. Herr Mustinger, Reparaturmeister, hat nie vergessen, wie ausführlich ich mich nach seinem Spitalsaufenthalt erkundigt hatte. Jahre später — er war schon Pensionist — überholte ich ihn auf der Triesterstraße, hupte ihn an, er hupte, blinkte, winkte zurück; deutlich erkennbar erzählte er der mit ihm fahrenden Frau, wer ich sei.

Plötzlicher Anruf unlängst aus Linz von Steuerfachmann Falschegger: verabschiedet sich zum Ruhestand, keine Illusion, uns wiederzusehen. Rausak vergißt hundert Kilometer Telefondraht, dankt ihm: Die Arbeit mit Ihnen vor zwanzig Jahren hat mir Zahlensysteme nahegebracht, Ihr persönlicher, auch körperlicher Einsatz ist mir bis heute Vorbild. Falschegger: Das hat mir noch keiner gesagt, tut mir gut!

Jarni bekennt bei ähnlichem Abschiedsgespräch, daß er heute noch sein tägliches Abendgebet verrichte!

Der Innsbrucker Elektrochef Hirt redete zuletzt eine Stunde auf Rausak ein, übergab ihm zum Abschied Stöße gesammelter Notizen.

Sottolarz, der plötzlich verschwunden war, dankte bewegt für den Brief, den Rausak ihm in den überraschend angetretenen Ruhestand nachgesandt hatte.

Von Dr. Welder besitzt Rausak eine letzte Karte zum Dank für Post nach Bad Tatzmannsdorf — Datum seines Todestages.

Dr. Tretter ging ins Ausland, schrieb ein Abschiedsbillett: nach achtzehn glücklichen Dienstjahren...

Nach dem Kunstgespräch mit Materialbuchhalter Urleb in Krems geht Rausak stets mit ihm in das Betriebsrestaurant.

Unvergessene, höflich-genaue Besprechung mit Hauptingenieur Kessler, Bestimmung seiner Forschungsergebnisse, ehe er den Schreibtisch aufräumte, ins Spital fuhr, während der Operation verstarb.

Im Schnellbahnwaggon um sechs Uhr früh den pensionierten Schleifmeister Pribor nach zwei Jahren wiedergetroffen, herzlich begrüßt: so früh auf, hübsch gekleidet; er lächelt verlegen: Liebesgeschichte in Puchberg! Rausak drückt ihm voll Freude fest den Arm: Gratuliere Ihnen! Mein Gott, was haben Sie in all diesen Jahrzehnten geleistet! Perlen rinnen ihm aus den alten, einsamen Augen.

Auch glückliche Begegnung mit dem alten Ingenieur Kleimann auf dem Schöckel, wo er die Jännersonne auf sein fast achtzigjähriges Gesicht scheinen ließ, das so viele Jahre über Rohglas gebeugt war: Der Herr Rausak weiß noch etwas über meine Arbeit...

Friedensstifter — ohne es zu wissen! Die ihre Arbeit gar nicht anders ansetzen als in selbstverständlicher, gestaltender Annahme des Bestehenden. Unter Absehung von sich selbst leben.

Einzig Festes in rasend abkippenden Jahren: jene Sekunden, in denen einander zwei Blicke verstanden.

Diplomkaufmann Rusch, beinahe gescheiterter Außenseiter mit sechs Kindern, Mitglied aller Parteien, tragischer Umweltaktivist, nach der vierten Woche seiner von Rausak ertrotzten Anstellung: Herr Rausak, Sie sind offensichtlich ein gläubiger Christ, ich bin Agnostiker und Fatalist. Rausaks Antwort: Was besagt das schon? Ebensogut bin ich Fatalist und Sie sind ein Christ.

Die guten Menschen in der Fabrik: ohne egozentrische Perspektive, entscheiden im Zweifel immer für die Gegebenheit und ihre Regeln, nicht für eigene Vorteile und Schwächen: einzige nachhaltige Weltveränderer — Verwandler von Materie in Humanes.

Der gutmütige Ventilkonstrukteur, Junggeselle Aberl, gesteht Rausak in der Straßenbahn Rennweg: obwohl er eine perfekte Sammlung von E-Musik auf Tonbändern habe, müsse er nun allabendlich fernsehen, um sich mit den Nachbarn verbunden zu fühlen. Auch in Museen gehe er nur noch, wenn sie überfüllt sind, etwa sechsundzwanzigster Oktober, vierundzwanzigster Dezember vormittags. Könne nur noch im Gefühl engster Berührung der vielen ringsum Ruhe finden.

Alter Schweißnahtzeichner Hofer läuft jede Mittagspause zur Buchhandlung nach Urfahr, studiert Titel — seit zwanzig Jahren gleiche Fragen auf den Deckeln.

Ingenieur Zerf rechnete Rausak schon im Mai dreiundfünfzig, mittags zwischen rotgleißenden Rollen des Kupferlagers spazierend, die Auflösung der Materie in mathematische Energieformeln vor, das hieße eben Ordnung, beweise Geist, begründe Freiheit: Schöpfung sei somit Gottes eigener Reifungsprozeß, Wandlung, Suche nach Spiegelung.

Der Lächler ist ein Dreher mit großer Gesichtsnarbe, der vor seinem Werkstattfenster ein Rosenbeet pflegt, aber auch den Rasen vor der Fakturierung in den Pausen schneidet und gießt.

Der Kranführer warf ein abrutschendes, glühendes Werkstück ins Ölbad, um die Kollegen zu retten, wissend, daß ihn aufschießende Flammen in seiner Kabine gefährden. Rußgeschwärzt, hustend, taumelte er von der Leiter.

Rausak erzählt Francine von dem unscheinbaren, schweigsamen Angestellten der Gebindeplanung, dessen Frau zur Mittagszeit stets auf schwarzem Damenfahrrad in den Fabrikshof einfuhr, im Korb mitgebrachtes Diätessen an einem Eckplatz im riesigen Speisesaal aufsetzte und ihrem langsam essenden Mann still zuschaute — unberührbar, unerreichbar dem Lärm und Gedränge dieser Pausenhalle ...

Mitarbeiter Lautner in Rausaks Beisein zur Beruhigung des Hypochonders Rusch: Geschichte sei erfüllt von tragischen Fanatikern, die auf unrichtige Weise recht hatten und so Unglück über ihre Gegenwart brachten. Zu der Leistung, die hohe Kompetenz und das Recht zur Tat erwirke, gehöre nicht nur Erkennen einer Wahrheit, sondern auch die Wahl der Schritte zu ihrer Durchsetzung: redlich beschaffbaren Mitteln angemessen. Rusch hat in Lautner seinen Meister gefunden, groß geschaut; auf die Idee, daß er bei soviel für seine Rolle sprechender Evidenz widerlegbar sein könne, war er noch nie gekommen. Fortschritt von lärmender Quasi-Moral zu unauffälliger, uneitler Fürsorge.

Siehe den Aufzugführer der Londoner Underground-Station Gloucester-Road, nach Mitternacht: immer noch drängen Menschenmassen aus den dröhnenden Röhren zu seiner Riesenkabine. Er steht dort, sauber gekleidet, offenes, freundliches Gesicht, verbindlich, ja, herzlich nimmt er den buntgemischten, teilnahmslosen Nachtfahrgästen die Tickets ab, fährt, die Hände sorgsam an den Schaltern, mit gutmütig leuchtendem Blick, der das Ächzen und Knattern des uralten Gestänges vergessen läßt, zur Straßenebene hinauf. Rausak denkt, zwischen Neger geklemmt, an den Washingtoner Präsidenteneid: Hand auf der Bibel: »To protect, to defend, to preserve, so help me God.«

Wie Rausak für andere sorgt: wenn ein fremdes Kind sein Schuhband offen hat; wenn eines seinen Schal verliert; wenn eine Mantelecke aus einer Autotür hängt; wenn einer den Scheinwerfer auf dem Parkplatz nicht abschaltet; wenn jemandes Bremslicht nicht funktioniert, beginnt er eine pflichtbewußte Aufholjagd; ein offenes Dachfenster vor einem Gewitter treibt ihn in die Stockwerke eines fremden Hauses; ein mitten auf dem Fußballplatz liegengebliebener Betrunkener wird fürsorglich der Rettung angezeigt. — Zwei lange Gespräche mit Kollegen Eggenburger, der nichts über Steuerfreibeträge bei seinem Familienstand wußte. Immer öfter in letzten Jahren Anlässe zu ausführlichen Erkundigungen bei trauernden Witwen nach ihrem jetzigen Ergehen. Hilfsangebote.

Liebesüberfülle beim Anblick der in Spätwintersonne vor dem IBM-Haus auf die Straßenbahn wartenden Menschen. Ihre völlige Hilf- und Interesselosigkeit. Mit ungeheurer, unbedankter Anstrengung das Leben fristen, dem nichts abzugewinnen ist; ausgeliefert ziellosen Regierungen, pragmatischen Parlamenten, vernünftigerweise jederzeit der Vorzug für das Nicht-Sein, und doch durchhalten, versteinerte Fragen in der Brust. Türken bieten druckfeuchte Zeitungen an. Staubböen in den Gassen erinnern an eben erst geschmolzenes, verdunstetes Glatteis. Kinder spielen auf Bauholz. Breughels Babylonischer Turm, Breughels Kinderspiele.

Eine Stichflamme von Mitleid erfüllt die Luftkuppel über dem Kai. Rausaks Dankbarkeit für das Durchhalten dieser Menschen! Schweigender Gottesbeweis. Preisung aus zerfurchter Stadt. Immer an diesem Ort: Schwedenplatz, Schnittlinie Taborstraße—Rotenturmstraße gegen Urania—Rossauerlände, Sicht zum Kahlenberg: immer hier die Assoziation zum verstorbenen Präsidenten Gstötterbauer. Seine Zentralaussage: Wüßten alle Menschen von der noch zu leistenden Arbeit, der unterschiedlichen Fristigkeit ihrer Entscheidungen, von den geringen Opfern, die sie bringen müßten für klar erkennbare Besserungen, sie wären selbstlos, wohltätig, begeistert. Doch wurde von den Machthabern schuldhaft kein Informationssystem entwickelt, das die Aufgaben übersichtlich gemacht hätte — aber nur in solcher Rationalität könnte diese Epoche ihre Ethik begründen. Menschen sind nur böse, weil ihnen nichts Verbindliches erkennbar gemacht wurde — ohne unannehmbare Nebenauflagen, Weglassungen, Gegenevidenzen. Bleibt berechtigtes Mißtrauen, am Ende des Aufschwungs Betrogene neuer Nutznießer zu sein. Leiden am Fehlen eines endlich ausformulierten, konsistenten, universellen Ziels.

Vor dem Wartepavillon der Endstation ein unruhiger Mann, glänzende Augen, kann mit dem durch die bevorstehende Abfahrt Getrennten nicht mehr reden, schaut immer nur durch das Waggonfenster, nickt, winkt ab, deutet gegen den dunstigen Kahlenberg, sein Blick irrt über das Zugdach hinaus ins Drahtgewirr der Oberleitungen.

Die Eisläuferin vom letzten Sonntag fällt Rausak ein: eine blinde Mutter auf langen holländischen Holzkufen wird von Mann und Kind unter der Kuppel der Karlskirche, vor sonnenblitzender Fassade des Intercontinental geführt, seliges Gesicht. Habe sie auch schon einmal ähnlich glücklich auf einem Tandem gesehen und im Operettentheater an der Wien.

Apropos Theater: Johanna Matz in einer Fernsehdiskussion über Lebenskrisen — daß der religiöse Mensch ein Training in Leidmeisterung vollbringe, welches der vulgäre Ungläubige nicht habe, so wie eben einer radfahren könne, einer nicht, wodurch Überlegenheit wirksam werde. Ihre stolzen Gesprächspartner überhörten diesen einfachen Beitrag.

Ich habe eines Wochentags abends den Humoristen Karl Farkas in der menschenleeren Jesuitenkirche knien gesehen; nur ein paar Schritte von der alten Universität zu seinem Kabarett.

Brunnenschacht vom Schloßbergplateau zum Grundwasser: das Riesenprojekt des Überlebens der fünfzehnhundertfünfziger Jahre steht verrostet, vergittert, vernagelt im geschleiften Hang.

Was ist dieses Unsagbare, das man nur so umreißen kann wie die Astronomen Schwarze Zwerge, deren unsichtbare Existenz sich nur aus Masseverhältnissen im All ableitet?

Der Ablauf von Folgen einer Dankesschuld läuft auch nach dem Tod der Begünstigten weiter. Beginne in ihrer Obhut nun auch immer öfter wie jene im Dienst beobachteten Friedenstifter unter gänzlicher Absehung von meiner Person zu leben. Bisher unbekannte Gewißheiten als Lohn.

Rausaks Kinder kommen am Palmsonntag begeistert von der Asperner Messe nach Hause. Auf ihre Frage, wo es die Büschchen zu kaufen gäbe, habe ein Fremder seines unter sie verteilt.

Abglanz des Himmels: vor genau zehn Jahren hat der alleinstehende Rausak auf einsamer Dienstreise in

Essen einem fremden Kind über dessen Bitte die Glocke zu seiner Wohnung betätigt.

Und heute gibt ein Unbekannter seinen eigenen Kindern in ihrer Verlegenheit Palmzweige.

Preisung zwei: Fülle

Glücksgefühle beschreiben und begründen und gegen den Vorwurf der Einfalt sichern. Alles so Erfaßte, Beschriebene wird zum tiefstrukturierten, gläsernen Komplex, der sich als aufgehellte Sinterung ablöst. Verglühte Sicherungen, die selbsttätig neue Schutzschaltungen einschieben. Unfaßbare Regenerationsfähigkeit. Lichtdurchfluteter Aprilmorgen über zerschundenen, schmierigen Gassen des zweiten Bezirks. Durch eine Baulücke scheint die aufgehende Sonne auf Rausaks linke Wange. Inmitten Zerrissenheit, Krankheit, schwerer Erprobung in Fabrik und Familie einen Moment froh.

Computer, die sich selbst entwerfen, bauen, reparieren. Die dritte Generation angesichts der vierten. Leuchtendmachen seiner Ahnen. Großvater in Dexenberg machte tagelange Fußwallfahrten, sein Urenkel Max aus Donaustadt fährt als Knabenchormitglied mit dem Autobus nach Mariazell. Großvater arbeitete zuletzt kniend am Amboß, weil der schwärende Unterschenkel ihn nicht mehr trug. Er schlug stöhnend, Ruß und Salzwasser auf den Wangen, den Hammer in Glutstücke: Die Wunde in meinem Fleisch als ewiges Licht in der Seele . . .

Brennende Felder, versengte Kirschalleen, Traktor vor Ackerpumpe tuckert allein in der Landschaft. Auf dem Damm laufen meine Kinder. Isomorphie von Erleben und Erinnern. Glitzernde Glückseinschüsse. Kameraschwenks, Stehbilder, Zoom auf Zoom, Zeitlupe, Vollbesitz, gänzliche Vereinnahmung, Eigentum, Diamantberge, Goldschatz, Milch und Honig, Münze auf Münze, Blitzlichter, Sonnenaufgänge in endloser, immer noch hellerer, beschleunigter Abfolge.

Einzelbilder meiner Kinder: wie Anna beim Frühstück unter den Kastanien in Lang auf die Frage nach dem liebsten Gesicht blitzschnell auf mich zeigte. Ihr letztes Foto vor der Gesichtsoperation. — Die beiden mit ihr in der letzten Stunde vorher angefertigten Zeichnungen: zuerst ein Bauernhof mit weiter steirischer Berglandschaft, dann ein bunter Fasan, dessen Gefieder immer länger und kunstvoller wurde, immer feinere Schattierung annahm ... bis endlich die Schwester mit der Nadel eintrat. Wenn Anna und Klara abends vor ihren Tischchen sitzen, aus Märchenbüchern singen, süße Mundposaunen, entrückte, glänzende Augen. Mitte Dezember, Leiden an Magenerosion. Anna kam aus der Schule, zog den Mantel aus, setzte sich ans Bett, begann zu häkeln und singen: Wir sagen euch an den lieben Advent ...

Großvater ging täglich im Morgengrauen betend um den Hof. Indem Rausak dies bedenkt, entsteht Dauer: Sonnenflecken auf dem Holzboden der Dexenberger Veranda; raschelnde Hühner im Eichenwäldchen, wo noch knöcheltief das Laub des vorigen Herbstes liegt; den ganz Alten hier hat noch Onkel Anton die Erstkommunion gespendet.

Vorahnung zukünftiger Erinnerungen, Ewigkeitsfleisch, Gedankenmuskel, Knorpel aus Seligkeit, unerschöpftes Wachsen neuer Bewegung, Beziehung, immer wieder Schlüsselszenen. Wahrheitsvorrat und seine Herkunft stehen weiß, leuchtend, berührbar, begehbar als kräftige, trittfeste Schneekuppen, durststillende Gletscher vor Rausak!

Er sieht auch oft diese unbedeutende Kreuzung als Vision: in Graz, nahe Herz Jesu, kleine abwärtsführende

Sandstraße, kaum verbaute Senke, an der das alte Caritashaus steht, keine Straßennamen dazu, aber er sieht sich als Knabe auf dem Fahrrad dort hinunterrollen zur Fürsorgerin Lippert, der stillen, hundertfältigen Nothelferin, die auch seinen Einsatz bestimmte.

Dann die Schmiedgasse mit den beiden Säulen am Haus zwischen Blumen- und Kunsthandlung, vor denen Anfang April sechsundsechzig der noch warme Fasanhahn tot aufgefunden wurde, der in der Dunkelheit gegen Mauern geflogen war.

Im November sechsundsiebzig füllt durch die sich öffnende Waggontür auf dem Jakominiplatz süßer Geruch bratender Maroni die Straßenbahn. Im Fahrgastraum unvermittelt Professor Snanz getroffen, Gastvorlesung in Graz. Auf langsamer Fahrt durch Herrengasse, Murgasse, Annenstraße ein korrektes, von Anerkennung erfülltes Gespräch.

Vom laternengesäumten Russensteig des Schloßbergs sieht man Schnee an sich vorbei auf die Kuppeln der Altstadt fallen, gefahrlose, hell aufschimmernde, sich steigernde Sichtweite.

Freilegung, Aufschreibung, Notierung fräsen sich als Gesteinsvortriebbohrer ins hartgepreßte, geschichtete Lebensmassiv. Gegenwärtig ist der steirische Zentraltunnel in Bau; Vater hat lebenslang von dieser Röhre Übelbach—Knittelfeld geredet; Mutter stammte aus Seckau, dem klostergeprägten Gebirgsdorf, und auf seinen Wegen zu ihr über das Brucker Eck wird er oft genug diese Abkürzung durch die Gleinalm gewünscht haben. Dort, am Speik, ist vor über zwanzig Jahren der Witwer Schlichting auf der Spur letzter glücklicher — noch mit seiner Frau gemeinsam erlebter — Wanderung im Spätwinterschnee erfroren.

Neben der U-Bahn-Baustelle Stephansplatz, fünfundzwanzigster Dezember, eiskalter Abend nach der Weihnachtsvesper, hohe, helle Bretterstöße, plötzlich starker Geruch harzigen frischen Holzes: Steiermark! Auch dieses Domtor aus steirischem Holz war anno zweiundfünfzig das Wiederaufbaugeschenk für Wien.

Wie ein Lärchenbaum im Morgenwind schwankt: Hauptstamm neigt sich langsam handbreit vor dem Wind, Äste rudern im Kühlen, und allerfeinste Verzweigungen, mit zarten hellgrünen Nadeln besetzt, senkrecht hängende Fäden durchfächeln leicht drehend ein helles Raumgeflecht vibrierender Schattenstrichelungen...

Vaters Belehrung: Wertvolle Bäume stammen aus dem Waldinneren! Wuchsen gerade und astlos hochgetrieben, unter harten Bedingungen zum Licht durch, hatten keine Gelegenheit, sich an seitliche Äste zu vergeuden.

Non-stop-Kino-Karte: war mit Vater am ersten zwölften fünfundsechzig um neunzehn Uhr elf im Kino. Fünfundfünfzig irrte er, von blau Uniformierten belacht, mit seiner St-Auto-Nummer durch das Gelände der Tramway-Remise Engerthstraße. Zwanzig Jahre später — nach dem Bergmannsfest — Sonntagmorgen auf dem Schloßberg, oberhalb des Uhrturms saß ein Greis in der Februarsonne: Haltung, wie Vater gesessen sein könnte, Kopf hintenübergebeugt, damit die Sonne das Gesicht trifft.

Notiz während der Osternachtfeier siebenundsiebzig, Asperner Kirche im schwärzlichen Schneesturm: denkunmöglich, nach solchem lebenslangen Leid, nach vielen Abschieden, Verlusten, Ängsten, Abscheu, Verschüttetheit — noch irgend etwas nach dem Tod fürchten zu sollen...! Friede, Klärung, Aufhellung als einzige Möglichkeit für Zukünftiges.

In aufgestülpter, gekrümmter Chronologie, früh und

spät benachbart, Fülle glasklarer Erinnerungen, lebend, ein Reichtum, der sich verströmend unter die Wochenketten mischt. Rausak erfährt zugleich dessen Unbeschreiblichkeit; nach keiner Ordnung darstellbar, nur glaubwürdig, nicht bewiesen; die wahrscheinliche Sattelform des Alls, ein unübersehbarer weißer Margaritenhang, ein Tulpenfeld, saftige, weitgestreckte Hochalm, Sankt Anna, ein goldfunkelnder Konzertsaal, karyatidengetragener Riesenraum, Orgelempore: Rausak trägt dieses Überglück mit sich, aber tatsächlich trägt es ihn, hält ihn aufrecht, stützt ihn an Schläfen, Schultern, führt ihn, als schwebte er über den Zeitsee...

Vieles klärt sich auf, beginnt zu strahlen, wird durchsichtig, ein schwingendes Netz aus Ideen trägt ihn; der Gedankenfluß überspült Depressionsbuchten; weitherströmende, in verschiedenen Geschwindigkeiten fließende Wahrnehmungen, Ereignisse durchziehen einander; Nachrichten bestätigen einander; Formeln und Bilder passen zusammen.

Menschen, die einander nie begegnet sind, reden in ihm. Willkommene Gesprächspartner mehrerer Generationen, Kontinente, Orte. Einsicht zu Wort gekommen, Sprache geworden, zur Stille ausgereift, zu pflanzlichem, regelmäßig austreibendem, rankendem Geflecht. Je höher der Innenraum anwuchs, desto stärker wurde die nach außen gedrängte Erfahrungshülle zur tragenden Hilfe. Wie das Stahltragwerk des neuen Pariser Kulturzentrums nach außen gesetzt ist — vielverstrebte, sichtbare Lastverteilung. Mantel aus Erinnerung wird Stützgitter.

Antrieb zu einander erklärenden Taten. Riesenvorrat an Übersicht, Ordnung, Geduld. Quelle täglich erneuerter Zuwendung, fortwachsender Liste eigener punktueller und konzeptiver Sozialleistungen.

Auf den Laufflächen der Schienen gleißt die Abendsonne. Habe alles gewonnen, kann nichts mehr verlieren.

Schnee fällt ohne Umweg ins ausgefrorene Flußbett der Mur. Tante Hanni versteckte für die Gefangenen Brot und Schnaps unter den verschneiten Weinranken.

Holzblöcher auf Ochsenschlitten, vermummte Soldaten. Rinderkot dampft im Schnee. Wer wird ihnen die letzte Suppe reichen?

Jeden Tag ohne direkte körperliche Bedrohung oder Beschädigung als unbegründbare Gnade erkennen.

In Ansehung der Unschuld aller Opfer: was ist vorzuziehen: anstrengende gefährliche Wertschöpfung aus Nichts oder naiv unbelastetes Überleben? Dr. Stiliga antwortet: Eine Weltordnung, in der sich dieser Gegensatz nicht stellt.

Eine Preisung: Spaziergang mit Max und Klara auf den Bisamberg von Hagenbrunn her, seltsame Landschaft, wie gelobtes Land, bizarre Hügelformen, kubische Bauten leuchten aus fließenden Weinbergen, mein erstes Religionsbuch. Kinder laufen um mich. Drei gutmütige Reiter auf kleinen braunen Pferden. Ich empfinde keine Fesselung mehr, fühle mich bestätigt, gerettet. Anfang Dezember.

Im schönsten Saal der Wiener Hofburg, hoch in der Mitte über dem Heldenplatz steht das Klavier Beethovens, daneben jenes Haydns, links die Klaviere von Brahms und Schumann.

Sieben Jahre nach Vaters Tod erfuhr ich von Schulfreund Bachofner beim Maturatreffen, daß Vater ihm und Kollegen Fischl vor fünfundzwanzig Jahren anläßlich einer Auseinandersetzung mit den Fahrzeugwerken Gewerkschaftsbeistand empfohlen hatte — mit Erfolg, sie sind heute noch dankbar.

Keine Namen mehr. Auflösung in breit einfließende Geborgenheit. Gutmütige Stahlwerker, Schlosser, Elektriker, Drucker, Bergleute tasten durch die Hundert-Monats-Schübe, leisten ihren zerlegten, fast verflüchtigten Dienst — immer noch Freundesdienst. Berufe verschwimmen, Lebensabschnitte tauchen ineinander, in Hunderten Werkstätten, Bohrstellen gesittet ertragene Risken, Rückschläge. Wehrlose brave Familien, sparsam, in endloser Erprobung. Begrüßungen, Umarmungen, oft gestillter Drang, einander anzusprechen. Ein tief, heftig empfundenes Lob den Menschen ringsum. Nie genug bedankt. Eigene Bilanz steht immer auf Soll.

Immer wieder zieht es Rausak mit den Kindern in das Stadtmuseum am Karlsplatz zu der dorthin übertragenen, in das moderne Gebäude wie eine Hostie in die Monstranz gebetteten, wirklichen-wahrhaftigen Wohnung von Franz Grillparzer: ein in den Stadtleib gesenkter, verläßlich pulsierender Herzschrittmacher!

Ein Kreuzcorpus in Stangersdorf aus Blech, mit rötlich zerfließenden Rostflecken am Bein, erinnert an Großvaters schwärende, heiligmachende Wunde.

Preisung beseligender Ähnlichkeiten, Verweisungen, folgenreicher Abbildungen.

In Zeit verschlossene Bergung: wie der rettende Sekundenschlaf unablässig schwimmender, weil ständig zur Atmung auftauchender Delphine.

Preisung drei: Heilung

Herr Froling, freundliche weiße Gestalt zwischen Rechenautomaten, bringt dieses Gleichnis: Im langen Fluß der Ratlosigkeit bilden sich Sandbänke von Sinn. Unstet zwar, gefährlich umspült, doch mit unleugbaren Fußspuren rastender Vögel. Gräbt man durch den Sand zum Wasser hinunter: es hat die Strömung des Flusses — Beweis glaubwürdiger Herkunft dieser Inseln.

Umsichtige, nachdrückliche, tätige Ruhe, die über Rausak gekommen ist. Inmitten mehrjähriger Vormerkungen für seine Kinder stellen sich wirksame Erfolge ein: angstlose Wochen. Lang vorbereitete Projekte verwirklichen sich. New Yorker Auszeichnung seines Lagerstätten-Suchsystems. Terminpläne über fünf Jahre werden unter seiner verbindenden Tätigkeit erfüllt. Freundschaftliche, von gegenseitiger Achtung getragene Beziehungen zu Kollegen: Dr. Stiliga, Disponent Zwigott, Hauptingenieur Braunold, Bauleiter Haberl, Amtsleiter Bruderer, Ingenieur Eggenburger; sogar Chemiemann Kainz konnte sich jahrelanger Fairneß nicht widersetzen. Produktdisponent Schliefenbach verbringt mit ihm Viertelstunden im Stiegenhaus oder im Parkhof. Der Kärntner Leitungsbauchef Minutnig meint lachend: Ich habe zwar kein Recht, Sie zu beloben, aber Ihre Projektleitung wirkte geradezu erlösend, Herr Rausak. Pohoril, geehrt pensioniert, verwickelt ihn in vertrauliche Nachlesegespräche. Metallurg Scharneck sendet handschriftlichen Weihnachtsbrief nach Innsbruck.

Rausaks uralte Sicherung: Gott schlägt oft eine Tür zu, um ein Tor zu öffnen. Bittere Zustöße können durch

Änderung innerer Beleuchtung zu Befreiungen führen. Mein Gott, lächerlich, aber es hat sich wirklich etwas gebessert! Interpretationssiege, erflüchtete Siege. Kurzes Vorzimmergespräch mit Frau Paltram, die Rausak ihre Hochachtung für Verharren in unbedankter Position ausdrückt. Er bekennt blitzartige Zustände von Zufriedenheit über viele gleichzeitig nicht überschaubare Wirkungen: unentwegt Halberfolge, Sofortlösungen, Feuerwehreinsätze, zutreffende, hilfreiche Auskünfte, persönliche Dienstleistungen, vertrauensvolle Aussprachen.

Bis heute nicht korrumpiert, halleluja!

Glückliche Zufälle, die erkannt, ergriffen, also psychisch gewählt sind. Rückzüge nach innen, Langmut, Gründlichkeit, Geduld, Überzeugungen. Novembertrost für EDV-Chef Arlet: Ich weiche nicht, ich weiche auch innerlich nicht, immer beredter werden, schweigsamer, höflicher, ehrlicher, furchtloser.

Beziehungen zu unveränderlichen Feinden — in Harz vergossen, erstarrt, unterkühlt, umgangen. Das Land ist groß genug. Jedem gelingt nur Teilverwirklichung, anderes wird nicht erwartet.

Der Lauf des Grenzflusses Ussuri ändert sich ständig.

Rausaks mitschwingende, im selben Atemzug mitgesprochene, zu Bedauern verwebte Entschuldigung gegenüber allen wörtlich Zitierten: ihnen geschieht Unrecht durch den übergroßen Hintergrund! Schuldbringende Maßstäbe, die das bloße Dasein eines Betroffenen, Verletzten setzt, sind durch dessen Verzeihung aufzuheben.

An Dr. Kossatz während Dienstjubiläums: Bekenntnis zu industrieller Produktionsweise, wieviel Hunger sie schon gestillt, Freiheit sie schon gebracht hat, redliche Belohnung schwieriger Lernprozesse, schmerzhafter Selbstveränderungen. Dankgefühl für ermöglichte Bewährung an dieser Aufgabe: mit der Sorgfalt des ordentlichen Kaufmanns, in Treu und Glauben, verläßlich, in ferne Erdteile nützliche Metalle, Kunststoffe zu liefern. Ehrlicher Preis deckt gerade noch Risken, enthält niemandes inhumanen Luxus.

Daher auch Rausaks Schwierigkeit, an Wochenenden über kritischen Nachrichten weiterzuarbeiten. Während Fabrikstagen entsteht volle Mitsorge, auch für Unwürdige. Also muß er rechtfertigende Lehrsätze aufstellen, wie diesen: daß auch Fehlleistungen, die zur Existenzzerstörung anderer führen, nur so zu bekämpfen sind: scharfe Durchzeichnung, verbunden mit Sympathie für immerhin vorhandene Teilleistung. So ist sein Zorn nur zu Papier geworden, nicht zu Blut. Nicht zu fremdem Blut jedenfalls, nur sein eigenes ist durch die von Krämpfen zernagte Magenwand gebrochen ...

Schluchzende Loyalität.

Strategie der Vermittlung von Urteilskraft an schärfste Gegner. Unstillbare Sehnsucht nach Verzeihen, Ablösung ohne Trennung; in Spannung leben, ohne unberührbar zu werden. Eigentümliche Bilanz, in der sich Trauer durch Genugtuung über den Besitz zutreffender Einsichten fast ausgleicht. Gilt für ganz Österreich mit seinen in ihrer Melancholie der Wahrheit so nahen Menschen!

Eislaufen auf der Alten Donau: alte Männer mit Rucksäcken ziehen in langsamen Schwüngen zwischen schlafenden Schwänen über die weiße Fläche, Baumziselierungen gegen Kaisermühlen; Frau mit Kinderwagen; Familie mit verdutztem Hund; schaufelbewehrte Burschen bauen sich einen Hockeyplatz; wie der Morgenwind meine Kinder rücklings über die glatte Fläche getrieben hat, Gelächter, frohe Ausrufe in kalter Frühsonne.

Und als Schüler vom Packer Stausee aufwärts durch den Wald von Modriach gelaufen, auf meiner Sopranflöte Haydns Lobpreis geblasen, ständig Chöre im Ohr, Orchesterstimmen; rannte, stolperte über Almboden, nirgends Musiker oder Sänger — es war das Rauschen des verborgenen Wasserfalls.

Sommerausflug von der Riegersburg in die Oststeiermark: übervolle Geschäfte, Gasthöfe, duftende Bäckereien; Feldbach, Fürstenfeld, Halbenrain, Radkersburg, frisch, saftig, sauber, aller Wohlgeschmack aus Milch, Fleisch, Eiern, Weintrauben, Äpfeln; sonnige, würzige Luft, redliche Kaufleute, schlanke Menschen, schöne Kleider, leise, kräftige Autos, reine Straßen, gelb prangendes Barock übervoller Kirchen, kräftige Orgel, offener Gesang, liebevoll gestaltetes Heimatmuseum, ausführlich beschriftete Bilder aus fünfundvierzig. Zuvorkommender Burgführer. Frisch gedruckte Zeitungen, fast gratis, voll frei ausgewählten und verfaßten Nachrichten. Weit und breit kein Soldat oder Polizist außer einigen freundlichen hellblauen Landgendarmen, die den Badeverkehr regeln: tiefster, süßer Frieden!

Ergriffene, fast ungläubige, ja erschütterte Verwunderung Rausaks! Kaum erträgliches Übermaß an Dankgefühl über dieses Himmelreich — hier in seiner eigenen, jederzeit erneut betretbaren, einladenden, leicht erreichbaren Heimat.

Der dienende, eifrige, demütige Akzent an Österreich. Was Adalbert Stifter für klein und was er für groß hält: den Vulkan nicht für größer als das Entstehen einer Pflanze; ein Abenteuer nicht für größer als lebenslange Pflichterfüllung. Stifter hat durch Repräsentation von Humanität und Disziplin mehr zur Überwindung der Armut in seinem Jahrhundert beigetragen, als hinterhältige Anarchisten glauben.

Rausaks glückliches Erlebnis siegreicher Demut: hat übermächtigen Zweiflern eines Tags mit dem wissenschaftlichen Zitat, wonach Systeme, deren Subsysteme opportunistisch reagieren, zusammenbrechen, die Augen für ihre Rolle geöffnet. Rausak hat sich in keiner Minute liebedienerisch eigenen Werturteils entschlagen, hat in Konfliktfällen seine Sachkenntnis und Personenkenntnis für den Betrieb auch dann vertreten, wenn dadurch formale Verantwortlichkeit überschritten, persönliche Stellung gefährdet war. Herbste Kritik und Harmonisierungsdrang in ständiger Spannung. Fast fanatische Motivation zur Bewältigung breiter Realität, die die Gewährung ausdauernder, offener, untaktisch-rückhaltloser Information einschließt. Infiziert mit dem Bazillus der Fairneß.

Immer berechenbar bleiben. Anerkennung finden durch nichts als sachkundiges Beharren, wohlbegründetes Ablehnen falscher Befehle, warten können, sich selbst nicht überschätzen, Zurücksetzung ohne Verstümmelung überleben. Der unglückliche Direktor aus Donawitz hat sich unter ähnlichen Umständen von der hundertacht Meter hohen Krempelgrabenbrücke gestürzt.

Nichts, das ich weiß, wäre aufgehoben, nichts an Kenntnis über Not zurückgenommen. Uralter Verzeihungsdrang. Neigung, jeden Augenblick versöhnt zu sein. Frei von Illusionen, nicht frei von Wärme, überreich ererbte Sicherheit: ein uralter Kapuziner ging immer segnend durch Markt und Felder von Schwanberg.

Seit Kindertagen unvergessen, Höhepunkt des Romans »Quo vadis«: »Christ und Riese Ursus, der Lygier, hielt den Stier an den Hörnern fest, an die die Christin zum Martyrium gefesselt war. Seine Füße waren bis über die Knöcheln in den Sand gewühlt. Der ungeheure

Schädel des Stieres fing an, sich in den Fäusten des Lygiers zu drehen. An die Ohren der näher sitzenden Zuschauer schlug es wie ein Brechen von Knochen, gleich darauf fiel das Tier mit umgedrehtem Nacken schwer zu Boden.«

Als Knabe zerlegte Rausak am Murufer in tagelanger verborgener Arbeit mit nichts als Schottersteinen ein scharfes Artilleriegeschoß.

Er trug volle Maschinengewehrgurten unter dem Hemd über die Brücke.

Er entwickelte eine Technik, im angeketteten Boot einen weiten Bogen durch den reißenden Fluß zu ziehen und im Grund verklemmte, gefährliche Panzerfäuste zu bergen.

Mit Zwigott am Flugplatz Frankfurt: Die Fehler, die die Menschheit macht, sind durchwegs quantitativer Art. Man müsse zugeben, daß alle Parteiungen ursprünglich gute Absichten hatten; Hoffnung bestehe auf eine noch herzustellende gegenseitige Übersetzung der vermeintlich feindlichen Modelle ineinander bis zum Nachweis der Übereinstimmung in ihren Atomen.

Pater Kolbe: Im Dienste Gottes zu Staub werden.

Nietzsches erschütternd braves Knabentagebuch nach dem Tod seines Vaters und während Übersiedlung der verarmten Familie.

Wiederaufnahme der Ziele der Jugend.

Angstlos werden vor unsystematischen, offenbleibenden, als unfertig einzubekennenden Halbwahrheiten. Weiße Fahne zwischen Gräben. Teilzustimmungen. Kanäle des Einverständnisses in alle Richtungen. Das erst umrißhaft ausgehobene Sammelbecken für noch nicht gefundene Wörter und Heilsformeln leer lassen.

Wie schaut Rausak unter höchstem Druck aus? Was ist seine Herausforderung? Keine Partisanenexistenz sein! Zu niemandem illoyal, falsch, verräterisch! Anlässe für offene Rebellion sind nicht gegeben. Handlungsmoral höchsten Anspruchs, allerdings unterschiedlicher Straffheit je Bezugsebene. Vom Pulsieren und Pendeln der Weltanschauung.

Wie plötzlich Bevollmächtigter Prall sich nach der Anzahl meiner Kinder erkundigt. Nach kurzer Unterbrechung durch Frau Puschenjak, die ihn wegen einer Telefonauskunft von der Tür aus anredet, vergißt er zwar darauf, meine Antwort abzuwarten, aber immerhin unter aller Verblasenheit — ein winziges untaktisches, kurz aufblitzendes Herneigen: Zurkenntnisnehmen einer anderen selbständigen Existenz. Rausak registriert das nicht ohne Erschütterung. Sofort, gewiß zu früh, regt sich Herzlichkeit.

Die süße Quelle Istriens in Funtana quillt bei Flut unter dem Meeresspiegel in die Salzbrühe. Bei Ebbe tränkt sie unverdorben das Dorf.

Rausak bestaunt die Unverdientheit seines Glücks, die Gnadenhaftigkeit von soviel zuströmender Zeit, daß er langfristig Rechtfertigungen erleben kann. Im genauen Bedenken wird ihm klar, daß er, um so zu überleben, nichts getan hat als stillgehalten, verborgen hausgehalten, unmittelbare Pflichten erfüllt, sein Leben den Kindern gewidmet, die Aufgaben der Fabrik zurückgezogen zu seinem Vollberuf gemacht. Sonntags Expreßbriefe von Kollegen: Machen Sie weiter, wir hoffen auf Sie. Das Übermaß an Nachdenken ist im ausbruchlosen Durchhalten wirksam geworden. Besiegt, überwältigt, erobert hat er nichts. Und doch steht er hier beschämt als ein Gewinner.

Ein hell erleuchteter Zug von Hainburg nach Wien vor dem spätabendlichen Hintergrund einer Pappelallee in Carnuntum.

Hochpreisung: Finale für Tenor, pianissimo: der Kampf ist noch nicht beendet. Glückliche Wendung immer noch möglich. Letzte Entscheidung noch nicht gefallen.

Sechstes Buch:
Briefe

Brief eins: Fabeln

Vögel aus den Zierbüschen neben dem Haupteingang des Verwaltungsgebäudes sind auf Knopfdruck durch die Torsprechanlage zu hören.

Winters hocken frierende Amseln unter den warmen Motoren geparkter Autos.

Die irre Frau Buchtela tötet weinend junge Amseln im Flieder, weil sie sie vor streunenden Katzen schützen will.

Tauben sitzen bei Frost vor den Absaugschächten der Gießhalle.

Sperlingsschwärme fallen ins Fabriksgelände ein, die Spatzen zerschneiden ihre Füßchen an abgelagerten stahlscharfen Drehspänen. Das Gefieder winterlicher Meisen vor Futterröllchen an der Kranbahn ist rötlich verklebt vom Miniumlack frisch gestrichener Überlandmaste am Versandplatz.

Auf umzäunten Wiesen der Lebringer Fernsehfabrik hausen wilde Kaninchen. Krähen warten auf die in Drahtmaschen gezwängten Kadaver.

Vom Streckbett des Orthopäden in der Adalbert-Stifter-Straße durch die Oberlichte des Milchglasfensters Krähenschwärme beobachtet. Ihr weithinhallendes Krächzen über Neubauten stundenlang gehört.

Flügelklatschend ziehen helle Wildtauben über das Kupferlager, wo Frau Watzinger Futterplätze angelegt hat. Jeder Blick aus dem Fenster wird von Raumgittergraphiken angezogen, die Vogelfluglinien ins Licht zeichnen: Auflösung schwierigster Darstellungen, an deren Formulierung hier herunten noch gearbeitet wird.

Starschwarm unter der Asperner Kirschenallee im Juli, wenn abgefallene Früchte den Asphalt bedecken — anhalten! —, zerquetschtes Fruchtfleisch, rot träufelnder Sirup unter flattrigem Vogelmahl. Die dreidimensionale bizarre Verformung des auffliegenden Schwarms innerhalb von Sekunden: kugelig steigend, elliptisch gezogen, halbkreisförmige Ausläufer, breite Punktwolke wieder zu drehendem Klumpen geschrumpft, Reste weitgezogener Abweichungen. So entweichen Starformationen in rasendem Sturzflug dem niederstoßenden Raubvogel: der im erzeugten Vakuum haltlos abstürzt...

Die Verlorenheit, in der Fasanhähne im Vorfrühling bei Regen mit geduckten Köpfen reglos auf den Rainen stehen. In der Erntezeit flüchten Fasane vor der Mahd auf die Straßen unter tödliche Räder.

Unverlierbare Würde leidender Tiere, begrenzte Belastbarkeit: ihre Pein durch fehlenden Vorausblick zu klammer Gegenwart gemildert. Die Ente im Springbrunnen des Pratersterns flieht vor dem ständig neu aufpeitschenden Fontänenstrahl, der Ornamente ins Neonlicht wirft und aus hellblauem Überschlag niederprasselt zum stets neu flüchtenden Wasservogel, er hockt zuletzt in regloser Panik auf dem Abflußstutzen des Beckens.

Ähnlich verschüchtert die Ente im Donaupark, die Dir, Anna, so gefallen hat: genau auf der Führungsplatte der Kaskade vom Hochbecken zum Teich stehend, knapp über dem Absturz, im vollen Sog, endlos vor ihren beunruhigten Augen fallen die glatten Strähnen mit sattem Gurgeln ins tiefe, dunkelgrüne Bassin.

Ein Pariser Gaukler läßt während Zauberkunststükken mit lebenden Küken eines auf offener Bühne fallen, das piepsende, flatternde Bällchen wird unter Grimassen zwischen Vorhänge gestoßen.

Nach schwerstem Tankerunfall vor der Bretagne tragen verzweifelte Franzosen im März achtundsiebzig auf hohen Stangen ölverklebte Meeresvögel gekreuzigt durch die Städte.

Wie Hühner sterben: ducken die langen Hälse zur Erde, ziehen vor dem zupackenden Griff das weiße Lid von unten über das Auge. Auch Rebhühner erwarten mitten auf dem Beton den furchtbaren Schlag der Stoßstangen reglos und geduckt: Vögel können sich dem unnatürlichen Verkehrstempo nicht anpassen, prallen täglich gegen Kühler, plötzlich in scharfem Winkel hochgerissen, eine letzte Parabel, fallen verstümmelt, zuckend, lautlos auf die Straße zurück, hier noch gerädert, gedörrt, zermahlen, im Fahrtwind aufgelöst...

Amselkadaver auf der Ringstraße: via triumphalis: zwei zerschlissene Federn heben sich nach jeder Überrollung neu als Viktoria-V über den heißen Asphalt...

Erinnerung an die Amsel, die, auf der gotischen Vorhalle des alten Rudolfspitals sitzend, den ganzen späten Novembernachmittag vor Deinem Krankenzimmer, Anna, angeschlagen hat: wir haben sie aus nächster Nähe durch die Scheiben beobachtet, und Du hast erstmals seit Tagen dünn gelächelt. Dieses Krankenhaus ist geschleift, die Amsel ist dahin, nur in uns beiden, mein Kind, lebt dieser Gesang weiter.

Liebe Kinder, lest Euren ererbten Namen verkehrt: aus Rausak wird Kasuar: verborgenes Leben des Laufvogels im Dickicht! Ein Helm auf dem stets gesenkten Kopf zum Durchpflügen des Gestrüpps. Flügel zu knochenharten Kielen verwandelt: starkes Landtier, dennoch eine Flugseele.

Brief zwei: Warnungen

Wie die Arbeiter in der Hebevorrichtung der babylonischen Turmbaustelle unsichtbar bleiben: in verschlossener Trommel voll runden Leitern drehen sie mit ihrem Körpergewicht das Hubwerk.

Warnung vor dem frechen, hochgeschulten Menschentyp, dessen kritisches und Defensivpotential ungeheuer ist: mit ihm kann man weder arbeiten noch reden, ihn muß man meiden, will man etwas leisten. Aber wie lang es dauert, bis man das erfaßt hat, diese Köpfe sind so vielversprechend, anziehend, immer meint man, das Eigentliche komme erst noch, man hätte nicht genug gefragt; bis endlich ihr Schmarotzertum klar wird: saugen sich scharfzüngig ins Leben aller Lastträger, Leidträger, Risikoträger, strecken nie die Hand aus, stets nur die Zunge...

Hinter das geschlossene Visier ein zweites mit einem Gesicht bemaltes, geschlossenes Visier schrauben, hinter dieses die Maske eines offenen Gesichts...

Gelähmter im Rollstuhl wurde nach unbeachteter siebenundzwanzigstündiger Liftfahrt als tot erkannt und aus der Kabine geschoben.

SS-Höflichkeit: sie fragten in die Angstschreie der beiden entkleideten Frauen hinein — Mutter und Tochter —, welche zuerst erschossen werden wolle...

Nicht der Versuchung erliegen, zu hassen, statt zu arbeiten! Auch nicht dem Schwindel, auf alles Geschehen mit Sprache zu antworten. Hier fehlt die eigene Tat.

Indem Du den Zufall zur Struktur machst, hörst Du auf, die Welt zu pflegen.

Traktoren pumpen allnächtlich Wasser über die Rüben!

Heidelandschaft wird gegen Feuersbrünste mit unfruchtbaren Sandkanälen durchzogen!

Autobahnen schlitzen einander überschwemmende Städte bis ins Weichbild auf.

In der unwirtlichen Stadtlandschaft Simmerings, eisiger Nebel über dem Zentralfriedhof, plötzlich zwischen blinden Wohnblocks, Autowracks, Verkehrsschneisen, Baracken, fauligem Gerümpel: in riesige Glaswände gefaßt, metallisch gleißend, tropisch erhitzt, das isolierte Bad! Nackte Kinder tummeln sich dicht gedrängt, schreiend, spritzend in diesem kunstvoll luxuriös und durchsichtig aufgetürmten Naßraum. — Ähnlichkeit meiner Briefe mit solcher Sonderbedingung: schon das erste hingeschriebene Wort trennt Euch wie eine kugelsichere Glaswand von frostig-sandig-brüchig dunkler, nirgends begrenzter Wirklichkeit ab, fügt vor tückischem Winterwind aluminiumdichte Gedanken zueinander, die Euch in dampfendes Vergnügen bergen, wenngleich ich eigentlich Euch abhärten wollte...

Das Floß ist schneller als der Fluß.

Das angeborene leistungsfähige Hirn entweicht in den ersten Jahrzehnten dem angemessenen, zu bewältigenden Stoff: Abwegigkeit wegen Unterauslastung.

Optische und akustische Agnosie als Leiden der Gattung: die Eindrücke werden wohl dem Gehirn zugeleitet, können aber dort nicht erkannt und ausgewertet werden. Oft werden wohl Gegenstände, aber nicht Gesichter erkannt. Stets aber ist der Kranke überzeugt, nicht blind oder taub zu sein, selbst wenn er sich objektiv überhaupt nicht orientieren kann, er hält seine unzweifelhaften Licht- und Klangerlebnisse für Wirklichkeit.

Die sich Partei nennen, aber sich nicht wirklich als Teil verstehen, irren unablässig.

Mit orgiastischer Wucht aus der Wahrheit in die Polemik. Wahnstruktur mörderischer Phantasielosigkeit.

Unter großen Manövrierrisken mußte das wertvolle Flugzeug im Unterschallbereich langsame Flüge ausführen — bis es ins Ausstellungsgelände niederstürzte.

Einziehung des Bewußtseins auf eindimensionalen Kanal vor sich, Verwandlung aller Belastung in persönliche Zeitbilanz, Umlenkung auf schmale Kapazitätslinie.

Nach vierzig Jahren Schuheputzens in einer New Yorker Straße fuhr der Albaner, ohne sonst irgend etwas von der Stadt gesehen zu haben, in seine Heimat.

Die Zuwendung des Krafteinsatzes erfordert kluge Auswahl: Treffsicherheit bewirkt Nachteile des Schützen! Beliebtheit redseliger Umstandsmeier, die nie an den Kern einer Sache geraten: Treiber, die lärmend Niederwild vor die Flinten gelangweilter Potentaten jagen, ohne zu ihnen in Schießkonkurrenz zu treten. So wird man was.

Differenzimpressionen ohne aufnahmebereiten Adressaten bewirken Selbstgefährdung.

Die Goldgräberstadt wurde verlassen, ehe die Mutterader gefunden war.

In Wien müsse man jeder größeren Ausarbeitung Irrtümer einpflanzen, zumindest Rechtschreibfehler, weiß Dr. Leikermoser, damit man sich des Wohlwollens einer Gesellschaft erfreue, die auf Kaputtmachen spezialisiert und von der Sorge getragen sei, nie vor eine inappellable Erscheinung gestellt zu sein — da könnte ja jeder kommen! —, es sei denn Musikvirtuosität, die ist unverbindlich genug.

Rost verwandelt Eisen in jenes Erz zurück, aus dem es einst durch Sauerstoffentzug getrieben wurde.

Verlorene Anker gefährden die Schiffahrt.

Nicht wie jener oststeirische Eisenbahner werden, dessen Gleisanlagen und Waggons nur seinen eigenen Obstgarten erschließen.

Tücke von Pfeil und Bogen: machen keinen Lärm, auch das verfehlte Ziel bleibt arglos stehen.

Die endlich nach vielen Desastern gefundene Strategie der Römer gegen die Streitelefanten Hannibals: sie einfach durch eine offene Gasse in rasch geteilten Marschstaffeln ziehen lassen, hinter ihnen die Schlachtreihen schließen, weiterrücken...

Ausgestandenes Unrecht verfestigt sich im Magen zu versteinerten Klumpen, die der Verdauung immer härterer Brocken dienen, was zuletzt zum Zwang, Unverdauliches zu schlucken, führt, wenn nicht sogar zur Lust an so begründeter Unüberwindlichkeit. Freilich entsteht so ein Doppelleben, voll Widersprüchen, nicht ohne Lügen durchhaltbarer Schwebezustand, ermüdend, stets am Rand des Unrechts oder schon drinnen.

Das Innenleben als Umwelt erleiden. Dauer gewinnen um den Preis der Verstellung. Zeitgewinn als Schein-Chance: Zeitgewinn ist praktisch Zeitverlust.

Einhausen im Leid, Hockstellung, Hände über dem Kopf, die Brandung darüberspülen lassen, immer wieder; fester werden, kalkig, Klammern um die Achseln, dem Brennen, Bohren, Schürfen, unentrinnbaren Würgen widerstehen, nur nicht einhalten, durchzuatmen! Immer neue Ausbrüche in eine zwar unwirkliche, aber ablenkende, erleichternde Objektivität.

Künstlich eingelagerte, knapp unterkritische Mikrorisse machen Keramik zäher als Hartmetall.

Brief drei: Zurufe

Überleben, teilweise im Recht, unter Verzicht auf Zustimmung.

Diese allerhöchste Gefahr schützt vor der Vielzahl minderer.

Venezianische Gondeln sind asymmetrisch.

Holländisches Baggerschiff gräbt die eigene Fahrrinne vor sich ins Deichland.

Künstliche Ernährung oder Verhungern, Ersatzhandlungen oder Lähmung.

Sparsamkeit als seelischer Instinkt für Unangemessenheit des Verzehrs: Speisen ehren, Kleider pflegen, Licht abschalten, Heizung drosseln. Ständige Korrosionsschutzmaßnahmen: Pasten, Lacke, Öle, Wachse.

Archivierung, Photographie, Terminkalender. Weitsicht! Erklimmen hoher Türme, Aussichtswarten, Gipfel. Lektüre aller Prognosen.

Ein siebenjähriges Mädchen überlebte allein den Flugzeugabsturz im Dezember, weil es im peruanischen Urwald ein Säckchen Weihnachtsbäckerei zur Speise hatte.

Abstürzender Astronaut diktiert bis zum Zerschellen Beschleunigungsdaten: seines Unverlorenseins und des bleibenden Beobachtetwerdens in Tonband und Film bewußt.

Kein seelischer Bluter werden, dem ein bewahrendes, ichsüchtiges Ferment fehlt!

Stets über Teppichränder, über Türschwellen steigen. In Sälen an der Wand sitzen, in Zügen im Mittelwaggon, Rücken zur Fahrt; in Flugzeugen so weit vorn wie möglich, je nach Flugrichtung und Tageszeit Schattenseite wählen. Gähnen, ohne den Mund zu öffnen.

Nie körperliche Schwächen, auch nicht Hunger zeigen. Nie über sich selbst reden, nicht auffallen. Vor Unterredungen dunkle Augengläser gegen klare auswechseln. Im Zifferblatt des Partners auf die Uhr schauen! Sitzungen immer mit Blick auf Fenster.

Wasser einlassen nachts in die Badewanne nur mit der lautlos unter dem Wasserspiegel strömenden Brause.

Dialekte, Idiome, Polemiken beherrschen, wörtlich einsetzen; allerdings mit Umlenkungen. Gegenzug vor dem Trick ständigen Wechsels bedingt-unbedingt, pragmatisch-grundsätzlich, freundschaftlich-unnahbar: scharf beobachten, im richtigen Moment ruhig beim Namen nennen.

Naivität letztlich rationellste Diplomatie.

Im Gewehrschaft des Wilderers ist ein zweiter Lauf: er täuscht Übergabe vor und schießt.

Wie schaut der Kampf eines Gerechten heute aus? Empörung nicht freien Lauf lassen, Verfluchungen, nach denen die Lippen beben, nicht herausschreien.

Wohltat des Dennoch-Liebenden: alles als Reaktion erklären, nichts als originäre Bosheit. Mit Würgegefühl, lähmender Trauer durch Wochen gehen, dabei dem Selbstauftrag zur Lichtgestalt, zum herzlichen, verläßlichen Mitarbeiter entsprechen wollen.

Einhalten der Regeln, an deren Reform man arbeitet.

Gegner mit seinen besten Theorien zu versorgen ist unter jedem Aspekt richtig. Schon im Vermitteln entsteht neuer Vorsprung!

Eine Führung, deren Änderung man anstrebt, dennoch bedienen, beraten; künftiges Einlenken nie ausschließen.

Alternativen selbstmörderischen Auftretens wären

nur bei Auftragsklarheit erlaubt, deren Annahme ohne unabweisbare Zeichen Wahnwitz wäre.

Ingenieur Eggenburger in Scheveningen nach dem Abschluß bei Shell: So gesehen, Kollege Rausak, ist unsere Knochenarbeit in der Industrie noch das Ehrlichste! Mit blankem Leib und wenig Werkzeug im Steinbruch der Wirklichkeit.

In Pension verwitweter Lohnrechner Jarni legte mir unter Tränen den letzten Einkaufszettel seiner Frau auf den Schreibtisch. Sie konnte nicht mehr sprechen, Mund und Wangen wegoperiert. Sie machte diese Skizze, wo im Supermarkt das Bierregal zu finden sei...

Präsident Gstötterbauers geliebten, fünfjährigen Spätling-Sohnes Todessturz vom elterlichen Balkon: unvergeßlich das rote, nasse Gesicht des grauhaarigen Herrn, dessen Blick sich mit übermenschlicher Kraft durch granitenes Leid zu uns Nichtssagenden herausbohren mußte...

Ständig neue innere Symmetrie erzwingen durch ausgleichende Selbstverstümmelung!

Papuas hacken sich bei jedem Todesfall einen Finger ab. Greise haben nur noch Handstummeln.

Vorräte bewältigter Tragik. Technik der Seele: Gitarre sein, Schildkrötenpanzer als Resonanz.

Die wichtigste Frage, die Ihr mir stellen werdet, bleibt noch zu beantworten: ob ich glaubte oder wisse, daß mit uns allen jemals etwas gut würde, ob wir Menschen auf diesem Planeten noch ein Ziel erreichen könnten, einen hochwertigen Zustand, soweit vom Heute entfernt wie wir von frühesten dumpfen Horden. Ich beantworte diese Frage mit ihrer Umstülpung: daß sie gestellt wird, ist Zeichen einer Unmittelbarkeit vor Endgültigem und des Zielhaften unseres Strebens. Das Kollektiv kann deviat sein, ohne daß für das Individuum ein subjektiver Schaden entsteht. Defekte Systeme erzwängen Zusammenbrüche, gäbe es nicht Einzelne, die ihre Handlungen autonom setzen und so — eigene Interessen opfernd — dem Kollektiv dienen.

Die Epoche kann uns nicht relativieren. Indem wir das Tägliche bewältigen, haben wir Anteil am unbekannten Letztziel. Kurzum: ob unser Leben, Euer Leben, einen Sinn hat, kann ich hiemit geradeheraus bejahen!

Keine Ungewißheit mehr, ob ein idealistisches Hasardspiel gerechtfertigt ist, Zuversicht zu verbreiten in der Erwartung, daß so innerhalb von dreißig Jahren Wandlungen gelingen, die Epoche zu retten. Dann erst, im nachhinein, wäre dieser ungedeckte Kredit rückzahlbar.

Wenn Ihr einen leichteren Pfad wählt, wird Euch zwar diese Not nicht anfechten, aber das Zuschlagen der beleidigten Wahrheit würde Euch als blinde, wertlose Opfer treffen.

Onkel Antons berühmte Predigt von erlaubter Rast: manchmal still in die Kirche setzen — der Frieden stammt immer noch von ihrem Stifter.

Zeitgewinn: Abwendung des Herztodes durch neu entstehende, ertrotzte Umweg-Kapillargefäße, Durchbrüche von unerwarteter Seite.

Brief vier: Übergänge

An sonnigem September-Sonntag, als das Evangelium vom verlorenen Sohn verkündet wird, horchen unschuldige Kleine den Aufrufen zu Demut und Verzeihung, die ein siebenjähriger Engel von den Altarstufen in die volle Kirche flötet. Ringsum waffenstarrende Welt: neun Millionen höchstgerüstete Militärs allein der Industrieländer! Neunzigtausend Panzer, fünfundzwanzigtausend Flugzeuge, fünfzehntausend Atomsprengköpfe. Ausgaben für Waffen übersteigen weltweit jene für Gesundheit oder Bildung. Von einer besudelten, nach Urin stinkenden Telefonzelle aus telefonierte ich mit Dir, kleine Klara, fragte, wie Dein Tag war, wie die Schule, wünschte gute Nacht...

Komplizierte, nie gleichmäßig durchzuhaltende Loyalität zu Kindern und zu Erwachsenen. Zukunftsverpflichtung erzwingt Konflikte mit gegenwärtigen Ebenbürtigen.

Einsichten, die die Selbstsucht überwinden, sind Staatsgebilden unzugänglich. Unglücksmaschinen, aus Modulen starrer Denkanschlüsse montiert: scholastische, juristische, doktrinäre, ideologische Festschreibungen, politische Hartmetallkerne, die einander quetschen, reiben, zum Glühen bringen, zwischen sich Leben zermalmen; nach Gesetzen blinden Stolzes konstruiert, statt nach Regeln des Lebendigen — botanisch, reagibel, voll Übergängen, Einsparungen, langsam, behutsam.

Ständig wechselnde Wasserstoffbrücken zwischen Wassermolekülen bewirken das Fließen dieses Stoffes. Bei Frost sechseckig kristallisiert. Ideengebäude auf künstlichem Dauerfrostboden, Ammoniakschlangen im feuchten Erdreich: ängstlich isoliert vor Tau.

Integriert sein, Amalgam von Schuld und Unschuld, Dostojewski: »Wir alle sind an allem schuld.« Extreme meiden, keine Position einnehmen, die exzeptionell ist, die nicht für alle gilt. Die ich verurteile, ändern sich während meines Spruchs. Zugleich Revolutionär und Salvator sein. Ihr werdet Euch, fünfzigjährig, ohne je geschwindelt zu haben, in dieser Lage finden, die Ihr nicht übermütig gewählt haben werdet: Erfolgserlebnisse von einem System annehmen, das Ihr ablehnen sollt; nicht Ihr führt ein Doppelleben, sondern die Welt.

Nach fünfundzwanzig Jahren Dienst in römischer Hilfstruppe wurde man römischer Bürger.

Ich habe gelernt, meine Meinung zu ändern, aber vor allem den Ablauf dazu in seinen fehlerhaften Zwischenergebnissen als zwingend anzuerkennen: probeweise Annahme der Irrungen als unvermeidliche Vorausleistung, ohne solchen Trost also, der im Sich-nicht-Einlassen besteht, im Abwartenkönnen, sondern auf jeder Plattform wieder den ganzen Ernst!

Schilfinseln der Juhus, die ständig unten wegfaulen, oben durch neue Graslagen verstärkt. Rationale Flöße auf irrationalem Fluß. Künstliche, kurzfristig stabile Systeme, die Informationen abweisen, um zu überleben! Wenn wir uns nicht so erkennen, bleiben wir im tödlichen Irrtum. Und an gewissen von uns kaum beeinflußbaren Wendungen erfolgt explosive Aufarbeitung der früher abgewiesenen, aufgestauten Nachrichten. Human verantwortbare Übergänge sind bisher alle Parteien und Utopien schuldig geblieben.

Der Einbaum wird in zwei Tagen aus einer Fichte gehackt, dann mehrere Jahre mit Steinen beschwert im See versenkt, erst dann ist er weich, glatt, brauchbar.

Kommt nach zehntausend Jahren Härte noch ein Zeitalter der Stärke? Nach Starrheit Biegsamkeit, nach Ungeduld Langmut, nach Fehlleistung des Stolzes umsichtige, breit und tief angelegte friedenstiftende Arbeit?

Das Zurücknehmen der vorschnellen, halbwahren, stahlhart ineinandergekeilten, kaum beweglichen, die ganze Erde als Gestänge von Fallen, Stacheldraht, Kanonen überziehenden Starrheiten? Darf das Glück immer nur befristet und isoliert, sozusagen als Zwischenprodukt, als Abfall, als nicht gesuchtes Ergebnis vorübergehender Hohlräume unter den eben ins Stocken geratenen Riesenarmen der Gewaltmaschinerien sein?

Medikamente, die in schwierigem chemischem Verfahren zwar herstellbar, aber nur kurze Zeit im heilsamen Stadium fixierbar sind.

Ghega baute die Semmeringbahn, ehe es eine Lokomotive für solche Steigung gab, bezahlte mit Selbstmord. Schlüsselwort für Übergänge: Doppelexistenz in sich schadlos bis zur Mündung austragen können! In mehreren Schichten jeweils vollkommen tätig sein wollen, Spannung wechselnder Identität ertragen, vorschnelle Abschließungen vermeiden, verschobenes Zutreffen verfolgen, Teilzuständigkeiten anerkennen, Verirrungen nicht beschönigen, sondern erklären, Unsicherheit als Vorausleistung für spätere Lösungen ertragen, opfern unbilliger Erfolge: darinnen steckt: Leben opfern, darinnen steckt: Tod für Leben, eigener Tod für Leben anderer.

Schmerzvolle Offenkundigkeit der unlenkbaren Systeme selbst bestverfaßter Staaten, deren Unwilligkeit zur Anpassung: zum Unterschied von höchstorganisierten Individuen sind Kollektive nie imstande, sich nach Höchstanspruch zu organisieren.

Eine der Intelligenz der Gattung unwürdige Weltgestaltung. Keine Feinstrukturen, Übergänge, Frühwarnsysteme, sensible, sofort wirksame Lenkkorrekturen; flache Primitiv-Weltbilder; wichtig und unwichtig, Tagesmode oder Existenzfragen sind nicht unterscheidbar.

Der tätige Mitgründer des Vereines zur Rettung Ungeborener ist als zuinnerst betroffener Zuhörer im Festsaal des Wiener Rathauses während der hochpolitischen Eröffnung zum nachfolgenden Theologievortrag einem Herzschlag erlegen. Der Zwiespalt dieser Stunde war übermächtig: mit nichts als seinem von Privatspenden getragenen Verein, der jede Mutter einzeln berät, aufnimmt, ihr hilft, das empfangene Kind zur Welt zu bringen, stand er vor jenem öffentlich Unüberwindlichen, der wie Erosion unüberwindlich ist. Die billigen Rundbriefe seines Vereins, die vierteljährlich die Zahl der Geretteten bekanntgeben, werden kaum beachtet. Genau sechstausendachthundertzweiundsiebzig waren es an jenem Tag, als er angesichts des unmäßigen Hohns zusammenbrach. Seine völlige Erschöpfung nach jahrelangem Einsatz war gleißender Beredsamkeit nicht gewachsen. Sägendes Leid, längst bewältigt zwar, diese immer drohenden Abstürze in der Brust auch des Bemühtesten, sogen an seiner ermüdeten Seele, die stündlich mit hustenden Atemzügen Tugenden über dem Abgrund auftürmte, aus dem der Rauch herzlähmenden Zweifels stieg.

Wer sich so ausweist, so wirksam tätig ist, seine Arbeit, ja sein Leben in aller Eindeutigkeit gegen breiteste Abkehr wendet — wie bohrend, verzehrend mögen innere Fragen, ehrliche Unsicherheit seine Kraft beengen? Das Wagnis: die tägliche Wahl des Einsatzes an unmittelbarer Not — oder am langwierigen Freilegen hilfreicher Erkenntnisse unter drohender Rechenschaft für jedes unnütze Wort...

Der angstvolle Psalmschrei nach Gott, ihn nicht zu Schanden fallen zu lassen, hat sich in dieser alles widerlegenden Minute zum tödlichen Zweifel verdichtet. Der Sterbende auf kühlen Stiegenplatten. Kaum Gemurmel aus dem mattglänzenden Prunksaal. Ohne Tumult blieb die Veranstaltung auf jene Anzüglichkeit gebannt, für die das ewige Leben wohlfeiler Anlaß war.

Die Art, wie gewisse Herren am Tag der Ermordung des italienischen Christdemokraten Aldo Moro durch marxistische Terroristen im Fernsehen darüber diskutiert haben, verzeihe ich ihnen nie! Dialektische Spiegelfechterei, akademische Überheblichkeit, luziferische Lust am Widerspruch, breit grinsende Schlachtung eines unbeholfenen Nationalrats: totale, in sich widerspruchsfreie Umdrehung der Wirklichkeit? Solche verbale Perfektion ist Todsünde! Sie wäre keinem Gerechten erreichbar, kann nur auf Kosten der Wahrheit gehen.

Sturzbäche von Detailzitaten als Redlichkeitsersatz — eine Antiwelt, Rauschgift kreisender Selbsterhöhung ohne Risiko, ohne empirische Nachprüfung: ihr Werk besteht in der Versteinerung dieser Kartonkulissen zu Reallandschaft, durch die echtes, warmes, ihr geopfertes Blut fließt — eine erbärmliche Methode, Wirklichkeit zu setzen.

Diesem öffentlichen Interpretationsmonopol steht als Wahrheit jene nicht ausformulierte, komplizierte Erfahrung gegenüber, welche die Ohnmacht und Demütigung erträgt, über keine Sprache zu verfügen, aber diese Pseudosprache nicht anzunehmen. Opfer für echte Humanität: stumm, unsicher, sich selbst stets im Übergang erlebend, geschwächt; unter die Paroxysmen der Politik geduckt sein Tagwerk verrichten.

Betet um die Gnade, nicht in die Zusammenstöße der äußersten Verhärtungen verfestigter Mißverständnisse zu geraten: Jakobiner im Nonnenkloster, SS im Ghetto, Negerrudel mit russischen Maschinenpistolen in christlicher Missionsstation, die getauften Kinder wälzen sich röchelnd im Sand, Terroristen in Kindergärten.

Automatische Lautsprecher rufen unablässig Friedensbotschaften in den Dschungel: von Giftpfeilen zerfetzte Megaphone.

Oft scheint es mir, die Unfertigkeit nähme zu.

Diese Briefe an Euch sind aneinandergereihte Hochsprünge, mit denen ich manchmal einen Apfel vom Baum reiße und in den Korb lege. Aber das Aufschreiben holt mich nie ein, das Nie-fertig-Werden mit dem aus Rücksicht, Stauung, Querverbindung, Warteschlangen gewirkten Beruf, das Verfehlen des eigentlich Gemeinten, immer wieder einreißende Abwegigkeit, wehrlos gegen Einbiegen der Gedankenreihen in falsche Ableitungen, mehrdeutig, Einsicht ohne Zustimmungszwang, unverbindliche Wahrheit. Ernüchterung nach dem Notieren, enttäuscht über Banalität so bitter erkaufter Erfahrung. Die Wahrheit schielt und ist gekrümmt.

Brief fünf: Gewißheiten

Klaras Erstkommunionfoto mit Sofortbildkamera kurz vor dem Kirchgang: während sie später mit brennender Kerze vor dem Altar stand, habe ich es mit nasser Hand in der Tasche zerknüllt.

Was ist die Welt? Bilder entlang einer Bahnstrecke, Schnee auf Waldboden, Schafpferche, Hinterhöfe, Baustofflager? Gesammelte Gehaltsstreifen, Bilanzanalysen, uralte Gremialprotokolle, Aktenvermerke? Muffige Bürogänge, Konferenzluft, Polstertüren, Niemandsland oder weitläufige Fabriksgelände in Krems, Bruck, Hallein voll Geräten, harzig riechenden Hallen, Riesenbewegungen in dritter Dimension? Oder geheimste Metallstrukturen in optischer Kristallauflösung, phosphoreszierende Tiefsee. Motiv einer Sonate, Umrisse oft nachgelesener Denkgebäude? Oder bilden die Welt jene hundert eigenen Schlüsselerinnerungen jedes Lebenden vor und außer zufälligen Hüllen, die er pflichtgemäß ausfüllt?

Mein hartnäckiges, zeitraubendes Reparieren Eures zerbrochenen Spielzeugs.

Unser Kinderliederraten vor dem Einschlafen: ich blase auf der Flöte die ersten Töne, Ihr ratet um die Wette.

Fahrradausflüge über verkehrsarme Schleichwege hinter Müllhalden, unter Autobahnbrücken; über uns donnern Großachsen durch Betonfugen. Hafengebäude im Morgendunst.

Einladung ins Bootshaus des Fischers — das Seil reicht vom Schwungrad am Strecksessel im schwimmenden Zimmer durch ein Loch in der Wand zum großen Netzträger, der stündlich gischtend, einer Waagschale ähnlich, in den Fluß gesenkt wird.

Aus zwanzig Dienstjahren diese Bildfolgen: Waggon führt Neuschnee durch die Kokerei. Zahnräder fegen Schnee in Wolken von der Kranbahn über die zum Essen angestellten Monteure. Gelächter, Pfiffe.

Luftschacht zum Lohnbüro orgelt bei Sturm. Waschsand der Schmierer verstopft wöchentlich die Abflußrohre der Fabrik. Auf den Disteln des Verschubgeländes fängt sich blutrotes, aus neuen Konstruktionen abtropfendes Minium. Mit schräg querübergespannter Kette zieht die Lok auch Waggons auf dem Nebengleis. Hochsommers rinnt in zähen Fäden geschmolzenes Teer von den Dächern. Bei dreißig Grad steigen Schweißer auf das Hallendach und überspritzen das Gebäude. Andere sprühen Kalkmilch auf das Preßglas. Streckenarbeiter werden mit der Draisine hinausgeführt und alleingelassen; zwischen Schwellen liegt ein verlorener Eisblock. Immer wurde Herr Piller, der Zwerg, für die Werksfotos der Transformatoren aus der Wicklerei gerufen. Zeitnehmer klagen über Büroklammern im Anzugfutter. Kreidekreuze auf Lastwagenfelgen. Ein Tiroler mit Jägerhut zum blauverschmierten Overall bat, vor der Kostenrechnung zwischen den Rosen das Gras mähen zu dürfen. Tauben in warmen Absaugschächten. Amseln unter warmen Automotoren auf dem Parkplatz. Katzen im Magazin. Ein Tierhalter holt im ärmlichen Einspänner mit Blechfässern täglich die Werksküchenreste. Das Sammeln dieser Belege inmitten täglicher Pflicht ist Poesie bar jeder Unverbindlichkeit.

Wie eine Bergdohle vom Gipfel abhebt: stößt sich aufwärts, breitet die Flügel, schnellt über tausendmetrigen Steilabgrund hinaus, fällt, schwebt, kreist, segelt schließlich tief unten über den Waldwipfeln: Eure Mutter Francine sagte: aus reiner Lebensfreude, denn hier oben gibt es keine Insekten zu jagen...

Folgenloses Selbstzeugnis — Merkmal des Lebendigen, nirgendwohin gewandt, nicht Lockung, nicht Tarnung, nicht Arbeit — bloß schönes Muster, selig ausgefaltetes Nur-Dasein.

Wird es in Deinem Leben genug gute Blicke geben, für Dich, Kind, und für uns alle, völlig allein, von niemandem je angeschaut — also erschaffen, gehalten! —, außer von Gott, dessen eigene Geschichte, dessen unbeendetes Abenteuer mit uns wir sind?

Am Heiligen Abend ein Hundertzwanzig-Stundenkilometer-Sturm: zum Christtag-Morgen sammelt auf der Promenade Alte Donau ein Greis abgebrochene Zweige in seinen Rucksack. Zum Adventbesuch erzählte mir Pensionist Jarni, daß er von seinen Spaziergängen stets eine Aktentasche voll Brennholz nach Hause bringe, fragt mich, ob er sich schämen soll. Überhaupt ein Zug zu Bäumen: Platanen vor der Schiffswerft, Kastanien neben dem Kupferlager, Pappeln rings um den Verwaltungsturm, Birken vor den Kellerfenstern der Datenverarbeitung, unerreichbar jedem künstlichen Gebilde: Biegsamkeit, Stärke, Zartheit, Verästelung, Selbstheilungskraft, fast Unverletzlichkeit der Großpflanze, ihre beneidenswerte Langsamkeit, durchsichtig, unwiderstehlich.

Festausflug mit Euch allen zu Klaras Erstkommunion auf die mein Denken so oft beherrschende Hohe Wand: auf der Brombergaussichtswarte kann man am teilweisen Fehlen des schwarzen Lacks an Gewinden erkennen, daß die Verbindungsschrauben zwischen Holzstämmen nachgezogen wurden.

Nach dem Begräbnis des ehemaligen Zentralvorsitzers Sottolarz erzählt seine langjährige Mitarbeiterin und Vertraute, Frau Paltram — ein Berufsleben voll Rezepturen, Formeln, Vertragsklauseln hinter sich —, ihrer Freundin, Frau Puschenjak, daß plötzlich ein bisher noch nie beobachteter Vogel an ihrem Fenster erschiene, der sie auffällig zutraulich, mit glänzenden, sprechenden Augen anschaue. Frau Puschenjak flüsterte mir zu: Darüber dürfe man nicht lachen. Ich bestätigte: Bin weit davon entfernt!

Ein nicht mehr brauchbares Gebetbuch wird beerdigt, nicht verbrannt. Ich denke an meine Wolken: über stürmischen Novembermorgen voll kräftigen Dämpfen, aber auch viel Blau am Himmel, dunkel gehalten, am Horizont graue Wände, südwärts hell aufgerissen, fetzige Inseln von Zirrussträhnen durchzogen, mit Krähenschwärmen in Dreiecksform verziert. Unter meinem Gesicht Neuschnee auf der Vorstadt: weißer Rauch aus alten Schloten.

Der Kustos der Kunstakademie Schillerplatz öffnet viertelstündlich die Milchglasfenster, schaut, ob die Stadt noch da ist.

Aufblitzende, unverdrängbare Schönheitserlebnisse.

Asphaltieren im Regen!

Brief sechs: Ratschläge

Vorzug praktischen Überlebens jenseits aller Hirnsysteme: solange solche Verworrenheit herrscht, ist Sicherung leiblichen Überlebens eine eigene, von der Pflege zeitlosen Rechts unabhängige Aufgabe. Ihr müßt wissen, daß die Anschlußstücke der Welt nicht für tiefe Einsicht geeicht sind, sondern daß allein nicht weiter erforschte Augenscheinlichkeiten einander anerkennen.

Warnung vor Verlust jener durchschnittlich eigensüchtigen Mischung, die sich für den gewöhnlichen Lebenskampf eignet. Die Bündelung von Einsichten langfristig bestmöglichen Bestehens der Gattung nicht so dicht werden lassen, daß sie eigenes Streben ganz verdrängen.

Versuchung abzuhalten als wichtigste Vaterunserbitte.

Grenzen zwischen subjektiv und objektiv verschieben sich mit der Tiefe der Einsicht. Was dem ernsten Betroffenen offenkundig scheint, gilt seinen Richtern als abwegige Exaltation.

Entfesselungskünstler Hondini ließ sich ans Kruzifix fesseln, das über einen Fußhebel die Seile zerschneiden konnte.

Tatsächlich gibt es überhaupt keine bekannte ausformulierte Position, am allerwenigsten eine der sogenannten Weltparteien und Weltmächte, die in ihrer starren, halbwahr-folgerichtigen Verstiegenheit den Einsatz leiblichen Lebens wert wäre. Zuviel Willkür, Wahnwitz, Zufälligkeit, Übermut, vorschneller Angriff, irrtümliche Vernichtung sind in unserer Geschichte deutlich geworden.

Habe erst gegen fünfzig begonnen, meine vorgefaßten Zustimmungen ernstlich zurückzunehmen, war vorher gutgläubig, stets bereit, eigener Beobachtung zu mißtrauen, habe immer nur mich selbst geändert, angepaßt. Mißtrauen vor widerspruchsfreien Gedanken. Spektakuläre Teilergebnisse lassen auf Vernachlässigung anderer Gebiete schließen.

Welche geistige Haltung soll ich Euch anraten?

Parteilichkeit nur befristet, und mit ausführlicher Begründung. Verhärtungen ausstoßen. Um eine Arbeitsform ringen, die eigener Gewißheit entspricht. Sich weigern, Konzepten zu folgen, die das umfassende Weltproblem mit unangemessenen Direkteinsätzen und persönlichen Opferungen lösen wollen: den Kipp-Punkt am Hebel finden: die neue Erfüllung des einen Hauptgebots: bereit sein zu fallen — aber auf dem richtigen Feld!

Liebe zur Wahrheit bis zum Zustimmungszwang ausformulieren kostet immer Blut und Leben ... Gottesfurcht erzwingt schmerzvolle Unvereinbarkeiten.

Einmal werdet Ihr das übergreifende, friedenstiftende Weltbild zeichnen, aus dem sich Differenzen allmählich herauskürzen, bis die ineinander übersetzbaren Idiome freiliegen.

Verzicht auf Rechtfertigungssysteme.

Ratschlag: gut sein auch zu Menschen, von denen keine Gegenleistung kommt; statistisch begründbare Versicherungsprämie, denn ein Prozent aller Begegnungen wird doch hilfreich.

Kleine Erledigungen durchführen, nicht für das Ganze sorgen und dabei ermüden, einfache Verzierungen — oder noch besser: Erheiterungen werden bestens bedankt. Modische Kompetenzmimik: weil alle Cowboys zum Film gehen, bleiben die Kühe unbehütet.

Unvereinbarkeiten überwachsen. Wikinger steckten

das Ruder durch ein Schild, hinter dem sie gegen Speere geschützt weiterrudern konnten. An die Schuhe der Telegraphenarbeiter geschraubte Sicheleisen: behindern sie zwar am Gehen, verleihen aber unnachahmliche Fähigkeiten auf glatten senkrechten Stämmen.

Könnt Ihr bewußt örtlich und zeitlich begrenzte Glückszustände annehmen? Wir haben auf der Hohen Wand beobachtet, wie kämpfende Hirsche, die mit verkeilten Geweihen einander trotzten, Gräser abfraßen.

Auf hölzernem Querbalken der Stahlplatten des Schleusentores von Persenbeug wurzeln und wachsen Gräser und kleine Gebüsche, vom Sprühschleier der Donausprudel benetzt, von dem durch oftmalige tägliche Torbewegung ständig im wechselnden Winkel einfallenden Licht gewärmt. Der Schleusenwärter hat mit überflüssigem Gelenksfett seine Fahrradkette geschmiert. Wie Frauen in Eisenbahnwaggons stricken. Wie Feuerwehrleute während der Bereitschaft ihre Autos polieren.

Mißtraut Eurem Lohn! Dieses Geld ist nicht Bezugschein zu freier Auswahl nach Preisangeboten. Kenntnis falscher, irreführender Kostenrechnung gebietet unabhängige Entscheidung. Gewerkschaften meinen, Innenpolitik zu machen, obwohl sie verhängnisvolle Weltpolitik betreiben, indem sie uns zu unbeirrbaren Ausbeutern armer Erdteile umfälschen.

Nichts davon zu eigenem Wohlleben annehmen. Alles sparen, in Zahlungsmittel für hilfreiches Allgemeingut verwandeln. In sündhafter Kalkulation ist der eigene Konsum keine Variable! Ich würde mich auch eigentumslos der Fürsorge eines Staats überantworten, aber wann wären Machthaber vertrauenswürdig genug, ihnen die Lebensgrundlage zu überlassen? Also bleibt der Zwang, in diesem unübersichtlichen, ungerechten Gewirk Eigentum zu erwerben, um zeitweise für ernste Selbstbestimmung frei zu sein.

Euer Urgroßvater erlitt und überwand zwei Feuersbrünste. Euer Großvater hat Erbteil, Ersparnisse, Wohnung in zwei Weltkriegen verloren. Könnt Ihr die Einnahmen nicht steuern, wie auch ich nicht, spart bei den Ausgaben, wie auch er es getan hat.

Ich bin jetzt so alt wie er, als er aus der Kriegsgefangenschaft heimkam: November fünfundvierzig plötzlich an der Tür, mager, tiefäugig, entfremdet, belegte Stimme. Er hat sein Gelöbnis, nach der Rückkehr jeden Freitag abends mit der Familie eine Litanei zu beten, wegen des Unverstands und der Halbherzigkeit von uns anderen nicht durchgehalten.

Wofür ist die Äußerungsform einer Litanei das Zeichen? Doch für die Unmöglichkeit, seinen Gegenstand umfassend, durchdringend, dreidimensional zu beschreiben. Das unter Erkenntnisnot hervorgestoßene listenartige Aneinanderreihen von Anrufungen, Bannungen muß nicht Beleg für Ausdrucksschwäche, sondern könnte einer für die Größe des Gegenstands sein.

Drang zur Vollkommenheit mit gleichzeitigem Unerfüllbarkeitsbewußtsein: Gesichtszüge Rembrandts, Schieles. Vielleicht fällt überhaupt an dieser Kreuzung die Entscheidung: ob sich jemand durch einen Kraftakt soweit blinder Geschäftigkeit ausliefert, daß er für den Rest seiner Zeit mit nie gepflegtem innerem Druck lebt, davor versteinert, entartet, oder ob er das Daseinsrätsel mitleidig erträgt, so allen praktischen Anstrengungen jenen Schleier der Traurigkeit überzieht, der sie erst menschlich macht. Nicht nur leben gegen den Augenschein, sondern ohne Augenschein: ein blinder Cellist spielte im vollen Konzertsaal trotz Lichtausfalls wahrhaft unbeirrbar weiter, verhinderte so die Panik.

Was als Notizen auf Schmierzetteln, Flugtickets, Zeitungsrändern begonnen hatte, liegt jetzt als Bündel numerierter Briefe an Euch hier. Die teils vor Monaten und Jahren verfaßten Regeln übermitteln nicht, was an meine Schläfen hämmert. Seit Wochen das Paket dort am Fenster weggelegt, nicht unentschlossen, sondern ohne jede Entschließung.

Kann ich Euch Ratschläge geben?

Der Schlittschuhläufer mit dem Kind auf der Schulter.

Die angelegten Listen können den Übergängen nicht folgen. Wortloser, täglicher Versuch, Ratlosigkeit in Verläßlichkeit zu verwandeln.

Schritte, Geräusche, Dinge gewinnen Endgültigkeit, Eigenwert. Ich genieße sie ohne die Last des Umwegs durch Wörter.

Bisher nicht gespürte, nicht erhoffte Sättigung. Vertrauen in Euren Augen, der feste Griff Eurer Hände, das so glückliche Finden von Gegebenem und Annehmendem in Euch, unablässiges Erfahren einströmender Fürsorge.

Ich schreibe Euch nicht mehr. Ich bin für Euch da.

Ich bekenne, zu ahnen, ja fast zu wissen, daß ich nicht abwehren kann, noch will, dieser Erde und diesem Leben sei etwa auch in ganz anderer Sicht gerecht zu werden: ich kenne nur keine andere. Und eine zu finden, die meiner Erfahrung standhält, würde mich nicht schrekken, sondern freuen, sie muß zwingend von ähnlicher Gestalt sein.

Es ist alles verwirklicht, was ich mir vorgenommen habe. Der Preis, den ich dafür bezahlte, erscheint angemessen.

Brief sieben: Bitten

Mitteilungswunsch ohne geeignetes Ausdrucksmittel, mühsames Anordnen mehrfacher, mehrseitiger Annäherungen, Gefahr wirkungsloser Feinheiten, Ziselierungen; jedoch unabweisbare Parallelen zwischen Grundregeln der Vorväter und mir gestatten Schlüsse auf teilweise mögliches Zutreffen dieser Nachrichten für Euch. Das Durchgewebte, in ganz anderen Zeiten noch verbindlich.

Tun, was alle uns noch selbst bekannten Vorfahren getan haben: das Äußerste bis zuletzt.

Bin erfüllt von Bitten an Euch, Hinwendungen, voll zugekehrt, ineinanderströmendes Geschehen, Quellgebiet, Riesendelta ... Brücke aus Vergangenheit in Eure Zukunft, die, aus Dankgefühl errichtet, von Urgroßeltern über Francine und mich zu Euch reicht.

Gedanken an Euer Erwachsensein ohne uns, an Eure Kinder, Eure Enkel und deren Erwachsensein, das in die erste Jahrhundertwende des nächsten Jahrtausends fallen wird. Freiheit übermitteln, auch erniedrigt noch selbst zu entscheiden. Ein Gruß voll Sorge vor den uns unvorstellbaren Verwicklungen Eures späteren Daseins, besonders aber voll Zärtlichkeit, die Francine und ich Euch wissentlich und gradlinig zuwenden. Jeder Ausflug, Museumsbesuch, jede Kindermesse: ein bergender Vorgriff in jenes Fernherkommende.

Urgroßvaters hilfreiche Wallfahrt nach Mariazell, existenzvernichtende Bosheit abzuwenden: sich demütig einer Gefahr zu stellen ist nützlicher, als sie hochmütig zu leugnen, zu fliehen.

Verwerfen illusionärer Selbstentlastung. Geistig arbeiten ist mehr als denken. Abläufe unter kleingehaltener Gefahr auf langfristige Bestfassung richten. Der Engpaß ist nicht Sensibilität — dafür wirken inzwischen genug —, sondern Finden praktikabler Formung der Wirklichkeit; nicht allerneueste feinste Empfindung, sondern echte Arbeit. Fähigkeit, Handlungen zu planen, deren Belohnung weit in der Zukunft liegt.

Das Gegebene, also, wie mehrfach erwähnt, die Bedeutung des Wortes Gott, kann Gegebenes nur sein, wenn es Aufgenommenes ist. Obzwar wir nichts aus uns sind, blind und arm in diese Fülle hineingeboren, nur lebendig, insoweit wir Gegebenes aufnehmen, so erschaffen wir doch aus dieser Nichtigkeit das Gegebene, machen es zu Gegebenem, denn ohne uns wäre es zwar in irgendeinem Zustand da, aber eben nicht als Gegebenes, somit um Welten kleiner, weniger entwickelt als im Zustand des Angenommenseins. Tatsächlich schaffen wir Gott, aber nicht für uns, sondern für ihn selbst — dies freilich nicht in gottesleugnerischer Hybris ausgesprochen, sondern in vertiefter, inniger Verbundenheit mit dem Gegebenen, dem wir sogar den unverdienten Rang verdanken, es zu gebären. Einschluß in seine Sicht: Chaos, von Ahnungen über Vollendbares durchzogen.

Francines lange Aussparung in diesen Briefseiten aus gänzlicher Unangemessenheit meiner Darstellungskraft für so viel frauliche Wirksamkeit, Gegenwart: tragfähige Welt: Francine ist Boden, Nahrung, Licht jeder Eurer Stunden, mir undeutbares Geheimnis, nicht abgerückt von mir, nicht abtrennbar, daher nicht darzustellen:

Ähnlich Klimts Schubert-Porträt im Belvedere: weiße Strahlung, von erhellten, beglückten Gesichtern umringt, der Genius selbst aber nicht durchgezeichnete, nicht ausmalbare Lichtmitte!

Was der Maler auf Leinwand nicht bannte, fasse ich nicht auf diesen Blättern: das Allerhöchste! Eure Mutter, meine Frau Francine, sei Euch mit diesem Brief als Wichtigstes vorgetragen, einzige, fast strenge Bitte an Euch: bleibt mit Francine verbunden! Laßt sie nicht allein! Nehmt sie in Euer Leben auf!

Von der Unterwerfung vor Rätselhaftem, die für jede Verheiratung geübt werden muß, habe ich nichts, hat Francine alles geleistet. Sie hat sich mutig in dieses Ungesicherte geworfen und mich so überzeugt — Euch Platz bereitet, wahrhaft das Leben erkauft und geschenkt.

Die an Zwillingslämmern versuchte Widerstandsfähigkeit gegen Lichtschocks: jenes Junge, das von der Mutter getrennt war, starb nach zweiunddreißig Tagen... Äffchen wählten zwischen einer kalten Drahtpuppe, die Speisen abgab, und einer warmen Samtpuppe ohne Nahrungsventil — die weiche!

Im späteren Berufsleben werdet Ihr Euch mit der gesicherten Erinnerung an Geborgenheit behaupten!

Vater verwies mir — dem neunjährigen Halbverwaisten — eines Abends, während er auf dem Küchentisch mühsam meinen Schulranzen nietete, in höchstem Zorn die mutwillige Frage, ob es nicht besser wäre, nicht geboren zu sein.

Nach schwerer Dienstreise spätnachmittags letztes müdes Umsteigen zur Wiener Ostbahn: der vom Gleis eins freibleibende Blick auf das Belvedere, in dem jenes beseligende Schubert-Bild strahlt, Preßglaswand ist von Klarscheibenfenstern unterbrochen, unter hohen Lampen in voller Breite das Barockschloß. Rechts auf uralter Lokhalle steht: Nicht qualmen, obwohl es keine Dampfmaschinen mehr gibt. Stahlfässer auf offenem Waggon querliegend befestigt: Steirische Milch, Milchhof Graz.

Dunkelrotes Arsenal hinter Pappeln, Tennisplätzen; Hochhäuser gegen orange klaffenden Späthimmel, ein Vogelzug, fleißige Hausfrauen lüften Wohnungen, andere eilen mit Kindern, Körbchen umgehängt, von der Vorschule heimwärts. Neben dem Bahndamm Rosengärten. In den Birken der Fabrikshöfe saust der Abendwind aus dem Marchfeld. Schwertlilien vor verrosteten Waggons. Leute, die aus dem Zug steigen, am Waggonfenster vorbeigehen; kurz darauf fährt der Zug an, sie werden überholt, man sieht sie ein zweites Mal, unerwartetes Wiedersehen...

Nach Überqueren der Donau hält der Zug auf freier Strecke kurz vor dem Bahnhof Stadlau. Entenküken, Schwanenküken im Mühlwassertümpel. Abendluft nach Gewitter, grüne Baumriesen säumen den Bahndamm. Der Zug steht viele Minuten tuckernd still, dann kommt eine rote Elektrolok vorbei, eine unserer Erz-Blech-Maschinen, der Führer genießt, weit herausgelehnt, frische Luft, grüßt freundlich den mir unsichtbaren Führer der eigenen Lok, fährt an uns vorbei, rollt, ohne Last, zwischen den Gleisen leicht pendelnd, in die dunstige Dämmerung der Lobau. Kaum merklich zieht der Zug wieder an. Ein Liebespaar im Abteil; Gymnasiasten lernen aus vollgezeichneten, großformatigen Heften.

Innerer Jubel: soviel Überlegtheit, Vernunft, Ruhe lag in diesem gebändigten, sinnvollen Zuwarten meines Zugs, im planmäßigen Vorüberlassen der Lok! Umsichtig angelegte Gleis- und Weichenanlagen, verläßliche Stellwerke! Der Zug fährt in Stadlau ein — Seehöhe hundertzweiundsechzig Meter —, gutmütige Arbeiter in Hemdsärmeln, Plastiktaschen voll schmutziger Monturen, müde Frauen, die nach der Arbeit noch Einkäufe erledigen, wortreiche Beständigkeit; abgemühte Angestellte schlürfen über Ölkies zum Einstieg, queren meinen Weg vom Trittbrett ... und dort, ja dort stehen die Meinen! Ihr habt mich abgeholt, Anna, Klara, Max an der Hand Francines.

Francines deutlich gewölbter Leib — für unseren neuen, jetzt schon geliebten kleinen Mitbewohner: Gottlieb oder Margarethe ... In der diesjährigen Osternacht ist mir zur Taufwasserweihe — die ich schon diesem Ungeborenen gewidmet wußte — beim Alleluja die Stimme gebrochen.

Ihr seid mir über geleerte Bahnsteige lachend entgegengelaufen. Daß es solche Minuten gibt! Voll Dank, dies zu sehen. Dasein als Ort der Treue.

Siebentes Buch: Stufen

Stufe eins: der Fasan

Nach Gesprächen zwischen hiesigen Bergleuten, Betriebsräten und dem Metallurgen Scharneck, Kostensammler Bruderer, Sektionsvorsitzer Rosner, Prokurist Rausak vom Kremser Büro im Salzburger Mühlbach bis zum Morgengrauen: der Blick aus dem Gasthausfenster zum Hochkönig: in der Dämmerung noch nicht zu unterscheiden, was ist Wolken-, was Felsformation.

Ende des letzten Tags für den Kupferbergbau: die Firma ist endgültig alleingelassen. Ministerialsekretär Bergles und Zentralobmann Glawugger zeigen sich heute ganz woanders, im neuen weststeirischen Braunkohlenrevier. Vizebevollmächtigter Prall war bis Mitternacht da, ist ihnen dann nachgereist; rauchend, pfiffiges Gesicht, riesige Goldinitialen auf schwarzer Ledermappe.

Noch im letzten heißen Sommer siebenundsiebzig haben dort oben im Schatten der Verladerampe die Arbeiter ihre Pausen verbracht — und ich kannte schon die Kündigungsschreiben. Ich selbst habe meine überregionale Stellung bewahrt, obwohl ohne höhere Verdienste als diese redlichen Kumpel, Familienväter wie ich. Damals zu Rosner geschrien: Mit blind wiederholter Forderung nach Steueranteilen sei nichts getan, man müsse den Staat reorganisieren. Dazu gehöre geistige Arbeit, aber dafür gäbe es keine wirksame Steuerung. Öffentliche Geldbeschaffung immer nur über Beredsamkeit, formal legistische Zuweisung statt über riskante persönliche Leistung; Politiker und Beamte stießen nie an die ökonomische Mauer, an der für uns andere erst die Wirklichkeit begänne. Ihnen genügten subjektive Präferenzen, um sich selbst Mittel zu genehmigen, wir müssen uns objektiv bewähren. Alle blieben sie immer unernst — bis auf diese jetzt Entwurzelten mit ihren halbfertigen Häuschen... Rosner hat verstanden, daß Rausak in voller Sympathie auch von ihm etwas erwartet hätte.

Die Obersteiger und Meister haben noch gekämpft, gespart, von der Bürokratie längst verlassen. — Unabwendbare Strukturanpassung! — Die klügsten Herren hatten längst wohlvorbereitete Aktenvermerke in ihren Dossiers. — Nur kein Pressepalaver! — Wieviel Leute sind denn das dort überhaupt? — Wieviel waren es in der Fabrik Krems?

Der Kremser Urleb hat sich erhängt nach der Schließung, hat sein »primum vivere« nicht durchgehalten, eindeutiger Abschiedsbrief: leere Fabrikshallen, tote Maschinengruppen, unkrautüberwucherter Pfad vom Freilager zum Belegschaftshaus, mit Ketten verhängt, es regnet durch zerbrochene Fensterscheiben; seine eingedrillte Genauigkeit, Kenntnis der Materialpläne, Buchungssätze, Postwege nähme ihm niemand mehr ab; er habe alle Rezepturen seit fünfzehn Jahren im Kopf. Sein letztes Schnitzwerk: der Verklärte auf Tabor...

Planmäßige marktkonforme Anpassung, zitiert Prall. Das wäre annehmbar, unternähme man außer Abbaumaßnahmen auch sonst noch etwas, aber wie böse Kinder scheint man sich ausschließlich damit zu befassen, andere Esser vom Tisch zu drängen; daß eine Lenkungsfunktion dazu da wäre, den Tisch zu vergrößern, ist erst wenigen eingefallen. Forschungschef Dr. Gerstl hat unlängst erbittert geklagt, daß er seit fünf Monaten auf Vorsprachetermine wartet...!

Jeder eurer Dienstwagen kostet samt Chauffeur eine dreiviertel Million jährlich! schrie einer gestern abends aus der Versammlung.

Das ist auch ein Arbeitsplatz, meinte Prall kühl.

Mir macht keiner was vor, rief schneidend Glawugger in der Rolle des Zusperr-Arbeitgebers.

Ihr spielt immer die Schiedsrichter, statt zu kämpfen, trumpfte ein junger Verbitterter aus der zweiten Reihe auf.

Der Kärntner Scharneck, Entziehungsakrobat, murmelte, auf die Uhr blickend, etwas von Verpflichtungen und eilte aus dem Saal. In der Tür traf er den eben einlangenden Nationalrat Zavadil. Er hatte den Mercedes mit der Dame und den zwei Paar Schiern gleich weiter zum Arthurhaus hinaufgeschickt. Kollegen, rief er, es ist uns gelungen, eine Armaturenfirma zu interessieren ... und vielleicht auch ... der Fremdenverkehr ... Einer schrie: Vorige Woche wurden in Afrika neun weiße Grubendirektoren umgebracht! Alle anderen murmelten: Halt das Maul! Rosner begann in routinierter Rede die Gründe der Schließung und die Abfertigungsbeträge zu erläutern.

Amtsleiter Bruderer, der nahe Rausak hinten im Saal stand, zwei Koffer voll Betriebsabrechnungen bei sich — fünfzig Millionen Jahresdefizit —, beugte sich zu ihm: Die unerklärliche Zufälligkeit dieser Schicksale. Alle hier geboren, immer schwer geschuftet, vier Meter Schnee im Winter.

Rausak nickte, schwieg. Hohes Selbstbewußtsein der Bergleute, lebenslang unter Todesgefahr aus hellgrauer Steilwand getriebener Stolz, geborgen von Gebirgsmassen, als ob die Bedrohungen der Welt nicht herankämen; aber es genügt schon, von Wien verwaltet zu werden: auf jeden Kumpel ein Hofrat. Das Durchschnittsgehalt ist um die Hälfte höher als der Durchschnittslohn. Funktionäre begründen eigenen Komfort als Sachzwang. Aber hier die langen tragischen Familiengeschichten Mühlbachs; dürre, gebeugte Witwen entzünden Kerzen im kleinen Friedhof, wo sichtlich mit Erde gespart wird. An viele Kreuze geschrieben: Bergmann, Bergführer. Sechzig Mann je Schicht arbeiteten noch hier. Neuer Betriebsbau, Waschräume, Kleider hochgehängt, Warteraum, Lampenraum. Seit gestern vernagelte Stollen. Platz für taubes Gestein noch fünfundzwanzig Jahre — jetzt unnötige, vergeudete Vorsorge ... Die Wälder wachsen in blinder Langsamkeit weiter.

Erschütternder Gleichmut, beschämende Freundlichkeit der meisten entlassenen Arbeiter. Rausak tritt fröstelnd vor das Haus. Heute unbenutzte Gästebetten, auf Jahre vielleicht Niedergang, Armut; Schispringen und sonst nichts. Nun ist das Felsmassiv steil aufwärts klar hervorgetreten, kaum Nebel. Immer noch zieht sich die zwei Meter breite Erzader als schräge Platte kilometertief entlang der Grathauptlinie in Stufen und Knicken durch diesen Berg.

Die tieferen Almen sind mit langen Mauern aus Felsbrocken in Matten geteilt: uralte Weideflächen für die Kühe der Bergleute, die mit Milch ihre Staublungen behandelten. Modellflugzeugbauer schickten ihre winzigen Apparate über die Gipfel. Zwei Bergmänner treten aus der Gasthoftür, geben mir wortlos die Hand, einer blickt zu Boden, der andere wischt sich mit der Linken die Wange. Eine weitere Gruppe drängt nach, sie entfernt sich schweigend, teils Richtung Tennisplatz, teils zur Kirche hinauf. Männer, gestern noch Kollegen, denen ich vielleicht — nein: gewiß! — meine volle Leistung, den Beistand ohne Rücksicht auf mich selbst schuldig geblieben bin. Der Anblick müder, teils hemdsärmeliger, ihre alten Aktentaschen heimtragender Arbeitsloser preßt mir die Kehle. Einer murmelt: Kommt's, wie's kommt, ich frag nicht, denk nicht!

Rausak schämt sich. Bruderer stellt sich zu ihm, gähnend, eine Tasse dampfenden Kaffees in der Hand. Und die Herrschaften, knurrt er Rausak an, streiten um die Ausgestaltung ihrer Büros. Sie liegen schon bei einer Million für das Zimmer.

Rausak mußte den Vizebevollmächtigten Prall noch gestern nacht vor seiner Fahrt nach Lieboch zum Auto begleiten: Sie fahren morgen nicht nach Krems zurück, sondern von hier nach Lannach und St. Veit. Wir sollen monatlich etwa zwanzig Entlassungen durchsetzen. Erkunden Sie in allen Betrieben die Termine. Je Mann erspart das zweihunderttausend Aufwand. Das erzwingt Reformen.

Rausak eisig: Meinen Sie? Und wem werden Entwicklungsaufgaben gestellt? Welche Marktforschung ist veranlaßt? Zieht die Erz-Blech-Chemie eine feinstrukturierte Planung mit allen Mitarbeitern durch? Krieg gegen die Belegschaft wäre keine Führungsleistung.

Pralls Lenker hatte schon gestartet. Der Vollmächtige durch das Fenster: Für solche Äußerungen sind Sie sechs Etagen zu tief, Herr Prokurist!

Rausak öffnete die Vordertür, warf sich neben den verdutzten Chauffeur: Ich habe mit dem Chef noch eine vertrauliche Aussprache.

Verlegen stieg der Mann aus. Rausak wandte sich über die Lehne nach hinten: Ich bin vorgestern noch durch Krems gegangen. Unsere tüchtigen Burschen lungern in der Tischtennisanlage neben der Stadtmauer umher; Jugendliche im Weinhaus Jell; auf der Piaristenstiege traf ich den Lohnschreiber, der noch vor einem Monat auf die Frage, was er mache, mit Recht antworte-te: bei mir läuft alles zusammen; nun gekündigt. Aber: glücklose und gestrandete Großpolitiker in unseren Kontrollräten! Jahrzehntelange Mißweisung, Unzuständigkeit, Postenschacherei sollen ohne Folgen für unternehmerischen Schwung bleiben?

Prall lehnte blaß in seinem Hintersitz. Die Goldinitialen funkelten im Schein der Gasthoflaterne. Leise die erregten Stimmen der Versammlung. Der Chauffeur spähte besorgt aus dem Torbogen herüber.

So wie hier am Hochkönig haben sie geduldig ihre Arbeitsplätze überall verlassen, Tausende in allen Industrieorten, gesittet und schweigend wie bei einem Naturereignis. Mit raschen Tricks, Krisenmanagement, salbungsvollen Reden und Blasphemien — zum Beispiel den Kapazitätsdruck abbauen! — rettet man Fabriken nicht.

Schweigen Sie, Rausak! Ich will diese Szene vergessen. Lassen Sie mich starten! Er winkte dem Lenker.

Nein! Entfernen Sie mich aus Ihrer Umgebung, aber vergessen Sie nichts! Auch nicht meine unbeantworteten Vorschläge. Milliardenzuschüsse für Verbände — aber Existenzminimum für Bauern, Älpler; Luxusbüros und Dienstwagen, Großtantiemen aus Verlustkonten — aber von Hunderttausenden Arbeitern, Kleingewerblern, Rentnern wird Steuer auf den letzten Groschen eingetrieben. Das ist eine moralische Frage, Herr Vizebevollmächtigter. Defizite als Strafe für unterlassene Denkarbeit, für die bei Gott genug Privilegien eingeräumt sind! Das Durcheinander unserer Betriebe, nicht einmal Leistungsverrechnung, Investitionsprogramme, Kalkulationen sind abgestimmt, geschweige moderne Produktentwicklung — Tochterfirmen desavouieren einander auf dem Weltmarkt —, unkoordinierte Wucherungen, das müssen Sie wissen. Und das Ganze zugedeckt mit unverantwortlichem Sozialklimbim.

Herr Prokurist! Sie sind ein akzeptierter Fachmann. Aber jetzt und hier — total daneben! Offenbar selbsternannter Feldprediger! Aber ich bin der Feldherr an dieser Front. Das Gespräch ist beendet. Sie berichten Freitag über Ihre Erhebungen in der Steiermark, ja?! Noch einmal ein solcher Ton, und ich reiße Ihnen den Schädel ab, schmeiß Sie durchs Gitterfenster auf die Straße...! Er riß die Tür auf, rief und drängte den herbeilaufenden Fahrer. Das war um Mitternacht.

Als Rausak am ganzen Leib bebend in den rauchigen Saal trat, dachte er an den toten Urleb. Und an Hauptingenieur Ditscheiner, der vor zwei Monaten auf einer Dienstreise bei einem Flugzeugzusammenstoß in Asien ums Leben gekommen war: bei minus fünfzig Grad im freien Fall aus zehntausend Metern erfroren...

Ein ortsansässiger Gendarm hatte verlegen die Versammlung verlassen. Niemand beachtete diesmal die Sperrstunde.

Mühlbachs erster Morgen, an dem das Dorf kein Bergwerksort mehr ist, steigt jetzt rasch über die Grate. Der Abgeordnete kommt händereichend und augenzwinkernd vorbei. Er telefoniert nach seinem Wagen. Alles gut gegangen. Kein Tumult. Kostensammler Bruderer reist mit Chauffeur ab: Wo gibt es hier den berühmten Schafkäse, der fehlt mir noch in meiner Sammlung?

Rausak berichtet Sektionsvorsitzer Rosner von der Weisung Pralls in dieser Nacht. Fragt, ob er bis Bruck mitfahren dürfe, von dort würde er mit der Bahn nach St. Veit weiterreisen. Rosner muß ins Mürztal. Schweigend besteigen sie den hellblauen Stromlinienwagen. So bald kommen wir nicht mehr hierher. Hohes Gewölk über den Steilwänden fahnig im Gipfelwind.

Vier Mann noch zwei Monate zur Einmottung, sagt Rosner mit fast geschlossenem Mund, während er auf engen Spitzkehren durch den Wald abwärtslenkt.

Bischofshofen, Radstadt, Obertauern. Auf einer Tafel steht: »Gnadenfall«. Rausak denkt, wie die Gegebenheiten, Gottes Gaben also — von Rohstoff, Erzen, Sonneneinstrahlung bis zur Elternliebe —, nie Gegenstand einer Kostenrechnung werden, so ist alles kostbarer als sein Marktwert. Unsere mangelhaften Modelle! Ich weiß nicht, wohin mich mein schlechtes Gewissen gegenüber den Arbeitern noch führen wird. Vorenthaltene Wohltat: Wahrheit und ihre Folgen. Linsenweltbilder: im Zentrum vergrößert, an Rändern verzerrt. Unverzeihliches Verheizen Unschuldiger. Frivole Halbleistung.

Rosner: Was gab es diese Nacht zwischen Ihnen und dem Bevollmächtigten? Rausak: Weiterschrumpfen der südlichen Fabriken. Aber nichts Aufbauendes, Zielsetzendes!

Er schaut in die Wiesengründe des obersten, engen Murtals, ärmliche Keuschler über Furchen gebeugt, Greisinnen in billigen Gummistiefeln, Holzarbeiter, alte, verbeulte Hüte; alle mit Jahreseinkommen unter vierzigtausend. Und in Konzerne werden nie verdiente, nie rückzahlbare, fehlgelenkte Steuermillionen gepumpt. Halblaut: Sind wir gerechte Verwalter? Wann käme je ein Umwegnutzen hier an? Oder ist uns das ganz egal? Nach kurzer Pause: Es ist chic, keine Energie für Grundsatzfragen zu vergeuden. Sterile Aufgeregtheit. Und wieder nach einer Pause: Vergangene Weihnachten Tausende Kurzarbeiter, Zwangsurlaube, Zwangsruhestände.

Rosner sucht mit der Rechten im Autoradio das Mittagsjournal. Welche Grundsätze denn? Rausak: Erstens: Annehmen des ungeheuren Vorrats an gutem Willen der Leute. Breite Information, Planungstätigkeit vor allem mittlerer, erfahrener Facharbeiter und Angestellter, neue Ziele: Erfindungen gedeihen nur in machtfreien Strukturen. Rosner dazwischen: Ihre alte Idee: Firmenführung von unten? — Ja, nur: was heißt von unten? Und zweitens: flexiblere Einkommenspolitik. Die Fiktion, daß Einkommen nur steigen, aber nicht auch sinken könnten, müssen zufällig Betroffene mit Arbeitslosigkeit und alle mit Angst um den Arbeitsplatz bezahlen, trotz immenser Bedürfnisse der Welt.

Rosner: Wollen Sie etwa Löhne und Gehälter kürzen? Rausak: Vor allem ausgleichen zwischen Arbeitern, Angestellten, Betrieben, Branchen, Standorten. Wenn ich nachweise, daß durch befristete Anpassung jedes einzelne reale Lebenseinkommen insgesamt steigt... also mehr Menschen sicherer leben können, dann: ja zum Realverzicht.

Rosner: Wieso? Rausak: Weil Zusammenbrüche der gegenwärtig kostenstarren Betriebe vermieden würden. Weil nicht ständig Einzelschicksale diesem Fixlohnwahn geopfert werden müßten, und weil dieses höherrangige System über reale Informationsströme neue Kräfte entbände! Rosner: Wem wollen Sie denn das verkaufen? Rausak: Mitbestimmung und jährliche wohlinformierte, verantwortungsbewußte, wirklich demokratische Lohn-Neufestsetzung: nämlich dort demokratisch, wo sich das Schicksal tatsächlich unmittelbar entscheidet; das hätten sich unsere Leute verdient! Viele Kollegen sagen heute schon: für zehn Prozent weniger Einkommen erkauften sie gern Arbeitsplätze und Sicherheit, wenn die Methode lupenrein ist!

Die Giebel Muraus kippen an den Autofenstern vorbei, Klangfetzen von Mittagsglocken. Rosner lenkt schweigend. Skepsis über Rausaks Ideen steht in seinem Gesicht. Rausak holt aus: Wenn der politische Apparat unfähig ist, solche Alternativen zu entwickeln, dann ist er unmoralisch. Türklinkeneffekte, wohin man blickt. Subjektive Verblendung, politische Sturheit, die wir noch stets mit Katastrophen bezahlen mußten.

Sektionsvorsitzer Rosner nickt unmerklich, zustimmender Unterton: Ja. Beleidigte Abteilungsleiter der UNO sprechen nicht miteinander, Missionschefs sind böse, unkoordinierte Hilfsprogramme versanden. Aber was wollen Sie von uns, Herr Rausak? Sollen wir Harakiri begehen? Kennen Sie die Kosten des Salzeinbruchs ins Grundwasser von Hall in Tirol? Sieben Jahre nach der Stillegung unseres Bergwerks! Oder den defizitären Salzbau Dürrnberg: wir führen ihn nur weiter, weil nach viertausend Jahren Abbau die Stollen, Höhlen, unterirdischen Seen nicht einfach verlassen werden dürfen, ohne die Stadt Hallein zu gefährden. Das sind unsere Lasten, Herr Rausak, bittere Unternehmensentscheidungen!

Allen Respekt, lenkt Rausak ein, dennoch ist die Systemkrise umfassend. Wir sind zu kurzatmig mit pragmatischen Schlüssen, beziehen Betroffene nicht ein. Rätsel ignorieren wir, obwohl sie Fingerzeige wären. Rausak hängt schweigend in den Gurten. Sie nähern sich dem Industriegebiet Fohnsdorf, Zeltweg.

Das Wort »Erz« im Firmentitel kann man nach Paulus mit tönendem Erz assoziieren, das wir trotz kluger Wörter dann sind, wenn wir die Liebe nicht haben; das hieße heute: Denkarbeit für Durchbrüche zu neuer Beweglichkeit. Dunstüberzogene, riesige Stahlhallen. Rohrleitungen auf Säulen, Straßenkreuzungen, Baufahrzeuge, Schienen, rote Diesellloks, großer Gasbehälter mit weithin sichtbarem, weißem Druckmesser, Krane, Neubauten, Leitern, Türme, Schlote, Menschen bewegen sich in Schluchten unter Behelfsbrücken, Drahtleitungen. Kleine Parks mit grau verstaubten Birken,

Blumenecken. An Toren Uniformierte. Kleinfenstrige Rohziegelbauten.

Freund Grödl, jetzt Betriebsleiter in Diemlach, sagte Rausak, daß er allnächtlich um drei Uhr aufschrecke vor Sorgen um die Firma. Freund Eggenburger ist an einem Herzanfall gestorben auf der Urlaubsreise nach Klagenfurt, die er direkt einem Nigeria-Einsatz angeschlossen hatte.

Nie genug gewürdigt; diese Überanstrengungen österreichischer Arbeiter und Angestellter: täglich Behinderungen, Belastungen wirkungsschwacher Steuerungskanäle überwinden. Zupacken, sich anpassen, nicht lockerlassen. Im Morgengrauen aus dem Haus eilen, sich in notwendige Abläufe klug einordnen, voll hingegeben, selten genug das Ergebnis ihrer Anstrengung vor Augen. Von solchen Sondereinsätzen lebt diese weltweit anerkannte Industrie. Nicht umsonst ist Österreich das Land der meisten Magenkranken und Selbstmörder! Was für den durchziehenden Gast wie ein Alpenparadies aussieht, ist für den Inländer oft ein allzu anspruchsvoller, schuldhaft willkürlich angelegter, gar nicht harmloser, lebensverkürzender Irrgarten. Brahmsgesäusel und Mozartgebimmel allsonntäglich aus dem Radio als jenseitiges, gespenstisches Moorfeuer.

Dagegen die Ingenieure! Ihr Einsatz, Aufgehen in technischen Kategorien, deren Härte sie auch gegen sich selbst wenden; verpflichtender, physikalisch klarer Wortschatz gegen eigene Müdigkeit und Ängste gerichtet: Motoren sind sie, Hebel, lebende Umlenkrollen, Übersetzungen, die kaum abnützbaren, selbst nachwachsenden Zahnräder in dem schlecht genug ausgelegten Gesellschaftsgetriebe. Verschärft wird ihre Lage, weil sie keine musische Ausbildung, oft keine religiöse Einstellung haben: sie arbeiten in maschinenhaftem Selbstverständnis mit großem Energie- und Intelligenzaufwand für unbilligen Mehrfronteneinsatz: Gesetze der Materie, des Marktes, der Ökonomie, in verengenden Durchführungsverordnungen, administrativer Behäbigkeit, in privaten Belastungen, die sie ohne gefühlsmäßige Sonderzuwendung, ohne bewußtes Innenleben oft genug nicht bewältigen; und gegenüber einer öffentlichen Meinung, die ohne Anerkennung technische Großleistungen konsumiert, danklos nutzt; schließlich gegenüber einer arroganten Kulturelite, die die Technik geringschätzt, das Schimpfwort Ingenieurwelt auf den Lippen, quasi, als gäbe es dort nur Mengenfragen.

Es ist nicht Schuld, sondern Verdienst der Technik, daß sie heute als einzige Disziplin bindendes, brauchbares, weltweit anerkanntes Wissen erarbeitet hat. Würde nur mehr von ihren Grundsätzen auf das subjektive Geschluder anderer Bereiche angewandt. Würden den beredten Schreibtisch- und Podiumpult-Schwindlern doch ihre Tatfolgen so vorgerechnet wie dem Ingenieur, der sich bei einem Ventil irrt ...!

Rausak reinigt mit einem Lappen die innen beschlagene Frontscheibe. Eben noch von den gewaltigen Kehren und Brücken Judenburgs der Blick auf die Schneezinnen der Seckauer Alpen. Nach Knittelfeld links die Abzweigung zum Klosterdorf Seckau. Er schielt zum mächtigen Vorsitzer am Volant.

Wie es kam, daß er ihm jetzt so nahe ist? Ziemliche Offenheit herrschte die letzte Stunde zwischen ihnen. Rosner lenkt routiniert auf der vielbefahrenen Gastarbeiterstrecke, viele überladene Kombis mit deutschen Kennzeichen. Erkennbare Abzweigung zu neuem Gleinalmtunnel rechts nach Graz. Rosner redet nicht, obgleich ihm innere Bewegtheit anzumerken ist. Bruck an der Mur in Erwartung, Ende der gemeinsamen Fahrt. Bruck!

Rausaks Schlüsselerlebnis vor über dreißig Jahren: die Fasanbegegnung, Erleuchtung seines immer wieder durchdringenden, bestimmenden, schicksalhaften Verhaltens! Allerhöchste Gefahr schützt vor der Vielzahl minderer Gefahren! Im Schutz vorüberdonnernder Züge des Bahnknotenpunkts Bruck hält ein Fasan seinen Standplatz zwischen den südlichen Stellwerken. Hier streifen keine Jäger, überdauern keine Füchse. Auf rußigem Bahnschotter stand an jenem fernen Abschiedsmorgen vor Rausaks Blick dieser schöne Vogel, äugte ruhig durchs Schneetreiben auf den einrollenden Zug Graz—Wien, die blassen Menschengesichter hinter Glas, unterwegs aus der liberalen englischen in die unterweltschaurige russische Besatzungszone: täglich wurden Menschen von Gehsteigen in Militärautos gezerrt, auf immer verschleppt; unterwegs von verläßlichen Steirern zu verschreckten, verstörten Wienern, aber doch eben dorthin unterwegs: in den Ort, wo nur helläugige Umsicht überleben läßt.

Rausaks damals zustoßende, einblitzende Erleuchtung: das Prinzip des Entgegenlaufens! Das Ins-Zentrum-der-Bedrohung-Treten, von wo der Schub ausstrahlt, der selbe Druck, der jene abhält, die ihn nicht überwinden, die die Gegenbewegung zu seiner Mitte nicht führen: das Geheimnis der Gefährlichkeit lüften, wie der Fasan gelernt hat, welcher Abstand von den rasenden Stahlrädern genügt, welche Haltung, welches Ducken den jeder Lokomotive vorauswogenden Windstoß abgleiten läßt. Haarscharfe Grenzlinie zwischen Tödlichkeit und Schutz: der Fasan steht ruhig in seinem geschnitten bemessenen Korridor, winzig, grünliches Gefieder, von der Kielwoge gesträubt, sonst reglos, nur die Pupille in kleinster, ruckartiger Gegenbewegung, Ruderschläge der Augen; ein Halbschritt in sich erstarrt, das Tier wie in Glas gegossen. Der Zwang zur Freiheit in Gestalt des schönen Vogels, der aus den Hochwäldern in die Niederung dieses Bahndamms der Mur-Mürz-Senke geflogen ist, älter gewiß, erfahrener und scheuer bei aller Anpassung als die anderen in den Bergen verborgenen Fasane. Diese dichte, metallische, strahlende Erscheinung bedeutet Rausak seither eine Weisung, die eigene Bestimmung, sich Unsicherem zu nähern, gefährliche Orte aufzusuchen, Gegner anzusprechen, Ungewißheiten nachzuspüren, stets Allerbedrohlichstes überscharf zu fixieren, sich freizuringen, durchzurobben bis in die Todeszone von Macht und Haß. Der Fasan vor der Lokomotive von Bruck, dieses Privatsymbol seiner frühen Übersiedlung, bleibt Rausaks hilfreiche Führung, und jeder äußere Anlaß, jeder Weg über Bruck an der Mur erneuert in ihm dieses Programm.

Sektionsvorsitzer Rosner wählte nicht die Leobner Umfahrung, er lenkt über den steilen Hang in die Montanstadt hinunter, durchrollt langsam, gedankenvoll den schönen Hauptplatz, zieht schließlich in die Bundesstraße hinaus: Zuletzt war ich hier zum Vortrag des Martin Schleyer über unternehmerische Leistung. Bald darauf lag er erschossen im Kofferraum... Ich kann keinen Audi sehen, antwortet Rausak, ohne an dieses Grauen zu denken. Und auch keinen R 4, Sarg Aldo Moros...

Sie nähern sich Bruck. Eine Scharte in der Waldlinie, wo die Abholzung beendet wurde. Rauchfahnen aus kleinen Häusern entlang beider Murufer. Im Flußknick, halb bergan, eine große Kirche. Und eine Kapelle auf der Kuppe jenseits der Mündung, oberhalb des gewaltigen Stahltrapezes der Eisenbahnbrücke, die die Abgabelung nach Kärnten trägt. Sofort aufsteigende, vielflächige Almen mit Schafherden, schräg ins Gebirge gefräste

Forststraßen zu dunklen Waldungen, über denen kleine Nebelinseln hängen.

Kapazität nach innen verlegen, sich wie ein Mönch dem Grund zuwenden, daran ist nichts konspirativ.

Rosner hält abrupt vor dem Bahnhof: Ihr Anschluß nach Graz, Herr Prokurist! Es ist halber Nachmittag.

Und wie lautet Ihre Weisung zu Vizebevollmächtigten Pralls Auftrag an mich? fragt Rausak, seine Aktentasche vom Rücksitz angelnd, mit verräterisch achtungsloser Miene.

Was wollen Sie eigentlich von uns? etwas scharf, ungeduldig der Sektionsvorsitzer.

Daß Sie aufhören, Ämter zu bekleiden statt zu erfüllen! Eine auf zehn Jahre angelegte Neugestaltung unserer Verbände, planvoller Übergang zu bestgesteuerter Leistung, Initiativen, die der Begabung unserer Menschen entsprächen, ein wirksames Netzwerk von Erfahrungsaustausch, gegenseitiger Förderung: daß man die Erz-Blech-Chemie nicht wiedererkennt! Sie erträgt jahrelange Kraftvergeudung, Reibungsverluste nicht mehr, denen wir mit hölzernem Trotz gegenüberstehen. Und hohl politisierend...

Halt, mein Herr! Rosner springt aus dem Citroën: Lassen Sie Ihr Gepäck da! Er stapft nach stundenlangem Autofahren mit schweren Schritten vom Bahnhof Bruck stadteinwärts. Dort drüben das Drahtwerk Felten; Kleingärten; steirische Trachtenmusiker. Rosner überquert stumm den Platz, rechts das Kornmesserhaus. Der diesem zum Vorbild gewählte Dogenpalast mit den beiden roten Todesurteils-Säulen fällt Rausak ein. Dann einige Gassen bergwärts auf den Schloßberg; in einer Biegung, Blick über Bruck, lehnt sich Rosner an einen Baum: Ehe wir so weiterdiskutieren, Herr Rausak, damit Sie es nun wissen: im Februar neunzehnhundertvierunddreißig wurde mein Vater, der aus Sankt Dionysen stammt, wir sind vorbeigefahren, von Bruck aus zur standrechtlichen Verurteilung abgeholt und in Leoben hingerichtet: schwer verletzt am Galgen gehenkt...! Unsere Gesinnungsgemeinschaft hat mich — ich bin im August darnach geboren — all diese Jahre über meine Mutter unterstützt und später die Patenschaft für Erziehung und Ausbildung übernommen. Es stimmt, Herr Prokurist, daß ich ohne intern gewachsenes Detailwissen Gremialmitglied der EBC geworden bin, ohne Verdienste vielleicht, aber nicht ohne Grund!

Weiße Dampffontänen schießen aus den Hallendächern der Drahtwerke. Im Trog des oberen Murtals hängt rauchiger Dunst. Das harte Anschlagen der Eisenbahnwaggons rasselt aus der Stadttiefe herauf. Die Türme der Minoriten- und Ruprechtskirche spreizen sich spitz aufragend aus dem Industrieort. Auf der Hochstraße südwärts dichtgedrängter, stockender Autoverkehr. Der rötliche Staub, die schwarze Luft über Bruck schlägt schräg hingezogen gegen den fernen Übelstein hinauf, dort hängt sie in bräunlich schütteren Stämmen, weicht farbloser Kälte über den Kuppen.

Furchtbar schlägt der Gedanke an die Todessäulen vom Platz da unten über Rausak zurück. Er schaut minutenlang ungenau auf den berühmten, geschmiedeten, von hier aus winzig erscheinenden Brunnen.

Sie sind fachlich gut beschrieben, Herr Rausak, keiner verkennt die Unerläßlichkeit Ihrer Leistung für den Dachverband. Das bestätige ich. Aber prüfen Sie Ihre Vorbehalte einmal an meiner Zielsetzung: der eigentliche Auftrag ist tatsächlich nicht die geschäftliche Feinlenkung — ich weiß so gut wie Sie, daß mir dazu Kenntnisse fehlen. Aber als politische Kraft nehme ich an oberster Willensbildung teil, vertrete Grundsätze humaner Politik unabhängig von aktueller Sachfrage. Und dies meiner Überzeugung nach ganz zu Recht. Sie haben das nie verstanden. Sie haben meine komplizierte Lage, die Hauptfunktion hinter täglichem Arbeitskram verstecken zu müssen und ein scheinbar unzuständiger Vorsitzer für Spitzenfachleute zu sein, immer bitter erschwert. Aber: ich erfülle so die Produktionsfunktion Vertrauen! Selbst vorgetäuschte Gewißheit — durch künftige Arbeit erst begründbar — ist besser als Desintegration. Termintreue ohne Streiks, Währungsfestigkeit, Bonifikation unterverzinster Sparbriefe bedeuten Milliardennutzen für unser Land, den wir mit nichts als ideologisch gesichertem Entwurf — und dessen politischer Durchsetzung über alle Rückschläge hinweg — sichern! So, das wäre es, Herr Rausak, Rosner beginnt den Abstieg, ich fahre jetzt nach Kapfenberg weiter, Sie erreichen den Grazer Zug noch.

Jahrzehntelange Einübung im Verbergen persönlicher Wirkung und im Abstandhalten läßt Rausak, äußerlich unbewegt, dem Führungsmann abwärtsfolgen. Wieder die Gassen, Laubengänge, uralte, verläßliche Dächer. Hier also lebte Rosners Vater, ein Steirer, eines der neun Justizopfer jenes tragischen Jahres, dessen verschlungenes Ringen, dessen überharte blutige Kämpfe und Leiden auch Rausaks eigener Vater so oft besprochen hatte, des Jahres, das Österreich jene empfindliche, behutsame Seele einbrannte, die zu heutiger Mäßigung führte.

Vor ihnen der Lokomotivenfriedhof, graphitschwarz, rostig, rußig, halb zerschraubte Giganten — trotz aller Zerstörtheit voll Würde, Fortstrahlung der ihnen eingearbeiteten Mühen, sichtbar gebliebene Spuren des Ringens mit hartem, blindem Material. Arbeit und deren bestmögliche Anordnung sind Rausaks

Lebensthema. Daß der Lohn für alle Entäußerung, übersichtlich und wohlerwogen den Hingegebenen zufließe — ja, das eint ihn mit Rosner. Er läuft ihm nach. Ein ungewöhnlicher Vorschlag drängt aus dem Herzen, er muß ihn vorbringen, muß es wagen, dem mächtigen Chef nach solcher Eröffnung seine Einladung vorzutragen. Uraltes Fasanverhalten bricht wieder durch: immer zur Mitte, ins Magma, in die stets neuen Stoff gebärende Weißglut: Herr Vorsitzer, jetzt ist es später Nachmittag, machen Sie doch Kapfenberg morgen, ich werde Bevollmächtigten Pralls Auftrag auch erst morgen erfüllen. Ich stimme begeistert zu, was diese riskante politische Tat betrifft, nur: überdenken wir das Thema ganz, reden wir über Unterlassungen, lähmende Stummheit vor den Mitarbeitern bis zu ihrer Kündigung, dadurch ausgeschaltete Selbststeuerung... Verbringen wir diesen Abend gemeinsam in meiner südsteirischen Heimat...

Rosner hält inne. Die Ampel des Fußgängerpfads steht auf grün. Dennoch stehen beide wortlos, schauen einander ins Gesicht. Sie machen eine dienstliche Miene wie zur üblichen Terminerwägung. Die Lampe springt auf rot. Sie blicken auf die südwärts biegende Kolonne. Wieder Grünphase. Rosner setzt den ersten Schritt auf die Fahrbahn zum Bahnhofparkplatz hinüber. Er greift in die Rocktasche, reicht Rausak wortlos den Autoschlüssel.

In elliptischer Beschleunigung drängen die dunkel hingestützten Berge an den Scheiben vorbei; zügig stößt Rausak ins Murtal hinunter. Sie haben dort Kindheit und Kriegszeit verbracht? fragt Rosner. Er hat die Krawatte abgelegt und über die Hinterbank gebreitet, offener Hemdknopf. Sie sind etwa zehn Jahre älter als ich? Rausak nickt. Rosner scheinbar zusammenhanglos: Ein Pfarrer von Sankt Dionysen hat seine Haushälterin ermordet. Links der einsame Bootslandesteg in tiefschwarzer, gestauter Mur oberhalb Pernegg.

Seines eigenen Vaters Schicksal und Berichte aus jener Zeit hämmern durch Rausaks Kopf: das damals gedrittelte Volk: Christlich-Soziale, Sozialdemokraten, Deutsch-Nationale; die rote »Gewehr-bei-Fuß«-Parole zur Unterstützung der Nazis, die »Vaterländische Front« zur Bekämpfung der Sozis; der tückische Zugzwang bis zur Parlamentsauflösung, Vaters tobende Verfluchungen der Politik, seine eindeutige Bindung des Christlichen an Fleiß, Ordnung, Sparsamkeit, sein Abscheu vor Aufruhr, Zerstörung. Vorsitzer Rosner, als ahnte er Rausaks Gedanken: Sie begehrten bewaffnet gegen das Regime auf, das faschistisch stur die Lohnarbeiter vernachlässigte und bedrängte. Von Erdäpfelschalen sollten sie leben, verkündete des damaligen Kanzlers Frau im Radio! Für die Blindheit vor der sozialen Frage gibt es in diesem Jahrhundert weder für die späte Monarchie noch für die erste Republik oder die Kirche eine Entschuldigung. Mein Vater war Eisenbahner, umfassend belesen. Ich besitze Briefe und Schriften von ihm. Er bereitete nur den Generalstreik vor, zu Schüssen und seiner Verwundung kam es durch unglaubliche Härten der Polizei.

Das Transportband einer Müllzerkleinerungs- und Sortieranlage arbeitet vor ihnen im schrägen Bergschnitt, Kehr- und Greifvorrichtung, Magnete, Säurebäder zerlegen uralte montierte Wicklungen. Vom nahen Kalkwerk breiten sich Schwaden über Fahrbahn und Fels. Im Krankenhaussaal haben sich verwundete Schutzbündler und Heimwehrler gegenseitig geholfen . . ., erinnert Rausak. Schweigend durchziehen sie die nördlichen Vororte von Graz. Rausak weist mit der Rechten gegen Übelbach, den nun durchbohrten Gleinalmspeik: Dort oben erfror vor vielen Jahren unser Sprengmeister Schlichting.

Am Autobahnkleeblatt Liebenau richtet Sektionsvorsitzer Rosner sich auf: Der Zusammenbruch der Erz-Blech ist nicht unmöglich. Unser Salzburger Kostenmann Bruderer sagt, zwei Jahre könne er noch Reserven auflösen, wenn keine neuen Katastrophen geschehen. — Ja, ich weiß. — Und ich weiß, daß Sie an Ihrem Platz das Äußerste leisten, dies zu verhindern. Aber Sie denken marktwirtschaftlich. — Wie sonst? — Ja, vielleicht langfristig richtig, doch jetzt sind unsere Verschleierungen und Vermanschungen gewiß unvermeidlich. — Aber wir entlassen ja! Im letzten Vierteljahr allein dreistellig. Und wir tun sonst zuwenig.

Das ist nicht wahr, Herr Rausak: Die Investitionen! — Von welchem Geld? Vom öffentlichen! Das ist unechtes Wachstum. Als politischer Mann müßten Sie auch die Gefeuerten, die nie Aufgenommenen, die kleinen Steuerzahler, Mindestrentner, ausgesperrte Jugendliche als Ihre Schützlinge erkennen. — Keine Predigt, Herr Rausak. Unsere Bemühungen sind jedenfalls für eine Mehrheit glaubwürdig genug. — Stimmt, ergänzt Rausak, aber welche Verpflichtung wäre das! Analytische Redlichkeit, sachkundiger Einsatz.

Breites, späthelles Grazerfeld vor ihnen. Im Horizont der lange Rücken des Wildonerbergs. Was werfen Sie uns vor? Ehrlich! Rausaks Angriff in ruhigem, halb zurücknehmendem Ton: Unschöpferische Machthaberei! Jedes Vorsteherbüro eine Rechtbehaltemaschine, jeder Erlaß ein Unbeweglichkeits-Teig, Besprechungen und Sitzungen sind Fronten, Staudämme, Einbahnen; der Geist Gottes weht nur bis zu den Windbrechern der Macht. Gute Anlagen in der Belegschaft werden oft durch Ausschluß von wirklichen Aufgaben, durch Ängstigung vernichtet. Die viel zu taktischen Gespräche mit Betriebsräten drehen sich nach geheimer Übereinkunft nur um jene von der Wirklichkeit scharf abgegrenzten Scheinkonflikte, für die ein platter Wortbestand geläufig ist. Wochenlang war in diesem März, und zwar vor dem Hintergrund bittersten Arbeitsmangels, das Verhandlungsthema die Verbilligung des Mokkas in der Kantine, weil der Kaffeepreis in Südamerika gefallen sei...

Rosner schüttelt den Kopf, Rausak kann nicht erkennen, ob über diesen Irrwitz zuletzt oder über seine Kühnheit. Vor Wildon steuern sie eine Tankstelle an.

Während Rosner die Geldtasche aus dem hängenden Sakko holt, spricht er, halb aus dem Fenster gewandt, auf das die seltsame Geruchsmischung von würzigen, feuchten Weiden, Kuhdung und Benzin zuweht: Sie haben recht, auch recht, aber eben nur auch! Der Auftrag an Vizebevollmächtigten Prall lautet: keine finanzielle Großkatastrophe eintreten zu lassen, Personalstand möglichst unmerklich zu regulieren; Sachwalter der öffentlichen Linie zu sein, mehr hat er nicht versprochen. Eigentlich unterscheiden wir beide uns nur in diesem Punkt: wie regiert man eine freiheitliche Volkswirtschaft, die keine geniale Innovation hervorbringt... Rausak: Aber das durch politische Darstellung geschärfte Problembewußtsein wäre doch Voraussetzung jeder erneuernden Leistung! — Passen Sie auf, Herr Rausak, es war Prall, der für die Erz-Blech-Chemie die Vorgangsweise ausländischer Konkurrenten, Kunden wissentlich zu hintergehen, glatt verboten hat! Technische Großanlagen werden heute auf dem Weltmarkt bewußt zu falschen Preisen angeboten; schon am Tag der Unterzeichnung durch meist finanzschwache, unentwickelte Staaten ist vom gerissenen Lieferanten die Unerfüllbarkeit kalkuliert. Nach halber Bauzeit legen sie die Arbeit nieder, verstricken den entsetzten Kunden in Mitverschuldensforderungen, erklären sich aus Geldmangel lieferunfähig, erzwingen mit diesem Trick — bei bekannter Schwäche internationaler Gerichtsbarkeit — einen saftigen Mehrpreis. Der Kunde ist nämlich in Verlegenheit, sein für die nationale Entwicklung entscheidendes Projekt entweder halbfertig verkommen zu lassen oder eine andere Firma mit der Sanierung zu beauftragen, was noch um ein Vielfaches teurer käme, oder eben seinem betrügerischen Erstlieferanten die erpreßte Zusatzzahlung zu leisten. Gegen solche Gangster hat unsere EBC schon mehrere Riesenaufträge verloren — dies unter klarer Entscheidung Pralls für die Redlichkeit!

Die Pappel und der rötliche Laubbaum auf der Kuppe der höchsten Erhebung jenseits der Mur bei Werndorf sind immer noch dort: freistehend gegen den östlichen Abendhimmel, wunderbare Erscheinung seit Rausaks Kindheit, stets nur aus dieser Ferne über das Tal hinweg bestaunt.

Die eben erfahrene zweite tiefwirkende Korrektur durch Rosner, ja persönliche Beschämung durch Rechtfertigung des innerlich verzweifelt abgelehnten Lenksystems, kann die jäh aufwallende Glückswoge über den objektiven Tatbestand in Rausak nicht hindern: wenigstens in so grundlegender, weltumspannender Moralfrage sieht er sich an seinem Arbeitsplatz für sein ganzes Streben bestätigt. Eine skrupellose Industriehyäne ist die österreichische Erz-Blech-Chemie nicht!

Diese Freude über neugewonnenen Sinn mischt sich in das Genießen heimatlichen Ausblicks: ohne etwas zu sagen, hält Rausak den Wagen auf dem Berg an: Blick ins Wildonerfeld, weststeirische Hügel, die immer dunkler hintereinandergeschichtet aufsteigen; südlich die mächtige Mauer des Bacherngebirges und links die östliche Ebene, die sich, in Felder gefächert, von rundlichen Laubwäldern durchzogen, in offener Ferne verliert. Langsam rollen die beiden Fabriksmänner die letzten Kilometer dieser Reise südwärts — Hengsberg, Stangersdorf, Jöß.

Die Laßnitz ist reguliert. Bis in späte Abendstunden mauern die braven Leute an ihren Häusern. In der Kirche ist Gesangsprobe. Frauen plaudern an ihre Fahrräder gelehnt; eine hält dabei die leere Gießkanne in freihängender Hand. Ein neuer, hellgeschnitzter Balkon. Drüben die Autobahntrasse, Behelfstankstelle für Dutzende riesiger Baufahrzeuge, Silos, Trichter, Transportbänder. Eine ratternde Heißmischanlage stemmt sich fiebrig in diesen Abend.

Die für Rausak so bestürzende Beständigkeit uralter Linienführungen vertrauter Hügel und Landschaftsknicks. Eine kurze Steigung noch, Langerberg, Dexenberg. Sie halten vor dem einfachen Gasthof, Bauern, Fernlaster, launige Burschen. In den kühlen kleinen Schlafzimmern tanzen Fliegen unter den Lampen. Die beiden gehen in der Dämmerung zu den Weinbergen.

Wie ist es eigentlich denkmöglich, fragt Rosner mild, daß intelligente Menschen sehenden Auges ihr Leben verspielen? Daß sie Abwegigkeiten folgen, mit keinen Vernunftgründen abzuhalten sind: Egoismus, Profitgier, Kapitalismus; atavistischer Neid- und Feindinstinkt. Sozialismus ist immer noch eine Superstruktur, die selbst auf Anhänger noch nicht den alles umwandelnden Einfluß übt. Immer noch bleibt jede Art von Überwältigung des anderen und der Umwelt die bestimmende Kraft realer Abläufe. Darin stimme ich Ihnen zu, Rausak. Die Anwendung unserer Vernunft und Objektivität bleibt auf periphere Einrichtungen beschränkt; den Gesamtlauf haben wir noch nicht im Griff.

Rosner und Rausak schlendern gelöst zwischen den sauberen Höfen, alte Holzblockhäuser, neue Ziegelbauten, an weißen Wänden nisten Schwalben. Ein Hagerer mit herbgeschnittenem Gesicht, in blauem Arbeitsgewand, stößt überraschend mit dem Moped aus einer Haselböschung hervor, lenkt in die Dorfstraße ein, stutzt, Gas weg, fixiert Rausak, schreit plötzlich: Servus, Seppl! Rausak dankt unsicher, Rosner lächelt. Sie besuchen weder das Heimathaus noch Gräber oder andere Erinnerungsorte; nur die Milde der Landschaft, ihr schicksalsdichtes Gespinst von Jahrzehnten und Verwandtschaften hüllt die beiden Männer in einen Überdruck oder ein Vakuum, in eine Verwandlung jedenfalls ganz außerhalb ihrer bisherigen Beziehung.

Ich würde sofort auf privates Eigentum verzichten, Sparbuch und so, könnte ich Funktionären trauen, erwidert Rausak. Aber solange unsere Gattung so unvollkommen ist, keine anderen Gesellschaftsordnungen erfunden hat als alle bekannten, kann sich persönliche Qualität nur über befristet gesichertes, wenn auch sozial begrenztes Eigentum entfalten: nicht etwa ihrer selbst, sondern auch der Gesamtheit wegen. Eine Krücke, gewiß...

Tief unten die Rauchsäule des Zementwerks Retznei. Umrisse des Wiesbergs, schwarz geschnittener Kirchturm von Kitzeck. Lichter im Leibnitzer Feld. Rosner: Durchaus ungelöste Aufgabe, unser Dasein durch Arbeitsteilung zu sichern, aber bei deren Organisation die Macht zu beschränken.

Rausak weist mit der Rechten auf das sauber renovierte Türmchen mit den beiden Balkenläden über dem Spitzbogentor: Hier, in dieser Bergkapelle Maria Heimsuchung, ist einmal jährlich, am Pfingstmontag, heilige Messe. Vielleicht schüfe eine neue Gestalt der

Anerkennung göttlicher Ordnungsmacht geringeres Unrecht. — Wer soll diese denn formulieren und repräsentieren, das funktioniert ja nur, wenn es keine Verweigerer gäbe? — Die Ordnungsmacht offenbart sich selbst täglich als eine unsere Kalküle weithin übersteigende, den ehrlichen Betrachter gänzlich überzeugende Meta-Intelligenz.

Zugegeben, räumt Vorsitzer Rosner ein, die nur pragmatische Verankerung sozialer Moral ist tatsächlich eine Schwäche — aber in täglichen Forderungen sind wir stets den Frommen überlegen, die sind zu sehr ins Ringen mit ihren Engeln vertieft...

Respekt vor stellvertretenden Leistungen für grundsätzliche Erkenntnisse — oft werden sie rasch zu vordringlichen Themen! Das ist auch wirtschaftlich zu sehen, ja industriell-organisatorisch. Mangels Moral durchschauen manche Manager nicht, daß ihre Einrichtungen weniger sachlicher Notwendigkeit als eigener Bemächtigung dienen. Damit unentwickelte Systeme lenkbar erscheinen, schrauben sie künstliche Gänge, Stockwerke, Kabinen, Laufställe hinein — was noch anginge! —, aber sie vergessen, daß so ausgeübte Pressungen, Quetschungen, Hebelwirkungen nicht Wirklichkeit sind, nicht jene übergroße Gegebenheit, der wir uns anpassen sollen, sondern unvollkommene Hilfskonstruktionen, mit denen sie den Abgrund unbekannter Zusammenhänge, langfristiger Folgen stolz überherrschen.

Rosner antwortet in die nachtschwarze Kühle hinein, die sie nun umfängt: Für ähnliche Gedanken und Notizen, nur viel praktischer, realer, aktueller, ist mein revoltierender Vater vor vierundvierzig Jahren in diesem Land zu Tod geschunden worden!

Aus der Ferne dumpfer Verkehrslärm. Lichtfinger

irren zwischen karierten Schatten der Wohnsiedlungen. Dies ist die zweite schlaflose Nacht der beiden Erz-Chemie-Männer. Vorsitzer Rosner geht langsam über den unsichtbaren, knirschenden Schotterweg. Ist eine Schuld irgendwo auszumachen, daß wir alle über unsere realen Interessen nur radebrechen können? Und das nach Marx. Und samt Taschenbüchern, Fernsehen und Computer? Klischees bewirken die Sterilität unserer Organisationen.

Wer nicht sprachschöpferisch ist, mutmaßt Rausak, wirkt lähmend; und wer nicht auch innere Befreiung bewirkt, ist ein Kerkermeister, auch wenn ihn die historischen Umstände so begünstigen, daß er ohne Polizeigewalt regiert. Das trifft! erkennt Rosner an, ist auch aktuell.

Querliegende, schwarze Bergrücken, das E-Werk Gralla ist angestrahlt, nur noch wenige Lichtpunkte vibrieren in dunkler Murebene: Leibnitz, Wagna, Retznei. Winkelfunktionen, Parabeln, Perspektiven, Kreisbogen, Pyramidenschnitte, die unerklärlichen Sternbewegungen, ehe die Erde an den Rand versetzt war.

Opportunistische Schnellbahn in existentiellen Abgrund. Unwissenheitsverdrängung als Wissensersatz, der die Rätsel unserer Existenz in wahnhaftem Trotz ignoriert! Obskurantismus der Unterhaltung und des Politisierens. Geboten wäre demütiges Annehmen rationaler Unfaßbarkeit unseres Daseins, mit der davon ausgehenden Schärfung, Vervielfältigung, vor allem: Begütigung des Blicks. Die unsägliche Not unserer Welt als Folge willkürlich vergeudeter Geistesgaben erfassen! Zwischen der Not der Welt und der Gutwilligkeit der Menschen klafft der Abgrund vergeudeter Begabungen! Dieser Schuld ist nachzuspüren, nur dieser und ihren Ursachen.

Ich verlege Ihren Dienstsitz von Krems nach Graz, mache Sie zum Fach-Beirat für Steiermark, berufe Sie zeitweise in den zentralen Planungsrat, Herr Rausak, und befördere Sie zum Oberprokuristen; das bringe ich durch.

Vom Langer Friedhof winzige flackernde Punkte. In der Nähe seiner vielen Verstorbenen die Ausnahme empfinden, als einziger noch zu leben. Prokurist heißt Fürsorger, die nach innen nicht beschränkte Haftung. Heißes Dankgefühl für seine ehrlichen Vorväter.

Sie betreten das still gewordene Gasthaus; das hölzerne Gartentor ist vom Nachtnebel geschmiert, quietscht jetzt nicht mehr. Most, Verhackert, Brot, Erdgeruch. Rausak liegt wach: von Krems nach Graz — rasende Bilderfolge ineinandertauchender, anheimelnder Stadtformen: Burggasse, Burgstiegen, Stadtmauern, Stadtgräben, Piaristenstiege — Stiegenkirche, Frauenbergplatz — Karmeliterplatz, die riesigen schräggestellten Barockkreuze über den Hochaltären von Krems-Sankt Veit und dem Grazer Dom ... Was wird Francine sagen, wie werden es die Kinder aufnehmen?

Morgen frage ich Vorsitzer Rosner, ob er weiß, daß König Ottokar vor siebenhundert Jahren in der Marchfeldschlacht von der Hand eines Steirers umgekommen ist, der an ihm den Tod seines im Prager Kerker ermordeten Vaters rächte. Leiden der Väter als innigste Verpflichtung der Söhne.

Ein Nußbaum vor dem Fenster breitet Kälte in die Nacht; späte Früchte kollern bei Windstößen auf Fässer; Vögel flattern schlaftrunken auf.

Eine Art Himmelfahrt, erstmals das Geschehen vertieft spüren — Wortabweichung, Rhythmusbrüche in der Betonung, frühzeitige geringe Ausbiegung verwandter Ansätze, die eine Wahrhaftigkeit auch fremdartiger

Weltsicht anzeigen. Ich habe Unrecht getan, habe überhart geurteilt, zwischen Bosheit und Tragödie zu wenig unterschieden.

Unverzeihliches bleibt unverzeihlich, aber der Vorbehalt gilt nur auf Widerruf — neue Nachrichten treten auf.

Mit begangenem Unrecht leben, pharisäischem Überernst abschwören lernen. Heilsame Korrektur, sich selber endgültig als Meßpunkt aus dem Auge zu verlieren. Jener sättigenden Landschaft zustreben, die Gottes eigene Objektivität ahnen läßt. Eigener Irrung, Vergänglichkeit gelassen gegenüberstehen. Glückhafte Brechung des letzten Stolzes.

Im Morgengrauen — Nebeltropfen überziehen das Auto, Spinnwebe, Insekten — treffen einander Rausak und Rosner vor dem Haus; Terminzwänge, Erfolgsdruck im Gesicht. Nicht etwa Zurücknahme ist es oder Bedauern so ungewöhnlicher Offenheit, sondern längst gewonnenes, angenommenes Wissen, daß solche Vertrautheit unwiederholbar ist.

Ich sorge dafür, sagt Sektionsvorsitzer Rosner wieder am Nebensitz, während er den rechten Arm aus der Fensterfüllung zieht, die Scheibe im nun schärfer werdenden Fahrtwind hochkurbelt, daß Sie Ihre Vorschläge demnächst erläutern können. Bis dahin keine endgültigen Entscheidungen über südliche Betriebe.

Rasche Fahrt zu den hiesigen Fabriken der Erz-Blech-Chemie. Zwei Fasane stehen verschreckt, unschlüssig an den Rändern der neuen Straße. Rausaks ohne Zögern eingeleitete Bremsung bewirkt tiefere Tonlage des Windpfiffs über dem Citroën.

Ganz neuartiger Blick, wenn man sich von Süden auf der Autobahn Graz nähert: zerklüftet-formenreiches Grazer Bergland, ein heller Steinbruch leuchtet herunter, im Vordergrund vielwinkelig weiß verbaut; wo der Abhang jäh in die Ebene stößt: die Kirche von Straßgang, deutlich erhöht über der Stadtkontur. Weiter rechts Plabutsch, Rannach, Schöckel. Im dünnen Nebeldunst über der Mitte die kleine Wölbung des Schloßbergs. Altvertraute Dorfnamen plötzlich an riesigen blauen Überkopfwegweisern.

Stufe zwei: die Taube

Ein türkischer Schrott- und Maschinenhändler montiert nachts das stillgelegte Rührwerk samt Behältern und Beschickungskran ab. Im Morgengrauen stehen die beiden verzurrten Tieflader im Werkshof. Rausak war die Nacht über in verlassenen Meisterbüros umhergewandert; alte Mischrezepte, Abfüllprogramme, Terminblätter, Gebindeanforderungen hängen noch an den Wänden, Rostanflug auf Reißnägeln. Hinter sturmbeschädigten Fensterflügeln spiegeln Regenpfützen unter Stehpulten die leeren Belegschränke. Bläulich getupfte Urlaubskarten längst verstrahlter Sommer. Ein vergilbtes Kalenderblatt vom Dezember siebenundsiebzig — die gelb leuchtende Eisenstädter Bergkirche.

Grelle Verladescheinwerfer peitschen über Fabriksgebäude und das menschenleer gewordene Laboratorium, den ehemaligen Arbeitsplatz Dr. Leikermosers; im schwarzen Gitter morschen Geästs zersplittert der unruhige Strahl zu blitzenden, tanzenden Nadeln. Die beiden letzten Jahre hatte der Forscher vom Versuchsraum aus in die Krone der absterbenden, schlaff und schütter werdenden, verbleichenden Linde geschaut, diesem einzigen Baum auf hartgepreßtem, von Hunderten Fuhrwerken zermahlenen Fabrikshof. Noch im vorigen Sommer ließ er rings um ihn eine Grube ausheben, tagelang vollen Wasserstrahl einfließen. An heißen Augusttagen badeten spritzend Sperlinge und Tauben in diesem Gesüpp.

Dr. Leikermoser arbeitet nicht mehr im Laboratorium der Erz-Blech-Chemie. Seifen und Salze zerfallen zu wirkungslosen Pulvern. Er ist schwer, vielleicht unheilbar seelisch erkrankt. An seinen derzeitigen Aufenthaltsort oder gar an sein Innenleben wagt niemand zu denken. Sein Name wird kaum oder nur mit gesenkter Stimme erwähnt. Und doch: die Erinnerung an seine hochgradig angestrengte, vielseitige, alle persönlichen Schranken glatt durchbrechende, hundertfach engagierte Erscheinung wirkt in Zurückgebliebenen weiter: ein rätselhafter, achtunggebietender Vorgang, dessen Anstoß so offenkundig jenseits des scharf umgrenzten Berufsbezirks entspringt.

Sein mit Hingabe behandelter Baum hat die letzten Herbststürme überstanden. In der fast blattlosen Krone fanden die Winde kaum Widerstand. Immer wieder schnellen jetzt Kranlichter durch sein nacktes Geäst gegen die kassettenhaft verfugten Preßglasflächen des Analysehauses, dessen Bewohner, unser weitsehender, strenger, frommer Wissenschafter, eine so befremdende, erschütternde, sich entziehende Erscheinung geworden war.

Rausak lehnt an der Plantafel des ehemaligen Terminbüros, wartet auf die Ankunft des Kollegen Zwigott, der diesen Anlagenverkauf vorbereitet hatte, starrt in das bewegte, klirrende, von komplizierten Hubbewegungen, mächtigen Schatten, laut in fremden Sprachen herausgeschrienen Anweisungen erfüllte Areal.

Was sich von so weit und scheinbar abwegig hergeleitet hatte, wofür schon vor Jahren erste Anzeichen sprachen — ungehörte freilich —, das hat sich nun erfüllt: die hier hergestellten Endprodukte finden zu EBC-Bedingungen keine Abnehmer mehr! Die in früheren Schrumpfungsjahren für innerbetrieblichen Streit durchgehaltene Ungläubigkeit, das Verdrängen der tödlichen Bedrohung, sind heute widerlegt; und längst vorbei allwöchentliche ratlose Konferenzen, die sich stets in vorgeprägten Bahnen festliefen: keine Arbeitsgruppe konnte allein jene erneuernde Wirksamkeit entfalten, die das Unternehmen saniert hätte. Jeder Abteilungsleiter fand immer zum Schluß, daß er unter vorgegebenen Randbedingungen seinen Bereich nicht optimieren könne. Und für eine Totalreform fehlte die führende, gestaltende, mitreißende Kraft. Die Menschen dieser Sektion hatten begonnen, ihre täglichen Handlungen mit stummem Nachdruck, bisher nicht geübter Hingabe zu verrichten, doch nur Trotz ließ sie ihre immer deutlicher als verloren erkannten Posten mit Präzision ausfüllen, die ins Leere ging, von keiner Seite mehr honoriert. Weit zurückliegende Fehlentscheidungen, vor allem Unterlassungen, die — niemand gesteht das ein — durch Sachkunde, harte geistige Arbeit, tiefgestaffelte Mitbestimmung hätten vermieden werden können, hatten diesen Betrieb tatsächlich bereits zu einem Zeitpunkt vernichtet, zu dem äußerlich ein noch voller Herstellungsprozeß — knirschende Mühlen, Rüttler, dampfende Kocher — diese verhängnisvolle Weichenstellung verbarg.

Zu Beginn der Rückschläge gab es viele Argumentationsketten, der Einbruch sei nur vorübergehend: falsche Berichte, konditionale Prognosen — bei denen stets die Prämissen überlesen wurden —, illusionäre Konzepte häuften sich. Energieanfälle hilfloser Leitungsmächte wandten sich gegen Hilfsarbeiter und mittlere Angestellte. Die Leute klammerten sich an ihre Stellungen, duckten sich, verbargen sich, entwickelten höchste Kunst des Nicht-Auffallens. Bis endlich im dritten Krisenjahr über alle taktisch umformulierten, halbwahren Berichte hinweg die unverhüllte würgende Leere peinlich lautlos über den Betrieb sank... alle Hallen,

Transportwege, Büros wie lähmendes Gas erfüllte. Unschätzbarer guter Wille, tausend Mannjahre Erfahrung, sinnvoll angeordnetes Gerät, schwierige Berechnungsmethoden — der Wissensschatz war wertlos geworden, seine Träger, die diese Anlagen mit Leben erfüllenden Menschen, arbeitslos.

Tragik, daß nur eine oder zwei von einem Dutzend Vorbedingungen des Überlebens nicht erfüllt worden waren, daß die meisten Untergruppen bis zuletzt intakt waren — wie der Tod stets durch ein ausfallendes Organ eintritt.

Verkaufsdisponent Zwigott kurvt mit abgestellten Scheinwerfern um den Anbau, betritt übernächtig diese Meisterkanzlei. Er ist einer der wenigen, die das Dienstverhältnis selbst gelöst haben; nur noch zehn Arbeitstage. Auf dem Boden breitet er Fakturen und Zollpapiere aus. Er kündigt für sieben Uhr früh die Ankunft des Vizebevollmächtigten Prall und des Verbandsjuristen Dr. Kossatz an.

Zwigott wird Handelsakademielehrer in Gänserndorf. Er erinnert Rausak an ihren gemeinsamen Besuch im Ministerium. Ein Spitzenherr empfahl den tausend neuen Arbeitslosen in den Bergen mehr Mobilität ... Ein anderer hoher Verbandsredner formuliert als Weihnachtsgruß: Wir werden alle Mitarbeiter kündigen, die den Ernst der Lage noch immer nicht begriffen haben ... Man stelle sich das Tribunal vor, meint Zwigott bitter, das jeden Kollegen analysiert, ob er die Lage begriffen habe! Wem soll er denn das beweisen? Und wie, nachdem er allein, mühsam seine verschütteten Dienstjahre abgeleistet hatte, in Bergwerken, schwarzen Hallen, an knirschenden Maschinen, hinter Lenkrädern und Werkzeugkästen; ohne andere Nachrichten als wortkarge Weisungen des Vorarbeiters, Blaupausen, Lohnscheine, Werbeblätter des Betriebsrats und die gold-blau-weiß leuchtenden Plakatwände ... Dem ungenauen, in schwere Fehlleistungen verstrickten Ablauf soll durch solche quasi-rationale, urteilhafte Formulierungen der Anstrich von Gelenktheit, Bedachtheit, Gezieltheit gegeben werden — noch immer nicht gebrochener Stolz! —, wodurch der Prozeß erst recht katastrophal wird, die Betriebe endgültig unangepaßt verharren, in Verluste schlittern. Wahr sei, daß Ratlosigkeit vorherrsche, aus Teilzuständigkeit volles Weisungsrecht abgeleitet würde, obwohl die Leistung eines Unternehmens aus charakterlichen, ja moralischen Anlagen, verbunden mit Fachwissen, erwachse — doch das sage niemand, keine Regierung, kein Führungsrat. Sie alle sähen ihr Heil immer noch im Vortäuschen sonor-jovial-souveräner Allwissenheit. Zusammenhänge zwischen persönlicher Verantwortung und betrieblicher Bewährung, diese Herausforderung, die für jeden Mitarbeiter bei sonstigem Sinnverlust zuträfe, deren Erfüllung über vielfache Hebelwirkung Produktionskraft schaffe: dieses Bekenntnis der Ratlosigkeit, daraus erfließende Rückerstattung unübertragbarer Kompetenzen, verweigere man den Betroffenen! Diese Großredner seien also die einzigen, die die Lage nicht begriffen hätten. Müßten nicht sie gekündigt werden?

Diese Frage Zwigotts an Ministerialsekretär Bergles im Vorzimmer des Handelsrates, während nervöse Gremialmitglieder den Parteimann ermächtigen, im Parlament jede Konkursgefahr zu dementieren, obwohl in der Rechtsanwaltskammer bereits um den Posten eines Masseverwalters gepokert wurde. Bergles säuselte Zwigott und Rausak an: daß doch die OECD-Gutachten so gut stünden. Rausak zitierte Dr. Leikermoser: In diesen Fragen müssen wir genauer sein: Zehntelprozente außerökonomischer Indikatoren — Neurosen, Ehescheidungen, Geburtenrückgang, Selbstmordepidemie, Krebsspitze wegen Verdrängungsstreß, hochsignifikant wahnhafte Lebensführung eines Drittels der Bevölkerung: den Frieden verdankt ihr nur den Bergen und dem Schnee ...

Erstmals in Bergles' Blick aufkommender Verdacht, daran könne etwas wahr sein. Zwigott lenkte ein: Vielleicht seid ihr unschuldig, gefangen im letzten Aufbäumen des Materialismus, unerlöstes Ingenieurwissen, platte Erfolgsideologie mit logisch gegenteiliger Wirkung, zwanghaftes Aufschneiden, verdrängte Sicht auf Auswege, die nicht beschritten werden dürften, weil politisch tabuiert, Verhinderungen, Abhängigkeiten, wohin ein Direktor blicke, bis ihn endlich die Achtelwahrheit öffentlicher Konvention einebne ...

Ein Händedruck für Bergles, zuerst zögernde, dann durchbrechende, sich durch Handfleisch und Gelenke übertragende Versöhnung. Rausak wußte damals schon, daß er zum letzten Mal in diesem hohen Zimmer stand. Die erhitzten Chefs waren vorbeigeeilt, verabschiedet von gemessenen Verbeugungen eines Sektionschefs. Ministerialsekretär Bergles nickend: Unser Gespräch soll nicht ohne Folgen bleiben, Herr Prokurist. Er kam noch bis zum Aufzug mit, blickte ernst zwinkernd zuletzt durch den fortsausenden Glasspalt.

Um fünf Uhr früh erscheint der türkische Maschinenhändler mit zwei Koffern voll Banknoten in mehreren Währungen. Er blättert den mit Zwigott vereinbarten Schrottpreis für die eben noch wertvollen Einrichtungen auf einen rasch zurechtgerückten Sessel. Zwigott nimmt die Dokumente vom Boden auf, unterfertigt Kassabestätigungen. Der erste Lastzug rollt im Morgengrauen auf die Industriefernstraße. Im Werkstor kreuzt er sich mit dem eben ankommenden Citroën des Sektionsvorsitzers Rosner. Zwigott und Rausak eilen in den fahlen Hof.

Zu dritt betreten sie das entleerte Laborgebäude, erreichen durch das hallende Stiegenhaus den vierten Stock. Aus Dr. Leikermosers ehemaligem Prüfraum der Blick auf letzte Verladearbeiten und ins Astgewirr des fast kahlen Baums. Während seiner Berechnungen sei Dr. Leikermoser am Schaltpult oft von einer rötlichen Taube beobachtet worden, die ihren Standplatz vor seinem Fenster gewählt hatte, erzählte Zwigott. Mit schräggestelltem Kopf, lebhaften Augen habe sie wochenlang seine Handgriffe an den Reagenzgläsern verfolgt. Samtener, bronzeschimmernder Rücken , schwarze Flügelspitzen an den Leib geschmiegt, Köpfchen eingezogen, den Schnabel tief auf das helle, geplusterte Brustgefieder gesenkt und ganz kleine ruckartige, dennoch sanfte Hebungen, Drehungen, Schräglagen des winzigen Gesichts mit dunkelglänzenden Augenknöpfen...

Nicht zuletzt ihretwegen habe Leikermoser den letzten Sommer über so hartnäckig gegen das Austrocknen dieser Linde angekämpft, denn das milde Tier, seine gezirkelt runden Bewegungen, der freie Flug, alle diese schönen Linien, vergänglich, hinfällig, aber vollendete Gegenwart: die Taube linderte seine schmerzhaft immer einem grellen Punkt zuschießende Hirnarbeit; ihr Anblick löste allzu Verkrampftes, Eingeschmolzenes, führte immer neu durch das ihn ergreifende, erschütternde, unmittelbare Verwirklichen dieser — aller Gegebenheit völlig angeschmiegten — Unschuld zu geklärter, demütiger, daher wahrer Deutung der Fakten.

Rosner sachlich: Leikermosers Sicherungen sind durchgebrannt, in Sorge um die Firma verschmort. Seine

Diskussionsbeiträge haben Eigenleben angenommen; sein Reden artete in stundenlanges, inhaltlich nicht unrichtiges, aber taktisch verfehltes Beschwören eigener Sicht des fehlgesteuerten Betriebsgeschehens aus.

Erstes Tageslicht fällt durch die Scheiben in den von Instrumenten schimmernden Laborsaal. Die drei von dieser schicksalhaften Morgenstunde Gezeichneten lehnen an Fensterkreuzen. Zwischen dem aus der Tiefe zuweilen hörbaren Knirschen der Verladeketten lange stille Pausen in ihrem tastenden Gespräch.

Dr. Leikermosers reine, persönlich integre Beschwörungen haben objektiv wie Revolten geklungen. Sie waren willkommenes Futter für Wochenblätter, die Korruption hören wollten, wenn er den Abstand zu soziotechnischen Visionen beklagte. Was wollte er konkret? Sachkundige, unser Spezialgebiet völlig erschließende Arbeit, auch als humane Leistung: enges, geradezu herzliches Zusammenrücken im Betrieb, allerfeinster Erfahrungsaustausch aus starkem, heißem Mitgefühl, dessen Mangel seiner Meinung nach in jene Versteinerung zwang, die uns heute lähme.

Wie sein Gesicht im letzten Jahr zerflossen ist, die Haut seitlich der Unterlippe immer qualvoller gegen Backenlade und Hals abwärtsgespannt, die Augen kochend, fordernd, immer glänzender, trauriger; seine Stirn ein ungeheurer, schattiger Krater, dessen Lavastöße aus Blicken und Wörtern quollen. Bis eines Vormittags, eine halbe Stunde nach deprimierender Postsitzung, Dr. Leikermoser lallend, mit nassem Gesicht und heftig abwechselnden Segensgesten oder Fluchgebärden über diesen Gang wankte: Dr. Gerstl vom Labor eins hatte ihn gestützt, versucht, auf ihn einzuwirken; Zwigott hatte ihn stehend an sich gedrückt, gestreichelt, geschüttelt, ihm leise zugeredet, zuletzt in diesen überkippenden, ausgebrochenen, entweichenden Blick hineingebrüllt, die Arme des stöhnend singend Rudernden hochgerissen, seine Stirn unter das eigene Kinn an den Hals gedrückt...

Zwigott konnte damals den endgültigen Niederbruch dieses Liebenden — dieses an umsichtig planender, unerfüllbarer Liebe Verbrannten — nicht verhindern: Kollege Leikermoser, dieser glaubwürdige Werber als erschöpftes Opfer jener verdrängten, mißverstandenen, immer noch — ja, immer mehr — als schöpferisches Geheimnis erkennbaren, bisher schlecht erklärten, daher oft noch falsch geführten Superstruktur Industrie, jenes anspruchsvollen Überbaues, ein Kunstgebilde von autonomer Verbindlichkeit — hochstilisiertes, provoziertes Leben, transzendierender Projektion entstammend, die ihre verletzlichsten Spender aufzehrt. Jener bisher nur halbe Überstieg zu gerechter Versorgung, dessen Vollzug in unaufhebbaren Gut-Böse-Erkenntnissen vorbereitet ist, schien Dr. Leikermoser durch unerträglich banale Fesselungen an naturalistische Blindheit verhindert. Die Chance auf Frieden bestehe gemäß seinem oft geäußerten Urteil allein im Klimmzug über die Natur hinaus zu riskanten Erhellungen, deren anderes Ende freilich noch unausnehmbar bleibe. So wie der fleischige Muskel in unserem Mund vom stummen Geschmacksorgan unter den Fragen der Zeitläufe zu fähigstem Sprech- und Singwerkzeug werden mußte. Vor solcher Sicht verkümmerten im Freund Leikermoser selbstbewahrende Kontrollen, ließen schärfsten Gedanken Durchtritt, die beängstigend deutlich unerträgliche, tägliche Neubeauftragung erzwangen. Archetyp eines Selbstopfers.

Leikermoser zerbrach wohl nicht an steter Widerlegung heiligmäßigen Lebensentwurfs, nicht an jener Ignoranz, die die Umwelt seinem innovativen Angebot gegenüberstellte, sondern an schneidend scharfer Einsicht der Unübertragbarkeit individuellen Betroffenseins, des derben Abstoßens nützlicher Vorschläge durch ein starres, stolzes Betriebssystem. Selbstlose, grundsätzliche Sicht gälte als zu vernachlässigende Subtilität, verlegen toleriertes Privathobby, unverbindliche Freizeitbeschäftigung, bar jeder Überzeugungskraft, wie sie etwa Mathematik genieße: daher marschiere die offizielle Halbwelt unbeeinflußbar mit endloser Blutspur in Sackgassen.

Nun ist der zweite Transporter reisebereit; bizarre Ladung zerlegten Liquidationsguts. Zwigott eilt voraus, die Formalitäten abzuschließen. Rosner philosophiert im Abwärtsschreiten durch das Stiegenhaus: Eigenen Ansprüchen nicht gerecht zu werden sei freilich ein Vorzug hochqualifizierter Entwürfe — die heute noch unbekannte Lösungen vorwegnehmende, immer gefährliche, alle eigenen Bedenken übersteigende Planung nach nicht einholbaren Ideen: Industrie läßt sich mit Rohstoffen ein, mit Schwerkraft, Rückfall, Rost, zerfallenden Verbindungen, Auflösung, Zerschleifung und Bruch, mit Unwissen, Müdigkeit, ja, auch mit Tücke und Bosheit! Ihre nie endende, kaum je belohnte Mühe, gegen den Mahlstrom der Einebnung zu arbeiten, immer wieder dem Verwittern, Abkühlen, Altern, Ziele entgegenzusetzen — Industrie steht gegen Entropie, Fleiß gegen jedes Zerfließen...

Hier der unerhörte Einsatz unserer Wissenschafter, Konstrukteure, Verkaufsleute, die gefährliche, alles Private opfernde Arbeit der Reisenden und Monteure — dort stetes Zerbrechen, Zerbröseln industrieller Grundsätze an den Betriebsgrenzen; Mißweisung, Vergeudung, ökonomischer Wahnwitz mit den unserem Fleiß abgepreßten Mitteln.

Während der ausländische Lastwagen unter Gendarmeriebegleitung aus dem Tor rollt, übergibt Zwigott die Versanddokumente und die Geldkoffer an Dr. Kossatz, der soeben mit Vizebevollmächtigtem Prall eingetroffen ist. Die Demontage ist gänzlich abgeschlossen.

Es ist sieben Uhr früh. In voll aufgestiegener Morgensonne glänzt hinter der soeben abgetragenen Halle der Neubau des Schwerlastturms. Das Rohskelett, die Schuttbrücke, die Förderbänder, die riesenhafte, halbfertige Investition steht nun vor den Augen der EBC-Männer. Das sich entfernende, dröhnende Gefährt scheucht aus der jenseits der Fabriksmauer verlaufenden Allee Waldtauben auf, die schlaftrunken über das Fabriksgelände flattern. Mit Prall und Rosner an der Spitze betreten die fünf den Neubaubereich.

Rosner berichtet Prall vom Ergehen Dr. Leikermosers.

Zwigott flicht ein: Das Kreuz gerechter Existenz bestehe darin, daß zur Aufrechterhaltung des inneren Gleichgewichts vielstrahlige Fließmodelle, mobile Abbilder, Knickschraffuren höchster Komplexität zu erarbeiten seien, zur Sicherung leiblichen Daseins jedoch nach plump fehlweisenden Minimalregeln zu handeln sei. Dauerhaftes Durchhalten, ja sogar Nützen dieser Spannung — im Sinn eines Lebensziels — laute der fast unerfüllbare Auftrag an den gereiften Pflichtmenschen: denn der Fortschritt laufe wohl auf der Bahn immer höherrangiger Verweisung; tragisch für jene, die auf diesem Doppelpfad die Bindung zur Tagesforderung verlören, so trotz guten Willens in Gegensätze geraten, vom pragmatischen Zwang bedroht. Genau diese Folter lasse Sehende verstummen, zwielichtige Vorgänge auslösen und erleiden. Von der Durchsicht auf verwinkeltes Hebelwerk fernster Ursachen — diesem Stigma tiefgestaffelt zwingender Bilddeckung ohne Mitteilungskanal oder Zustimmungszwang — gezeichnet zu sein — wie unser armer Dr. Leikermoser —, wäre nur durch Gnade für eine normale Lebensdauer durchstehbar.

Dagegen, ergänzt Rausak, seine schwarze Hose vor dem Baustellenbesuch aufstülpend, während die Herren die vom Polier bereitgehaltenen Schutzhelme probieren, gibt es freilich besonders bei so Begabten auch einen Zustand der Enthemmtheit, der disparatesten Verweisungen folgt, atemberaubende Kausalitäten entwirft, ohne die ständige Kontrolle kollegialer Mitvollziehbarkeit überhaupt leisten zu wollen! So entstehen Privatverknüpfungen, die nicht mehr lebensrettender Modellbildung, sondern der nicht uneitlen Entlegenheit gewagtester Schlüsse, somit spielerischem Übermut dienen. Warnung also vor einem allzubreiten Gespinst von Richtlinien, das oft nur seines Flechters Tarnung bleibt.

Dr. Leikermoser freilich habe sich nie geschont, auch noch mit letztem Einsatz Anhängerschaft geworben. Zwigotts Zuversicht — die Befreiung durch seine schon erfolgte Kündigung ist ihm anzumerken —: unabsehbare, phantastische, innere Zukunftslandschaften, leuchtend vor Unbelastetheit, von denen man zwar nur ein Schäufelchen fast vertrockneter Erde in die Außenwelt mitzubringen vermag, voll authentischen Gewißheitsmolekülen freilich, die zu neuen, leistungsfähigeren Systemen zusammenschießen werden...

Auf Feld acht beginnen soeben Elektriker in blauen Overalls die Turmdrehkrane zu starten. Der Bau dieses Schwerlastturms, seine lang vorbereitete Finanzierung, der technische Entwurf, die jetzt sichtbar werdende, tausendfältig verstrebte Konstruktion sind nur ein Bruchteil der für dieses Werk maßgebenden Kriterien. Anfänglich ein persönlicher Durchbruch, erfolgreiche

Teamarbeit Dr. Leikermosers, Erkenntnisblitze, Leitgedanken; die Erfolgsformel Ingenieur Simonides', Tausende Kilometer von hier entwickelt; Verbindungen zu Abnehmern; Nachweise, daß neue EBC-Verfahren und -Präparate Kundenprobleme lösen, gehen diesen sichtbaren Bauarbeiten voraus. Dazu der Mut, gegen so vernetzte Ungewißheit nicht wieder rückgängig zu machende Taten zu setzen, unter Informationsmangel Schlüsse zu wagen, die zu Personalversetzungen, Umschulungen, Kosten führen, zu betonierten Grundfesten, teuren Behältern, zu diesem stählern armierten Turm. Unwiderruflichkeit in voller Spannung zur Ungewißheit. Immer endet Risiko an einer persönlichen Haftung, nicht juristisch, aber persönlich dem Initiator auferlegt.

Arbeiter in weiten Monturen, ihre Sicherheitshelme in die Nacken geschoben, Schweißerbrillen aufgeklappt, Lederfäustlinge, Schuhe mit Stahlkappen, greifen begeistert an Geräte und Bauteile: erwartungsvoll, wie seelisch erholt durch die Überzeugung, mit der Arbeitswelt über diesen sinnvollen Vorgang wieder verbunden zu sein, setzen sie rasche Handgriffe. Als ob längst bekannte Materie plötzlich von neuer Konsistenz, vertraute Ordnung von neu anziehender Überzeugung wären, das Licht über dieser Baustelle eine beschleunigende Beleuchtung. Ihre Gesichter sind fest, offen, ihre Grußworte laut. Schwung erfüllt diese Produktionsstätte, der die angestaute alltägliche Verdrossenheit zwar nicht aufhebt, aber ausgleicht.

Prall stapft über ausgebaute Rampen zur ersten Etage des Turms. Rausak erläutert, ihm langsam folgend, Zwigott die Lokomotivführertheorie: Unmöglichkeit, die Bedeutung eigener Schaltgriffe für die Mechanik aller nachfolgenden Waggons, Achspaare, Federungen, Drehgestelle gedanklich mitzuvollziehen, die Erlebnisse der abhängigen Mitreisenden als Folge eigener Entscheidungen zu empfinden; unmöglich — auch zu völliger Handlungsunfähigkeit treibend — der Versuch, die Tragweite der Steuerung für alle Betroffenen zu überblicken; daher Abblendung, Einzug des Blicks auf Kontrollinstrumente, die nur wenige Nebenerscheinungen des abrollenden Geschehens deuten. Aber, meint Rausak, eben diese Ahnung fehlender Dimensionen unserer Modelle bewirke jenen Überdruck, der die Ablösung von kalten Formeln gebiete: der Lokomotivführer lehnt nicht von ungefähr vor Bahnhöfen schweigend in seiner geöffneten Luke, schaut nachdenklich auf die über Bahnsteige ihren Zielen zustrebenden Reisenden. — Die Tatsache des Nichtsteuern-Könnens als zentrales Thema! Das Nicht-mehr-Durchschauen übergroßer Strukturen ohne höchste Tugenden, die begründete Angst, daß wir an Unintelligenz, an Modellschwäche, an instrumentalen Zwängen zugrundegehen, die eigene Antizipation verfehlen: das komplexe soziotechnische Gebilde unserer Zivilisation bliebe nun — nach allen ertrotzten Entlastungen — ohne Erfüllung, eine Mischung aus Vernunft, Wahn, Selbstopfer, Totschlag, tausend hineingezogene, zermahlene Gesichter. Dr. Leikermoser ist zuletzt warnend zu allen Machthabern geeilt: Aufsichtsratspräsident, Kammerpräsident, Nationalbank-, Nationalrats-, Stadtschulratspräsident, nach Alpbach vor die Ohren der Prominenz, zum Kardinal, Briefe an den Kanzler und den Bundespräsidenten. Seine Klarheit war nur um den Preis glatter Realitätswegblendung überlebbar, überkippen in Größenwahn, Berufungsgewißheit als einzige Alternative zum Verzweifeln an den Mißweisungen blokkierter Lenkmechanismen.

Auch Vizebevollmächtigter Prall gesteht, an die

höchste Sprosse der Leiter gelehnt, die sie zur sechsten Etage des Turms erklommen hatten: Je mehr technischer Output verlangt wird, je härter die ökonomischen Pressungen sind, desto bedeutsamer wären systemtheoretische Einblicke. Rosner hiezu: Kapillargefäße für Informationen müßten durchströmt werden. Personale Kategorien rücken ins Zentrum.

Die fünf klettern weiter aufwärts. Schon sind Dächer und Schlote der alten Fabriksteile von oben zu sehen. Prall klopft Zementstaub von seinen Ärmeln. Unser stündliches Hineinstürzen in Beherrschbares und Nicht-Beherrschbares. Dr. Kossatz vor einer noch offenen Rohreinführung: Drang zu selbsttätig richtig entscheidenden Apparaturen sei uns eingebrannt. Wissentliches Unterwerfen vor den Dingen habe zur Notlinderung, oftmals Lebensrettung geführt, nur diese über Begabungsverzicht, Arbeitsteilung erreichbare Meisterschaft. Absonderung, Verbeulung, Verstümmelung, unerträgliche Verdichtung, Versagen und Verdienst seien sonst nirgendwo so verdeckt wie an diesem, nur leblosem Stoff ausgelieferten Platz industrieller Pflicht. Pfahlbau im Wirklichkeitsmorast. Nichts als aufgetürmte, trotzig wiederholbar gemachte Bewährung — auf dieser Idee beruhe die Versorgung der Märkte, das Einkommen unserer vielen nicht unglücklichen Kollegen.

Die Gruppe durchklettert gebückt, Schweißanflug in Gesichtern, verstaubte Schuhe und Hosen, erstmals das gesamte Bauwerk dieses Schwerlastturms. Die Untersicht der Deckentraversen mit blauer Fettkreide geheimnisvoll beschrieben. Hängende, noch eingerollte Verkabelungen, die nirgends angeklemmt sind. Plastikschläuche, Trapezbleche, überkalkte Stahlkonstruktionen, alle Verschraubungen noch sichtbar. Wellige Schweißnähte in ihrer zufälligen Mikrostruktur, wie sie unter den

Händen der Monteure erstarrt sind, als Gravuren, wortlose Inschriften an übergroßen Blechwinkeln. Schwarze Gummirohrbündel werden an verzinkten, dünnen Profilgerüsten entlanggeführt. Heizschlangen sind schon verankert, kippen in noch leere Höhlen. Zigarettenreste der Bauarbeiter auf Fußböden, Holzplanken, Bedienungsstegen. In den weißen Stiegenhäusern prangen meterhohe Skizzen und Handberechnungen mit dickem Zimmermannsbleistift. Im siebenten Stock liegt ein heißer Scheinwerfer auf dem Boden, leuchtet in den Aufzugsschacht; bizarre Schatten über Schüttschleusen. Radioklänge hallen durch Mauerspalten. Unverschalte Stiegen zeigen kleine Kiesel, dieser einst an Grundwassern gescheuerte Rundschotter in grauem Zementteig zu neuer Versteinerung gepreßt. Mineralfaserplatten. Der Beschickungstrichter im zwölften Stockwerk ist noch ausgespart, ein Brettertor, durch das betonverkrustete Schiebetruhen zum Bauaufzug drängen. Eimer mit Wasser, Stahlbesen, Schaufeln, an Ketten hochgehängte Röhren. Arbeitsbühnen auf Drehrädern machen Deckengitter erreichbar, zu denen Leitungen laufen, drahtverspannt.

Gegen den dunkelgrau welligen, stark bewegten Nordost-Himmel hebt sich eine flatternde Taubenschar ab, die, in Zweier- und Vierergruppen aufgelöst, knapp über dem Horizont kurvt.

Wissen Sie, faßt Zwigott Rausak am Ärmel, ich ahne da den psychohygienischen Beitrag dieser roten Taube vor Dr. Leikermosers Glaswand: dieser qualvollen Transportleistung von wortloser Gewißheit zur verstockten Umwelt hinaus, von einsamen Prozeßideen zu großtechnischem, arbeitsteiligem Vollzug — eine Bewegung, die nie gesichert, spannungsfrei, sondern in Schüben, zufalls- und glücksabhängig verläuft — bot jene Taube eine vorauslockende, vorausleuchtende, pfadfindende Hilfe: ihre geduldige, liebliche, ebenso jenseitige wie anwesende Erscheinung, der von ihr ausgehende Zauber, dieser fast ungläubig aufzunehmende, berückende Übertritt, das Überschreiten ihrer eigenen Aura wirkte wohl als Vorbild, Muster, Lotsendienst für seine Arbeit: daß es nämlich möglich ist, in Verhaltenheit und Anmut eben jenen Schlitz zwischen vieldimensional bewegter, nicht zu ordnender Möglichkeitswelt des freien Flugs zu zweidimensional verschraubter, das Betriebsgeschehen tragender Fabrikswelt zu finden — zu ertasten, zu passieren, leichtfüßig zu beherrschen, zu durchschweben, zu erweitern und täglich routiniert zu durchschreiten! Die Schönheit dieses Vogels in seiner Anhänglichkeit ließ den Wissenschafter seelische Glättungen erleben von nachhaltiger Produktivität, deren Gefährdung durch die fortschreitende Baumdürre seine Kraft gerade am Ort ihrer wirksamen Umsetzung gebrochen hatte.

Nachdenklich vor den Windböen auf dem Turmplateau: erstmalige, noch ungewohnte Vogelschau der Manager über dieses sonst vertraute EBC-Areal. Der früher nur an Fabriksleute gerichtete Vorwurf, daß sie die Unternehmung nicht durchschauen, von außen angedrückte Saugnäpfe wären, die sich an Oberflächen halten, gilt ganz allgemein: überhaupt arbeiten wir ohne Kenntnis feiner Systemstrukturen und Subsystembeziehungen als ratlose, nur punktuelle Vorgänge befristet beherrschende Subjekte innerhalb eigentlich fremd gebliebener Welten. Eine ruhige, die Totale überblickende, volle Verantwortung gewährende Sicht, der Rang, der einem Ebenbild Gottes gemäß wäre — Ausgewogenheit, fast Allwissenheit, von reinen Gefühlen bewegt, die nicht als Ersatz für Verstandesschwächen wirken —, wird nicht erreicht. Dennoch ist diese Gattung — unsere notwendig weltbeherrschende Existenz — ans Kreuz irreversibler Rationalisierung geschlagen: das Kreuz freilich immer noch Lebensbaum, der Bejahung fordert, um fruchtbar zu sein! Die einmal aufgerichtete Superstruktur durchhalten! Der Begabung solcher Unverwundbarkeit entsprechen! Immer neue Zuflüsse halluzinativer Intelligenz, die Industrie als Ernährerin vervielfachter Weltbewohner; sättigende Mengenausbringung wächst aus Elementen von Selbstopfern. Inhuman wäre die Verweigerung solcher Einordnung.

Verbandsjurist Dr. Kossatz, Mantelkragen hochgestellt: Wenn unsere Epoche jetzt schon, in der ersten Stunde notbezwingender Massenproduktion glaubt, diesen Preis nicht mehr bezahlen zu können, und sich juvenilen oder senilen Schwachheiten überläßt, mit subjektiver Autonomie kokettiert, so ist das nicht Emanzipation, sondern Deviation, statt Aufbruch Rückfall. Ich bin glücklich, daß ich ein Industriemensch geworden bin: Arbeit an diesem handgreiflichen, eine Welt kultivierenden Auftrag...

Nach dem Abstieg stehen die Männer schweigend vor dem verlassenen Hubstapler der beendeten Demontage, blicken einander aus Verlegenheit nicht in die Gesichter. Das neue, eben durchkletterte, übergroße Bauwerk ist keinem einzelnen Kopf allein entsprungen, übertrifft alle ihnen geläufigen Pläne und Skizzen, es ängstigt sie: werden sie die Ströme ständigen Zu- und Abfließens so leiten können, daß diese nützliche Großmaschine jene Balance einhält, die tausendfältiger Versorgung dient?

Bevollmächtigter Prall gibt einige Anweisungen für Obermonteure und Bauleiter. Erwägung, warum das kein babylonischer Turm ist: frei von Selbstzweck,

Selbsterhöhung, nur gehorsamer, sorgender Vollzug sich aufdrängender Pflicht.

Zuerst verabschieden sich die Herren Prall und Rosner auf dem Fabrikshof vor dem alten Laboratorium. Dann ein fester Händedruck, vielleicht der letzte Zwigotts, der zugleich mit Dr. Kossatz einen Elf-Uhr-Termin wahrnimmt.

Die immer noch unruhigen Tauben überfliegen den sandigen Platz. Eine Gruppe läßt sich klatschend ins staubige Geäst des Laborbaums nieder, die rötlichen Vögel erinnern Rausak an Dr. Leikermoser. Rausak tritt an den Baum, schneidet mit dem Taschenmesser in die Rinde: sie ist feucht und zeigt an der Innenseite grüne Fasern! Beweis der nicht vergeblichen Bewässerungen im letzten Sommer. Rausak geht nochmals durch die Büros des kranken Kollegen und betet darum, daß sie dem Genesenen erhalten bleiben.

Stufe drei: der Kasuar

Hartfedrig, ledrig, unempfindlich, scharfäugig: flattriges Flügelschlagen, geducktes, schleuniges Laufen, prasselnder Trab durch Gestrüpp, hohe Gräser, brüchiges Geäst: gemeisterte, vertraut gewordene, großflächig hingebreitete Hindernisse: das unwillkürlich Lösungen erzeugende Gehirn, rasches Erfassen jeder Gefahr, selbstvergessener Einsatz, angepaßt den Verstrickungen, Widerständen; Übereinstimmung von Absicht und Kraft: ein riesiger, kräftiger Laufvogel, schneller Renner, kopfvoran durch Dornen, Lianen: der Kasuar, dessen Flügel sich nie in die Luft schwingen, aber — mit knochenharten Kielen bewehrt — schneidendes Durchpflügen des Dickichts erzwingen.

Rausaks frühes Wortspiel mit dem eigenen Namen, der, von hinten gelesen, diesen gerüsteten Erdvogel ergibt — gekantetes Brustbein als Schild, den Kopf behelmt —, hat seinen ernsten Lebenslauf eingeholt: des flugunfähigen Kasuars hartnäckige Überlebensform erweist sich als auch ihm eingewachsene, zügig ablaufende Bestimmung; die ungenützte Überkapazität des Flugtiers in siegreiche Anpassung umsetzen: halbe Rückverwandlung in die Urform aller Vögel: zur Echse!

Unterholz, verdorrte Brombeeren, Schilf, gelbe Gräser, modernde Baumstämme, enges, dürres, knatterndes Gehölz, neue Austriebe, braune Büschel, vom Reif verbrannte schwarze Blätter, brüchiges, faltiges Pflanzenfleisch, dornige Zweige, sperriges Geäst, Kronen schlagen im Wind ächzend gegeneinander, dazwischen aufschießende Doppelbirken, in Mulden angewehtes leichteres Laub, faulige Löcher, umgestürzte Stämme hängen im Geäst noch stehender, halb in Erde versunkener Baumzwiesel; Bruchstellen weißlich zerspant, unter Spannung vertrocknet.

Erlaubte, erleichternde Verhärtung! Unüberwindlich werden, angstlos; nach jeder Abschürfung schiebt sich ein neuer Hautlappen über das alte Horn, verknorpelt, verknöchert, versteinert.

Was sich hinter dem Gesicht abspielt, wird immer geheimer: man trägt seine Wangen über Fabrikshöfe, zieht Augendeckel über die Pupillen, kneift die Lippen. Ungeheure Kluft zwischen dem, was gedacht, und dem, was gesagt wird. Schweigen vom Haaransatz über Schläfen gespannt, Mund verdickt, um Hals und Nakken gezerrt.

Bewußter Verzicht auf jedes Ausleben innerer Feinstrukturen, um sich effizient den Grobstrukturen dieser Mechanik anzupassen: das eigentliche Arbeitsleid der Industriemenschen, zwei Drittel des Hirnvermögens liegen brach. Dieses Opfer, das andere Berufe nicht fordern, die Einkommen und Freude gewähren, diese Angleichung nach unten also, nach blinden Regeln der Steine und Erden — Schwerkraft, Rost, steter Absturz und Zerfall — bewirkt für den auf Hebel, Hämmer, Walzen, Feuer verwiesenen Fabriksarbeiter eine Selbstbeschädigung, schmerzhafte Teilung, Spaltung, die, allzufrüh eisernem Schub weichend, in das erleichternde Abstreben von feinsinniger Forderung übergeht.

Hingabe eines Teils der Bevölkerung für die technische Ausstattung der übrigen: wie die Ameisenart eine Auswahl eigener Tiere zu lebenden Nahrungsbehältern vollpumpt, ausstopft, bis sie als wohlgeordnete, aber unbewegliche, zu Lagerfässern entartete Kugeln im Bau hängen.

Schmerzlos Zeit verstreichen lassen als Tagesinhalt.

Ähnliche Fremdheit, Gespanntheit, Panzerung, fast Mechanisierung, kaum als eigene Leistung spürbar, Zeitlosigkeit des Kasuars: mit eingezogenem Kopf, unter bergendem Helm, stapft er schrittweise durch lianenhafte Wochen, ohne anderes zu sehen als steinigen Boden, als den eigenen nächsten Schritt, der die Disteln spaltet. In die Verlängerung solcher Sicht tritt der Tod, endgültige Verwachsung: theoretisch bin ich nicht möglich.

Endlos laufen, die Dolchkrallen im Geröll, traben durch dichteste Wälder, manchmal ein Hüpfen, lärmendes Hochflattern, den sonst immer waagrechten Leib selten genug aufgerichtet. Dies als dem Flug höchstmögliche Annäherung: ein Abheben vom Boden nur ums Überleben: im äußersten Zorn bei scharfen Abwehrsprüngen gegen Feinde.

Rausak weiß nicht mehr, aus welcher Zeit — einer frühen, schülerhaften wohl — die Entdeckung stammt, daß sein Name im Spiegel den Kasuar ergibt. Nichts war näherliegend, als sich in Handbüchern über diesen Vogel zu unterrichten. Aus seiner Kasuarforschung wurde ein erhellendes, rechtfertigendes Denkbild, dessen Nutzen immer offenkundiger wurde. Fragen: hat das Einleben in die Kasuarwelt sein Verhalten so gelenkt, daß es demgemäßes Schicksal einforderte — oder wirkte doch diese Fügung als Bergung vor unverschuldeter, nicht einmal entfernt mitverursachter Bedrohung? Ist die Fabel seines Namens unverdienter Rat — nomen est omen —, Weisung, Führung, Rettung für den Verratenen, Überlisteten, von vorgefundener Fremdheit fast Erstickten, sich in diesem Gleichnis von sozusagen poetischem Zwang zu finden, zu halten, ja zu stellen?

Das unnatürliche Lernen aus eigenen Fehlern.

Frei werden von der Unbescheidenheit zu leiden.

Völliges Annehmen, Einsehen: nicht nur nicht fliegen zu können, mehr noch: ins Unterholz zurückgedrängt, noch ärger: auf eine Insel verbannt.

Dem ökonomischen Instinkt gehorchen, keine Energie in aussichtslose Anstrengung.

Unausweichlich ordnet er sich techno-ökonomischer Notwendigkeit ein. Der phantasievolle, mehrbödige Methodensynkretismus, sein Mythos vielflächiger, tief geschichteter, ineinanderwirkender Lebensebenen war nicht durchhaltbar; Ruinenlandschaft im Erinnerungsnebel: im Niemandsland endende Gleise; bis zur Hälfte des Gebirgsmassivs getriebene Stollen im blinden Gestein abschlußlos beendet; Flußbette gegraben, in die niemals etwas vom Hauptstrom übergeleitet wurde — vor endlichem Durchstich traten stets neue Informationen auf; Urwälder gerodet, aber auf freigehackter Erde wurde nie Getreide gezogen. Verehrungen, Dankbarkeiten an unauffindbare Adressaten gerichtet. Dennoch Ablösung ohne Trauer, scharfe Gerbung, Einsicht, wie man an den Grenzen auskühlt, erstarrt, zum eigenen Werkzeug niederschrumpft, wie das Gehirn nur noch der Berechnung, Auswahl, Entscheidung dient, alles Unwägbare, Übergreifende vorzeitig ausscheidet, wie man mit mathematisch geschärftem Stilett der zum Alleinthema gewählten Unvernunft gegenübersteht, sie aufschlitzt, zerteilt, einzelne, isolierte Bestandteile rationalisiert, dieses Ungenügen freilich ahnend.

Verstümmelung als unüberwindliche Waffe.

Recht auf Dickicht. Denken in festen Gegenständen. Ihr Zustoßen, Anrollen, Herankollern, Einströmen beobachten, belauschen; von gleichmütigem Staunen gesättigt ermüden.

Hohe zeitliche Auflösung der Lichtquelle — bis

zweihundert Bilder je Sekunde, das Zehnfache des Durchschnitts —, dafür niedrigere Bildqualität. Diese Beschränkung, Verzerrung, begünstigt Rausaks Weigerung, die vorbereiteten Listen herauszugeben: nicht nur gefährden sie durch erzwungene Überfeinerung lesender Familienmitglieder deren Widerstand in rauher, derber Umwelt, sie füllen die seit ihrer Abfassung in seinem Hirn aufklaffende Spalte zwischen »wahr« und »gerecht« nicht!

Je schärfer seine Krallen sich in verborgene Wahrheiten schlitzten, desto fragwürdiger scheint ihm die Ausbringung an Gerechtigkeit: immer öfter, dringender das Verlangen, ja der Zwang, zunächst so gründlich geklärt erscheinende Tatsachen einer möglichen, denkbaren, fast denknotwendigen höheren, ausgleichenden Sicht zu überantworten... die ihm mangelte, die er zwar zu suchen bereit ist, deren Fehlen ihn schmerzt, deren Position aber selbst einzunehmen, zu erringen und auszuüben, ihm als allerletzte Selbstauflösung, Absehung von Eigenstem, fast als unerlaubt erscheint. Hat er nicht schon für seine Einsichten genug gebüßt? Sollte er auch noch für Selbstverwerfung durch höchstes Gerechtsein sorgen? Ausgerechnet er, inmitten egoistischer Motorik? Als ob es nicht genügte, der Schlechtigkeit, außer sie beim Wort zu nehmen, weiter nichts anzutun, als ihr zu weichen. Muß er nicht blinde Unterlassungen wie böse Handlungen beurteilen, jede nicht geübte Liebe wie Verfolgung, gewöhnliche Schwächen wie Programme?

Hat das lange Schreiben wirklich stattgefunden, in Nächten, Eisenbahnwaggons, Hotels, bei Unterredungen, zwischen Vortragsnotizen, an Stephanitagen, Pfingstmontagen, jeweils letzten Urlaubsstunden, auf Packpapieren, Kuverts, Buchrändern? Wortfahnen um sein Skelett gewickelt, Stanniol, Asbest, Porzellanhülle, eines kaum ortbaren Kerns Strahlung einzudämmen: Acrylharz in die Knochen gesaugt, getränkt, nun ausgesinterte Kristallsplitter von Diamanthärte: vielleicht nicht gerecht, aber wahr. Unaufbrechbare Anreicherung, Rausaks ewiges Leben sozusagen, genetische Bewußtheit, unabhängig von zerfallenden Körperzellen im Knochenmark.

Sünde solcher Wundersucht einkalkuliert, gefühllose Hoffnung, die dennoch nicht vernichteten Listen — große Erfahrungsvorräte in Bruchstücken, Sonderperspektiven — erbrächten ohne weiteres Zutun, durch Zufall also, einst Nutzen. Wogende Unwissenheit gänzlich kanalisiert: Quader, Trapeze, Rinnen, Granitschalungen, Uferverbauung, soweit das gesenkte Auge reicht. Aussagen sind teilweise beweisbar.

Eiliger Weg auf Glatteis vor Dienstbeginn ins Ambulatorium Nord. Wintermorgendämmerung über Alter Donau, froststarrende Uferbäume. Ein Möwenzug gegen den östlichen Lichtschub über den Lagersilos. Das moderne, von innen in mildem Goldton aus der Dunkelheit strahlende Gebäude. Hinter lautlos pendelnder Glastür dicht gefüllte Warteräume, leise Musik. Hundert Menschen stehen, sitzen, lehnen an weißen Säulen.

Umwelt als eigene Erfindung innerhalb anatomischer und sozialer Grenzen. C-F-Tonsprünge bewirken psychosomatische Umschaltungen: Zellen verstehen das als Planungsauftrag: elektrotonische Sonde zur Muskelhaltung der Magenschleimhaut.

Gesetzmäßigkeit und neue Varianten, immer als ein Falscher leben, jedes Geschick ein privates Laboratorium.

Glücklich jener, der nicht das Gelüst von Schurken erweckt: dies als Neunzehnjähriger dick angestrichen;

wie ist es möglich, ohne Erfahrung entscheidende Knicks vorauszuspüren?

Ökologische Nische, mit dem System verbundene abseitige Geborgenheit, Durchfluß nicht unterbrochen. Musil Seite tausendfünfhundertsechsunddreißig: »Mit fünfzig unterkriechen, sich anpassen.«

Die Tatsache, daß gearbeitet wird, beweist nichts für Ziele, Methoden, Effekte der Anstrengung. Hundertfältiger Verlust im verstopften Geröhr: nur an dessen Aufschweißung nützt Arbeit noch etwas! Konkurrenz subjektiver Verbalsysteme zweifelhaft, je komplizierter die Dinge, desto schlimmer der Zerfall in Rede- und Lebewelt: Brücken stürzen ein, Städte veröden, Krankenhäuser schließen aus Schwesternmangel, Schulen entarten, Staatsbudgets kollabieren.

Zyklischer Wahn im steten Austausch metaphysischer Unerträglichkeit im Frieden — mitsamt ihrer Sucht nach künstlicher Not! — und physischer Unerträglichkeit im Krieg.

Hochrangige Kalküls und Reflexe stellen in grobschlächtigen Bewährungskategorien unwirksame Subtilitäten dar. Sie müßten der Erfolgsmechanik eingepflanzt werden: das Böse wird nicht durch Systeme, sondern durch Sakramente überwunden. Eid statt Regel. Hügel der Vorsicht über alten Absturzstellen. Irgendwo bei Korneuburg hinter Burg Kreuzenstein im freien Feld ein Gedenkstein: hier war die Kampflinie am Ende des Zweiten Weltkriegs.

In dieser völlig unvorbereiteten Stunde aus dem Mund einer fröhlich nach allen Seiten grüßenden, routiniert sympathischen Röntgenschwester im Warteraum des Ambulatoriums — den Reif noch im Haar, beugt sie sich freundlich zum reglos hockenden, nachdenklichen, seine Tagesaufgaben planenden Rausak, der hier nur ein gefäßerweiterndes, seinen oftmaligen Schläfenkrampf linderndes Medikament erbeten hatte: Ein nußgroßes Osteom hinter Ihrer Stirn, Herr Rausak, ist als Ursache Ihres Leidens entdeckt. Etwas für die Chirurgie!

Stolzer Tonfall diagnostischen Erfolgs. Weiter nach allen Seiten lächelnd, verschwindet das Mädchen hinter der Lacktüre.

Eine Singularität explodiert, dehnt sich ewig aus, reichlich Urenergie. Die Erhaltungssätze der Physik — über unveränderliche Summen Materie-Energie — geraten ins Wanken, Stocken: Fluchtgeschwindigkeit ist durch Rotverschiebung nachgewiesen! Ebenso Ameisensäure im All, somit ewiges Leben ankündigende Komplikation. Der Prophet sagt eine Messiaserscheinung an: »Aber das Gesicht wird hart wie Kiesel sein.«

Mit einem medizinischen Hobel werden vom Gehirn, das zuvor — nachdem es mit einer Harzlösung getränkt worden war — erstarrt ist, hauchdünne Scheiben abgeschnitten, deren mikroskopische Feinstrukturen punktweise dem Computer übertragen werden: zuletzt kann die Elektronik aus diesen empirisch übernommenen Maßen und Fixpunkten den Innenraum des Gehirns in aller kanalhaften Verschlungenheit, in Schichtung, Kabelung, Faltung errechnen und auf dem Bildschirm in der künstlichen Sicht zeitgerafften Einfahrens, Eindringens, Absuchens aus jedem Einstieg, in jeder Lage und ungeheurer Perspektive darstellen.

War es erst gestern? Ich ging durch die Wiener Herrengasse, vor dem Ikonengeschäft sah ich einen Mann über den Michaelerplatz gehen: wie ähnlich er meinem Vater ist, vor zehn Jahren gestorben, Größe, Stärke, Gang, den Hut, wie auch er ihn stets trug: etwas bäuerlich zu weit nach hinten geschoben; der lange

Lodenmantel; nun auch Gesicht, Augengläser — alles stimmte. Plötzlich nahm der Mann mich voll in den Blick. Er durchschoß mich siedendheiß, lähmende Sekunde, Entsetzen: daß mir solches widerfährt, eine jenseitige Begegnung, die Erscheinung meines toten Vaters... Mein Mund stand offen, würgende Stummheit, das dauerte etwa zehn Schritte, dann war der Herr auf gleicher Höhe mit mir, schritt langsam, leicht gebückt wie Vater, vorbei...

Und heute, jetzt: diese Eröffnung über meine stirneinwärtswachsende Knochengeschwulst! Das voll zuschlagende Verhängnis. Tödliche Erfüllung des mit seinem Namen gerufenen, in endlosen Bannungen, Umgehungen, Beschwörungen verzögerten, hinter halbgläubigen Umschreibungen versteckten, immer wieder zu Wortspielen flüchtenden, voll Verlegenheit gemiedenen Unglücks: der Helm des Kasuars wächst zu! Der Helm verdickt nicht nur gegen Peitschen von außen, sondern auch gegen das Bohren von innen. Stöße, Pressungen, Verschraubung. Die unleugbar langmütig hilfreiche Stütze nun an der Grenze: Tod als äußerste, letzte Anpassung, innigstes Einschmiegen des Überlebensplans: Superstrukturen, Sonderorgane überziehen, überwachsen, überwinden, überdauern ihren Träger. Die Echse versteinert!

Allmächtig werden den eigenen Möglichkeiten gegenüber.

Rest-Existenz im Meer der Nicht-Existenz. Scheinwerfer des startenden Flugzeugs in die Nacht hinaus — hundertstel Sekunden vor- und nachher totale Schwärze. Von Getötetem umstellt.

Sprung von der Floridsdorfer Brücke zwischen die Eisschollen der Donau? Der Selbstmörder von der Europabrücke hat noch sein Auto vorschriftsmäßig geparkt. Jener vom Untersberg ist an der Talstation durch Einwerfen dreier anschriftsloser Ansichtskarten aufgefallen. Der Donawitzer Direktor stürzte sich von den hundertacht Metern der Krempelgrabenbrücke. Im Konzentrationslager Mauthausen war es täglich zwischen siebzehn und achtzehn Uhr gestattet — und oft geübt —, sich selbst im Steinbrechturm an dafür vorbereiteten Stricken zu erhängen. Euthanasiediskussionsfetzen. Chirurgiebesteck. Aufbohrungen der Schädeldecke. Trepanationen Eingeborener an Säuglingen, um böse Geister abzulassen. Operationsbericht des Bürokollegen: mit Drähten und Zangen und Schläuchen durch die Nase hinauf ...

Meine Kinder Max, Anna, Klara gehen jetzt eben zur Schule. Hoffentlich ist ihr Schuhwerk über Nacht getrocknet. Francine besorgte schon den Haushalt, ist jetzt wohl mit dem Kleinsten zu Einkäufen unterwegs. Auf meinem Schreibtisch wird ein Stoß Post liegen. Ohne Zeitverzug, heute noch, Versetzung in krankheitsbedingten Ruhestand anstreben, das ergäbe die Auszahlung einer vollen Abfertigung; Hinterbliebene bekämen nur die Hälfte.

Viele unbeendete, grußlos, danklos verlaufene Kontakte. Möchte gern vom Anfang her Abschiede nachholen.

Wie mein Hirn wohl funktioniert hätte, wäre ich ein Greis geworden? Verwüstungen, Vergiftungen, Moorlandschaft voll Quecksilber, Blei, Strontium — aus ständig eingespülter, immer neu bestandener, aber mit immer mehr Verallgemeinerung, Ausholung, weit hergeholter Rechenschaft: ausgesüßtes Meer, Brackwasser ...

Mikrobrüche vor dem Beben. Denke allabendlich während des Zubettbringens der Kinder an das Erdbeben: seit jenem lauen Maiabend sechsundsiebzig, als im

Palais Palffy die Luster pendelten, der Vortragende mißbilligend zur Decke starrte, sein Wasserglas hielt... und im friaulischen Kanaltal neunhunderteinundvierzig Schlafende, Nachtmahlessende, im Gasthaus Plaudernde von den Mauern erschlagen wurden. Afrikanische Platte drückt im Winkel von fünfzehn Grad unter die europäische; Alpen steigen einen Millimeter jährlich.

Kinder in Stahlrüstungen schlafen legen, Sturzhelme über weichen Stirnen?

Über alles Erwartbare hinausverwiesen. Endgültig widerlegtes, für sich allein erstrebtes Überleben wertlos, schädlich.

In Passail an der Tankstelle höre ich bei abgestelltem Motor Glockengeläute: Auskunft — ein Begräbnis. Beim Schmied in der Weiz eine gefrorene Mühle: Schaufelrad, Katarakt, Flut im freien Fall bei voller Drehung zu Eis erstarrt.

Ungeheure, verbotene, denkunmögliche Tröstung, seine letzten Stunden in Gegenwart eines Kindes zu verbringen.

Habe ich das Lebensziel verfehlt, wenn ich euch die Briefe doch nicht überlasse? Zeitdilatation: gänzlich veränderter Heimkehrer hebt jede Heimkehrvorstellung auf.

Klassische Mechanik als Grenzwert der gesamten Physik. Geometrische Optik als Grenzfall der Wellenoptik. Berechenbarer Übergang in unanschauliche Dimension. Gesetzesreligion als Grenzfall seelischer Anlagen. Erst die Wellenmechanik erschaut das Atom.

Erst als der Arzt dem Philosophen Wittgenstein gesagt hatte, daß er sterben müsse, konnte er wieder arbeiten.

Rausak fragt sich, ein Paket Kuverts, Formulare, Zelluloid in Händen am überfreundlichen Auskunftsportier vorbeigehend, vorsichtig über breite Treppen in salzzerfressenen Schnee hinaustretend, die Kälte auf den Augen als Stoß aus anderer, immer noch gewöhnlich weiterwirkender Welt, diese ganze Alltäglichkeit als Schock empfindend, was, außer der Bestätigung längst bekannter, anerkannter, eingerechneter Endlichkeit das Osteom an seinen Bedingungen geändert habe?

Nicht einmal die Terminfrage ist deutlicher als zuvor beantwortet. Der Tod hat nur die Bohrung für die Schraube angekörnt, das Gewinde eingeschnitten, aber die Drehungen, Quetschungen, allerletzte Pressung und Bruch bleiben so unfaßbar überfristig wie vorher.

Überfrorene Frontscheibe freikratzen, Eiskristalle im Bart, die Befunde liegen neben ihm auf dem Sitzplatz Francines; aufmerksames Lenken durch schmale, winterschwarze Fahrspuren zum Büro.

Dominante bleibt sein Beruf! Dieses entkräftende, begütigende Ausatmen! Ein Locken, Einhüllen in tagfüllende Verstrickung, Abziehen zu greifbar sinnvoller, fast unanzweifelbarer Tätigkeit, Versenkung in die maßvoll gefährliche, ihre Bediensteten langsam gänzlich aufbrauchende Fabrikswelt; höchstgradige Objektivierung, Überhelligkeit, die den persönlichen Tod wegblendet, nein, überblendet, einschmilzt in diese so überzeugende Anschaulichkeit alles Industriellen.

Und dennoch: bis ans Ende wird von allen Zustößen nichts mehr gut. Nur kurzzeitige Ruhestellungen. Seit die Welt und der Mensch in ihr bestehen, hat es noch nie in einem Gehirn jenen bildlichen Überbau gegeben, der sämtlichen Entscheidungsvoraussetzungen gerecht geworden wäre. Immer entscheiden schließlich Zeitdruck, Halbheit, Schwäche, Zufall die Abläufe.

Bis ans Ende seines Lebens gab Kopernikus sein Buch nicht heraus, er allein wußte um die Stellung der Sonne, sondern gründete Dörfer, siedelte Bauern an, ersann volkswirtschaftliche Theorien. Darwin beauftragte zunächst seine Frau, die Schriften erst nach seinem Tod zu veröffentlichen.

Im ständigen Zweifel zwischen Flucht und Standhalten die eigene Linie finden. Künstliche und überflüssige soziale Einschüchterungen durchschauen. Aus gebahnten Abläufen mit dem Stirnkiel voran ausbrechen. Tarnung, metallisches Schillern, Lichtbrechung im Federkleid aus den Farben der Umgebung. Den engen Trampelpfad im Unterholz zwischen Selbstaufgabe und Selbstbestimmung nie verlassen.

Sich behaupten, sich behelmen. Das Wundertier Kasuar mit der unüberwindlichen Neigung, Ungenießbares, Unverdauliches hinabzuwürgen, Mahlsteine im Magen, störrisch, nicht bildsam, nackter Hals, flieht Herden; kämpft, angegriffen, mit furchtbaren Fußtritten, wird daher kaum gehetzt. Unübertroffene Fertigkeit im Laufen ... tragische Auszeichnung des eigentlich zum freien Flug Vorbestimmten ...

Rausaks Losgebrochenheit, Angstlosigkeit, fast draufgängerisch. Traumwandlerisches Erfüllen der Aufgaben. Ein winziges, selbstvergessenes Steuerungselement im Regelkreis, dessen Auskurvung, Buchten, Wölbungen, Fristen nur erahnt werden, der aber gegensätzliche Ströme erfolgreich in seine Schaltungen ziehen kann und so jenes halblebende soziotechnische Gebilde weiterträgt, mit der diese Wirklichkeit fassenden Minimalresultierenden eben, mühsam zeitweilig im Gleichgewicht gehalten, dieser sichtbaren, nachlesbaren Erscheinungswelt als zu respektierendem Saldo.

Steuerelement, Pralltopf, Abspannung, Hitzeschild, Asbestbandage, Helmkasuar: kein Blick mehr für Verratenheit, sozusagen rücksichtslose Nächstenliebe, zweite

Kindlichkeit, wissentlich, willentlich bedenkenlose Freude an umfassenden Erledigungen für die Erz-Blech-Chemie ohne neuerliche schmerzhafte Sichtung des Bezugs zur eigenen und zu fremden Positionen. Ohne Aufrechnung oder Vergleich.

Die Gefahren sind überblickbar, vorhersehbar, berechenbar geworden. Routine vorläufiger Bannung: Rausak weiß, wie er sich bewegen kann, wann er redet, wann er schweigt, wann er voranschreitet, wann abwartet, wen er aufsucht, wem er ausweicht, wen er tätig liebt, wen er blicklos erträgt, welche Zusammenkünfte er meidet, zu welchen Treffen er selbst einlädt, welche Anrufe er beantwortet, welche er weiterverweist; verläßlich zuströmende Bestimmtheit, Gelassenheit, Detailkenntnisse sind Rausak zugekommen für die letzten Dienstzeiten.

Die schmerzlose Mitte der Sorgen ist erreicht. Rausak nimmt diesen Hohlraum — fast ein Gnadenort — tätig ein. Höchstmaß an Gleichgewichtssinn: diese Auszeichnung aller Vogelarten!

Mitleid und Selbstschutz ausgewogen. Ein bis zur Grenze ausformuliertes Gewissen durchwirkt die Handlungen, beflügelt seine Arbeit, wie nur die Mühe eines Lauftieres beflügelt sein kann. Fachwissen, Personenkenntnis, Vertrautheit mit Besonderheiten, Orten, Versorgung, Vollziehung, Führungs-, Markt-, Produktwissen, Maschinen, Bleche, Düngemittel, Textilien, Medikamente: Leistungen und Fehleranfälligkeit der Fabriksstätten, lautlose Erledigungen sind dermaßen geläufige Einwachsungen geworden, saftig zähes, lebensvolles Geranke, Rebe, Blattwerk, hundertfach verwurzelte, akazienharte Verästelung, daß er die Wohltat des Verborgenseins, des Unpersönlichen auskostet; daß er mit dem Fleiß einer Lebensfrist jede Zurücksetzung in maßgebliche Zurückgezogenheit verwandelt hat. Sein Beitrag, ja Kampf um bedarfsgerechtes Produzieren ist von außen nach innen verlegt.

Jetzt, nach Hereinbrechen längst vorerlittener Not, nach schmerzvoller Bestätigung jahrelang einsam getragener Gewißheit, daß Planungshalbheiten weite Firmenbereiche schwer schädigen werden, jetzt erfüllt Rausak nicht etwa Genugtuung, sondern vertiefte Loyalität zu allen Mitarbeitern. Arbeitseifer, Genauigkeit, Sparsamkeit; pflichtbewußt, als ob er nicht gegen sechzig, sondern gegen dreißig ginge! Als ob die hektischen Jahre der Vorhersicht dieser Konkurse ihn nicht gänzlich verzehrt, entnervt, sondern mit einem Gebirge unverbrauchter Solidarität in diese letzte Periode entlassen hätten.

Nun erst, im Anblick der Grenze, kann unbehindert die aufgestaute, durch eigene Sorgen, Ängste verdrängte Kollegialität auswogen: keine Selbstbewahrung ist mehr geboten, die aus höchster Subjektivität ins Objektive umspringende Sicht, ein Strom tätiger, auch intellektuell produktiver Liebe bricht durch. Vor allem aber, sagt der Rausak bisher nie aufgefallene Belegschaftsrat Schupitta anläßlich seines Jubiläums, sind Sie, Herr Rausak, neben allem Fachlich-Guten, was meine Vorredner schon erwähnt haben, ein aufmerksamer, wirklich von allen Arbeitern in den Betrieben geschätzter Kollege! Rausak hiezu: Wenn ich unter allen natürlichen und juristischen Personen jene auswähle, die mein Leben mit nachhaltiger Wirkung mittrugen, so nimmt die EBC, trotz ihrer Aufspleißung in widersprüchliche Abläufe, den ersten Platz meiner Dankadressen ein.

Und dennoch: die gewöhnlichen Tage unter glücklichen Leuten sind für ihn wie belastende Aufenthalte eines Tauchers in der Tiefe: er muß immer wieder zu seiner mörderischen, aber bisher noch nicht tödlichen Wirklichkeit aufsteigen, in jenes Beinahe-Vakuum, das sonderbarerweise seine Atemluft ist.

Geboten ist: liebe deine Feinde. Nicht geboten ist: habe keine Feinde.

Für in Wien ausgestandenes Leid widmete Anton Bruckner sein Te-Deum Gott: noch hundert Jahre später kommt die Wiener Stadtverwaltung nicht nach, das allmonatlich wieder verstümmelte Bruckner-Denkmal zu restaurieren.

Zweifel an der Gattung in wohltätiges Weiterdienen bergen.

Ungerufen anrollende, sich auftürmende, überlappende, widerspruchsvolle Lebensschlußplanungen im Konjunktiv, die kaum merklich in den beschleunigt niedersausenden Schluß übergehen.

Rundblick vom höchsten Stockwerk des neuen Rudolfsspitals: graubraun gestaffelte Kassetten bis an den Horizont vibrierender Mauern und Schrägdächer mit Tausenden Rauchfängen, aus denen Dampfzungen fächeln; maurische Umrisse des Arsenals; Postturm; Glasbänder Hunderter Fenster vierstöckiger Häuser, blanke Scheiben, glitzernde Christbäume dahinter, die in den dunklen Wintertag leuchten; nasse, graue Kuppeln des Belvedere; Stephansturm, grau, weißlich gegliedert, halbhoch im Gestein brennt eine Lampe; Peterskuppel; Hiltonquader; Flaktürme, von Spuren wirkungsloser Verwitterung übersudelt, von hilflosen Pappeln umstanden; reglose Gondeln des Riesenrads; Spitze des Donauturms taucht in weißliche Wolkensträhnen; der UNO-Komplex als Himalaya über der Flußsenke. Die Gebäudeklumpen stemmen sich wie erstarrter Zorn über diese nie mehr frei und unbelastet denkbare Donauebene.

Konsolidierung immer nur auf Widerruf. Harmonien um höchsten Preis erkauft: halbgelähmte Annahme weißglühender Disziplin.

Wahrheit haucht herüber, wie dieser milde, aber ununterbrechbare Luftstrom aus den Schlitzen der Klimaanlage. Die Kanüle für Tropfungen steckt ständig im linken Oberarm, von sauberen Seidenärmeln verdeckt; nur kleine verräterische Blutpunkte.

Große Vögel ziehen immer wieder um die Kante des Gebäudes, einzeln und in Schwärmen; nie von oben herabstürzende Vögel, immer nur um die Flanken des Hochhauses schwenken sie vor dem großen Glasfenster über die Stadtlandschaft. Klarer Vogelblick füllt den Hohlraum hinter Rausaks Stirn. In der dunstigen, rauchigen Tiefe schwerfällige Amseln über dem Asphalt. Winzig auf dem Parkplatz mein verlassenes, schwärzlich nebelverschmiertes Auto.

Eine Ekstase des Trotzes befällt Rausak. Jahrzehntelange Bohrungen sind in Freiräume durchgestoßen. Mit dem Tod kommt endlich Symmetrie: eurem Wahn entspricht meine Qual, eurer Mordlust mein Bluten, eurem Haß mein Krebs — alles gleicht sich glatt aus. Radikalität ohne Theatralik. Der leibliche Beweis ist erbracht. Dem Erdboden gleich.

Jenes verdächtige Heimweh, wenn man mit zwei dicken Taschen durch die so ungewohnt belebte, kühle Empfangshalle, an laufenden Fernsehschirmen und staunenden Kindern vorbei, durch die automatisch aufspringenden Glastore hinausschreitet, leicht gekrümmt, von Ohnmacht gestreift, in die Straßen der Stadt, die mit lästigen, nie erfüllbaren Ansprüchen, mit schürfender Rotation vollgepreßt sind.

Immer öfteres Zurückkehren zu den abseitigen, massiven Armaturen in den Turmzimmern, zu den sterilen Wänden und Möbeln, den aufgeräumten, derben

Schwestern, die zugleich mit mir unter diesem Dauerrausch flatternden Todeskampfs stehen.

Jetzt graublaue, hinter Sprühvorhängen hingestemmte Lichtung mit klar eingezeichneter Gratlinie der Wienerwaldberge: Vorhügel von Klosterneuburg; Nasensteig; Leopoldsberg; leichte Senke; breiter Kahlenberg mit Sendemast; feingratige Waldschneisen; Hermannskogel; endlos südwestwärtsziehender Rücken — immer wieder von Injektionsnadeln aufragender Wiener Kirchtürme durchstochen, tief ins Fleisch des helleren Himmels geschlagen: der gezähnte Stephansturm, die Doppelklaue der Votivkirche, die russische Zwiebelampulle...

In einem dunkelgrauen Plastikmüllsack, der mit Tixoband verschlossen ist, holen Angehörige die Kleider von der Chirurgie ab; die Uhr und der Ring kommen über das Verlassenschaftsgericht; Sargkleider können im Keller fünf abgeliefert werden.

Das Nachtkästchen ist mit Elektrokardiogrammen ausgelegt. Am Morgen nach der ersten Operation waren die Augenwinkel voll Salzkristallen.

Die monatelang sich selbst abgerungene Neudarstellung mit fortschreitender Einsicht unterbleibt plötzlich...

Ausbeute für Erben: Dolch aus Kasuarknochen: späte, weitabliegende, doch nicht völlig entfremdete Erfüllung flugfähigen Röhrengebeins: straff gewölbte Klinge am handfesten, spiralverzierten Knorpelknauf der Gelenkspfanne: allergeheimste, federleichte Wehr...